¿Jugamos?

ANÍMATE
a AMAR

· **Título original:** *Play on*
· **Dirección editorial:** Marcela Luza
· **Edición:** Florencia Cardoso
· **Coordinación de diseño:** Marianela Acuña
· **Diseño de portada:** Carolina Marando
· **Fotografía de portada:** structuresxx / Shuterstock.com
· **Diseño de interior:** Silvana López

-MÉXICO-
Dakota 274, Colonia Nápoles
C. P. 03810, Del. Benito Juárez, Ciudad de México
Tel. / Fax: (5255) 5220–6620 / 6621 • 01800–543–4995
e-mail: editoras@vergarariba.com.mx

-ARGENTINA-
San Martín 969, piso 10 (C1004AAS) Buenos Aires
Tel. / Fax: (54-11) 5352-9444 y rotativas
e-mail: editorial@vreditoras.com

Primera edición: marzo 2019

ISBN: 978-607-8614-50-9

Impreso en México en Litográfica Ingramex, S. A. de C. V.
Centeno No. 195, Col. Valle del Sur, C. P. 09819
Delegación Iztapalapa, Ciudad de México.

SAMANTHA YOUNG

¿Jugamos?

ANÍMATE a AMAR

Traducción: María Victoria Boano

Para mi familia y mis amigos, por haberme
perdonado las
ausencias y la distracciòn
mientras vivía y respiraba la historia
de Aidan y Nora,
y también por alentarme a seguir mis sueños.
Al igual que Nora, me doy cuenta
de lo importante
que es tener apoyo, y lo agradezco
cada día.

PRIMERA PARTE

PRÓLOGO

Mi mejor amiga me dijo una vez: "Una pensaría que el cuerpo humano no puede procesar más tristeza después de sufrir tantas penas. Pero el corazón tiene una fastidiosa capacidad de aguante".

Como ella fue una de las personas más valientes que conocí, sus palabras se quedaron conmigo mientras crecía. Y descubrí que tenía razón. El corazón de la mayoría de las personas está preparado para soportar pérdidas y penas.

Sin embargo, nadie me habló nunca de la culpa y el remordimiento, y de cómo pueden aferrarse a ti por mucho tiempo después de una pérdida.

No quería sentirme de esa forma. Nadie quiere. Así que fingí que no me pasaba y me entregué por completo al trabajo. Aunque no a mi trabajo como vendedora en una bonita tienda de ropa de la Ciudad vieja. Ese solo servía para pagar las cuentas. Apenas. Y esa era la razón por la que se me hacía tarde después de haber hecho horas extras. Aceptaba todas las horas extras que me dieran… salvo que se interpusieran con mi otro trabajo.

Que no era un simple trabajo. Era mucho más que eso.

—Nora, ¿puedes ayudar a una clienta? —la cabeza de Leah apareció en el marco de la puerta, y miró dentro del armario al que llamábamos sala de empleados—. ¿A dónde vas?

—Recuerda que hoy termino a las doce. Son y cinco —expliqué colgándome la mochila y pasando a su lado a las apuradas.

—Pero Amy no llegó todavía.

—Lo siento. Tengo que ir al hospital.

—¿Eh? ¿Qué pasó? —preguntó, con los ojos como platos.

La vida pasó.

—Eh, disculpen... —dijo una chica que estaba frente al mostrador, molesta—. ¿Me pueden ayudar, por favor?

Leah se volvió hacia la clienta y aproveché para escaparme de la tienda sin tener que dar explicaciones. Sabía que mi jefa probablemente se arrepentía de haberme contratado. Había empleado a dos estadounidenses: a Amy y a mí. Solamente una de nosotras estaba a la altura de la reputación estadounidense de ser extrovertidos y amistosos.

Adivinen quién.

No es que no sea buena en mi trabajo, o que no sea amistosa. Simplemente no comparto mi vida privada con personas que no conozco. En cambio a Amy y a Leah les parece bien contarse todo, desde cuál es su color preferido hasta la capacidad de sus parejas de darles un orgasmo el viernes por la noche.

A medida que subía la colina y me apuraba a caminar por el viejo empedrado de la Royal Mile, mi ansiedad aumentaba. Era una estupidez porque los niños estarían allí cuando yo llegara, pero odiaba llegar tarde. Desde que había empezado a visitarlos hacía unas semanas, jamás me había retrasado. Y además, tenía que cambiarme de ropa en cuanto llegara, antes de que me vieran.

A Edimburgo la llaman "la ciudad ventosa" y hoy, que se comportaba como si sus fuerzas estuvieran en mi contra, estaba a la altura de su apodo. Caminé contra la helada resistencia del viento. Fantaseé con la idea de que la ciudad estaba tratando de decirme algo. ¿Pensaría en este día en el futuro y desearía haber prestado atención y haber dado media vuelta? Últimamente, pensaba muchas estupideces por el estilo. Vivía en mi cabeza.

Pero había un día de la semana en que no.

Hoy no.

Hoy era para ellos.

Caminé muy rápido y la caminata de veinte minutos duró quince. Habría tardado aún menos si no hubiera sido por el maldito viento. Casi me patino cuando frené para entrar a la sala. Las enfermeras alzaron la vista sorprendidas cuando aparecí allí sudando y sin aliento.

—¡Ey! —resoplé.

Jan y Trish sonrieron.

—No sabíamos si ibas a venir hoy —dijo Jan.

—Solo enferma o muerta —y les devolví la sonrisa.

Se rio y salió del puesto de enfermeras.

—Están todos en la sala común.

—¿Dónde puedo cambiarme antes de que me vean?

—No les importará —sacudió la cabeza, divertida.

—Ya lo sé —me encogí de hombros.

—Alison está con los demás, así que su baño privado está libre —con un gesto me indicó el pasillo opuesto a la sala común.

—Gracias. Dos minutos —prometí.

—Ya están ahí. Los dos.

Aliviada, asentí y me apuré a entrar en el baño de la habitación privada de Aly, y di un portazo.

Me quité el suéter y los vaqueros. Empecé a sentir mariposas en el estómago, como siempre antes de pasar tiempo con ellos. Y *era* por ellos.

En serio.

—De verdad —me dije enojada.

Me puse las calzas verdes, y estaba a punto de abotonarme la camisa cuando la puerta del baño se abrió de golpe.

Me quedé sin aliento y paralizada cuando alcé la vista y me encontré con sus ojos.

Era tan alto y tan anchos sus hombros que bloqueaba la puerta casi por completo.

Traté de abrir la boca para preguntarle qué pensaba que estaba haciendo, pero las palabras se me atragantaron cuando su mirada recorrió desde mis ojos hasta los labios, y más abajo. Me examinó larga y detenidamente de la cabeza a los pies, y de vuelta hacia arriba. Se detuvo un momento ante el sujetador que asomaba por la camisa abierta. Sus ojos ardían de deseo cuando se reencontraron con los míos.

Tenía una expresión decidida.

Una combinación de miedo, excitación y nerviosismo me atravesó y me desperté por fin de mi parálisis cuando él entró en el baño y trabó la puerta.

—¿Qué estás haciendo? —balbuceé mientras retrocedía hacia la pared.

Con la mirada risueña, se movió lentamente hacia mí, como un depredador.

—Pienso que Peter Pan nunca lució tan sexy.

Desafortunadamente, tengo debilidad por el acento escocés.

Claramente, o no hubiera terminado aquí, tan lejos de casa.

Sin embargo, estaba empezando a reconocer que en realidad tenía debilidad por él.

—No —alcé la mano para detenerlo, pero sujetó mi mano y la apretó contra su pecho. Mi mano era muy pequeña en comparación. Un estremecimiento me recorrió la espalda y los pechos. Se me detuvo la respiración cuando se acercó más hasta que casi no quedó espacio entre nosotros. Era tan alto que yo tenía que dejar caer la cabeza hacia atrás para poder mirarlo a los ojos.

Ardían. Ardían de deseo por mí como jamás lo habían hecho los ojos de ningún otro hombre.

¿Cómo resistirme a eso?

Y, sin embargo, sabía que tenía que hacerlo.

—Deberías irte —dije frunciendo el ceño.

A modo de respuesta, apretó todo su cuerpo contra el mío, y me recorrió una oleada de calor. La excitación me estremeció la parte baja del abdomen. Sentí un hormigueo entre las piernas. Se me endurecieron los pezones.

Molesta con mi cuerpo y con él, lo empujé, pero fue como tratar de empujar una pared de cemento.

—Esto es totalmente inadecuado –protesté.

Me tomó las manos para detener mi empujón y, con amabilidad y firmeza, me las sujetó por encima de la cabeza. Mi torso se alzó hacia él, y jadeé cuando mis pechos se levantaron.

Con los ojos oscurecidos con picardía y determinación, inclinó su cabeza hacia mí.

—No –dije odiando el tono de mi voz–. No jugaré contigo a los cavernícolas.

—Qué pena –se lamentó crispando los labios–. ¿Sueles privarte seguido de lo que deseas?

—No, pero pienso con la cabeza, no con la vagina.

Se rio y su aliento cálido acarició mis labios.

Amaba hacerlo reír. Me encantaba el sonido, y me estremecía de placer al oírlo. Y me di cuenta de que no solo me traicionaba el cuerpo, sino también el corazón.

Como si hubiera visto ese pensamiento en mi mirada, me soltó una de las manos para colocarme los dedos fríos contra el pecho, sobre el corazón. Jadeé ante la embriagadora sensación de ser tocada de forma tan íntima.

—¿Has considerado pensar alguna vez con esto? –me preguntó.

—Por lo que sé, mi pecho izquierdo no es un gran pensador.

—Sabes lo que quiero decir, Pixie –sonrió.

—No me llames así.

—Pensé que éramos amigos –dijo con una expresión pensativa.

—Éramos. Hasta que me empujaste contra la pared de un baño.

—Gracias por recordármelo –volvió a tomarme la mano y a empujarla contra la pared junto a la otra. Notó el destello de ira en mis ojos–. Si estuvieras enojada de verdad, te resistirías.

—Sería inútil. Eres gigante —me sonrojé.

—Te dejaría ir. Sabes que sí. Lo odiaría. Pero te dejaría ir… si no quisieras esto.

Nos miramos en silencio. Su rostro estaba casi pegado al mío. Podía ver cómo brillaban las motas doradas en sus ojos verdes.

En ese momento, me olvidé de dónde estaba. De quién era. Y de qué era lo mejor para él.

Y no me di cuenta de que estaba resistiéndome hasta que él me lo hizo notar.

—¿Por qué te resistes si lo deseas?

¿Por qué me *estaba* resistiendo a esto?

—¿Nora?

Cerré los ojos para apartarme de él y poder recordar por qué lo hacía.

—Porque…

Posó su boca sobre la mía, callándome. La sorpresa se transformó en instinto. Le devolví el beso buscando su lengua con la mía, luchando para liberar las muñecas de su agarre pero no para escaparme, sino para envolverlo en un abrazo. Para pasarle los dedos por el pelo.

El calor me inundó como si estuviera cubierta de gasolina y él hubiera encendido un fuego a mis pies. Como un relámpago que cayó y me hizo estallar en llamas.

Demasiado caliente. Demasiada necesidad. Demasiado todo.

Quería arrancarme la ropa.

Quería arrancarle la ropa.

Y entonces él se apartó para contemplarme, triunfante.

Si hubiera sido otro, si hubiera sucedido en otro momento, le habría dicho que era un engreído.

Pero de pronto recordé por qué no debíamos estar haciendo esto.

Mi expresión le hizo aflojar el agarre, y bajé las muñecas. Pero no se apartó.

Esperó con las manos descansando con delicadeza sobre mis hombros estrechos.

Algo en su mirada derrumbó mis defensas. Me invadió la ternura y me encontré acariciándole la mejilla. Sentía cómo su barba incipiente me pinchaba la piel. La tristeza apagó el incendio.

–Ella se ha ido –le susurré con dulzura–. Ni yo puedo distraerte de eso.

Una angustia insoportable y sombría peleaba con el deseo en sus ojos y, lentamente, llevó las manos hacia mi cintura. Con un tirón suave me atrajo hacia sí y me dejé caer contra su pecho.

Me destrozó el alma cuando susurró atormentado:

–Pero puedes intentarlo.

UNO

Una parte de mí no quería irse a casa. Me quedaba en la nariz el olor de la comida rápida, y me preocupaba pensar que, con el paso del tiempo, no podría quitármelo de la piel, del pelo. Pero, a pesar de eso, no quería irme a casa.

–Que tenga un buen día –despedí a mi último cliente mientras le entregaba su hamburguesa y sus patatas fritas.

Me aparté del mostrador y Molly me miró. Estaba en la máquina de bebidas llenando un vaso gigante con soda.

–¿Por qué acepté hacer horas extras? –preguntó, con una mueca.

Quería decirle que la cubriría, pero en vez de eso sonreí.

–Porque estás ahorrando para comprarle a Laurie esa porquería de auto –le recordé.

–Ah, sí. Soñando en grande.

–Más que yo. Yo sigo andando con estas –me reí señalando mis piernas.

–Sí, y ese trasero sigue desafiando la gravedad por eso.

–¿Desafía la gravedad? –me di vuelta para mirarlo–. ¿De verdad? Y yo que pensaba que no tenía uno.

–Ah, sí –sonrió Molly–. Tienes un trasero. Es bonito como el resto de ti. Es un dulce traserito en forma de corazón.

–Le estás prestando demasiada atención.

—Es comparación y contraste —afirmó, señalando su trasero—. El tuyo cabría en una de mis nalgas.

—Eh… ¿podría darme mi pedido?

Ambas dirigimos la mirada hacia su cliente, un huraño estudiante universitario de primer año que nos miraba como si hubiéramos salido de una tubería.

—Nos vemos mañana —le dije a Molly, pero antes de irme, me incliné hacia atrás y le grité—. Ah, y yo mataría por tener tu trasero. Y tus pechos, para que sepas.

Mi amiga me miró feliz, y yo me dirigí hacia el vestuario en la parte trasera del edificio, esperando haberle alegrado un poco el día. Molly era bonita a su manera, pero se preocupaba demasiado por su peso.

Busqué mis cosas e intenté quitarme de encima la culpa que me daba el deseo de quedarme sirviendo patatas fritas en lugar de volver a casa. Eso decía mucho. Acerca de mí o de mi vida, no estaba segura. Ni siquiera sabía si había diferencia.

Trabajar medio tiempo en un local de comida rápida no era lo que había soñado hacer después de terminar el secundario. Sin embargo, sabía que era lo que me tocaba. Mientras los demás planeaban ir a la universidad o viajar, yo era de las pocas que no podía hacer ninguna de esas cosas. Dieciocho años y atrapada.

Molly era mi mejor amiga. Me consiguió el empleo porque trabajaba allí los fines de semana desde hacía dos años. Ahora trabajaba a tiempo completo. Aunque bromeaba al respecto, ella no era ambiciosa. No sé si no tenía interés, o si era perezosa o qué. Solo sabía que mi amiga odiaba estudiar. Parecía satisfecha con trabajar en un local de comida rápida y vivir con sus padres. Ella nunca había pensado acerca del futuro. Vivía en el presente.

Yo, en cambio, pensaba en el futuro todo el tiempo.

Me gustaba estudiar.

No estaba satisfecha.

Me invadió una sensación de claustrofobia, pero la hice a un lado.

A veces sentía que tenía cincuenta personas sobre el pecho burlándose de mí. Ignoré la sensación y tomé mi bolso.

Hora de irme a casa.

Me despedí de Molly mientras me dirigía a la entrada. Me estremecí cuando descubrí a Stacey Dewitte sentada con un grupo de amigos en una mesa cerca de la puerta. Entrecerró los ojos al verme y yo aparté la mirada. Mi vecina era unos años más joven que yo, y en una época lejana había creído que era alguien que no soy. No sé quién estaba más decepcionada por encontrarme trabajando en un local de comidas rápidas: Stacey o yo.

Necesitaba que el día se terminara. Abrí la puerta y salí, sin notar a los dos tipos que estaban jugando a pelearse afuera.

Hasta que uno empujó al otro y me golpeó con tanta fuerza que me hizo caer ruidosamente del otro lado del sendero polvoriento.

Me sorprendió tanto encontrarme tirada en el suelo que me llevó un rato sentir el dolor en la rodilla izquierda y el ardor en las palmas de la mano.

De pronto se oyó mucho ruido alrededor mío.

—Ay, mierda, lo siento tanto.

—¿Estás bien, muchacha?

—Déjame darte una mano.

—No te molestes. Yo la levantaré, imbécil.

Una mano fuerte me tomó del brazo, y me levantó con delicadeza. Alcé la vista hacia el tipo que me había levantado y me quedé quieta en el lugar, no solo porque me sostenía, sino también por la preocupación genuina que aparecía en sus ojos oscuros. No parecía ser mucho mayor que yo: era alto, delgado y enérgico.

—Aquí tienes tu bolso. Perdón por eso.

El tipo que lo acompañaba me lo devolvió.

Entendí sus palabras, pero me confundía su manera de hablar, su acento extranjero.

—¿Qué? —balbuceé.

–Habla bien. No te entiende –el tipo que me sostenía del brazo le dio un codazo a su amigo y volvió la vista hacia mí–. ¿Estás bien?

Pronunció las palabras cuidadosamente, con lentitud y claridad. Aparté su brazo suavemente.

–Lo sentimos mucho.

–Entendí. No se preocupen. Un raspón en la rodilla no me matará.

Hizo una mueca y bajó la vista hacia mi rodilla. Tenía los pantalones de trabajo cubiertos de polvo y suciedad.

–Maldición.

Cuando alzó la vista, me di cuenta de que iba a pedirme perdón de nuevo.

–No te preocupes –sonreí–. En serio, estoy bien.

Me devolvió la sonrisa. Era bonita y torcida.

–Jim –extendió la mano–. Jim McAlister.

–¿Eres escocés? –pregunté, encantada ante la idea mientras le daba un apretón.

–Sí –respondió su amigo ofreciéndome la mano–. Roddy Livingston.

–Soy Nora O'Brien.

–¿Descendiente de irlandeses? –los ojos de Jim brillaban con entusiasmo–. Sabes, eres de las pocas personas que hemos conocido en Estados Unidos que han adivinado de dónde somos. Nos han dicho…

–Irlandeses –enumera Roddy–. Ingleses. Y no nos olvidemos, suecos. Ese fue mi favorito.

–Pido disculpas en representación de mis compatriotas –bromeé–. Espero no haberlos ofendido demasiado.

–Para nada –sonrió Jim–. ¿Cómo supiste que éramos escoceses?

–Una suposición afortunada –confesé–. No solemos recibir muchas personas de Europa en este pequeño pueblo.

–Estamos recorriendo el país en auto –explicó Roddy. Tenía una abundante cabellera ondulada y pelirroja. Era más alto que yo (como la mayoría de la gente) pero más bajo que su amigo.

Roddy era de estatura mediana pero fornido, y Jim era alto y con la contextura física de un nadador. Tenía la piel bronceada, el pelo oscuro, ojos castaño oscuro, pestañas pesadas y abundantes.

Y me miró con intensidad todo el rato mientras su amigo me explicaba por dónde habían pasado. Me sonrojé ante el examen de Jim ya que nunca nadie me había mirado con tanta atención, y menos un apuesto escocés.

—De hecho —interrumpió Jim a su amigo cuando dijo que se iban al día siguiente—, estaba pensando que podríamos quedarnos un poquito más.

Dirigió sus palabras a mí con una sonrisa tierna e infantil.

¿Estaba coqueteando conmigo?

—Ah, ¿sí? —resopló Roddy—. ¿Cinco minutos después de haberse conocido?

—Sí.

La idea de que un extranjero retrasara su partida de Donovan para poder verme de nuevo, cuando apenas habíamos intercambiado unas pocas palabras, me hizo sonreír de oreja a oreja. Era absurdo, arriesgado, y apelaba a mi romanticismo secreto. Rompía completamente con mi vida monótona y rutinaria. Supongo que por eso dejé de lado toda precaución.

—¿Han ido al lago?

—No. ¿Estás ofreciendo llevarme? —la cara de Jim se iluminó.

—A los dos —me reí recordándole que tenía un amigo—. ¿Les gusta pescar?

—A mí sí —de pronto, Roddy parecía mucho más feliz ante la idea de quedarse.

—A mí no. Pero si *tú* estás allí, no importa nada más.

Encantada, me sonrojé. Dio un paso hacia mí y me sobresalté. Él también pareció sorprenderse, como si el movimiento se hubiera escapado de su control.

—Maldición. Para sentirme de más todo el rato, no voy —exclamó Roddy, molesto.

La expresión de Jim se nubló, pero antes de que pudiera decir algo que causara una discusión, intervine.

—Tú me empujaste —le recordé a Roddy—. Me debes una.

—Está bien —suspiró, pero una de las esquinas de su boca se curvó hacia arriba.

—Tengo que irme a casa —dije a regañadientes dando un paso atrás.

Jim siguió mis movimientos, y me sentí un poco como un ciervo atrapado bajo su mirada. Realmente me observaba muy fijo. De pronto, no sabía si estar entusiasmada o preocupada.

—¿Dónde nos encontramos?

No entraba a trabajar hasta el mediodía del día siguiente. Tendría que mentirles a mis padres y decirles que no había tenido otra opción más que aceptar horas extras.

—Aquí. A las nueve de la mañana.

—¿Nueve de la mañana? No sé…

Jim puso la mano sobre la boca de su amigo y me sonrío.

—A las nueve está bien. Nos vemos entonces, Nora O'Brien.

Dije que sí con la cabeza y me di vuelta. Me hormigueaba la piel del cuello. Sentí su mirada sobre mí durante toda mi caminata al sur por la avenida Main, que atravesaba el centro de Donovan y tenía una extensión de más de seis kilómetros. Estaba dividida en norte y sur. La mayoría de los negocios estaban al norte, desde la Clínica Veterinaria Foster en el extremo norte más allá de la escuela primaria y la secundaria. Había muchos negocios pequeños: el mercado Wilson, el bufete de abogados Montgomery e hijos, la pizzería, las cadenas comerciales conocidas como la estación de servicio, el pequeño edificio rojo y blanco donde yo trabajaba, y así. La avenida Main Sur era mayormente residencial.

Caminé hacia el sur por Main Norte y luego doblé hacia Sullivan Oeste donde vivía en una casa de un piso y dos dormitorios que intentaba mantener lo mejor posible. Me llevó quince minutos llegar caminando desde el restaurante de comida rápida, y suspiré al acercarme porque el césped del jardín estaba demasiado alto. Nuestra casa era la más pequeña del barrio. La mayoría tenía dos pisos y porches bonitos. Nosotros no teníamos porche. Vivíamos en una caja rectangular gris claro con un techo gris oscuro. Tenía lindos postigos blancos sobre las ventanas pequeñas que pintaba todos los años.

Aunque Donovan era un pueblo donde todas las construcciones tenían mucho espacio para respirar y mucha luz, nuestra casa era bastante oscura debido al enorme árbol en el jardín delantero. Bloqueaba casi toda la luz que trataba de llegar a la ventana de mi dormitorio.

—Llegas tarde —suspiró mamá profundamente pasando a mi lado en cuanto entré a la casa. La miré tomar su abrigo del perchero de la pared con tanta fuerza que lo arrancó. Suspiró de nuevo y me miró—. Pensé que ibas a arreglar eso.

—Lo haré esta noche —prometí y me quité los zapatos.

—Ya comió, y está mirando el juego —se puso el abrigo y bajó la voz—. Está de pésimo humor.

—Entiendo.

¿Cuándo no estaba de pésimo humor?

—Hay sobras en la heladera para ti.

—Mañana tengo que hacer horas extras —dije antes de que se fuera.

—Pensé que no ibas a hacer más horas extras… Te necesitamos aquí —se quejó tensa.

—Y necesitamos mi trabajo. Si no hago horas extras, conseguirán a alguien que las pueda hacer —mentí por primera vez. Un dolor me atravesó el pecho por el engaño. Pero ese dolor no podía competir con las ganas de irme de aquí con un chico que me miraba como si yo fuera especial.

—Jesús —escupió mamá—. Ya tengo dos trabajos, Nora. Sabes que no tengo tiempo para estar aquí.

Me mordí el labio y me sonrojé. Me sentí horrible.

Pero, egoístamente, no lo suficiente.

—Está bien. Le pediremos a Dawn que pase cada tanto a ver cómo está –Dawn era nuestra vecina, una mamá de tiempo completo que era amable con nosotros–. ¿Terminas a las seis?

Asentí.

–Yo no hago horas extras, esta semana así que mañana termino a las dos.

–¿Y esta noche?

Mamá trabajaba en la barra de Al's cinco noches a la semana y como camarera medio tiempo en Geena's cinco días a la semana.

–Llegaré a casa a la una y media.

Papá solía ponerse molesto cuando mamá llegaba a casa. Eso significaba que probablemente ella no podría dormir hasta las tres de la mañana, y a las siete tenía que estar arriba de nuevo para empezar el turno en el restaurante a las ocho de la mañana.

No tenía por qué ser así. Yo podría haber trabajado a tiempo completo durante el día mientras ella trabajaba a la noche, o al revés, y podría haber funcionado. Pero mamá tampoco quería estar aquí. Siempre trabajó muchísimo.

La observé partir y recordé cuánto solía dolerme.

Ya no dolía tanto. De hecho, me preocupaba darme cuenta de que empezaba a serme indiferente.

–¿Eres tú, niña? –gritó papá.

Lo encontré en la sala de estar, en la silla de ruedas ubicada frente a la televisión. Tenía los ojos clavados en la pantalla, y no alzó la vista en ningún momento, ni siquiera para quejarse.

–Llegaste tarde.

–Lo sé. Perdón. ¿Necesitas algo?

–¿Necesito algo? –se burló con una mueca–. Hace rato que Dios decidió que necesito menos que el jodido resto de la gente.

Suspiré mentalmente. Lo escuchaba decir lo mismo una y otra vez desde que tenía once años. Bajé la vista hacia su pierna izquierda. O lo que quedaba de ella. Hacía siete años, había sido amputada desde la rodilla.

—¿Bebida?

—Tengo —me miró irritado—. Te aviso si necesito algo.

En otras palabras, desaparece.

Encantada.

Encontré los restos de pasta que mamá me había dejado en la nevera y los eché en un plato. No los iba a calentar. Me quedé mirando la puerta de la cocina, que dejé abierta por si me llamaba.

Antes de que todo se fuera al demonio, papá jamás me gritaba. Ahora siempre está gritando por algo.

Sorprendentemente, no me llamó, y pude comer mi pasta fría en paz. Cuanto terminé de lavar los platos sucios que mamá había dejado para mí, busqué las herramientas y coloqué el perchero en otra parte del pasillo. Cubrí el agujero anterior con masilla.

Después de darme una ducha, le alcancé otra cerveza a papá.

—La última por hoy —le advertí. El médico nos había dicho que no debía tomar más de dos cada veinticuatro horas.

—Si quiero otra cerveza —exclamó mirándome con odio—, me tomaré la jodida cerveza. No tengo nada. Me quedo aquí sentado pudriéndome, mirándote tu jodida cara de nada, mirando el trasero de tu madre saliendo muchas más veces que entrando, y quieres quitarme el único placer que tengo en la vida. Me tomaré una jodida… ¡no te atrevas a irte, niña!

Cuando le daba la rabieta, no se podía hacer nada. A veces, cuando me hablaba así, me daban ganas de interrumpirlo a los gritos. Aunque pudiera gritar durante cinco minutos seguidos, nunca igualaría a la cantidad de veces que había sentido la saliva de ese hombre en mis mejillas.

Dejé la puerta del dormitorio entreabierta por si me volvía a llamar. El volumen de la televisión subió más. Mucho más. Pero aún no lo suficiente como para volver y pedirle que lo bajara.

Ya tenía experiencia en hacer como si él no existiera, así que me entregué a mi santuario. Mi dormitorio era pequeño. No había mucho: una cama, un escritorio y un armario para la poca ropa que tenía. Había algunos libros, no demasiados. La mayor parte de los que leía era de la biblioteca.

La mayoría.

No todos, como los que tenía escondidos en mi habitación.

Me agaché y extraje la caja de zapatos vieja que tenía debajo de la cama, y la coloqué con delicadeza sobre el edredón. Disfruté mientras la abría, como si fuera un cofre con objetos preciosos. Me inundó una sensación de calma al contemplar mi tesoro escondido. Tenía un montón de libros usados de obras de teatro y poesía, libros que había comprado en línea y escondido para que mamá no descubriera en qué "desperdiciaba" mi dinero.

No me parecía un desperdicio. Todo lo contrario.

Extraje una pila de volúmenes, y acaricié la portada de *Las brujas de Salem*. Debajo estaban *Fausto* y *Romeo y Julieta*. Más abajo, *Noche de reyes*, *Otelo*, *Hamlet* y *Macbeth*. Tenía debilidad por Shakespeare. Hacía que los sentimientos más ordinarios, los pensamientos más comunes, sonaran grandiosos. Aún mejor, hablaba de las emociones más complejas y oscuras de un modo que era hermoso y apasionante. Moría de ganas por ver alguna producción de una de sus obras.

Moría de ganas por *estar* en la producción de una de sus obras.

Nadie sabía eso. Ni siquiera Molly. Nadie conocía mis sueños locos de ser una actriz de teatro. Se reirían de mí. Y con razón. Cuando era niña, había formado parte de un grupo de teatro amateur, pero tuve que dejarlo cuando papá ya no pudo ocuparse de sí mismo. Esa había sido toda mi experiencia sobre un escenario. Lo amaba. Amaba desvanecerme en la vida de otra persona, en otro universo, y contar historias que cautivaran a la audiencia. Y el aplauso final. Clap, clap. Era como un abrazo gigante que reemplazaba todos los abrazos que mi mamá se había olvidado de darme.

Me dejé caer en la cama regañándome por ese pensamiento. Mamá no era una mala persona. Se ocupaba de que yo tuviera un techo, comida en el estómago, zapatos en los pies. No tenía mucho tiempo para darme. Trabajaba duro. Esa era la vida de mamá. No debería enojarme con ella por eso.

El rugido de la multitud en el juego que papá estaba viendo me asustó.

En cuanto a él… No sé si lo que sentía era ira.

Tal vez era resentimiento.

Me odiaba por eso. Lo sabía. A veces pensaba que yo no era una buena persona.

Guardé todo de vuelta en la caja, la cerré y traté de olvidarme del dolor en el pecho y la sensación espantosa que tenía desde hacía ya un largo tiempo. Para ayudarme, tomé un libro que había pedido prestado de la biblioteca y me puse cómoda.

Por un rato, me perdí en la historia de un mundo diferente y de una chica que estaba en una cárcel que hacía que la mía pareciera un lugar de vacaciones. Finalmente, eché un vistazo al reloj y de mala gana dejé a un lado el libro.

Fui a la sala de estar y encontré a papá con la cabeza caída, dormido. Cuando apagué la televisión, alzó la cabeza de golpe y miró alrededor, desorientado. Cuando estaba así, semidormido y confundido, parecía muy vulnerable. Me ponía triste recordar cómo era antes.

Jamás había necesitado a nadie antes de tener la silla de ruedas. Por eso estaba enojado todo el tiempo. Odiaba ser dependiente.

—Ey, papá —le toqué con suavidad el hombro y me miró parpadeando—. Hora de ir a la cama.

Papá asintió y me hice a un lado. Caminé lentamente detrás de él, y lo seguí a su dormitorio. Mamá siempre lo ayudaba a cambiarse los pantalones de dormir para que yo no tuviera que hacerlo. Papá se quitó la camisa y se dejó puesta la camiseta. En una época, sus hombros habían sido anchos con bíceps fuertes por trabajar en la construcción. Pero habían perdido mucha definición con el paso de los años.

Aún tenía la fuerza suficiente como para ayudarme a acostarlo en la cama.

—¿Suficiente abrigo, papá?

—Sí.

—Buenas noches, entonces.

—Nora —me tomó de la mano y sentí que el alma se me iba a los pies, porque sabía lo que venía—. Lo siento.

—Ya sé, papá.

—Me enfado tanto y no quiero ser malo contigo, pequeña —me rogó con la mirada triste—. Ya sabes que eres lo mejor que tu mamá y yo hicimos, ¿verdad?

Se me llenaron los ojos de lágrimas y se me cerró la garganta.

—Lo sé —susurré.

—¿De verdad lo sabes? —me aferró la mano con más fuerza—. Te quiero, pequeña.

—Yo también te quiero, papá —logré murmurar luchando contra el ardor de la nariz.

Odiaba las noches en las que me recordaba lo que había perdido.

La vida sería mucho más fácil si no tuviera recuerdos de un papá que me había dado todo el cariño que mi mamá no me daba. Me daba besos y abrazos por cualquier motivo, y me hablaba de sus geniales planes para mi futuro. Iba a ir a la universidad. Iba a conquistar el mundo.

Y luego todo cambió.

Desde que tengo memoria, él trabajaba durísimo, una de las razones por las cuales no entendía por qué mamá trabajaba tanto. Papá tenía la empresa de construcción más importante del condado. Tenía muchos empleados, y vivíamos en una casa grande y hermosa que él había construido en las afueras de Donovan. Pero tenía diabetes. Y a medida que la empresa se volvía más exitosa, papá se estresaba cada vez más. Dejó de cuidarse con la comida y el alcohol hasta que, finalmente, tuvo gangrena en la pierna y no quedó otra opción que amputársela por debajo de la rodilla. Yo tenía once años. Solo era una niña.

El negocio de papá comenzó a decaer y Kyle Trent le compró la empresa por monedas, y la volvió a convertir en un éxito. Los Trents incluso compraron nuestra antigua casa. Asumí que estaba totalmente hipotecada porque no obtuvimos mucho dinero por ella, por lo que tenía entendido.

Mamá empezó a trabajar más. Me encontré convertida en cuidadora de papá. No era una tarea fácil, pero era mi papá. Su vida era difícil, y también la de mamá, así que hice lo posible para ayudar. Empecé a estar cansada seguido y a no tener tanto tiempo como antes para estudiar. Sin embargo, estaba decidida a mantener mis buenas calificaciones. Incluso cuando papá cambió y destrozó mis planes para el futuro. Me dejó bien claro que la universidad ya no era una opción para mí. Me recordé que de todos modos podía ir a un instituto terciario.

Algún día.

Si tenía tiempo.

Ahogué mis sollozos contra la almohada, y me aferré con fuerza al edredón. Lloré por mi futuro. Papá había pasado los primeros once años de mi vida construyendo algo increíble. Pero, más que nada, lloraba por él. Hice duelo por el héroe que me había secado las lágrimas con sus besos, que me había quitado el miedo con sus abrazos y que me trataba como si yo fuera lo más importante en su vida.

Cuando era pequeña, tener un padre amoroso era un hecho, era como debían ser las cosas. Y cuando de pronto lo perdí, y lo reemplazó alguien más amargado, triste y vulnerable, sentí que me había quedado sin mi ancla, que me iría flotando hacia el cielo sin protección contra las tormentas venideras.

No puedo explicar el miedo que da eso. A veces, pienso que sería mejor no haber tenido nunca nada.

Porque no lo extrañaría tanto.

Estremeciéndome de dolor, me abracé fuerte e intenté calmarme.

Pensé en el chico que había conocido hoy y en que me había mirado como si yo fuera especial.

Como papá me miraba los días en los que se asomaba el hombre que había sido.

Poco a poco, dejé de temblar y la culpa por haberle mentido a mamá se fue con los temblores. Necesitaba un día distinto. Un día para respirar hondo y en libertad. Un día, nada más. Un recuerdo para acompañarme en los momentos en los que respirar se me hiciera más difícil.

DOS

A la mañana siguiente, me estaban esperando junto a un gran Mustang nuevo. Pasé la mano por el capó.

—¿Dónde lo consiguieron?

Jim rodeó el auto para ponerse a mi lado, así que me vi obligada a inclinar la cabeza hacia atrás para poder mirarlo a los ojos.

—Lo alquilamos.

—Qué bien.

—Nos llevó un rato acostumbrarnos a conducir del otro lado del camino.

—Seguro —me reí mientras los imaginaba doblando para el lado incorrecto.

—Entonces —se quejó Roddy de brazos cruzados—, ¿nos vamos al lago o qué?

—Está un poquito malhumorado —le comenté a Jim.

—No le gusta despertarse temprano.

—Como si a *ti* sí —gruñó su amigo.

—Cuando una muchacha bonita me espera, sí —Jim me guiñó un ojo y posó la mano en la parte baja de mi espalda, guiándome hacia el auto.

Por un momento, me sentí insegura.

—Eh… no serán asesinos seriales, ¿verdad?

—Un poco tarde para preguntar eso ahora —se quejó Roddy—. Súbete, mujer.

—Guau. No le gusta para nada despertarse temprano.

—¿Cómo está tu rodilla? —me preguntó Jim mirándome las piernas mientras me subía al auto.

—Bien. Tengo un pequeño magullón, nada más.

—Eso no fue más que una excusa para mirarte las piernas —masculló Roddy mientras se acomodaba en el asiento trasero detrás de Jim.

Fue recompensado con una palmada en la nunca.

Roddy se animó cuando llegamos al lago. El parque estaba ubicado al noreste del pueblo, al sur del lago Donovan. Había decidido llevarlos allí porque había muchas caravanas, algunas eran hogares permanentes, otras solamente para vacacionar, y eso implicaba la presencia de muchas familias pasando el rato en el verano. Era un lugar seguro para conocer mejor a los dos tipos con los que acababa de cruzarme.

Alquilamos un bote de remos pequeño y cañas de pescar. Roddy pescaba mientras Jim me interrogaba. O lo intentaba, al menos.

—No me estás contando nada —se rio—. A la mayoría de las chicas les encanta hablar de sí mismas.

—Me temo que no hay mucho para decir.

—Bueno. Sé que trabajas en la hamburguesería. ¿Tiempo completo, medio tiempo, por el verano?

—Quién sabe —me encogí de hombros, y me reí, entretenida por mi imprecisión.

No pretendía hacerme la misteriosa. Realmente no sabía que pasaría conmigo en un futuro.

—¿Has vivido aquí toda tu vida? ¿Vives con tus padres? ¿Qué hacen? ¿Qué quieres hacer de tu vida?

La rápida sucesión de preguntas me hizo sonreír. El sol empezaba a elevarse por encima de los árboles, así que me coloqué mis gafas de sol baratas, feliz de tener otra capa de protección sobre mis pensamientos.

—Sí y sí. Mamá tiene dos trabajos, trabaja sirviendo bebidas en un bar y es camarera. Papá no trabaja porque tiene un caso muy serio de diabetes. Y no sé, supongo que quiero hacer algo para ayudar a los demás. *O actuar en teatro.*

Jim sonrió lentamente.

—¿Ves? No fue tan terrible.

—¿Y tú? ¿De qué parte de Escocia eres? ¿Vives con tus padres? ¿Qué hacen? ¿Qué quieres hacer con tu vida?

—Trabajamos en construcción en Edimburgo —Jim hizo un gesto en dirección a Roddy, que miraba el agua semidormido, al parecer disfrutaba la calma y la tibieza del sol matutino—. Vivo en un lugar que se llama Sighthill en Edimburgo, con mi mamá y mi hermana —hace una pausa—. Mi papá murió hace unos meses. Ataque al corazón.

Me emocionó sentir el ligero temblor en su voz. Y Roddy cambió completamente la idea que tenía de él cuando se estiró para darle una palmada de consuelo en la rodilla de su amigo. Jim le dio una palmada sobre el hombro a modo de agradecimiento.

—Lo siento mucho.

Jim asintió.

Hubo un momento de incomodidad en el bote mientras yo intentaba pensar en un tema de conversación apropiado. No quería que sintiera que no me importaba su dolor, pero me dio la impresión de que no quería hablar más al respecto.

—Entonces, ¿por qué un viaje por carretera?

Me sonrió, agradecido.

—Recibí algo de dinero de la pensión de mi papá. Roddy y yo cumplimos veintiuno, así que decidimos gastarlo todo en un viaje por carretera en los Estados Unidos. Hemos estado planeándolo desde que éramos niños.

—¿Tienes veintiuno?

—Sí —entrecerró los ojos—. Por favor, dime que eres legal.

—Tengo dieciocho —me reí y me sonrojé.

—Menos mal —respondió con una sonrisa—. Me habrías roto el corazón si hubieras dicho que no.

—Tus frases para coquetear están empeorando, amigo —se quejó Roddy.

—No es una frase para coquetear —Jim le dio un golpe juguetón en la nuca, pero esta vez Roddy no se inmutó. Jim se volvió a mirarme—. No lo es.

Lo estudié.

—¿Por qué estás siendo tan encantador? No me conoces para nada.

—Exactamente lo que dije anoche. Y hoy a la mañana.

Jim puso los ojos en blanco.

—Roddy. Cállate.

Roddy gruñó.

—¿Bueno? —insistí.

—No sé —me clavó la mirada con su intensidad habitual—. Tienes un no sé qué.

Su amigo se volvió hacia mí, protegiéndose los ojos con la mano.

—Lo que quiere decir es que está chiflado por ti. Está pensando solamente con sus partes bajas y si no haces algo para demostrarle que eres una chica como cualquier otra, estaré todo el verano en este maldito pueblo.

Entendí casi todo lo que dijo. Y me sonrojé aún más.

—Roddy, si no te callas, te echaré por la borda, amigo.

—Bueno, es la verdad. Ni se conocen.

—Y por eso estamos sentados en este bote conociéndonos.

—Nada más te digo… Apura las cosas un poco así podemos salir de aquí.

—Tengo un plan mejor —Jim comenzó a remar en dirección al muelle.

—¿Qué estás haciendo? —se quejó Roddy—. Estaba disfrutando del lago.

—¿De verdad? No me di cuenta con todas tus malditas quejas.

—Ay, por favor, estaba bromeando.

Pero Jim siguió remando. Dejó caer los remos, se puso de pie y me dio la mano. Dejé que me subiera al muelle. Y luego se dio vuelta y empujó el bote con Roddy todavía a bordo.

—¿Qué haces? —exclamó Roddy apurándose a tomar los remos.

Para mi sorpresa, de pronto encontré mi mano en la mano fuerte y grande de Jim.

—Me voy con Nora a algún lugar donde podamos conocernos en paz. Y *tú* puedes pescar. Volveremos a buscarte en un rato.

—Ah, ah, ¡qué bien! —gritó Roddy llamándoles la atención a varias personas—. Abandóname, tu amigo de toda la vida, por una chica que acabas de conocer.

—Temporariamente, Roddy. Y solo porque eres un fastidio.

Resoplé cuando Jim bajó la vista hacia mí sonriendo de oreja a oreja. Y luego me acercó hacia él.

—¿Estás seguro de que estará bien?

—Estará bien —se rio Jim—. Le di lo que quería. Todas esas bromas y quejas eran para que nos fuéramos y lo dejáramos en paz. Confía en mí.

—Ah. Bueno.

—Entonces, ¿a dónde vamos?

—Por aquí.

Salimos del muelle y nos dirigimos al sendero de grava que serpenteaba por los bosques que rodeaban el lago. Para mi sorpresa, caminamos en un silencio cómodo hasta que encontré lo que buscaba. Una banca vacía junto al lago, a unos minutos de distancia de las caravanas y los botes. Un poco de privacidad.

—Aquí podremos seguir disfrutando del lago.

Jim sonrió y se sentó.

—Es precioso.

—Sí, me gusta —me senté y, porque tenía pantalones cortos, sentí la tibieza que la madera había absorbido del sol durante la mañana. En pleno verano, a eso de las dos o tres de la tarde, era imposible sentarse en uno de estos bancos sin quemarse la piel de los muslos. A esta hora, el calor era placentero, al igual que el sol aún bajo en el cielo–. No vengo muy seguido.

–¿Por qué no?

–Trabajo mucho.

–Entonces… –Jim se relajó. Flexionó una pierna, extendió la otra y estiró los brazos a lo largo del respaldo. Me miró con los ojos entrecerrados por el sol, sentado cómodamente. Me doblaba en tamaño–. ¿Responderás mis preguntas ahora?

Incliné la cabeza, pensativa.

–Depende de lo que me preguntes.

–Empecemos con algo sencillo. ¿Color preferido?

–Guau, un momento –bromeé–. Eso es demasiado personal.

Jim se rio. Era un sonido agradable.

–Mi color preferido es el verde Hibernian.

–No sé qué color es ese.

–Verde Hibernian. Es un equipo de fútbol de Edimburgo.

–No sé mucho de fútbol. Mi papá es fanático de los Colts.

–Me encanta el fútbol americano.

–¿En serio? –estaba perpleja–. Pensé que a ustedes les gustaba el rugby...

–Sí… pero el fútbol americano me resulta más entretenido. Quiero decir, me gusta el rugby. Pero el fútbol de ustedes es tan estratégico. Mi hermana odia los deportes, pero hasta ella se sienta y mira un partido de la NFL. Soy fanático de los Patriots.

–Shhh –susurré mirando alrededor–. Que no te escuchen decir eso por aquí.

–Entendido –sonrió y jugueteó con mi coleta–. Dime algo acerca de ti. ¿Cuál es tu canción preferida?

Enseguida me vino a la mente un recuerdo de papá y algunos de sus empleados escuchando Bon Jovi, y sentí una oleada de nostalgia y tristeza en el pecho. Tenía diez años y Cory Trent, por alguna razón que desconocía, le había dicho a toda nuestra clase que mi mamá le había contado a su mamá que yo mojaba la cama. Una mentira absoluta. La mamá de mi mejor amiga me llevó a la casa que papá estaba restaurando a un kilómetro y medio de la nuestra. No era habitual que trabajara en el pueblo. Su equipo solía estar comprometido para trabajos en otras partes del condado. Le agradecí a Dios que estuviera tan cerca ese día porque estaba destrozada. Toda la escuela me había tratado como si fuera inferior.

Salió de la casa cuando uno de los empleados le avisó que yo estaba allí. En cuanto lo vi, comencé a llorar y él me rodeó con sus brazos. Después de que le conté lo que había pasado, se enojó mucho con Cory. Luego, Dan, el capataz, encendió la radio y algunos de los muchachos y papá me alegraron haciendo una imitación malísima de Bon Jovi.

Supe que tenía el mejor papá del mundo.

Lo que hizo que perderlo poco después de eso fuera aún peor.

–*Livin' on a Prayer*.

Como Jim no decía nada, le eché un vistazo y se estaba matando de risa.

–Bueno, no pienso responder más preguntas si te ríes de mí.

–¡No, no! –exclamó riéndose y poniéndome la mano sobre el hombro–. Lo siento. Es que no esperaba Bon Jovi.

–¿No? ¿Cuál es tu canción preferida, chico con onda?

–*All These Things That I've Done*, de The Killers.

Fruncí la nariz.

–Bien. Eso *sí* que tiene onda.

La banca se sacudió con su risa y, de pronto, se estiró para tomar una de las patillas de mis gafas. Las subió con cuidado y las acomodó sobre mi cabeza para poder mirarme a los ojos.

–Eres muy adorable.

Era un cumplido que ya había oído antes y que, en el pasado, me había irritado. Medía apenas un metro sesenta y aunque en los últimos años me había puesto un poco más curvilínea, era de talla pequeña. Tenía ojos grandes con pestañas muy largas que los hacían parecer aún más grandes. Cuando alguien me describía, siempre usaba las palabras "bonita" o "adorable". No quería ser bonita y adorable. Quería ser más.

Pero Jim hacía que "adorable" pareciera más. Me sonrojé.

—No me parece.

—Lo eres —afirmó.

Lo miré y me sonrojé aún más ante su análisis.

—Me estás mirando.

—Sí. Es difícil no hacerlo.

Me moví en el asiento, sin saber cómo responder. Nunca había tenido que coquetear antes.

—¿Los escoceses coquetean tanto como tú?

—No estaba haciendo eso—se encogió de hombros—. Dije lo que pensaba, nada más.

—Obviamente, en tu caso es todo lo mismo —me burlé.

Se deslizó para acercarse a mí y contuve el aliento. Su cercanía me generaba mariposas en el estómago de los nervios.

—¿Película preferida?

Cuando me di cuenta de que no me iba a besar, no supe si sentirme decepcionada o aliviada.

—No sé… *Moulin Rouge*.

—Otra sorpresa —alzó las cejas—. No la he visto, pero no es lo que hubiera dicho.

—¿Qué hubieras dicho?

—En realidad, no tengo idea. Mi película preferida es *Red*.

—Creo que no la he visto.

—Es jodidamente diver… Maldición, lo siento —se sonrojó—. Estoy tratando de no decir palabrotas cuando estoy contigo.

Que estuviera haciendo un esfuerzo para ser más caballero era dulce, muy dulce, pero yo quería que Jim fuera él mismo. Las mejillas sonrojadas le aportaban una vulnerabilidad inesperada, y me di cuenta de que quizás, por debajo de sus bravuconadas, yo también lo ponía nervioso. La idea era estimulante.

—¿Dijiste que trabajas en la construcción?

Asintió.

—Seguro que dices montones de palabrotas, ¿verdad? Papá tenía una empresa constructora. Aunque trataba de no maldecir, lo hacía todo el tiempo. Y también sus empleados. No me molesta. A veces… —bajé un poco la voz—, hasta *yo* maldigo. Es horrible.

—Y yo tratando de ser un caballero —jugando me dio un empujoncito.

—Sé tú mismo —sonreí. Y añadí antes de que me hiciera más preguntas que no sabía si estaba preparada para responder—. ¿Por qué vinieron a Donovan, con tantos lugares para visitar?

Jim se quedó mirándome, como si estuviera tratando de tomar una decisión. Finalmente, se relajó contra la banca y volvió la vista al lago. Seguí su mirada y me di cuenta de que había un hombre y dos niños pequeños en un bote. Se reían mientras remaban y pasaban por delante de nosotros. Estaba tan inmersa en nuestra conversación que no me había dado cuenta del ruido.

—Papá —dijo Jim de pronto—. Se llamaba Donovan.

Me di cuenta, como antes, de que le resultaba difícil hablar de él.

—No tienes que…

—Roddy evita el tema por completo. Mamá empieza a llorar si lo menciono. Y la verdad es que hablar de él con personas que lo conocían es muy difícil.

Me entristecí por él, y me olvidé de mi cautela habitual y apoyé la mano sobre su rodilla para consolarlo. Él la miró, perplejo y un poco desorientado.

—A veces… —suspiré para aliviar la angustia—, es más fácil hablar con alguien que no lo conocía o no lo amaba porque no tienes que preocuparte por sus sentimientos, solo por los tuyos. Puedes expresarte sin tener que pensar en cómo se sentirá la persona con la que estás hablando.

Quité la mano de su rodilla y me volví hacia él. Mi rodilla izquierda casi tocaba su cadera.

—Puedes hablarme de él si quieres…

Jim estaba un poco inseguro y un poco sorprendido.

—Es un poco pesado para una primera cita.

—¿Estamos en una cita?

—Sí, es una cita.

Me reí ante su tono insistente.

—Entonces, supongo que podemos decidir cómo queremos que sea la cita. Soy muy buena oyente, Jim. Pero no tenemos que hablar.

Alzó una ceja con una sonrisa asomándole en la curva de los labios, y le di un codazo por sus pensamientos indecentes.

—Tú sabes lo que quiero decir, por Dios —exclamé poniendo los ojos en blanco—. Hombres.

Se rio y se deslizó hacia mí hasta que mi rodilla sí tocó su cadera. Le cambió la mirada. La seriedad cayó sobre sus ojos como el telón al final de una obra de teatro, lenta y constante mientras me examinaba la cara. Antes de que su mirada bajara a mi pelo, me di cuenta de que teníamos casi el mismo color de ojos. Casi negros con luz baja pero cuando el sol los iluminaba brillaban con calidez, como caoba oscura.

Jim rodeó con un dedo un mechón de mi coleta y jugueteó con él mientras hablaba.

—La mamá de mi papá era irlandesa, mi abuelo escocés y, según lo que me contaba papá, ambos estaban ferozmente orgullosos de su ascendencia. Murieron cuando yo tenía cuatro años. Un accidente automovilístico —sus ojos se dirigieron brevemente a los míos, como para comprobar mi reacción, y luego se deslizaron de nuevo hacia sus dedos que jugaban con mi pelo—. Cuando papá nació, mi abuelo le sugirió a mi abuela que lo llamaran Donovan McAlister. Donovan era el apellido de soltera de mi abuela.

»Entonces, Roddy y yo íbamos conduciendo por la autopista I-70, en dirección a la ruta 66 en Illinois. Desde allí íbamos a conducir sin parar. Nos detuvimos para cargar gasolina, y vi un letrero donde pedían empleados en el cartel de los anuncios. Era para un supermercado en Donovan —miró el lago con una mirada tímida—. Jodidamente estúpido, lo sé. Sentí… sentí que teníamos que venir aquí.

—No es para nada estúpido —le aseguré.

Jim se volvió para observarme con una de sus intensas miradas.

—No… Empiezo a pensar que no.

Me removí incómoda ante su intensidad, y me fue imposible mirarlo a los ojos porque me superaba. Con toda su onda, por mucho que me gustara su acento y pensaba que era apuesto, no estaba preparada para Jim McAlister o para el modo en el que miraba, como si le hubiera caído un rayo encima.

—¿Cómo era tu papá?

—Era la persona más graciosa que conocí en la vida —en la voz de Jim había alegría y pena. Me dolía el corazón por él—. Y siempre tenía tiempo para todo el mundo. Si alguien necesitaba ayuda, nunca era un problema, nunca era demasiado. Yo era su mejor amigo.

Le tembló la sonrisa y se le llenaron los ojos de lágrimas. Le tomé la mano, la sostuve entre las mías y eso pareció otorgarle fuerzas. La tristeza desapareció y relajó la sonrisa.

—Me enseñó que la familia es lo primero y vale más que el dinero que gane o la fama o cualquier otra mierda de esas. Me hizo sentir que estaba bien no tener ambiciones profesionales, pero sí ser ambicioso en la vida para encontrar a la chica correcta y tener una familia.

Jamás había oído a un chico hablar de esas cosas antes, o al menos no como prioridades. También noté que su acento se hacía más cerrado cuando recordaba a su padre. Como si se estuviera relajando en mi presencia.

—Parece que era bueno.

—Sí —asintió, pero su mirada se enfrió—. Pero no era perfecto, y todos parecen haberse olvidado de eso.

—¿Qué quieres decir?

—Mamá, concretamente. No me malinterpretes. Él la amaba, pero era bastante egoísta. Nunca salían juntos ni pasaba mucho tiempo con ella. Siempre salía con sus amigos y dejaba a mamá sola en casa. Después se enojaba cuando volvía y ella no estaba en casa. Como si no pudiera vivir su propia vida sin él... –me echó una mirada que no supe descifrar hasta que volvió a hablar–. Y le fue infiel y, por lo que tengo entendido, no era solamente sexo. Se enamoró de otra. Mis padres casi se separan. Al final, eligió a mamá, pero creo que ella jamás lo perdonó.

–Lo siento.

–Pero ahora ella se comporta como si hubiera sido un santo –había enojo en sus palabras–. Yo... yo... quería a papá, y lo perdoné por no ser perfecto, porque nadie lo es... Pero quiero recordar a mi papá, no una versión idealizada de él, ¿entiendes?

Asentí y le apreté la mano.

–¿Eso me convierte en mala persona?

–Por Dios, no.

Jim exhaló lentamente y volvió la vista al lago. Estudié su perfil y noté que había relajado la mandíbula y los hombros.

–Estoy contento de haberte conocido, Nora O'Brien –dijo mientras observaba un ave sobrevolar el agua y dirigirse hacia los árboles.

–¿Sí?

Me volvió a mirar y quitó suavemente su mano de las mías, pero para rodearme los hombros con el brazo.

–Me gustaría quedarme un poco más, si te parece bien.

–Seguro, no tengo que ir a trabajar hasta dentro de un par de horas.

–No –se rió y negó con la cabeza–. No, quiero decir... Me gustaría quedarme un poco más en Donovan. Más allá de hoy.

De pronto, entendí lo que me estaba pidiendo. A pesar de sentirme intimidada por el deseo que veía en sus ojos, también me intrigaba lo diferente que era. Venía de un lugar completamente distinto a Donovan. Lo había visto en la televisión y en las películas, y de todos modos no me podía imaginar cómo era la vida en la ciudad en la que él había crecido. Por un lado, no me importaba. Lo que sí me importaba es que era un lugar muy distante de Indiana, misterioso y seductor, una aventura que me esperaba a un océano de distancia de mi pequeña vida común y corriente. Y Jim era parte de eso.

Asentí. Yo tampoco estaba dispuesta a dejarlo ir, todavía.

TRES

Desde los doce años he odiado el olor a antiséptico de los hospitales.

Me despierta los nudos de odio que tengo en el estómago.

A pesar de eso, todos los meses, sin falta, tomaba un autobús para recorrer los noventa minutos hasta el hospital de niños de Indianápolis. Había estado haciendo eso durante los últimos cinco años, sin contar el año anterior en el que mamá me dejaba ir más seguido.

Ella no solía darme descansos, pero el año en que cumplí doce me lo permitió.

Ahora creo que piensa que estoy loca. Hemos discutido acerca de mis visitas mensuales, pero no pienso renunciar a esto. Finalmente, dejó de tratar de impedirme que fuera.

—Ey, Nora —Anne-Marie se me acercó mientras recorría el pasillo en dirección a la sala común en el tercer piso—. Te vuelves cada día más hermosa, cariño.

Me dio un abrazo y me apretó contra sí.

Le sonreí afectuosamente. Conocía a la enfermera desde que era niña.

—Tú también.

Puso los ojos en blanco, pero no me soltó.

—¿Qué trajiste hoy?

Le mostré el libro que traía conmigo: *Las brujas*, de Roald Dahl.

—¿Asusta demasiado?

—No —me aseguró.

Aliviada, sonreí. Lo único que me ayudaba a olvidar esos nudos en el estómago era saber que, por un par de horas, iba a hacer que los niños en la sala común no pensaran en los tubos que tenían dentro, en los respiradores, en los tanques de oxígeno, y en su falta total de energía.

Intentaba elegir libros y obras de teatro que los niños más pequeños pudieran oír, pero que también fueran graciosas para entretener a los más grandes.

Anne-Marie abrió la puerta de la sala común.

—Ey, chicos, ¡miren quién vino!

Entré y me encontré con sonrisas, saludos y una colección de "Ey, Nora", algunos efusivos, otros cansados pero cálidos. Niños de todas las edades y padeciendo todo tipo de enfermedades me miraban. Algunos estaban en sillas de ruedas, otros descansaban sentados. Algunos jugaban juegos en la computadora y otros, juegos de mesa. Algunos estaban pelados, otros tenían ojeras oscuras debajo de los ojos y un tono enfermizo en la piel. Había algunos que lucían mejor que la última vez que los había visitado, y eso me ponía feliz.

—¿Están preparados para asustarse? —pregunté sonriéndoles mientras Anne-Marie me guiñaba un ojo y se iba.

Lo que me encantaba de ellos era que, a diferencia de otros niños de la misma edad, dejaban de jugar con sus teléfonos, sus tablets y la consola de videojuegos del rincón, y me prestaban atención. Porque yo no los visitaba para preguntarles cuán mal se sentían hoy, o si estaban mejor, o si estaban cansados de sentirse cansados. Estaba allí solamente para transportarlos a otro lugar por un rato.

Nos acomodamos, y me paré frente a ellos, lista para actuar el libro entero si nos daba el tiempo. Lo había leído un par de veces antes de ir al hospital y había elegido qué voz tendría cada personaje. Algunos una vocecita. Otros un vozarrón. Frente a estos niños pasaba de ser la Nora O'Brien reservada y agotada, a ser una actriz de carácter. No sabía si era buena o malísima. Todo lo que sabía era que a los niños les encantaba. Y eso era liberador.

—La cosa más importante que deben saber acerca de las BRUJAS DE VERDAD es esto —dije con un acento inglés falso que los hizo sonreír y acercarse aún más—. Escuchen cuidadosamente…

Eché un vistazo al reloj y me di cuenta de que ya no había más tiempo, pero estaba a punto de terminar. Actué la última oración y cerré el libro.

Hubo un momento de silencio, y Jayla, una bonita niña de ocho años con leucemia, empezó a aplaudir. Los demás se le unieron, aunque Mikey, un niño de catorce años con una enfermedad renal, puso los ojos en blanco.

—Pensé que iba a ser de miedo.

—Dio miedo —insistió Jayla, frunciendo el ceño.

—Sí, a los bebés como ustedes —Mikey me hizo una mueca—. Eres demasiado atractiva para hacer de la bruja.

—La bruja era hermosa —afirmó Annie, una niña de trece años de Greer, un pueblo a unos kilómetros de distancia de Donovan.

—Sí, hasta que mostró que era una vieja fea. No fue creíble esa escena —sostuvo Mikey, señalándome.

—No digas que soy atractiva, Mikey. Es incómodo.

—Deja de serlo, entonces —me sonrió.

—No puede, tonto —se burló Jayla y puso los ojos en blanco como queriendo decirme "Chicos".

Me reí y atravesé la sala para besarle la frente.

—Me alegra que lo hayas disfrutado, cariño.

Me miró extasiada y luego le echó una mirada triunfal a Mikey, y eso me dio mucha risa.

Mikey la ignoró y me miró con lo que supongo él creía que era una mirada fulminante.

–¿Por qué Jayla recibe un beso de despedida y yo no?

–No seas molesto, Mikey.

Me dirigí hacia la puerta.

–¿Qué? Entonces, ¿estar en la lista de espera para trasplantes de riñón no es motivo suficiente para recibir una sesión de besos de simpatía?

Resoplé.

–No de mí.

–Qué porquería –se quedó pensando un momento y se volvió hacia Annie, que estaba sentada junto a él–. ¿Y tú?

Ella hizo una mueca.

–No soy la segunda opción de nadie, Michael Fuller.

Por más entretenido que fuera, por más que me encantaría estar con ellos todos los días, no podía.

–Tengo que tomar el autobús, chicos. Gracias por pasar un rato conmigo.

–¿Nos vemos el mes que viene? –me preguntó Jayla con sus ojos azules llenos de esperanza.

–Salvo que salgan de aquí y vuelvan a casa, que es lo que espero que hagan, sí, volveré el mes que viene.

Los nudos volvieron en cuanto me despedí y cerré la puerta de la sala común.

–¿Está Anne-Marie? –pregunté en el puesto de las enfermeras.

Una enfermera que no reconocí negó con la cabeza.

–¿Le dices que Nora le dejó un saludo y que la veré el próximo mes a la misma hora?

–Por supuesto.

Como por arte de magia, los nudos de mi estómago desaparecieron en cuanto salí y respiré el aire caliente y pesado de la ciudad que tenía la fuerza suficiente como para borrar el olor a hospital.

Tomé el autobús hacia Donovan y me pasé noventa gloriosos minutos leyendo. Era el paraíso, aunque el aire acondicionado parecía estar roto y el sudor me caía por la espalda y se juntaba en mi sujetador.

No sentí la depresión habitual que me despertaba volver a Donovan porque mi vida no era la misma que el mes pasado. El guion de mi vida había estado descansando en una mesa de café vieja y polvorosa hasta que Jim McAlister había entrado de golpe en la habitación y había desordenado todos los papeles. El libreto estaba hecho un completo desastre.

Y creo que eso era lo que más me gustaba de él.

Mientras me bajaba del autobús, pensaba en él y en las veces que me escabullí la semana pasada para encontrarnos. Casi podía oír su voz diciendo mi nombre.

Cuando me di vuelta, vi que estaba de pie afuera de la cafetería de May, con un café para llevar en la mano. Eché una mirada en dirección al pequeño estacionamiento y vi que Roddy estaba sentado sobre el capó del Mustang.

Jim y yo caminamos para encontrarnos. Parecía perturbado.

Me inundó la culpa y me sonrojé.

—Pensé que estabas trabajando —dijo señalando con la cabeza el autobús del que me acababa de bajar.

No supe qué decir. No había querido contarle a Jim acerca de mi trabajo voluntario porque se sentía… bueno, muy personal. Como si me fuera a ver obligada a dar explicaciones.

Y no quería. No estaba preparada a hablar al respecto.

Sin embargo, podía ver en su mirada irritada que, por lo menos, debía darle una explicación parcial. De lo contrario, arruinaría nuestra amistad.

—Estaba… bueno… no trabajando, sino haciendo de voluntaria en un hospital de niños de Indianápolis.

—¿Por qué no me lo contaste?

Pateé una piedra que tenía cerca y bajé la mirada para ocultarle mis ojos, y la verdad.

—Suena tan… niña exploradora —gruñí.

Jim se rio y suavemente me tomó del mentón, y no tuve otra opción más que alzar la vista hacia él.

—Es adorable. Eres jodidamente adorable.

—Deja de decir eso —le tomé la mano, pero no me la soltó—. ¿Qué están haciendo con Roddy?

—Bueno, estoy a punto de dejarlo tirado para pasar tiempo contigo.

Me reí.

—Qué buen amigo eres.

—Soy el peor. Pero en este momento, no me importa en lo más mínimo porque he estado aquí una semana y aún no te he besado… y tengo que hacer algo al respecto.

Me quedé completamente sin aliento.

—Ah.

—Tomaré eso como un "Sí, Jim, dejemos tirado a Roddy".

—¿Por qué no? —me encogí de hombros fingiendo indiferencia.

Jim se echó a reír y me pasó el brazo por los hombros. Caminamos en dirección a Roddy y el Mustang.

—Roddy, te voy a dejar en el motel, amigo.

Roddy hizo una mueca de asco y se dejó caer en el capó del auto.

—Maldita sea.

—Si esa chica no deja de mirarte, le clavaré un helado en la cara —amenazó Molly mientras llenaba el vaso de un cliente con soda dietética.

Suspiré. La chica a la que se refería Molly era Stacey. Estaba con su grupo casi siempre que me tocaba trabajar.

—No lo hagas.

—¿Cuál es su problema?

—Es Stacey Dewitte —susurré en voz tan baja que me sorprendí de que Molly pudiera oírme.

—Mierda. ¿*Esa* es la hermana menor de Melanie? Ni la reconocí —miró por encima de su hombro, supongo que a Stacey—. ¿Por qué te odia? ¿No eras buena amiga de Melanie?

—No me odia. Está… decepcionada, me imagino.

—¿Por qué? No tienes por qué aguantarte eso —Molly colocó la tapa en el vaso—. No tienes por qué… ay, tu novio está aquí.

Le seguí la mirada. Jim y Roddy estaban entrando al restaurante. Les sonreí y terminé de guardar la comida para llevar en la bolsa de mi cliente y se la alcancé en la caja registradora.

—Que tengas un buen día —dije.

Se alejó y, de pronto, Jim estaba en mi puesto. Me echó una mirada sombría que me llamó la atención. Durante las últimas dos semanas, él y Roddy se habían quedado en Donovan y hacían viajes cortos cuando yo estaba trabajando u ocupada. Pero siempre volvían al pueblo.

Por mí.

Siempre que Roddy estaba con Jim, se quejaba constantemente de seguir aquí, pero Jim estaba decidido a pasar tiempo conmigo. Yo seguía disfrutando de su compañía, que era un descanso de la monotonía de mi vida.

—¿Qué tal? —pregunté.

Pero antes de que Jim me respondiera, me robó la atención Stacey, que se dirigía a la salida junto a sus amigos. Tenía una expresión malhumorada, pero noté que también tenía tristeza en la mirada.

Y me sentí avergonzada por haberla decepcionado.

—¿Quién era esa? —volví la atención a Jim.

—Stacey Dewitte —interrumpió Molly con una mano en la cadera. Descubrió que Roddy estaba mirándole sus pechos, y lo regañó—. Ni lo pienses, escocesito.

Él se cruzó de brazos y le sonrió con soberbia.

—Cariño, si te quisiera, tus bragas estarían en el suelo en un segundo —afirmó con un acento escocés muy cerrado, y chasqueando los dedos.

Molly hizo una cara y se volvió a Jim.

—¿Qué?

—No quieres saberlo —le respondió luchando para no sonreír—. Me estabas diciendo… ¿esa chica?

Abrí la boca para desviar la conversación, pero Molly parecía decidida a ser una fuente de información.

—La hermana menor de Melanie Dewitte. Melanie era la mejor amiga de Nora cuando eran niñas —me apretó el brazo—. Murió de cáncer cuando tenían doce.

Quería quitarme de encima su mano y gritarle muy fuerte. Si hubiera querido que Jim supiera lo de Mel, se lo habría dicho yo misma.

—Mierda —se lamentó y me tomó de la mano—. Lo siento, Nora.

—Gracias. Sucedió hace mucho tiempo —respondí con una sonrisa temblorosa.

—Stacey se está portando como una niña malcriada, Nora. No tienes por qué soportar eso.

—No está haciendo nada —exclamé, y le eché una mirada a Molly para callarla. Ella puso los ojos en blanco y volvió a la caja registradora.

—Entonces, ¿qué los trae por aquí hoy, muchacho apuesto y muchacho no tan apuesto? —preguntó Molly cambiando de tema—. La bella Nora, obviamente.

—Obviamente —respondió Jim clavándome la mirada, y de nuevo percibí la sombra en su mirada oscura.

—¿Qué pasa? ¿Tu familia está bien?

—Están bien, pero… —miró a Roddy.

—Nora —explicó su amigo con un suspiro—, si nos quedamos aquí, no podremos terminar el viaje. Nos quedaremos sin dinero antes de poder hacerlo. Tenemos que irnos.

Se me aceleró el pulso y miré a Jim.

—¿Qué? ¿Ahora?

—A la mañana. A primera hora. ¿A qué hora sales? —noté que Jim parecía triste y que yo estaba sufriendo un ataque de pánico—. Me gustaría pasar tiempo contigo antes de que nos vayamos.

Antes de irnos.

Mierda. Se estaba por terminar.

Una vez que Roddy y Jim se fueran, todo volvería a la normalidad.

Me sentiría de nuevo atrapada, no deseada y deprimida. Este chico se había convertido en mi salvavidas.

—Tengo que volver a casa después de mi turno… —mamá me mataría si yo no llegaba y ella tenía que pedirse el día en el trabajo. Sin embargo, no me importaba. Aunque fuera egoísta, quería disfrutar del tiempo que me quedaba con el chico que había aparecido en mi vida y me había permitido volver a respirar por primera vez en un largo tiempo—. Pero no hay problema. Podemos encontrarnos. Salgo a las cinco.

Jim suspiró y asintió. Me examinó con solemnidad y noté que, debajo del bronceado, parecía un poco pálido y cansado.

—Volveremos en unas horas.

—Eso realmente apesta —dijo Molly cuando los muchachos ya se habían ido.

Asentí y fingí estar ocupada limpiando la bandeja de condimentos junto a mi caja registradora. Oí que ella se me acercaba.

—¿Ustedes ya han…?

La miré y casi me reí de la expresión que tenía. Tenía las cejas alzadas.

—Me entiendes…

—¿Qué?

Formó una "o" con el pulgar e índice izquierdos, y metió y quitó el índice derecho en ella.

—Ay, Molly —la tomé de las manos y se las bajé para que los clientes no las vieran.

—¿Y? —preguntó entre risas.

La verdad es que no, Jim y yo no habíamos tenido sexo. Nos habíamos besado algunas veces, y me había toqueteado los pechos, pero eso era todo. Y me había dicho de entrada que no me iba a presionar para hacerlo porque quería que supiera que para él yo significaba más que eso.

Por un lado, estaba aliviada porque no sabía si quería perder mi virginidad con Jim, o con cualquiera, para ser sincera. Por otro lado, tenía miedo. Jim me confundía porque lo quería cerca. Me gustaba porque representaba un escape de mi vida infeliz, y amaba que me hiciera sentir especial. Pero también me preocupaba darle tanto poder a otra persona sobre mis sentimientos.

Había una vez un tiempo en el que yo pensaba que el sol salía y se levantaba con mi padre.

Y eso no terminó muy bien.

—No —le respondí finalmente a Molly.

—Deberías hacerlo esta noche —me recomendó—. Si se va, a mí me encantaría contarles a mis nietos que perdí la virginidad con un apuesto escocés que pasó por el pueblo. De hecho, quizás lo haga de todos modos. Una mentira es mejor que Kenny Stringer detrás de las gradas.

—¿Piensas contarles a tus nietos cómo perdiste la virginidad?

—Claro, si me preguntan.

—¿Y Kenny Stringer? ¿Detrás de las gradas? ¿En serio?

—Teníamos catorce —Molly frunció la nariz y se estremeció—. Es sorprendente que después de eso haya vuelto a darle otra oportunidad al sexo.

Un momento… recordé algo.

—Me dijiste que habías perdido la virginidad con Caden, el primo de Cory, en undécimo año.

—Bueno, no quería reconocer la verdad. Para ser justa, Caden fue el primer chico con el que la pasé bien.

Sacudí la cabeza.

—No soy tú, Molly. No puedo acostarme con alguien sin más.

—Pero es su última noche. Apuesto a que lo está esperando.

La idea me despertó mariposas en el estómago. Seguro que no… Jim me había dicho que no quería presionarme… Pero es cierto que lo había dicho sin tener en cuenta su partida. Ambos sabíamos que el momento llegaría, pero lo habíamos ignorado.

Ahora que la realidad era innegable, tal vez Molly tenía razón. Quizás Jim querría tener sexo de despedida.

Me mordí el labio.

—Nora.

Las mariposas me estaban descomponiendo.

—Nora.

Me empezaron a temblar un poco las rodillas.

—¡Nora! —Molly chasqueó los dedos frente a mi cara—. Dios, estás blanca como la pared. Mierda. No tienes que hacer nada que no quieras, ¿está bien?

—Molly. No estoy lista… —asentí, mareada.

—Entonces no lo hagas —me apretó el hombro—. No le debes nada a este tipo.

Justo cuando estaba terminando el turno, vi el Mustang aparcando en el estacionamiento. Aunque Molly me había tranquilizado un poco, la ansiedad no había desaparecido por completo. Me preocupaba decepcionar a Jim. Por más que me estuviera resistiendo, él se había vuelto importante para mí.

—Terminaste —me sonrió Molly—. ¡Diviértete!

Le sonreí insegura, y me apuré a buscar mi bolso en el vestuario. Desafortunadamente, no tenía ropa para cambiarme, así que tendría que pasar tiempo con los chicos vestida con mi uniforme. Ni loca volvía a casa a cambiarme porque mamá me obligaría a quedarme y cuidar a papá.

Solo por una vez… solamente esta vez. Quería ser osada, irresponsable y completamente egoísta.

Jim y Roddy estaban comprando hamburguesas para llevar cuando aparecí desde la parte trasera del edificio.

—Te conseguimos algo para comer —dijo Jim señalando las bolsas.

No me apetecía mucho la comida pero era un gesto dulce. Les sonreí a modo de agradecimiento.

Jim, Roddy y yo nos alejamos del restaurante caminando, cuando la vista de un rubio alto bajándose de su camioneta GMC me hizo titubear.

—Mierda —murmuré.

Cory Trent.

Jim me puso la mano en la parte baja de la espalda.

—¿Qué sucede?

—Nada, vamos.

Desafortunadamente, tendríamos que pasar junto a Cory y su primo Caden.

Antes de que el papá de Cory comprara la empresa de papá, él se había comportado como un reverendo idiota conmigo. Sus malos tratos empeoraron después de que lo rechacé cuando me invitó a una cita en el último año de la escuela. No le había caído muy bien a Cory, que pensaba que era lo mejor que le podía pasar a una mujer.

Se decía que estaba pasando el verano antes de ir a la universidad en Palm Springs, donde la mamá de Caden se había mudado después de su divorcio.

Al parecer, no todo el verano.

—Bueno, bueno, bueno —exclamó Cory al pasar junto a nosotros.

Tenía puestos pantalones cortos de surfista, sandalias y una camiseta con cuello polo, y caminaba como si fuera el dueño del pueblo. Con un poco de dinero y fama, un niño se convierte en un completo imbécil.

O, al menos, eso le había pasado a él.

Lo cierto es que era un imbécil desde el kínder.

—Cory —suspiré.

Jim debe haber notado algo en mi lenguaje corporal, o quizás fue la mirada lasciva y furiosa con la que Cory me miró de arriba a abajo. Sea lo que sea, sentí que los chicos se ponían en estado de alerta, y Jim dio un paso para ponerse delante de mí.

Los ojos de Cory pasaron de él y de vuelta a mí. Me miró con desprecio.

—Los poderosos han caído bajo, ¿verdad, Nora?

—¿Cuál es tu problema? —preguntó Jim con un tono de advertencia en la voz.

Cory alzó una ceja, miró a Jim y se volvió resoplando hacia su primo.

—¿Quién es el jodido extranjero?

—Chicos, vamos —le di un tirón a la manga de Jim y avancé cuando de pronto Cory se me puso enfrente.

—¿Qué apuro tienes, O'Brien? ¿No crees que es hora de que admitas que cometiste una equivocación? —dejó caer la mirada a mis pechos, y quise taparlos... o patearlo en las bolas. De hecho, tenía ganas de hacer las dos cosas.

No hizo falta, porque de pronto Jim se interpuso. Apoyó una mano sobre el hombro de Cory y le dio un empujón. Con fuerza.

—Apártate.

Cory se acomodó la camiseta y frunció el entrecejo.

—Me gusta ver que finalmente obtienes tu merecido, Nora. Siempre pensaste que eras mejor que los demás. Parece que ahora que sabes que no es cierto, finalmente abriste esas piernas flacas de pájaro que tienes.

—Más te vale cerrar el pico, amigo —le advirtió Jim.

—Ah, en tu lugar no me molestaría por esta. Se hace la especial pero no lo es —dijo Cory. Caden estaba de pie sonriendo cual secuaz idiota—. ¿No es cierto, Nora? Sabes que te invité a salir solamente porque me diste pena, ¿verdad? Habría sido un polvo por lástima. Eres una más, después de todo.

Instintivamente, supe cómo reaccionaría Jim, y si no hubiera sido por eso, Jim se le habría echado encima a Cory en un instante. Me moví en cuanto Jim saltó hacia adelante, y con todas mis fuerzas lo rodeé con los brazos e intenté detenerlo.

—Olvídalo. No vale la pena —con suavidad alejé a Jim en dirección al coche y miré Roddy suplicándole que me ayudara.

Roddy me rodeó y puso una mano sobre la espalda de su amigo para empujarlo hacia el auto mientras yo le echaba una mirada fulminante a

Cory por encima del hombro. Estaba acostumbrada a su abuso, pero era humillante oírlo decir eso frente a mis nuevos amigos.

—Úsala, tíratela y corre, hombre, ese es mi consejo —dijo Cory—. Esa perra solamente te dejará olor a perdedora.

Jim se volvió, pero llegó tarde.

Roddy ya había dejado caer la comida al suelo, había dado tres pasos y le había dado un puñetazo tan fuerte que a Cory le fallaron las rodillas. Hubo un momento de silencio mientras Cory yacía en el suelo, moviendo la cabeza de un lado a otro, confundido y con la sangre chorreándole de la nariz.

Caden alzó las manos cuando Roddy lo miró con odio.

—Ey, amigo, yo no hice nada.

Sin decir una palabra, Roddy volvió a nuestro lado, furioso. Tomó las bolsas de comida, abrió la puerta del auto y se metió adentro.

Pasé la mirada de Cory en el suelo a Jim, que tenía una expresión de satisfacción malévola en la cara.

—¿Qué acaba de suceder?

—Métanse en el auto así podemos comer —nos gritó Roddy desde adentro.

—Le caes bien —aseguró Jim con una sonrisa de oreja a oreja.

Volví la vista a Cory, y Caden lo estaba ayudando a incorporarse.

—Aparentemente.

Estacionamos frente a la habitación de los muchachos en el motel a las afueras del pueblo. Roddy se sentó en la acera y terminó su hamburguesa, mientras Jim y yo dábamos cuenta de las nuestras sobre el capó del auto.

Nadie mencionó a Cory o el hecho de que Roddy me hubiera defendido. Es más, no hablamos mientras comíamos. El silencio era pesado e incómodo.

—Bueno —dijo Roddy mientras estrujaba el papel y se incorporaba—, aunque la conversación ha sido fascinante, me voy a dormir.

Rodeó el coche y se detuvo frente a mí.

—Bájate del auto.

Me bajé inmediatamente. Roddy era más que intimidante.

Pero luego, para mi sorpresa, me encontré envuelta en un abrazo de oso. Me levantó del suelo y no me quedó otra opción que devolverle el abrazo, mientras se me escapaba una risita.

Cuando me dejó de vuelta en el suelo, me apretó la cintura por última vez.

—Eres una dulzura, Nora. No permitas que ningún imbécil te diga lo contrario —me guiñó el ojo y me sonrojé.

—Gracias, Roddy.

—Sí. Bueno —se despidió con una simple inclinación de la cabeza y se dirigió a la habitación.

Me di cuenta de que esta era nuestra despedida.

—¡Adiós! ¡Que tengas un buen viaje! —grité.

Alzó la mano para despedirse sin mirar atrás y desapareció dentro de la habitación.

Cuando finalmente me volví para mirar a Jim, sus ojos expresaban tristeza y eso me provocó una punzada de dolor en el pecho. Me senté de vuelta en el capó junto a él.

—Ey, ¿qué pasa?

—¿Qué pasa? —alzó una ceja—. Me voy, eso pasa.

—Ya sé —triste, aparté lo que quedaba de mi hamburguesa y miré la ruta frente a nosotros.

—Nunca mencionaste a Melanie —dijo de pronto.

Me puse tensa ante el cambio de tema sorpresivo.

—Nunca hubo oportunidad.

—Siento que hayas perdido a tu amiga.

—Gracias.

—No me has contado mucho acerca de tus padres tampoco.

Lo miré por el rabillo del ojo y descubrí que me observaba con el ceño fruncido.

–¿Qué quieres saber?

–Si te tratan bien. En qué situación te dejo si me voy.

–¿*Si* te vas? –volví la cabeza rápidamente hacia él, extrañada–. Jim… no soy responsabilidad tuya.

Sus ojos oscuros ardieron como brasas.

–Créeme, no me siento responsable de ti. Al menos, ese no es el sentimiento predominante. Yo… –se pasó una mano temblorosa por el pelo–. Mierda, no sé qué quiero decir. Es que, eres especial, Nora. Eres jodidamente especial y cuando ese imbécil habló mal de ti, quería matarlo. Por eso Roddy hizo lo que hizo, por eso lo golpeó. No solamente porque no le gustó oír lo que ese tipo decía, sino porque sabía que yo habría hecho algo mucho peor si hubiera podido.

–Cory es un idiota y no vale ni tu tiempo ni tu preocupación. Me invitó a salir cuando estábamos en el último año y pensó que yo me iba a dejar caer a sus pies como todas las otras tontas que se acostaron con él. Le dolió el orgullo de macho cuando lo rechacé.

–Eso… eso no es lo que me preocupa. Me preocupas *tú*. Te mereces algo más que estar atrapada en este pueblo de porquería haciendo un trabajo de mierda.

–Estaré bien –mascullé.

Conocía mi realidad. No necesitaba que Jim me hiciera notar lo mala que era.

–No quiero que estés solo bien –me tomó de la mano y me acercó a él–. Quiero que tu vida sea jodidamente fantástica, Nora. Creo que quiero eso para ti más de lo que lo quiero para mí.

Me acurruqué en sus brazos, abrumada. Él siempre me abrumaba.

Jim no me soltaba.

–¿Qué quiere decir eso? –susurró para sí.

–No lo sé –susurré.

Y entonces me besó.

Sabía por las tonterías que había hecho con mi único novio hasta el momento, Steve, cuando estábamos en décimo grado, que los besos de Jim eran mil veces mejor. Sus labios eran suaves, pero sabían lo que querían, y sus besos eran muy agradables. Los de Steve eran torpes y húmedos. No eran agradables. Aunque no había tenido que soportar su torpeza mucho tiempo. Rompimos cuando él se dio cuenta del poco tiempo libre que yo tenía.

Dejé de pensar en Steve en cuanto Jim me abrazó y me empujó contra su pecho. Mientras nos besábamos, una de sus manos me acariciaba la cadera, mientras que la otra se deslizaba suavemente para acariciarme el pecho derecho.

Me gustaba cuando hacía eso. Me provocaba un temblor en la parte baja del abdomen. Pero no podía dejar de pensar, y a medida que los besos de Jim se volvieron más urgentes, más intensos, me preocupé de que Molly tuviera razón.

Me aparté de su abrazo y le presioné el pecho para que se alejase. Avergonzada, sintiéndome muy joven e inexperta, y preocupándome por sentir que algo me faltaba, no pude mirarlo a los ojos.

—No puedo tener sexo contigo.

Jim se quedó en silencio por un buen rato. Mi corazón estaba desbocado.

Finalmente, me puso la mano en el mentón y me obligó a levantar la mirada. En su expresión había deseo, pero también bondad.

—No espero sexo, Nora. Ya te dije… Para mí eres mucho más que un revolcón. Y, de todos modos —miró alrededor y continuó divertido—, estamos al aire libre y Roddy está en la habitación.

Me reí y recuperé la calma.

—Lo siento. No estoy lista.

O algo no andaba bien conmigo, y haría falta un milagro para excitarme al punto de que quisiera tener sexo.

—Por supuesto —me acomodó contra él—. Pasemos un rato juntos y hablemos. Cuéntame más acerca de tu mamá y tu papá.

Y porque había sido tan dulce conmigo, y porque no lo volvería a ver, me permití contarle más de lo que ya le había dicho.

—No nos llevamos bien —me relajé contra él—. Papá y yo nos llevábamos bien, pero después de que…

No le había contado a Jim lo de la pierna de papá, y sentí que no era algo que debiera contar yo. Para papá era un tema delicado, como si se avergonzara al respecto. No sé si eso era porque había perdido una pierna o porque si hubiera sido más cuidadoso, quizás no hubiera sucedido.

—¿Tu papá…?

—Se enfermó —me decidí—. Cuando se enfermó, nos hizo a un lado.

Jim me abrazó con más fuerza.

—¿Y tu mamá?

—No es mala persona. No… no sabe cómo estar cerca de mí, supongo. Y trabaja todo el tiempo. Siempre lo ha hecho.

—¿Y tú te quedas a cargo de tu papá?

Asentí.

—Es demasiado para alguien que recién empieza —susurró. Su respiración rozó mi oreja—. Tus padres deberían estar ayudándote a salir al mundo, no manteniéndote aquí para que los cuides. Te mereces más que eso, Nora.

Sonreí con tristeza.

—¿Y para qué es la familia, entonces?

Gruñó como si no estuviera de acuerdo conmigo.

—¿Tienes ganas de emprender el resto del viaje? —pregunté tratando de cambiar de tema.

—Roddy sí —sonaba totalmente desanimado—. Yo voy a extrañarte demasiado. Yo… realmente me importas muchísimo, Nora.

Se me cerró la garganta de la emoción al darme cuenta de que nuestro tiempo juntos se estaba acabando. Lentamente, me invadía el pánico.

—Yo también te extrañaré mucho.

Al escuchar la emoción en mi voz, Jim me abrazó con fuerza y metió su cabeza en mi cuello. Sentí que se estremecía.

Lo rodeé con los brazos y nos sostuvimos lo más cerca que dos personas pueden estar físicamente. Intenté no pensar en que, si dejaba que Jim se fuera la mañana siguiente, estaría dejando ir al futuro que debía tener.

CUATRO

Jim me dejó en casa. Me pareció que no tenía sentido ocultarlo de mamá, dado que se iría al día siguiente.

Lo estudié con curiosidad mientras nos deteníamos, para ver cuál era su reacción a nuestra casita rodeada por tantas mucho más grandes. Pero apenas parecía notarlo.

—¿Aquí vives?

—Aquí vivo.

Asintió y se pasó la mano por la cara, mirando a cualquier lado menos a mí.

—¿Jim?

Sacudió la cabeza y se aferró al volante con tanta fuerza que los nudillos se le pusieron blancos.

—Creo que es mejor que te bajes, Nora —murmuró con la voz ahogada.

Al oír la emoción en su voz y darme cuenta de que no quería mirarme a los ojos porque los suyos estaban llenos de lágrimas, me recorrió una oleada de ternura. Me costaba mucho no sentirme tocada por cuánto se preocupaba por mí, habiéndome conocido tan poco tiempo. No había una fila de personas queriéndose preocupar por mí, a decir verdad. Su afecto por mí no me era indiferente.

Esa oleada de ternura, de gratitud, me llevó a estirarme hacia él. Le toqué la mejilla que tenía vuelta hacia mí, y sentí su barba incipiente.

Suavemente, lo obligué a mirarme. Los ojos me ardieron al descubrir que, de hecho, tenía lágrimas en los suyos.

Y algo más.

Algo que me asustó y que me hizo desearlo, al mismo tiempo.

—Jim —susurré preguntándome cómo era posible que sintiera tanto por mí cuando no me conocía en lo más mínimo.

Me acercó hacia él y me clavó los labios en la boca. Al principio, no pude reaccionar porque me asustó lo intenso que fue ese beso. Solo pude acariciarle la mejilla para tratar de calmarlo. Eso pareció funcionar, porque su beso se hizo más lento, más tierno, y lo disfruté más.

Nos separamos, respiró hondo y me dio un último beso en los labios.

Otro en la nariz.

Y un último beso en la frente.

—Por favor, vete —me suplicó de pronto.

Sintiéndome culpable sin siquiera saber por qué, hice lo que me pedía. Tomé el bolso y luché para abrir la puerta. Cuando estaba a punto de cerrarla y dejarlo ir, decidí que se merecía algo más.

—Jim —me incliné para mirarlo, pero él tenía la vista obstinadamente clavada en el frente—. Estas dos semanas… jamás las olvidaré. Me he sentido sola últimamente y tú me mostraste que no tenía por qué ser así. Gracias.

Cerré la puerta antes de que él pudiera decir algo porque en cuanto las palabras salieron de mi boca me volví increíblemente vulnerable.

Me maldije por haber dicho demasiado y me apuré a entrar a casa.

Escuché el partido de papá incluso antes de abrir la puerta. El abrigo de mamá colgaba del nuevo gancho que yo había colocado, y sus zapatos estaban en el suelo.

Aparté a Jim de mi mente y me preparé. Era hora de volver a mi vida y hacer las paces con el estado actual de las cosas. Empezaba ahora mismo porque estaba segura de que mamá me iba a asesinar.

Me quité los zapatos y entrecerré los ojos al notar que la puerta de mi habitación estaba abierta. La luz caía sobre el pasillo.

–¿Mamá? –pregunté y avancé.

Verla sentada sobre la cama hizo que me detenga súbitamente en la puerta.

Alzó la vista y me miró con furia.

–Tuve que pedirme el día.

–Lo siento.

–No, no lo sientes –se burló mamá.

Sin saber qué decir, me quedé de pie, esperando el estallido.

Nunca llegó.

Se puso de pie y se acercó a mí. Heredé la altura de mamá, y nuestras miradas quedaban al mismo nivel.

Teníamos el mismo color y forma de ojos.

Pero los de ella eran más fríos, más duros y parecían cansados. Una de las cosas que más temía era despertarme un día, mirarme en el espejo y descubrir a mi madre devolviéndome la mirada.

–¿Crees que no sé lo del tipo del Mustang? –puso los ojos en blanco–. Dios mío, Nora, pensé que eras más inteligente. Te la pasas dando vueltas por el pueblo con esos chicos irlandeses, mintiéndome acerca de tus horas extras.

–Es escocés –murmuré.

–¿A quién mierda le importa? Es un hombre y no hará más que usarte, embarazarte, irse y cargarnos con más responsabilidad que no necesitamos.

–Uno, no me acosté con él, y dos… –el pánico se arrastraba en mi interior y, de pronto, el estallido no vino de mamá. Vino de mí–. ¡Se ha ido! ¿Está bien? ¡Ido!

Mamá ni se inmutó ante mi inusitada explosión emocional. Me observó atentamente.

–Creo que es para mejor. ¿No te parece? –comentó en voz baja.

Me reí con una risa desagradable.

–Esta familia dejó de saber qué es "para mejor" hace mucho tiempo.

–¿Qué quieres decir con eso?

Agotada, me encogí de hombros.

—Nada. No quiere decir nada.

Entrecerrando los ojos, mamá achicó el espacio entre nosotras.

—Escúchame, y escúchame con atención... Cuanto antes dejes de vivir en tu cabeza y en tus libros de mierda, mejor. Así es la vida. Y no es una mala vida. Es pequeña, es sencilla y es necesario trabajar mucho, pero hay personas que no tienen nada. Nosotros tenemos algo. Y que tú andes por ahí comportándote como si esto fuera demasiado poco no está bien.

Sus palabras eran tan similares a las que me había dicho Cory, que me estremecí como si me hubiera dado una bofetada.

El remordimiento le apareció en los ojos, y suspiró.

—No quiero lastimarte. Solo no quiero que la pases mal esperando algo que jamás sucederá. Si tuviéramos más dinero, las cosas serían diferentes —me dio una palmada en el hombro, la mayor muestra de afecto que podía darme mamá—. Pero no tenemos. Y necesitamos vivir con las bendiciones que obtuvimos y debemos agradecer por poseer al menos algo.

Me sentí culpable, y me pregunté si en realidad era una mocosa malcriada y desagradecida. Dejé escapar una exhalación y dije que sí con la cabeza.

—Tienes razón. Siento no haber vuelto a casa hoy. No volverá a suceder.

Se me quedó mirando como si no me creyera.

—¿Qué?

—Nada —dijo entre dientes—. Me voy a dormir.

Pero antes de pasar junto a mí, miró hacia la cama. Debajo de ella.

El corazón me saltó en el pecho, pero esperé a que se fuera para cerrar la puerta y buscar la caja de zapatos que guardaba debajo de la cama. Mientras la abría, contuve la respiración.

En cuanto cumplí dieciocho años, usé mis escasos ahorros para obtener el pasaporte. No sabía por qué lo hacía o por qué pensaba que algún día lo usaría. Solo sentí que debía tenerlo. Ese librito azul representaba mis sueños y mi esperanza. Saber que estaba en la caja de zapatos, escondido debajo de la cama, me hacía más fácil vivir cada día de una vida que no deseaba.

Porque simbolizaba posibilidad.

Guardaba el pasaporte al fondo de la pila. Escondido. Sin embargo, se las había arreglado para llegar arriba de todo.

Eché un vistazo a la puerta del dormitorio y me di cuenta de que mamá había estado revisando mis cosas.

Había encontrado el pasaporte.

Súbitamente, tuvieron sentido sus comentarios sobre estar agradecida por lo que tenía.

Por más que quisiera prestar atención a sus consejos, interpretar lo que me decía como sabiduría, tenía una voz rebelde en mi interior diciéndome que mamá debería querer que yo fuera más ambiciosa que ella. Que estaba mal que no lo quisiera.

Confundida, me puse el pijama y me metí en la cama. No podía dejar de pensar en todo lo que había pasado ese día.

Mi último pensamiento antes de dormirme fue Jim y cuánto envidiaba su libertad.

Tres semanas más tarde...

—Papá, mamá quiere que pague unas facturas. ¿Estarás bien si me voy un ratito?

—No soy un inválido —se quejó mientras miraba la televisión—. Ah, espera, sí lo soy.

—Supongo que eso es un sí —suspiré.

—Puedes suponer que estoy mirando el partido y que no puedo escucharlo contigo hablando.

Alzó la voz hacia el final de la frase.

No le respondí. Tomé mi bolso y con mucho gusto me escapé de la casa. Caminé por Washington Oeste y vi a nuestra vecina, Dawn, mientras acomodaba a su hija Jane en el asiento trasero del auto. La saludé con la mano.

—Ah, hola, Nora —me saludó con una sonrisa—. Vamos a ir al centro comercial. ¿Necesitas que te lleve?

—No, estoy yendo a lo de May para usar una computadora.

La cafetería de May también era un cibercafé y podías pagar para usar una de sus computadoras. Teníamos una en casa, pero hace seis meses se había roto y no la habíamos arreglado aún. Tampoco podíamos comprar una nueva. Aunque teníamos wifi, mi celular era barato y viejo y me volvería loca si intentaba usarlo para pagar las facturas en línea. Era más fácil ir a lo de May. Además, salía de la casa.

—Ah, cariño, puedes usar la nuestra —dijo Dawn—. Podemos volver a entrar en casa contigo un momento. No tenemos apuro.

Dawn Reese y su esposo Paul eran dos de las personas más amables que he conocido en mi vida. Eran el tipo de vecinos que harían lo que sea por cualquiera, incluyendo aguantarse a mi molesta familia. Sonreí, agradecida.

—Eres muy amable, Dawn, pero yo….

¿Cómo explicarle que quería salir de la casa y alejarme de mi padre?

—¿Sabes qué? La conexión de May es más rápida —afirmó, con una mirada de comprensión en sus ojos.

Le sonreí agradecida.

—Pasen un día lindo en el centro comercial.

Nos saludamos y seguí caminando.

Pensé en Jim y Roddy. Me habían dicho que volaban de vuelta a Escocia en una semana. Un dolor me oprimió pecho y me lo froté distraída. Cuando estaba aquí, la franqueza y los sentimientos de Jim me intimidaron. Pero a lo largo de las últimas tres semanas, había deseado tanto verlo de nuevo, que me empecé a preguntar si me había enamorado de él.

Extrañaba su sonrisa.

Y extrañaba su mirada.

Me miraba como si yo fuera importante.

Como si yo fuera muy, muy importante.

Extrañaba sus besos.

Y a pesar de lo insegura que me había sentido en aquel momento, me arrepentía de no haberme acostado con él. Jim se preocupaba por mí. Mi primera vez debería haber sido con alguien a quien le importara tanto como a él.

Era una completa imbécil.

Sentí la amargura del remordimiento en la lengua, y me ardieron los ojos por las lágrimas.

También extrañaba a Roddy. Era bastante malhumorado para ser tan joven, pero era divertido. Además, no me olvidaría jamás cómo había aplastado a Cory como si fuera un insecto en el parabrisas. Con eso ya me había salvado el verano.

—¿Piensas pasarme por al lado como si nada?

Me paralicé.

Giré a la derecha.

Y me quedé mirando. Estupefacta.

El Mustang estaba en el estacionamiento de mi trabajo. Roddy estaba junto a la puerta del conductor, con gafas de sol, así que no podía ver sus ojos. Jim estaba apoyado contra el capó con las manos en las caderas y sonriéndome de oreja a oreja.

Estaba tan metida en mis pensamientos que les había pasado por al lado sin darme cuenta.

Me inundó una oleada de alegría y el peso que cargaba sobre los hombros desde que se habían ido, desapareció.

—¿Qué? —sonreí maravillada—. ¿Qué están haciendo aquí?

La respuesta de Jim fue trotar en mi dirección riéndose a carcajadas, y cuando me alcanzó, me abrazó y me levantó en el aire.

Jadeé sorprendida y le pasé los brazos alrededor del cuello para sostenerme. Jim me besó mientras me colgaban los pies. Gruñó, y me apretó tan fuerte que me hizo doler.

—Jim —jadeé.

Relajó el abrazo, y vi sorpresa y seriedad en sus ojos oscuros.

—Volví por ti.

De la emoción, le clavé los dedos en los hombros. ¿Qué quería decir?

Vio la duda en mis ojos y me dejó en el suelo, pero no me soltó. Inclinó la cabeza hacia la mía.

—Te extrañé mucho. Y es raro, porque nos conocemos hace muy poco. Pero siento como si te conociera de toda la vida, Nora. Y al mismo tiempo siento que no te conozco para nada… y lo único que quiero es saber todo acerca de ti. Quiero ser la persona que te conozca mejor que nadie. La idea de que otro tipo pueda tener esa oportunidad me da dolor físicamente. Y sé que quizás pienses que me he vuelto loco, pero cuando Roddy y yo estábamos en Las Vegas, no hice más que pensar que si hubieses podido estar allí, me habría casado contigo y te habría llevado conmigo a casa.

Sorprendida, me quedé mirándolo mientras miles de pensamientos pasaban por mi cabeza.

Por supuesto, una gran parte de mí pensaba que estaba loco.

Pero también creía que estaba siendo totalmente sincero.

—Te amo —me dijo con una sonrisa nerviosa—. Me he enamorado de ti. No eres como las otras chicas que he conocido. Pareces tener más de dieciocho años, eres buena, divertida. Nunca sé lo que estás pensando y eso me vuelve loco de la mejor manera. No eres egoísta, te importan los demás. Y ayuda que seas la chica más hermosa que he visto en la vida.

Sus palabras se enredaron con la confusión de mi cerebro.

Recordé a Jim diciéndome que merezco más. Era un chico proponiéndome no solo amarme, amarme de verdad, sino que me estaba ofreciendo más.

Me estaba ofreciendo una escapatoria.

No puedo explicar la fascinación que despertó esa idea en mí. Era un monstruo que se había estado ocultando dentro de mí hacía mucho y, de pronto, alguien le había abierto la puerta de la prisión. Era egoísta, egocéntrico, estaba hambriento. Y tenía una sola idea en mente.

—¿Me… me estás pidiendo que me case contigo y me mude a Escocia?

Jim asintió, con una expresión de dolor.

—Piensas que estoy loco, ¿verdad?

—Sí… completamente.

—Entiendo —aflojó su agarre y bajó la vista.

—Pero…

Una parte de mí quería decir que sí, lo cual era también una locura total.

Jim me miró con sus ojos iluminados por una mezcla de incredulidad y de esperanza.

—¿Qué? —exclamó.

Aunque sentía como si fuera a vomitar en cualquier momento, también me recorría oleada de adrenalina. No había experimentado esas sensaciones en un largo tiempo. Me hizo sentir viva. Muy viva.

—¿Puedes darme el día de hoy para pensarlo?

—¿Hoy? —asintió rápidamente—. Puedo darte un día.

—Está bien —me temblaba el cuerpo. No podía creer que lo estaba siquiera considerando—. Vuelve a la medianoche. Estaciónate en mi calle y te daré mi respuesta.

—No puedo creer que lo estés considerando —dijo Jim mientras exhalaba tembloroso—. Roddy pensó que estaba loco, pero yo… no podía irme a casa sin decirte que te amo.

Perdí el equilibrio y Jim se estiró para sostenerme.

—¿Estás bien? —preguntó.

—Es mucho —me reí un poco histérica—. Um… bueno… Me voy, creo. ¿Esta noche?

—Esta noche —asintió.

Y me besó suave y dulcemente.

—Haría cualquier cosa por ti, Nora —murmuró—. Protegerte, amarte, darte cualquier cosa. Te lo prometo.

De algún modo me las arreglé para pagar las facturas que mamá quería que pagara, pero no logro recordar nada al respecto. Casi no recordaba haber hablado con May o haber saludado a personas que conocía de toda la vida.

Y apenas podía recordar haberme subido al autobús y estar sentada durante quince minutos. Pero allí estaba, de pie frente a la entrada del Cementerio Municipal de Donovan. La única manera de describir lo que me pasaba es decir que sentía que alguien me había sacudido con tanta fuerza que me había hecho temblar por dentro.

Me sudaban las palmas de las manos. Las hice un puño y me obligué a entrar. Hacía un año que no iba. Desde que sabía con seguridad que iba a quedarme atrapada en Donovan.

Después de una caminata de cinco minutos, la encontré.

EN MEMORIA DE
MELANIE DEWITTE
1993-2005
AMADA HIJA, HERMANA Y AMIGA
ETERNAMENTE EN NUESTROS CORAZONES

Como siempre, las lágrimas me ardían en los ojos y en la nariz. Aliviada porque no había nadie en esta parte del cementerio, caminé hacia su tumba y me senté junto a la lápida negra.

—Ey, Mel... —tenía la voz húmeda y ronca—. Siento mucho no haberte venido a visitar en tanto tiempo.

Hubo un silencio, y luego una brisa suave arrastró una rosa sin tallo a lo largo de la tumba de Mel.

Me reí. Las rosas eran mi flor favorita. Mel lo sabía.

—Tomaré eso como un saludo enojado. Y me lo merezco. Lo siento.

Pasé la mano por la lápida y apoyé una mejilla contra ella. Dejé que cayeran las lágrimas. Con Melanie podía sincerarme acerca de mis sentimientos.

—No quería decepcionarte. Deberías ver cómo me mira Stacey. Dios, tu hermana piensa que soy una perdedora. Y me siento como una perdedora. Ya sé, ya sé, tú no piensas eso. Pero te he decepcionado, Mel. Te prometí que saldría de aquí, que buscaría un escenario en algún lado y tendría una vida maravillosa. No solo por mí, sino también por ti. Te prometí que viviría extraordinariamente, que lo haría por las dos —me estremecí y traté de contenerme—. Te quitaron todo. Todo. Pero yo sigo aquí… Y trabajo en un maldito restaurante de comidas rápidas… Y sufro el maltrato de papá.

Una suave brisa me acarició el pelo cariñosamente y, como en el caso de la rosa, me gustaba pensar que en realidad era mi mejor amiga. Cerré los ojos. Deseé poder oírla, pero con el paso de los años su voz había desaparecido de mi memoria. Aún podía ver su cara, escuchar su risa pero por más que trataba, y Dios, traté mucho, no podía recordar su voz.

—Te extraño —susurré—. Extraño tener a alguien que me conozca. Que me conozca en serio. Mejor de lo que se conocen a sí mismos. Ya no tengo eso, Mel… Y sé que es egoísta sentarme aquí y decírtelo pero, como siempre, tú eres la única persona con la que puedo hablar.

Me sequé las mejillas y sorbí por la nariz.

—Conocí a alguien —confesé después de un momento de silencio—. Un chico. Es de Escocia.

Sonreí porque sabía lo mucho que le hubiera encantado eso a Melanie.

—Creo que está un poco loco porque dice que me ama, y me conoce desde hace unas pocas semanas. De hecho, no me *conoce* en serio —fruncí el ceño y examiné mis emociones–. Lo extrañé tanto cuando no estuvo que creo que debo amarlo. Pero es una apuesta, ¿verdad? Un riesgo inmenso. Quiere que me case con él.

Me reí.

–Lo sé, lo sé, me dirías que estoy loca. Piensas que lo estoy por siquiera pensar en casarme a los dieciocho años. Siempre dijimos que no seríamos ese tipo de chica, que primero haríamos realidad nuestros sueños antes de pensar en enamorarnos… Quiere que vaya a Escocia con él. *Escocia*. Nunca he ido más allá de Indianápolis.

Por un momento, me quedé en silencio juntando el valor de decirle lo que no podía decirle en voz alta a nadie más.

–Si me quedo aquí, no viviré esa fantástica vida que te prometí que viviría por las dos. Si hago una locura y me caso con alguien que ni conozco, al menos tendré la oportunidad de salir de aquí. Pero eso significa arriesgar mucho. Abandonar a mi familia, que por más desastrosa que sea, sigue siendo mi familia, y me necesitan. Y es peligroso. Si Jim es quien creo que es, es genial porque me encanta tenerlo en mi vida. ¿Y si resulta ser alguien completamente diferente, alguien peor a lo que ya tengo? Soy la persona más egoísta del mundo por considerarlo, ¿verdad?

Cerré los ojos y pasé la mano por el costado de su lápida.

–Pero si le digo que no… Tengo miedo de la persona en la que me convertiré aquí, Mel. Siento que me estoy ahogando. Y a nadie le importa. A nadie más que a Jim. Y lo amo por eso. Eso tiene que importar, ¿verdad?

Una ráfaga de viento sopló repentinamente, y dejé de temblar por un momento.

–Sí –sonreí insegura–. Eso es lo que pensé que dirías.

–Papá, es hora de ir a la cama.

Como siempre, papá se había quedado dormido frente a la televisión y mi voz lo sobresaltó. Frunció el ceño, pero asintió y, como siempre, caminé detrás de su silla de ruedas en dirección a su dormitorio.

Mamá todavía no había llegado de su turno en el restaurante. Había llamado para decirme que se quedaba trabajando horas extras en Al's. Lloré cuando cortamos porque por más que no fuéramos muy cercanas, quería verla por última vez. Tendría que arreglármelas con una carta. Una explicación. Una disculpa. Y un pedido de perdón.

Papá me ayudó a meterlo en la cama, y se colocó sobre un costado dándome la espalda.

—Papá.

Gruñó.

—Papá.

—¿Qué? —masculló.

Se me llenaron los ojos de lágrimas y resbalaron por mis mejillas antes de que pudiera detenerlas. Me costaba hablar, decir las palabras sin que oyera las lágrimas. Me lamí los labios salados y exhalé.

—Sabes que te quiero, ¿verdad?

Bajo el brillo tenue de la luz del pasillo, vi que se ponía tenso. Y luego se relajó muy lentamente. No se dio vuelta. Se quedó mirando la pared.

—Yo también te quiero, pequeña— susurró con un tono de voz que me rompió el corazón, un tono de voz cargado de remordimiento y pena.

Me estremecí por el esfuerzo que tuve que hacer para no sollozar, y me escapé de la habitación sin decirle buenas noches. Ni adiós.

Tomé mi abrigo del perchero, me puse los zapatos y revisé de nuevo mi mochila para estar segura de que tenía todo lo que necesitaba. Después de visitar a Mel, había vuelto a Donovan y extraje todos mis ahorros del banco. Dejé la mayor parte de ellos en un sobre con la carta para mamá y papá, y la puse sobre mi almohada.

Me llevé el resto conmigo, aunque sabía que probablemente alcanzaría solo hasta Las Vegas.

Volví a revisar mi pasaporte y contuve las náuseas.

Finalmente, el reloj de mi teléfono móvil me anunció con precisión que era la medianoche.

Mientras salía de casa por la calle Washington Oeste, me sequé las lágrimas porque no quería que Jim pensara que la decisión de irme con él me resultaba demasiado desgarradora.

Encontré el Mustang al final de la calle y a Jim que bajaba de él. Nos apuramos a encontrarnos. El corazón me latía tan fuerte en el pecho que sentía que iba a explotar.

Y luego estaba en los brazos de Jim. Me abrazaba fuerte y calmaba el temblor que me recorría.

–Shhh –susurró, y me besó el pelo–. Todo estará bien.

Esperaba que Jim tuviera razón porque nos íbamos a Las Vegas, y yo estaba por apostar en él todo lo que tenía.

CINCO

Edimburgo, Escocia
Julio de 2014

M e metí la camiseta polo en los pantalones de trabajo y me miré por un instante en el espejo para asegurarme de que me veía pulcra y cuidada. Odiaba verme con el uniforme. Con un suspiro, me puse la etiqueta con mi nombre sobre el pecho izquierdo. Me estaba peinando el cabello en una coleta larga cuando Jim apareció en el espejo detrás de mí.

Me rodeó la cintura con los brazos y apoyó la barbilla sobre mi hombro para mirarme en el espejo. Tenía el cabello despeinado, la barba crecida y me sonreía con esa sonrisa torcida suya.

Dos años atrás, me habría apoyado contra su pecho y habría puesto mis manos sobre las suyas, que reposaban en mi vientre. Sin embargo, algo había cambiado en mí en los tres años que habíamos estado casados. Quizás *cambio* no era la palabra adecuada.

Quizás la palabra que estaba buscando era *entendimiento*.

—Desearía que pudieras quedarte una hora más. Hoy empiezo recién a las diez. Tú y yo podríamos hacer muchas cosas en ese tiempo —me apretó más fuerte y me sonrió, travieso.

Mi esposo seguía pareciéndome atractivo. Eso era algo. Pero se mezclaba con todos los otros sentimientos, o no sentimientos, en realidad, y me salí de su abrazo.

—Lo siento, no puedo.

Cuando caminé hacia nuestra pequeña cocina y sala de estar abiertas, escuché que me seguía.

—Ojalá supiera qué mierda te pasa por la cabeza —exclamó impaciente—. Pero nunca lo sé.

No quería discutir antes de ir a trabajar. Lo miré por encima del hombro mientras metía los pies en mis cómodos zapatos negros.

—Pensé que eso era lo que te gustaba de mí —bromeé.

Vi dolor en sus ojos oscuros antes que pudiera ocultármelo.

—Al principio era sexy. Ahora es irritante.

Una punzada de culpa me atravesó el pecho y me puse a la defensiva.

—Sabías quién era cuando te casaste conmigo, Jim.

—Sí —asintió enojado—. Solo que pensé que después de tres años de jodido matrimonio me dejarías entrar de vez en cuando.

Pensé en la noche anterior, y cómo lo habíamos hecho sobre el sofá. Le eché una mirada.

Esto hizo que se enojara aún más, aunque también había pasión en su mirada.

—Ah, sí, cariño, me dejas hacerte lo que quiera mientras tenemos sexo… pero no puedo ni siquiera intentar abrazarte.

Nos miramos como dos oponentes. Nos preguntábamos por qué teníamos que tener la misma conversación cada dos o tres semanas. Se sentía como si hubiéramos estado batallando al menos por un año.

—¿Esto tiene que ver con la universidad? —quiso saber.

La culpa se desvaneció momentáneamente y fue reemplazada por frustración. Tomé mi bolso y avancé hacia la puerta.

—No tengo tiempo para esto.

—Bueno, hazte tiempo —era rápido y mucho más alto que yo, y colocó la mano contra la puerta de entrada.

—¿Qué quieres que te diga?

De pronto, Jim se suavizó y se estiró para ponerme la mano en la mejilla.

—Cariño, sabes que no tenemos dinero para pagarla. Es muy costoso entrar a la universidad aquí. Además, necesitas obtener muy buenas calificaciones… y tú ni siquiera sabes lo que quieres hacer de tu vida.

—Sé que no quiero estar reponiendo estantes de un supermercado.

¡No me había ido de Estados Unidos para volver a hacer exactamente lo mismo!

La culpa le endureció las facciones.

—Mira, estoy trabajando duro y en unos pocos años quizás me hagan capataz. Significará más dinero, y quizás podrás dejar tu empleo. Tendremos niños para entonces, y tú podrás estar aquí con ellos.

La idea me dio escalofríos internos.

—No quiero ponerte esa carga sobre los hombros. En particular cuando no tiene que ver con que tú ganes más dinero, Jim. Yo tengo que ganar más dinero. Quiero hacer algo de mi vida que me de orgullo y, ahora, no estoy capacitada para hacer nada.

—No pienso que estés cargándome con nada. Quiero que tengas una buena vida, y que no tengas que preocuparte por trabajar. Somos un equipo.

Nunca me escuchaba. Por mucho que intentaba hacerlo escuchar, nunca lo hacía de verdad. Pero no quería discutir al respecto.

—Lo sé.

—¿De verdad? —me miró con recelo.

Dos semanas más tarde, habíamos vuelto a la normalidad, con las cabezas metidas en la arena y fingiendo que nuestro matrimonio estaba bien. Pero eso no era así. Estaba repleto de promesas rotas.

El día de nuestra boda, prometí amar y cuidar a mi esposo, y creí que lo hacía y que lo iba a hacer.

Y cuando él me había pedido que nos casáramos, Jim me había prometido que yo haría y tendría todo lo que quisiera. Pero no era cierto. Edimburgo era una ciudad cara, y aunque la educación no era tan costosa como en Estados Unidos, estaba fuera de nuestro alcance económico. Había alternativas, pero eso implicaba estar muy justos por un tiempo. Era posible, de todos modos. Por supuesto que lo era. Pero Jim no estaba de acuerdo con la idea, y sin su apoyo, yo no podía hacerlo.

No sé si fue resentimiento infantil, o si la triste realidad era que lo que había sentido por mi esposo fue algo del momento, pero una mañana me desperté y me di cuenta de que había roto mi promesa de amarlo. Quería a Jim… pero no estaba *enamorada* de él. Me había casado con un amigo, no mi mejor amigo y, según parecía, la diferencia era muy importante.

De hecho, sabía que nos dirigíamos a un choque. La idea me asustaba casi tanto como pensar que *esta* sería mi vida para siempre. A veces, sentía que había cambiado de país, pero no de situación. Aunque no era cierto. Al menos con Jim tenía una familia que me apoyaba y un grupo de amigos que me hacía sonreír.

A pesar de la sorpresa y el recelo que me tuvieron cuando llegué a Edimburgo, la madre de Jim, Angie, y su hermana mayor, Seonaid, aprendieron a quererme. No les quedó mucha opción, supongo, porque los primeros meses vivimos apretados en su casa de tres habitaciones en Sighthill. Según descubrí, estaba al oeste, en las afueras, a veinte minutos del centro de la ciudad.

No me gustaba la zona en la que Jim había crecido. Me enamoré del centro. Era difícil no hacerlo. La arquitectura era fantástica, por supuesto. Los edificios neoclásicos y georgianos de la Ciudad nueva eran bellísimos. Cuando caminé por la Ciudad nueva por primera vez, me imaginaba en una novela de Jane Austen, con un vestido de la época de la Regencia.

Y estaba el castillo. El castillo de Edimburgo se alzaba sobre un volcán extinguido entre la Ciudad vieja y la nueva. Era como un rey gigante sentado en el trono elevado controlando sus dominios. Me hubiera encantado tener un hogar con vista al majestuoso edificio. Pero

Jim y yo tendríamos que cuadriplicar nuestros ingresos anuales, y más aún, para poder pagar un lugar cerca del castillo.

Edimburgo era hermoso. Escocia era hermosa. Era todo lo que me había imaginado y más.

La Ciudad vieja también era encantadora, pero muy distinta a la Ciudad nueva. La universidad estaba allí y, por supuesto, eso me interesaba. Y me atraía.

También estaba la Royal Mile, una calle de la época de la Reforma con empedrado y oscuros y evocadores callejones.

La ciudad era más que su aspecto. En la Ciudad nueva había dinero: hermosos apartamentos, abogados, contadores, psiquiatras, centros comerciales de alta gama, bares, restaurantes de cinco estrellas y hoteles boutique de lujo. Generaba aspiraciones, y resultaba atractiva a esa parte secreta de mí que se preguntaba cómo sería la vida sin limitaciones de dinero.

La Ciudad vieja era más compleja. Era informal, sencilla, artística, divertida, seria, extravagante y sobria. Estaba repleta de estudiantes, y creo que quizás por eso era una combinación de todos los estilos posibles. Y me encantaba porque, sin importar quién eras, había un lugar para ti.

En cuanto a Leith, un barrio cerca de la costa, también me gustaba. Estaba cerca del puerto y era una combinación de dinero y no tanto. Había apartamentos de lujo con vista al río, restaurantes con estrellas Michelin, clínicas de cirugía estética y el yate real Britannia. Pero también había pubs bastante descuidados y un centro comercial con tiendas baratas. Yo trabajaba en un supermercado en Leith y Jim ganaba buen dinero con su empleo en la construcción. Aunque estábamos ahorrando casi todos nuestros ingresos para comprar una casa y teníamos que esforzarnos para poder hacerlo, Jim quería que yo viviera en un lugar lindo. Por eso, había alquilado un apartamento de dos ambientes a quince minutos de la costa y de mi trabajo en el supermercado.

Poco después de que nos hubiéramos mudado, Seonaid consiguió un lugar cerca de nuestra casa. Pensaba que se escribía *Seona*, porque se pronunciaba *si-o-na*. Hasta que lo vi escrito. Aparentemente, su nombre generaba cierta polémica, porque la mayoría de las personas pensaba que debía pronunciarse *Shona*. A los dieciséis años, abandonó la escuela y, siguiendo el consejo de su mamá, suavizó su acento deliberadamente para que sonara más inglés, y empezó a trabajar en una peluquería. Trabajó muchísimo hasta que, finalmente, consiguió un trabajo en una peluquería elegante de la Ciudad nueva. Ganaba el mismo dinero que Jim y yo juntos. Así que, podía mantener un lugar propio. Me gustaba tenerla cerca porque se había convertido en mi amiga más cercana.

Solíamos estar con Roddy y Seonaid cuando teníamos tiempo libre. A veces se nos unían los amigos de Seonaid y compañeros de trabajo de Jim y Roddy. Pero la mayoría de las veces, cuando decidíamos espontáneamente ir a un bar, éramos nosotros cuatro.

Así estábamos un domingo varias semanas después de que Jim y yo hayamos discutido acerca del futuro. De nuevo.

Nos habíamos encontrado con Seonaid y Roddy en Leith's Landing, una cervecería sobre la costa. Si el día estaba soleado, preferíamos sentarnos afuera junto al río. Pero había aprendido que esos días radiantes eran una rareza en Escocia, y si había algo que extrañaba más que a mi familia, eran los veranos en Indiana.

—Ay, qué imbécil –gruñó Roddy y bebió un buen sorbo de su cerveza mientras miraba la enorme pantalla detrás de la cabeza de Seonaid. Había un partido de fútbol en la televisión, y aunque Jim y Roddy habían estado comentando acerca del partido durante los últimos treinta minutos, no podría haber dicho quién demonios estaba jugando.

El fútbol hacía que me volviera ciega y sorda.

A pesar de que Jim me estuviera abrazando, imaginé que había dejado de existir. Solía hacerlo cuando los muchachos miraban fútbol. Seonaid me estaba contando acerca de una actriz a la que le había cortado el pelo en la semana. No me quería decir quién era, y nos entreteníamos jugando a las adivinanzas.

Me sorprendí cuando Jim se volvió de pronto hacia mí.

—Reservé una cabaña en Loch Lomond para que vayamos dentro de dos semanas. De viernes a domingo. Pensé que te gustaría.

Me quedé mirándole la cara, que ahora me resultaba tan familiar como la mía. Jim tenía la habilidad de desarmarme y despertarme la culpa cuando me sentía desesperanzada y él hacía algo romántico. Pero la verdad era que no me conocía a pesar de saber cómo tomábamos el café, qué posición nos hacía roncar cuando dormíamos, qué comida nos daba flatulencia y cuánto papel higiénico usaba cada uno en una semana.

Desde que me había mudado, Jim intentaba mostrarme lugares de Escocia siempre que podíamos. Usualmente, nos tomábamos una semana del trabajo y alquilábamos una caravana (que estaban ubicadas permanentemente en un parque de vacaciones) o nos quedábamos en una cabaña en algún lado. Loch Lomond era mi lugar favorito. Estar rodeada de colinas y aguas calmas me hacía estar en paz por un tiempo. Y la paz era algo que me costaba conseguir.

—¿Sí?

Jim me besó suavemente los labios. Cuando se alejó, me estudió con el ceño fruncido.

—Me parece que necesitamos un pequeño descanso nosotros dos solos.

La parte desagradable de mi inconsciente quería decir que un fin de semana en Loch Lomond no iba a solucionar nuestros problemas, pero, como Jim, esperaba un milagro.

—Suena genial.

—¿Qué están murmurando? —preguntó Seonaid en voz alta.

—Nada de tu incumbencia —sonreí.

—¿Es acerca de la universidad? —insistió con una enorme sonrisa de satisfacción.

Su pregunta me puso inmediatamente tensa, y Jim incrementó la presión de su brazo. Miró a su hermana con una mueca.

—¿De qué estás hablando?

Seonaid frunció el ceño y me miró. Alzó una ceja cuando vio mis ojos bien abiertos, mi cabeza que negaba ligeramente y mi mandíbula apretada.

—Eh…

—¿Qué es eso de la universidad? —me preguntó Jim.

—Nada.

—¿Qué es eso de la universidad? —esta vez se dirigió a su hermana después de maldecir por lo bajo.

Seonaid pasó la mirada entre su hermano y yo varias veces, y decidió, claramente, no prestarme atención.

—Estuve mirando la política de admisión de la Universidad de Edimburgo y resulta que Nora podría entrar.

—¿Qué? —exclamó Jim mirándola fijo.

—La Universidad de Edimburgo —repitió Seonaid lentamente—. Nora podría entrar.

—¿Cómo mierda va a entrar Nora a la Universidad de Edimburgo? —dijo de pronto Roddy sin apartar la vista del partido—. Es una de las mejores veinte universidades del mundo. La cuarta en el Reino Unido.

—¿Cómo demonios sabes eso? —resopló Seonaid.

Roddy despegó la vista de la pantalla y le echó una mirada divertida.

—Tú piensas que soy idiota, pero *sé* leer, sabes, Si-Si.

—No pienso que eres idiota, solo perezoso —sonrió sin arrepentimiento.

—No lo soy para las cosas importantes —afirmó y bajó ligeramente los párpados.

Era imposible ignorar la indirecta. Seonaid puso los ojos en blanco y se volvió hacia Jim. Me había enterado rápidamente que Roddy era el único que llamaba Si-Si a Seonaid. Ella consideraba que era un apodo sin sentido y ridículo, pero que igual se lo permitía. Había algo entre los dos que no podía definir aún. Jim parecía no darse cuenta. O estaba fingiendo, algo que se le daba bien, que entre su hermana y su mejor amigo solo había una amistad. No estaba segura de que fuera cierto. Quizás por parte de Seonaid, pero no estaba convencida acerca de Roddy. Coqueteaba con ella todo el tiempo, pero era tan directo, seco y sarcástico que pienso que Seonaid asumía que era pura broma. Además, ella tenía cuatro años más, así que no creo que se le pasara por la cabeza que el chico que había crecido junto a su hermano menor quisiera quitarle las bragas.

–Cómo… espera –Jim quitó su brazo de mis hombros y se volvió hacia mí–. ¿Cómo piensas entrar en la universidad? ¿Para estudiar qué?

Sacudí la cabeza. Temía una discusión, porque ya me había dejado en claro que la universidad no era una opción.

–No tiene importancia.

–Sí que la tiene.

–Un momento –dijo Seonaid inclinándose sobre la mesa–, ¿no le contaste sobre el puntaje increíble que obtuviste en los exámenes SAT?

–¿Los qué?

Percibí la inquietud en su voz y quería asesinar a su hermana.

–Seonaid, déjalo.

–No, no lo dejes –gruñó Jim–. Cuéntame.

–Los SAT son como nuestros exámenes superiores y avanzados –explicó Seonaid–. Necesitas un puntaje alto para entrar a la universidad. Si eres de Estados Unidos y quieres estudiar en Edimburgo, necesitas una calificación de al menos 1800 y aprobar dos clases avanzadas con al menos cuatro puntos. Nora obtuvo un puntaje de 2100 en sus exámenes SAT y aprobó tres clases con cinco.

–No sé qué mierda significa eso –escupió Jim.

–Significa que tu esposa es jodidamente inteligente –exclamó Seonaid–. Algo que a esta altura ya deberías saber.

–¿Por qué no me lo contaste? – Jim bajó la vista hacia mí y me miró como si fuera la primera vez que me veía.

—¿Que soy inteligente?

—Sé que eres inteligente, por el amor de Dios.

¿Lo sabía? ¿De verdad?

—Siempre estás leyendo —se encogió de hombros.

—Bueno, como Roddy acaba de probar, hasta los tontos pueden leer, Jim —observó Seonaid.

—No soy ningún tonto —replicó Roddy—. Si quieres, te lo puedo demostrar.

Jim le dio una palmada en la nuca. Roddy lo miró por el rabillo del ojo.

—¿Qué?

Seonaid lo ignoró y, con sus ojos brillando de entusiasmo, se estiró para tomar a Jim de la mano.

—¿Te imaginas a Nora en la Universidad de Edimburgo? ¡Nadie en la familia pensó que alguno de nosotros podría entrar en Edimburgo! Mamá estaría muy orgullosa si Nora entrara.

Se me aceleró el pulso ante la idea de ir a la universidad, de encontrarme entre esos estudiantes que envidiaba cada vez que los veía pasar con sus sudaderas de la universidad. Deseaba poder llenarme de conocimientos junto a otras personas que también amaban aprender. Y que Angie y Seonaid estuvieran orgullosas de mí era la cereza del pastel.

Jim miraba a su hermana como si estuviera hablando en otro idioma.

—¿Para estudiar qué? —me preguntó con tono acusatorio.

—Psicología —Seonaid respondió por mí de nuevo.

—¿Para qué demonios estudiarías psicología? —Jim entrecerró los ojos.

—Eh, no sé —dijo Seonaid a la defensiva—, quizás para dedicarse a ser psicóloga clínica, o algo en la educación o en salud, o para seguir estudiando, o para hacer cualquier cosa que signifique algo para ella.

—¿Te importaría dejar que mi esposa hable? —le preguntó con rabia Jim.

Seonaid lo miró con el ceño fruncido. Luego se relajó en su asiento y tomó un sorbo de vino.

La mesa se sumió en un silencio absoluto.

—¿Y?

—Jim, no tiene sentido discutirlo, ¿verdad?

—¿Tienes idea de lo costoso que es?

—Porque ahora soy residente en el Reino Unido, cuesta apenas unos miles de libras al año.

Después de dos años de casada, podía solicitar la residencia permanente, por lo que los aranceles eran *considerablemente* menores para los estudiantes escoceses.

—¿Apenas unos miles de libras? Es nuestro dinero para la casa —sostuvo—. Ya hablamos de esto.

Me invadieron la ira, la vergüenza y la culpa, y me sonrojé.

—Lo sé. Por eso nunca lo mencioné.

Después de examinarme un momento, Jim aceptó que estaba diciéndole la verdad, y se relajó. Un poco. Volvió a pasarme el brazo por los hombros, pero el peso ya no se sentía reconfortante. Se sentía opresivo, como una queja.

Miré a Seonaid del otro lado de la mesa. Descubrí que miraba a su hermano con el ceño fruncido y que parecía preocupada por mí.

—Jim…

—Seonaid, te quiero, pero esto no es asunto tuyo, maldición.

El silencio incómodo que invadió la mesa parecía aún más intenso que el ruido del bar, los gritos y festejos a la televisión y las conversaciones felices de domingo de todas las mesas del amplio salón.

Pero si había algo para lo que Roddy era muy bueno, era para acabar con los silencios incómodos.

—¿Sabes que es asunto tuyo, Si-Si? Todo lo que pasó en mi cama anoche.

A pesar de la tensión que emanaba de Jim, casi escupo la cerveza de la risa.

Los ojos de Seonaid brillaron.

— Roddy, siempre que tengas la mano derecha, nunca estarás solo.

Jim se sacudió de la risa. Yo también, probablemente porque estaba aliviada de que estuviera dejando pasar la conversación que acabábamos de tener.

Roddy sonrió de oreja a oreja. Seonaid era la única que lo hacía sonreír así.

—Soy ambidiestro, dulzura.

—Una póliza de seguro para la masturbación —ella alzó una ceja—. Así que la vida te dio una buena mano, después de todo.

Roddy se rio entre dientes y abrió la boca para responderle. Pero de pronto dirigió la mirada por encima del hombro de Seonaid y se le puso la cara de piedra.

—El imbécil ha llegado —anunció después de tomar su pinta y beber un largo sorbo.

El nuevo novio de Seonaid, Fergus, caminaba en dirección a nuestra mesa. Seonaid le arrojó una mirada irritada a Roddy.

—Pórtate bien.

Roddy la ignoró y se quedó mirando la televisión, lo que yo sabía que haría mientras Fergus estuviera con nosotros. Roddy nunca se portaba bien con ninguno de los novios de Seonaid, y ella había tenido unos cuantos desde que yo había llegado. No entiendo cómo todavía no se dio cuenta de que los coqueteos de Roddy escondían sentimientos reales.

Quizás ella también vivía en negación.

O podía ser que le gustara un tipo de hombre y que Roddy no lo fuera.

Simpatizaba con mi amigo y por eso me costaba que Fergus me cayera verdaderamente bien. Por eso, y porque Seonaid siempre se enamoraba de tipos muy apuestos que sabían que lo eran y se creían que eran una maravilla.

Roddy era demasiado rústico como para competir con cualquiera de esos tipos. Pero a pesar de sus quejas, a Roddy nunca le faltaba compañía. Tenía una actitud brusca y reservada que parecía funcionarle con las mujeres. Percibían lo que yo ya sabía: que debajo de ese exterior rústico, abrupto y engreído había un hombre muy amable y leal. Las volvía locas y le favorecía que las mujeres creyeran que eran las únicas que podían revelar ese aspecto.

—Hola, cariño —Seonaid se puso de pie para abrazar y besar a Fergus.

—Ey, ¿cómo están todos? —saludó mientras se acomodaba en nuestra mesa.

Jim y yo respondimos.

Roddy no.

Fergus apenas le prestó atención.

—No puedo quedarme mucho, amor —le dijo a Seonaid—. Jack me pidió que lo ayudara a mudarse.

—Ah —Seonaid pareció contrariada—. Nos hemos visto muy poco esta semana.

—Lo sé... —la besó con dulzura—. No me fastidies, ¿puede ser?

Quería darle una patada en las pelotas.

Al parecer, Seonaid sintió lo mismo.

—No te estoy fastidiando. ¿A ustedes les pareció que lo hice? —nos preguntó.

Roddy le echó una mirada de reojo, pero no contestó.

Jim evitó la pregunta. Se encogió de hombros y miró la televisión.

—¿Bebidas? —pregunté intentando cambiar la atmósfera—. ¿Alguien?

—Otra pinta —pidió Jim.

—Lo mismo —dijo Roddy alzando su pinta vacía.

—Vino —suspiró Seonaid al darse cuenta de que nadie quería involucrarse en otra pelea de pareja.

—Beberé una pinta de Tennent. Gracias, Nora —Fergus se dio la vuelta para ver qué partido estaban poniendo—. ¿Qué me perdí?

Dejé la mesa mientras Jim lo ponía al tanto.

En vez de quedarme de pie en la barra esperando que me atendieran, me senté en una de las butacas. Debido a mi estatura, solían pedirme identificación mucho más seguido. Eso era muy frustrante porque la edad legal para beber aquí era a partir de los dieciocho años. Aunque el barman, Gareth, me conocía, odiaba sentirme como una niñita de pie ante la barra.

Gareth estaba ocupado sirviendo a otro cliente. Me quedé meditando acerca del conflicto entre mi esposo y yo. Poco a poco me fui dando cuenta de que experimentaba una sensación extraña en el cuero cabelludo. Me dejé llevar por la sensación y moví la cabeza un poco para examinar el salón. Al principio, no pude darme cuenta de por qué me había sentido observada… y luego mis ojos se encontraron con los suyos.

El ruido del bar descendió a un murmullo mientras nos mirábamos a los ojos, el desconocido y yo. Desde la barra no podía distinguir de qué color eran sus ojos, pero estaban fijos. Con decisión. En mí.

Era mayor. Alto, de hombros anchos, parecía estar metido a la fuerza en la mesa en la que estaba sentado con su amigo. La mujer que estaba detrás de él parecía minúscula en comparación.

Verlo me quitaba la respiración. Su mandíbula era cuadrada y fuerte, la boca expresiva, sin afeitar. Tenía una expresión temperamental, una arruga entre las cejas y líneas de expresión sensuales en los ojos.

Me sonrojé y giré rápidamente hacia la barra.

Sentí la espalda caliente debajo de mi pelo largo, como si la mirada del desconocido aún ardiera en mí.

—Nora, estaré contigo en cuanto pueda —se disculpó Gareth.

Sonreí para tranquilizarlo. La cervecería se llenaba los domingos.

—¿Nora, entonces?

La butaca junto a la mía se movió, y me volví a regañadientes para mirar a mi nuevo vecino. Un tipo larguirucho, de veintilargos o treinta y pocos, me sonrió desde la butaca, con otro muchacho grandote a su lado. Cada uno tenía una cerveza en la mano, y me miraban de la manera lasciva que conocía y temía.

Eché un vistazo a mi mesa y me alivió un poco ver que Jim se estaba riendo con Seonaid y no le estaba prestando atención a la barra.

—Deja que te compremos una bebida, Nora —dijo el más alto.

—Estoy bien, gracias.

—Ey, vamos —tenía una sonrisa torcida, y sus pupilas me decían que ya había bebido demasiado—. No mordemos. A menos que lo pidas, claro.

—No, gracias —repetí con firmeza y aparté la vista.

Menos de un segundo después, sentí que su mano me rozó cuando la colocó en el borde de mi butaca. Lo miré y traté de apartarme ya que me tenía encerrada contra la barra.

—Soy Lewis —ladeó la cabeza en dirección a su amigo—. Él es Pete. Y hemos decidido que eres la cosa más sexy que hemos visto en años.

—También estoy casada —alcé el anular—. Así que…

Váyanse a la mierda.

—A quién le importa —dijo Lewis ignorándome.

—A mí me importa, maldición.

Me preocupé cuando mis ojos descubrieron a mi esposo completamente furioso.

—Jim, no pasa nada.

Apartó a Pete de un empujón y se acercó a Lewis.

—Quítale la mano de encima antes de que te la arranque y te la meta en el culo.

—Jim —le supliqué.

—¿Cuál es tu problema? —Lewis dejó su cerveza en la barra y se puso de pie. Era más alto que Jim, pero menos fornido. Sin embargo, no pareció importarle.

Y mi esposo estaba sobreprotector.

—Jim —advertí bajándome de la butaca y poniéndole la mano sobre el pecho—. Olvídalo. Están ebrios. No fue nada.

Jim me apartó la mano con tanta fuerza que me tambaleé. Después de eso, todo se volvió borroso.

Luego arrojó el primer puñetazo.

Gritos indignados y alentadores se oyeron cuando Jim y Lewis empezaron a golpearse. No era una pelea justa porque Jim no estaba para nada borracho, y era más grande, pero Lewis estaba decidido.

Después de que Jim le dio un golpe tan fuerte que lo puso de espaldas contra la barra, Lewis tomó un segundo para sacudirse el mareo, y luego se arrojó hacia Jim como un toro y lo sujetó de la cintura.

Vi que empujaba a Jim en mi dirección, pero había butacas y una columna en el camino. No reaccioné lo suficientemente rápido.

Me empujaron y caí.

Me dolió la muñeca derecha cuando me golpeé fuerte contra el suelo. Hubo una confusión de movimiento y sonido por encima de mí.

—Maldita sea —oí una voz grave por encima de todo el ruido.

Sentí unas manos fuertes debajo de las axilas. De pronto me encontré de pie y sintiendo que pesaba lo mismo que un colibrí.

Alcancé a ver fugazmente la cara de mi salvador cuando movió el cuerpo. Me sacudió cuando lo reconocí. Era el desconocido que me había observado antes.

De pronto, rodeó con los brazos a Jim y lo apartó de su oponente mientras que su amigo hacía lo mismo con Lewis.

—Basta —anunció con voz calma que llegó a cada rincón del bar.

Roddy apareció entre la multitud y se acercó a Jim. Para los demás, Roddy parecía indiferente, pero yo lo conocía bien. Y, como yo, estaba enfadado con mi esposo.

Le llevó un momento, pero Jim se liberó del agarre del desconocido. Señaló con el dedo a Lewis.

—Mantente lejos de mi esposa —me hizo un gesto y yo quise que la tierra se abriese y me tragara.

Miré con rabia a mi esposo e intenté ignorar la mirada penetrante del desconocido.

—Bien, fuera —Gareth se abrió paso a empujones entre la gente para llegar a Lewis y su amigo.

—¿Por qué nos tenemos que ir nosotros? —se quejó Lewis secándose la sangre de la nariz—. Él me pegó primero.

—Porque a ti no te conozco. Jim nunca causó problemas en mi bar...
hasta que llegaste tú. Así que váyanse de aquí, o los echaré a patadas.

El amigo del desconocido soltó a Lewis. Con paso inseguro y
amenazas vagas, se alejaron a tropezones.

Roddy le dijo algo a Jim que le hizo hacer una mueca, pero no
pude oír qué. A medida que los demás volvían a acomodarse, ende-
rezando sillas y volviendo a sus mesas, noté que el desconocido y su
amigo se sentaban en la barra. No me atrevía a hacer contacto visual
con él. No solo porque me sentía humillada, sino porque me preocupaba en serio que Jim reaccionara mal si me descubría mirando a
otro hombre. Que eso me preocupara era otro de los problemas de
nuestro matrimonio. Sabía que lo era.

Tenía el cuerpo rígido, y me dolía la muñeca. Dirigí una mirada de
reproche en dirección a mi esposo. Él me la devolvió derrotado.

Quería llorar.

Jim no siempre había sido tan posesivo y territorial. Había empeorado con los años, y no necesitaba una licenciatura en psicología para
darme cuenta de que surgía de su inseguridad.

En mi interior temía que mi esposo intuyera y descubriera cuáles
eran mis verdaderos sentimientos.

Los reproches desaparecieron y fueron reemplazados por la culpa.

—¿Estás bien?

Me deshice de los pensamientos melancólicos y me encontré con
Seonaid frente a mí sujetándome los brazos. Alcé la vista hacia su cara
preocupada.

—Estoy bien

—Te diste un buen golpe. El señor Apuesto —movió la cabeza en
dirección al desconocido sentado en la barra— te alcanzó antes que yo.

El latido en mi muñeca se intensificó e hice una mueca al alzar la
mano.

—Caí sobre la muñeca.

La cara de Seonaid se tiñó de furia, y miró por encima del hombro en dirección a su hermano. Lo que vio en ella hizo que finalmente él se acercara a mí.

—¿Estás bien? —me preguntó en voz baja.

—No, no lo está. Se lastimó la muñeca.

—Está bien —sostuve la muñeca contra el pecho.

—Jesús —Jim hizo una mueca y me pasó una mano por la cintura—. Lo siento, Nora. Lo siento tanto.

Asentí. Estaba demasiado cansada para regañarlo como me hubiera gustado.

—Vamos a casa, te vendaremos la muñeca.

La atmósfera se había arruinado. Estaba segura de que el bar entero suspiraría de alivio cuando nos fuéramos.

—Bueno.

—¿Quieren que vaya? —dijo Seonaid.

—No, no queremos —Jim le echó una mirada punzante y ella alzó las manos, como rindiéndose.

—Está bien. Te busco el bolso.

Volvió a la mesa y vi que le decía algo a Roddy. Fergus, siempre ignorante de cualquier cosa que no tuviera que ver con él, jugaba con su teléfono.

Jim me besó con suavidad.

—Lo siento —murmuró contra mi boca.

Asentí de nuevo. Mariposas de nervios movieron sus alas en mi vientre al pensar en la conversación que tendríamos. Seonaid volvía para entregarme el bolso. Aproveché el momento para echarle una mirada de reojo al desconocido.

Nuestros ojos volvieron a encontrarse. Esta vez estaba muy cerca. Lo suficiente como para escuchar mi conversación con Jim. Tan cerca como para que yo pudiera ver la curiosidad en sus hermosos ojos verdes. Se había mantenido tan tranquilo y había demostrado autoridad al detener la pelea. Apenas había necesitado hablar.

Aún sentía el fantasma de sus manos debajo de mis axilas, y dejé caer la vista a ellas. Me recorrió un estremecimiento que era una mezcla extraña de culpa y placer. Tenía manos grandes, con nudillos pronunciados y dedos esbeltos. Manos elegantes. Mi mirada se detuvo más de lo debido asimilando su físico entrenado delineado por su camiseta térmica negra.

La altura y su atractivo no era lo único que hacía que el desconocido llamara la atención. Olía a dinero. A pesar de la sencillez de su vestimenta —una camiseta térmica y vaqueros—, apestaba a dinero. Cuando me había alzado, me llegó un poco de su muy sensual colonia con aroma a tierra y frescura. Una combinación de madera, ámbar, hojas de menta y manzana. Parecía costosa.

Quizás no era solamente la ropa y la colonia las que me daban la impresión de que tenía dinero. Quizás era la seguridad, el control sobre el bar, como si él estuviera a cargo fuera a donde fuera.

Quizás es una cuestión de edad, me recordé. Parecía tener treinta y algo.

De pronto, Seonaid se puso delante de mí y me miró con una sonrisa comprensiva.

—Tu bolso.

Me sonrojé. Miré a Jim para asegurarme de que no hubiera dado cuenta de cómo me comía al desconocido con los ojos. Por suerte, no lo había notado y le di un abrazo a mi cuñada.

Mientras Jim me pasaba el brazo por la espalda y me conducía fuera del bar, volví la mirada por encima del hombro una última vez para descubrir que el desconocido me estaba observando. Alzó su bebida, y yo moví la cabeza a modo de agradecimiento, y le sostuve la mirada hasta que nos fuimos.

SEIS

No fue la alarma lo que me despertó a la mañana siguiente. Fue la lengua de Jim.

Una sensación de languidez y placer en la parte baja de mi abdomen me recorrió y me fue despertando la conciencia. Mi interior se tensaba y me desperté con un jadeo. Me sentí confundida por unos instantes. Estaba en la cama con la parte superior del pijama alrededor del cuello y los pechos desnudos.

Y entonces sentí una agradable sensación entre las piernas.

–Ay, Dios –gemí, y bajé la vista hacia la cabeza de Jim.

Alzó la vista para mirarme a través de sus pesadas pestañas, pero siguió explorándome con la boca.

Dejé caer la cabeza hacia atrás mientras él jugaba conmigo hábilmente.

Con los dedos aferrados a las sábanas, hice a un lado la sorpresa y disfruté que él buscara mi orgasmo. Mis caderas ondulaban por el deseo.

Después de tres años, Jim tenía esto bajo control.

No le llevó mucho tiempo hacer que intensas oleadas de placer recorrieran mi cuerpo, y antes de que acabaran, Jim estaba dentro de mí. Aún estaba sensible por el clímax, y me aferré a su cintura con una mueca de dolor.

Relajé el agarre y lo miré. Inclinó la cabeza hacia atrás, cerró los ojos con fuerza, apretó los dientes y comenzó a mover sus caderas. Le seguí el ritmo y sentí unas agitaciones de placer, pero no se comparaba con lo que había experimentado cuando posó sus labios sobre mí.

Habíamos descubierto que yo no podía alcanzar el orgasmo cuando estaba dentro mí. De hecho, me sentía muy desconectada. Jamás le diría esto a mi esposo y tampoco parecía molestarle. Se contentaba con poco. A su vez, siempre me hacía alcanzar el orgasmo con la boca antes de perderse en mi interior.

—Oh, sí —gimió Jim dejando las caderas quietas por un momento antes de estremecerse al alcanzar el orgasmo.

Después de apartarse de mí, se puso el brazo encima de la cara mientras su pecho se movía arriba y abajo con un movimiento breve y rápido. Eché una ojeada al despertador y descubrí que me quedaban solo diez minutos para prepararme para el trabajo.

Qué linda manera de empezar el día, pensé. Me acosté de lado y coloqué las manos debajo de la cabeza para observar a Jim cómo se calmaba.

—Bueno, eso fue algo distinto —susurré cuando su respiración se tranquilizó.

—¿Distinto bueno? —Jim levantó el brazo y me sonrió.

Era un poco desconcertante despertarme con su boca entre las piernas, pero definitivamente era algo bueno.

—Sí, obvio.

Se rio y me acercó hacia él. Posó su mano en mi trasero desnudo.

—Quería disculparme por lo de ayer. Fui un idiota.

Le toqué la mejilla lastimada sin poder mirarlo a los ojos.

—Prométeme que no lo volverás a hacer.

—Lo prometo —me besó—. ¿Nora?

—¿Mmm?

—Quiero que dejes de tomar la píldora.

Fue como si me hubiera arrojado una cubeta de agua helada. Me puse a temblar, me escapé de su abrazo y me senté en la cama. Un sudor frío me recorría las axilas, las palmas de las manos, y se me aceleró el ritmo cardíaco.

–¿Qué?

Por favor dime que no entendí bien.

–Creo que deberíamos empezar a buscar un bebé.

¿Qué malditos demonios?

–¿Nora?

¡Había perdido la cabeza!

–¿Nora?

–¿Te has vuelto loco? –me di vuelta para mirarlo furiosa.

Una expresión obstinada le apareció en la cara y apartó las cobijas para salir de la cama.

–Quiero hijos, Nora –dijo mientras se ponía interiores limpios y unos vaqueros.

–Tengo veintiún años –le respondí inmediatamente.

–¿Y?

Me levanté de la cama porque si no lo hacía, era capaz de matarlo.

–No estoy lista para tener hijos –respondí buscando ropa interior limpia y mi ropa de trabajo.

–¿Por qué no? No quiero ser uno de esos padres viejos que no tienen energía para sus hijos –me siguió al baño–. Veintiún años no son pocos.

–Si realmente piensas eso, entonces tú y yo estamos viviendo en planetas muy diferentes, Jim –le advertí–.

–¿Ahora? ¿O nunca? –su expresión se ensombreció.

Me invadió el pánico.

Y de pronto vi mi miedo en su mirada.

–Nora, te amo. Quiero tener hijos contigo.

–Soy demasiado joven para ser madre. Y un niño no es la solución a nuestros problemas.

–No se trata de eso.

–Ah, es exactamente eso.

Quería atraparme para siempre.

Me estremecí ante el pensamiento, como si me hubiera chocado contra un panel de vidrio, sin darme cuenta de que estaba allí.

Quería atraparme para siempre.

De alguna manera debo haber mostrado lo que pensaba, porque Jim dio un paso atrás, pálido.

—¿No quieres tener hijos o no quieres tenerlos conmigo?

Sentí náuseas y me puse una mano temblorosa sobre la frente. Me concentré en mantenerme de pie.

—Tú mencionaste el tema. No es justo.

—Quiero un bebé —dijo inexpresivo—. Tienes que dejar de tomar la píldora.

Salió del baño como dando por terminada la discusión.

Me llevó un minuto procesar lo que había tenido el atrevimiento de decirme. De exigirme. Un fuego se encendió dentro de mí y me apuré a seguirlo.

—¡No te atrevas a decirme lo que tengo que hacer, y menos con respecto a mi cuerpo!

Giró en la puerta del dormitorio. Sus ojos ardían.

—Ah, bueno, me prometiste tu cuerpo cuando te casaste conmigo, así que tengo derecho a opinar sobre él. Esta es la única manera en la que podemos seguir adelante con esta relación.

Su actitud posesiva me apretaba las costillas como un corsé, y se me escaparon las palabras antes de que me diera cuenta.

—No, es un intento desesperado de retenerme.

Un silencio espantoso cayó sobre la habitación, como nieve fría en un desierto caliente.

Nos miramos, y esperamos a que el otro hiciera la primera jugada.

—¿Por qué? —su voz estaba cargada de emoción—. ¿Por qué necesitaría retenerte? Eso sería verdad solo si te estuviera perdiendo.

No pude tolerar la angustia de su mirada y bajé la vista al suelo.

—Y si vamos a sincerarnos, Nora, siento que te he estado perdiendo hace rato. A veces me pregunto si alguna vez te tuve o si solamente me usaste para salir de esa porquería de pueblo.

Sentí una punzada en el pecho. La culpa, la vergüenza y el miedo me sobrepasaban. Me tambaleé en dirección a la cama. Las piernas no me sostenían ante el dolor de esa horrible verdad.

—A pesar de eso, no me importó —susurró Jim—. No me importó, Nora, porque te amo tanto, maldita sea. No me importó cuando hace meses dejaste de responder a mis "te amo". Lo único que me importa es despertarme contigo cada mañana, y dormirme contigo en nuestra cama cada noche. No quiero ser el imbécil que no confía cuando su esposa habla con otros hombres. No quiero pensar que un día llegaré a casa y encontraré que has hecho las maletas y te has ido, como cuando empacaste y dejaste a tu familia.

De pronto, se puso de rodillas frente a mí, con los brazos alrededor de mi cintura. Y alzó la cara hacia mí con tanto amor, que sentí que algo se rompía en mi interior.

—No tienes que amarme, Nora. Solamente te pido seguir siendo importante para ti y que me prometas que te quedarás. Para siempre. Quédate conmigo. Elígeme. Elígeme. Elige formar una familia conmigo… con niños también.

Esta vez nos miramos en silencio. Su expresión era de deseo. La mía, de culpa. Hubiera dado cualquier cosa por poder devolverle la profundidad de ese amor.

Cualquier cosa.

Pero no puedes obligarte a amar.

Se incorporó y, mientras lo hacía, me besó con suavidad.

—Si no es así, no podemos seguir como hasta ahora. Esta noche quiero una respuesta —susurró.

Esta noche quiero una respuesta.

Me estremecí, y casi dejé caer la caja de cereales que estaba colocando sobre el estante.

Sus palabras no dejaban de retumbar en mi mente.

No quiero pensar que un día llegaré a casa y encontraré que has hecho las maletas y te has ido, como cuando empacaste y dejaste a tu familia.

—Mierda —respiré y luego, al recordar dónde estaba, me mordí el labio.

Miré a mi alrededor, pero había solamente otra mujer en la otra punta del pasillo, y no me prestaba la más mínima atención.

La realidad es que no me había sentido tan mal desde que dejé la casa de mis padres. Corrí un riesgo enorme al escaparme con Jim. Creía que el amor que sentía por él era suficiente, y que a su lado viviría mejor. Pero en lugar de ello, encontré una vida similar a la que tenía en Donovan y un esposo que no me comprendía, no me conocía e igual me amaba. O amaba a la versión de mí que él creía conocer. Me amaba tanto que lo estaba destrozando. Porque ambos sabíamos ahora que lo que yo había sentido cuando nos conocimos, no había sido amor. Había sido un enamoramiento ingenuo. Y el enamoramiento se muere si no se transforma en amor.

—Mierda —musité.

Esta relación hacía que me odiara a mí misma.

Y ya me odiaba mucho antes de conocerlo a Jim y de llegar a este punto. Abandonar a mis padres no había sido nada fácil. Le mandé muchos correos electrónicos a mamá cuando llegué a Edimburgo, pero jamás me respondió. Después de seis meses de intentar comunicarme y no obtener respuesta, uno de los mensajes rebotó porque la dirección había sido desactivada.

Aunque yo era la que había estado mal, no podía dejar de sentirme herida por la negativa de mamá a contactarse conmigo. Dejé ese dolor cocinándose a fuego lento durante demasiado tiempo. Un año después de nuestra boda, le escribí una carta a mamá. Pero un mes más tarde me fue devuelta sin haber sido leída.

Molly y Dawn, mis únicos contactos en Donovan, ya no vivían allí. Al poco tiempo de irme, Molly contestó mi correo electrónico en el que le pedía disculpas y me dijo que la había inspirado. Intercambiamos algunos correos, pero pronto dejamos de hacerlo. Ambas estábamos ocupadas con nuestras nuevas vidas. La última vez que hablamos fue hace dieciocho meses: Molly estaba viviendo en San Diego con su novio, Jed. Era dueño de un bar, la había contratado para servir tragos y aunque pensaban que se odiaban porque discutían todo el tiempo, resultó que existía una fina línea entre amor y odio.

Temía que si me quedaba con Jim lo arrastraría por encima de la línea. En dirección a Odiolandia.

No hay manera de quedarse con alguien que no te ama con la misma intensidad, y que eso no se convierta en veneno.

Había sido egoísta, seguro. Pero no podía permitir que Jim se hiciera eso a sí mismo. Yo no podía hacerle eso a él.

Sin embargo, tenía miedo. Tenía miedo de estar sin él y de perder a Seonaid y a Roddy.

Pero ellos estaban antes que yo.

La verdad era que no sabía si era capaz de amar. Quizás todo lo que había pasado con papá y Mel me había cerrado, me había desconectado. ¿Eso quería decir que era mejor quedarme con Jim aunque no pudiera amarlo? ¿O era aún más egoísta seguir con Jim porque me daba culpa?

–Disculpe, he mirado por todos lados y no encuentro el sirope.

Era una voz como la de un Ewan McGregor un poco ronco, con un acento más anglicanizado y refinado que el de Jim. El tono grave y áspero me distrajo de mis pensamientos. Giré para ayudar al cliente.

Y casi me da un ataque al corazón.

Los ojos verdes del desconocido se iluminaron al reconocerme.

–Tú.

–Tú –repetí.

El desconocido del bar que me levantó del suelo y detuvo la pelea.

–Qué pequeño es el mundo –sonrió.

–Eso parece.

Nos miramos un instante y me di cuenta de que me atraía como imán. De pie tan cerca de mí, me sobrepasaba con su presencia y con su altura.

—¿Sirope? —carraspeó el desconocido.

Me sonrojé por haberme quedado mirándolo, y asentí.

—Seguro. Por aquí.

Pasé a su lado y mantuve la distancia, pero me llegó un poco de su increíble colonia.

Oí que me seguía, y todos mis nervios vibraban. ¿Por qué me tenía que ver así? ¿Con este uniforme estúpido? De pronto, era muy consciente de lo mal que me quedaba.

—Entonces, ¿de qué parte de Estados Unidos eres? —me preguntó, cuando me alcanzó con sus zancadas.

—Indiana —respondí.

—Me gusta Indiana.

—¿Conoces? —me sorprendí.

—No es una dimensión paralela —asintió, y sonrió con una sonrisa que era demasiado, *demasiado* sexy.

Me reí y odié sonar tan nerviosa. No quería que este hombre pensara que me intimidaba. Aunque lo hacía. Me intimidada de una manera inevitable. No podía disimularlo.

—Claramente, no has estado nunca en Donovan.

—No puedo decir que haya tenido el placer —comentó con tono divertido.

Si alguna vez iba a Donovan, las mujeres no lo dejarían escapar. Me mordí el labio para no reírme ante la idea.

—Sirope —me detuve frente a un estante y señalé—. De toda clase.

En vez de mirar al estante, el extraño me miró. Bajó la mirada a mi mano.

—¿Cómo está tu muñeca?

¿Había notado eso? Me sorprendí al pensar que me había prestado atención.

—Está bien. Gracias por intervenir ayer.

—Me imagino que esos hombres deben haberse pasado de la raya para que tu esposo haya reaccionado así.

Sí, claro, era eso. No podía distinguir si estaba siendo pasivo-agresivo o si estaba asumiendo que todos habrían actuado igual. Me hizo pensar aún más en cuánto estaba cambiando para mal a mi esposo y de pronto me sentí a la defensiva. No quería hablar de esto con un desconocido que tenía un reloj caro y un acento escocés educado que me generaba cosquillas en todas mis partes privadas. Probablemente pensaba que Jim y yo éramos como esas parejas melodramáticas que aparecían en el show de *Jerry Springer*, algo tan lejos de su esfera social que no le hacía gracia.

—¿Puedo ayudarte con algo más?

Si le sorprendió mi repentina brusquedad, no lo demostró.

—No, solamente el sirope.

Se estiró para tomar la botella del estante.

Le sonreí con los labios apretados y me fui.

—Eres demasiado joven para ser la esposa de alguien, ¿no es cierto?

Me detuve al oír la curiosidad en su voz.

No tenía sentido que me hubiera notado en un bar, y menos que se sintiera curioso y me interrogara en mi lugar de trabajo. Sin embargo, yo también tenía curiosidad. Aunque solo fuera porque nunca había tenido una reacción tan visceral ante un desconocido. Me volví sobre mis talones con lentitud, y alcé una ceja.

—¿Disculpa?

El desconocido sonrió y pareció divertido por mi irritación.

—Lo que quise decir es que eres demasiado inteligente como para haberte casado tan joven.

Me crucé de brazos, totalmente desconcertada.

—¿Cómo sabes que soy inteligente?

—Puedo verlo —se señaló los ojos.

—¿Puedes ver que soy inteligente? —no estaba convencida. Hice un gesto señalando el lugar donde nos encontrábamos—. ¿Te parece?

—Muchas personas inteligentes han trabajado en supermercados.

Y tú luces demasiado cansada para alguien de tu edad. He vivido mucho, y he conocido a muchas personas. El cansancio en los jóvenes suele significar que también han vivido mucho y que son mayores que sus años.

Eso me sorprendió porque la realidad era que yo me *sentía* mayor para mis años.

—Nadie puede saber nada de nadie con solo mirarlo a los ojos —gruñí.

—Tienes una mirada muy expresiva.

Nerviosa ante su proximidad y la atracción que sentía por él, di un paso atrás y lo observé con desconfianza.

—No me conoces. Eres un perfecto desconocido.

—Ya sé —sonrió con picardía y mi vientre vibró en lo más profundo con un placer sensual—. Desafortunadamente, mientras eso esté en tu dedo —señaló mi anillo de bodas—, lo seguiré siendo.

Halagada, intimidada, excitada, escondí mis emociones con sarcasmo.

—¿No soy un poquito joven para ti?

—Auch —se rio aferrándose el pecho—. Directo al ego.

—¿Y? —sonreí.

Me estudió, casi de la misma manera en la que Jim solía estudiarme. Excepto que entonces, la intensidad de Jim me daba un poco de desconfianza.

No me pasaba eso con el desconocido. Sentía una necesidad imperiosa y extraña de arrojarme hacia su boca.

—Ayer a la mañana —reflexionó pasándose el pulgar sobre esos labios que me tenían hipnotizada—, hubiera aceptado que veinti…

—Veintiuno —intervine.

—Que veintiún años era demasiado joven para mí.

—¿Y hoy? —pregunté sin aliento.

—Apostaría todo lo que tengo a que esta veinteañera en particular no es como otras de su edad. Una pena —su mirada ardiente me recorrió y me hizo temblar de deseo—, que esté un poquito casada.

Qué pena, quería responder.

—Hablas mucho. Reconozco eso. Eres engreído, pero bueno —sonreí.

Ladeó la cabeza, sus ojos verdes brillaban de entusiasmo.

—¿Engreído? ¿Por qué?

—Porque me parece que, si no estuviera casada, esperarías tenerme en tu cama hoy a la noche. Como si fuera lo que te corresponde.

Pareció considerarlo por un momento.

—Quizás —murmuró finalmente—. Supongo que nunca lo sabremos.

Y con eso, sus palabras me provocaron una tristeza inexplicable, arrolladora.

Aún más extraño fue que pareció notarlo y vi el pesar ensombrecerle la cara.

Con una sonrisa tensa, dio unos pasos atrás.

—Buena suerte en la vida, chica del bar.

Buena suerte en la vida, desconocido del bar.

Pero no pude pronunciar las palabras. Se me quedaron atragantadas.

Finalmente, su alta figura desapareció detrás de la esquina, y sus pasos se desvanecieron.

Dejé escapar un jadeo.

¿Qué demonios había sido eso?

Afectada por el encuentro con el desconocido, volví sobre mis pasos e intenté recordar qué era lo que estaba haciendo antes.

Luego, se me ocurrió algo. En realidad, tomé una decisión. Y me paralicé en el medio del pasillo de los alimentos internacionales. Un hombre, que no sabía quién era, me había generado una reacción que Jim jamás me había producido. Cuando había mirado los ojos del desconocido, había querido saber más de él, qué hacía, qué lo emocionaba. Quería conocer todo. Me di cuenta de que estaba sintiendo por otra persona lo que Jim debe haber sentido cuando nos conocimos.

No sabía que era eso lo que se suponía que debía sentir.

No había podido ver más allá de la esperanza que Jim representaba.

Sin embargo, ahora me daba cuenta. Y era una mujer adulta. No podía excusar mis errores con ignorancia o ingenuidad infantil. Jim se merecía encontrar a alguien que supiera amarlo. No merecía enloquecer por un amor no correspondido, y no era justo que yo me sintiera culpable por su actitud posesiva.

Tenía que dejar ir a mi esposo.

La decisión me dio ganas de vomitar.

—Nora.

Reconocí la voz y giré sobre los talones confundida por encontrar a la madre de Jim ante mí.

—¿Angie?

Se me quedó mirando sin hablar y, mientras se quedaba así, me invadió la sensación de terror que había sentido cuando Melanie me había contado que se estaba muriendo. Angie estaba pálida, con su mirada azul completamente devastada.

—¿Nora? —sus labios temblaron al pronunciar mi nombre.

No.

No.

¡NO!

—Se ha ido —sollozó de pronto. El sonido fue duro, intenso, espantoso.

—No —negué, y me alejé de ella.

Ella me suplicó en silencio, me rogó.

—Angie… —sentí la náusea creciendo—. Por favor.

Sollozó aún más fuerte.

—Se ha ido. Mi bebé se ha ido.

SEGUNDA PARTE

SIETE

Mientras el autobús viajaba de Sighthill a la calle Princess, yo miraba por la ventaba y observaba a las personas a medida que avanzábamos lentamente al oeste, hacia el centro de la ciudad. Me gustaba ver a la gente pasar. Me encantaba imaginarme sus vidas más allá de ese momento. El autobús se detuvo en el tránsito. Vi una pareja de ancianos que caminaba por la concurrida calle tomándose de las manos. Sus hombros se tocaban y se murmuraban sonriendo.

¿Serían novios de la infancia? ¿Un ejemplo de esas historias de amor épicas que uno escucha, pero jamás piensa que experimentará? Sesenta años después, y aún enamoradísimos.

O quizás eran viudos, divorciados, que se habían conocido por casualidad en el ocaso de la vida. Y estaban felices de por fin haber encontrado al amor de sus vidas y disfrutaban cada momento juntos sin lamentarse por los años que habían pasado separados.

Sonreí con anhelo mientras el autobús lentamente dejaba atrás a la pareja.

—¡Nos estamos asando, maldición! —una mujer sentada al otro lado del pasillo me distrajo de mis reflexiones con sus gritos al chofer—. Y si abrimos algunas ventanas, ¿eh?

No era precisamente cierto. Aunque los escoceses y yo teníamos opiniones distintas acerca de lo que constituía un día caluroso, hasta yo sabía que este mes había sido moderado. Y húmedo.

–Mire, porque usted esté en la menopausia no tenemos por qué sufrir nosotros, ¿verdad? –dijo con un acento escocés muy cerrado un hombre sentado detrás de la mujer.

Gruñí para mí y me apuré a colocarme los auriculares para bloquear la pelea que se venía.

Me bajé contenta del autobús, feliz de caminar por las aceras enlosadas de la calle Princess hasta la estación de trenes Edimburgo–Waverly. La canción *Take Me to Church*, de Hozier, bloqueaba los ruidos del tránsito y las conversaciones de las personas que pasaban junto a mí, y me invadió la calma. Amaba estar en la ciudad. Amaba escaparme de mi minúsculo dos ambientes ubicado en el edificio gris y feo de viviendas municipales a una calle de la casa de Angie.

Supongo que por eso acepté el trabajo en la Ciudad vieja y no quise buscar algo más cerca del apartamento. Angie decía que estaba desperdiciando dinero en el billete de autobús. Pero necesitaba escaparme.

Subí la curva empinada que conducía a la Royal Mile y al pasar por mi trabajo eché un vistazo. Leah, la dueña y mi jefa, sonreía y hablaba con una clienta. Los maniquíes del escaparate lucían vestidos retro y cárdigan coquetos. La boutique, llamada Apple Butter, era pequeña, pero estaba siempre llena por su ubicación privilegiada en la calle Cockburn (que se pronuncia *co-burn*, lo cual es un alivio, en serio, porque ¿a quién se le ocurre llamar a una calle con la palabra que en inglés se usa para describir lo que le pasa a un hombre cuando se masturba demasiado?). La calle estaba empedrada, como gran parte de la Royal Mile, y sobre las amplias aceras aptas para tacos altos se ubicaba una serie de tiendas tipo boutique independientes que vendían joyas, antigüedades y ropa. También había pubs, cafeterías y un salón de tatuajes.

Trepé con rapidez la empinada colina y seguí su curva, que me alejaba de Apple Butter. Hoy era mi día de descanso y tenía que ir a un lugar. La verdad es que podría haber tomado el autobús hasta mi destino. Pero me gustaba atravesar la Ciudad vieja caminando.

Cerca de los edificios de la universidad, me detuve ante mi nueva cafetería preferida y fui derecho al baño. Una vez dentro, me cambié la ropa. Me puse calzas color verde oscuro, una camiseta del mismo color con las mangas cortas y deshilachadas, y el dobladillo irregular. Doblé mis vaqueros y mi suéter con cuidado, los guardé en mi mochila y me detuve un momento frente al espejo.

La vista de mis ojos fríos, duros y cansados me asustó.

Mi miedo se había vuelto realidad.

Los ojos de mamá me devolvían la mirada.

Me pasé la mano por la base del cuello y me pregunté si ella me reconocería.

Recuerdo la mañana en que me lo corté.

—¿Qué has hecho? —Seonaid me observó con incredulidad.

Me sentí inmune a su espanto. A cualquier espanto.

—Me lo corté.

Se acercó y tocó un mechón corto.

—No te lo cortaste. ¡Lo masacraste!

Era cierto. Mi pelo largo había desaparecido. Le había pedido a la peluquera que me hiciera un corte "pixie".

—¿Te molesta que me lo haya cortado, o te molesta que no te lo haya pedido a ti?

—Sabemos que no lo habría hecho —Seonaid sacudió la cabeza con los ojos llenos de lágrimas. Lloraba todo el tiempo. Por las dos—. A él le encantaba tu pelo.

—Bueno, ya no está más aquí.

—Nora… —se le contorsionó la cara y me encontré en sus brazos.

La abracé lo más fuerte que puede, y le susurré palabras tranquilizadoras mientras ella sollozaba, destrozada.

—Tenemos que irnos —murmuré, por fin—. Tenemos que buscar a Angie.

De mala gana, Seonaid se apartó y se limpió el maquillaje de las esquinas *de los ojos. Me detuve para mirarme en el espejo que colgaba de la pared junto a la puerta de entrada. Jim lo había colocado allí para mí cuando nos mudamos. Me acomodé el vestido negro y me miré sintiéndome desconectada de la imagen que tenía frente a mí. ¿Quién era la joven viuda vestida de luto con ese pelo tan corto que le hacía los ojos demasiado grandes? Demasiado grandes y vacíos, como si se hubieran quedado sin emoción aquella mañana en el supermercado. Recuerdo caer de rodillas en brazos de Angie en el pasillo de los productos internacionales. Recuerdo llorar tan fuerte que pensé que no podría volver a respirar. Las lágrimas que parecían haberse llevado mi pena a medida que caían sobre mi ropa y sobre el hombro de Angie.*

Ahora, sentía... nada.

Parpadeé, y emergí del recuerdo. Mi pelo seguía corto. Pero ya no estaba paralizada.

Los sentimientos que me inundaron unos meses después del funeral de Jim fueron demasiado para mí. La fuerza que me había mantenido en movimiento, que me había permitido seguir en una nube de nada, se había ido disipando. Los pensamientos empezaron a filtrarse a través de la coraza que se iba debilitando. No había querido lidiar con ellos porque tenía miedo a la persona en la que me convertiría después de procesarlos.

Entonces, ¿cómo sigue adelante una joven cuando el esposo del que planeaba divorciarse muere súbitamente de un aneurisma cerebral a la tierna edad de veinticuatro años?

Me acomodé el disfraz, tomé la mochila, salí al salón y me puse en línea para pedir mi americano para llevar, sin que el personal se alterara para nada por lo que tenía puesto. Después de varios meses de la misma rutina cada semana, se habían acostumbrado a mí.

Con mi café para llevar, salí al mundo. Nadie me prestó atención cuando caminé por la calle pasando la universidad. Por eso amaba esta parte de Edimburgo, y a la ciudad en general. La gente estaba acostumbrada a que cada cual hiciera lo suyo, y nadie parecía notar a alguien vestido con ropa fuera de lo común.

Crucé camino por The Meadows, el parque que está detrás de la universidad y donde, los días de sol, las personas hacían picnics, jugaban al fútbol y a otros deportes, y los niños reían y pasaban el tiempo en la zona de juegos. El cielo estaba nublado hoy, pero no importaba. Era el mes del Festival. El Festival Internacional de Edimburgo, o Fringe, como había aprendido al poco tiempo de estar aquí, envolvía la ciudad durante agosto. Las calles estaban llenas de turistas, y las vallas publicitarias, paredes y escaparates tenían afiches de espectáculos de stand up de comediantes famosos y recién llegados. Había obras de teatro, unipersonales, conciertos, festivales literarios, eventos artísticos y estrenos de películas de todas partes del mundo. Jim lo odiaba. Odiaba no poder conseguir lugar en nuestro pub o restaurant preferido del centro, o no poder caminar ni un paso sin tropezarse con un turista. Lo único que sí le gustaba eran los bares al aire libre temporales que aparecían por todas partes.

Pero a mí me gustaba el Fringe.

Me gustaban la energía y la vitalidad, los olores y el ruido.

Me gustaba lo fácil que era desaparecer en la multitud.

Y que hubiera tiendas y un millón de personas en The Meadows me resultaba mucho más fácil que la vista habitual que solía recibirme. Estudiantes, por todos lados, sentados con la espalda contra los árboles y con libros de texto abiertos. Siempre apartaba la mirada rápidamente porque el deseo que sentía en el interior era una traición. No tenía derecho.

Al poco tiempo, llegué al edificio de ladrillos de finales del siglo XIX donde estaba el hospital de niños. Atravesé el sector de urgencias y alcancé las escaleras que subía todas las semanas.

La amiga de Seonaid, Trish, supervisaba a las enfermeras y era la única razón por la que podía disfrazarme de Peter Pan y visitar a los niños. Después de la muerte de Jim, después de que se volviera muy difícil lidiar con todas las emociones, solo podía recordar la paz que me transmitía visitar el hospital de niños en Indianápolis. La alegría que esos niños experimentaban cuando yo aparecía para entretenerlos me hacía sentir que estaba haciendo algo que valía la pena. Aunque le había escrito a Anne-Marie para explicarle por qué había desaparecido de pronto, aún me daba culpa haber abandonado a los niños.

Intenté explicárselo a Seonaid y, al principio, se resistió a la idea.

—No —Seonaid sacudió la cabeza con tozudez—. No tendrás tiempo.

—¿Por qué?

—Porque vas a entrar a la universidad.

No quería hablar de eso. Un bloque de hielo se instaló en mi vientre.

—No, no lo haré.

—Nora... —Seonaid se estremeció al oír mi tono de voz.

—¿Crees que tu amiga Trish hablaría conmigo acerca de visitar a los niños cada tanto? Para entretenerlos como voluntaria.

Me miró como si hubiera perdido la cabeza.

—¿Para entretener a los niños?

—Sí.

—¿Y hacías esto en Estados Unidos?

—Sí.

—¿Y Jim lo sabía?

—Sí.

—¿Por qué no lo mencionaste nunca?

—¿Cuál es el problema? Lo estoy mencionando ahora, ¿verdad?

—El problema es el momento, Nora —insistió Seonaid—. Han pasado diez meses. No es mucho tiempo, si te pones a pensar, pero necesitas seguir con tu vida. Buscar las cosas que siempre has querido. Como tu educación.

—Esto es lo que quiero —aseguré—. ¿Me ayudarás o no?

A pesar de no entender para nada, Seonaid me puso en contacto con Trish. Y ella, aunque sorprendida por el hecho de que una muchacha de veintidós años quisiera entretener niños, me dio una oportunidad, pese a mi falta de credenciales profesionales.

Tengo que admitir que internamente me sentí muy orgullosa cuando Trish me elogió por lo brillante que había estado al interpretar los capítulos del primer libro de la serie *Lemony Snicket*.

—Trish me contó que estuviste increíble —Seonaid me miraba con cierta suspicacia—. Realmente increíble. No puede creer que no estés estudiando actuación.

Los elogios calaron hondo, y reencendieron un anhelo y una ambición que tenía hacía años. No dejé ver lo mucho que me afectaban las palabras.

—Es muy amable.

Seonaid entrecerró los ojos y me estudió como si quisiera descubrir todos mis secretos.

—Me preocupas, Nora —susurró.

—No lo hagas —sonreí—. La pasé genial con los niños hoy. Hace mucho que no me sentía tan bien.

—Bien —murmuró, pero la preocupación no abandonó su mirada.

—Aquí estás —dijo Jan, una de las enfermeras, al acercarse a mí de camino a la sala común infantil. Trish era la supervisora y solía estar ocupada los días en los que yo iba, así que en general hablaba con Jan.

—Como prometí.

—Jamás tuvimos una voluntaria tan dedicada —Jan me sonrió de oreja a oreja.

Quería sonreír. Después de mi última visita, tenía miedo de que me dijeran que no volviera.

—¿Y los padres no tienen problemas con que venga?

Una madre había estado presente durante mi visita de la semana pasada y, como era su derecho, había tenido muchas preguntas acerca de mi presencia en el hospital de niños. No le había gustado enterarse de que yo no era profesional, sino solamente alguien que un miembro del personal conoce. Insistió en quedarse a observarme, y tuve que hacer a un lado mis nervios y fingir que era Peter Pan y contarles historias a niños.

—La señora Stewart pensó que te manejaste muy bien con los niños —me aseguró Jan—. Se disgustó porque nadie le había dicho que venías, y tenía razón. Pensé que todos los padres sabían de tu trabajo, pero se ve que ella se nos pasó. De todos modos, no tiene problemas con que Aaron continúe participando de tus visitas.

Aliviada, suspiré.

—Bien. Me encanta pasar tiempo con los niños.

Jan negó con la cabeza y sonrió.

—Eres la joven con el corazón más grande que haya visto. O te estás escapando de algo cuando vienes aquí.

Me dejó sin aliento, como si me hubiera golpeado la cara.

—Creo que es un poco de las dos cosas. Y no importa… Los resultados son los mismos. Estás haciendo algo bueno —me frotó el brazo para tranquilizarme.

La tensión desapareció cuando me di cuenta de que no me iba a interrogar acerca de mis motivos. Me condujo hacia la sala común y me anunció.

Poppy, una niñita con una enfermedad renal que tenía tratamientos de diálisis de cuatro horas de duración tres veces por semana, me miró radiante.

—Nora.

Me sonrió cansada. Le devolví la sonrisa, y me invadió la paz rápidamente y se me relajó el cuerpo por completo. Mi visita coincidía con el día de diálisis de Poppy y, aunque quedaba agotada después del tratamiento, le había rogado a su mamá que le permitiera quedarse a mi lectura. Jan siempre la ubicaba en una silla cómoda con una manta, y su preocupada mamá la retiraba al final de mis visitas. Aunque a la mamá de Poppy no le gustaba mucho dejarla después del tratamiento, y con razón, también entendía que la niña necesitaba sentir que había algo más en la vida fuera de su enfermedad renal.

Y una chica estadounidense disfrazada de Peter Pan que interpretaba cuentos servía para distraerla un rato.

¿Por qué el disfraz de Peter Pan?

—*¿Qué demonios hiciste?* —me preguntó Roddy cuando me acerqué a él en la iglesia el día del funeral de Jim.

—*¿Qué?*

—*¿Tu pelo?* —lo miró con odio.

—Me lo corté.

—Ah, no me digas. Pareces el maldito Peter Pan.

—Está hermosa —Angie me besó la mejilla con los ojos llenos de lágrimas y los labios temblorosos—. Es bonita como un ángel, haga lo que haga con su pelo. Jim pensaría eso también.

—Jim se volvería loco —gruñó Roddy—. Amaba tu maldito pelo.

Por eso me lo corté.

—Necesitaba cambiar.

—El maldito Peter Pan —se quejó Roddy mientras nos sentábamos juntos en el primer banco.

Para mí tenía sentido, no solo por el corte, sino por todo lo que significaba el niño que no podía crecer.

Sonreí y observé la sala. Siete niños hoy que reconocía de la semana pasada.

—Hola, chicos —marché dentro de la habitación moviéndome a la Peter Pan—. ¿Listos para otra aventura?

—Eh… ¿Peter? —me llamó Jan, divertida.

—¿Sí? —pregunté por encima del hombro.

Jan se acercó.

—Hay alguien más que quiere participar de tu visita —susurró—. ¿Te importaría? Se llama Sylvie. Su mamá, Nicky, trabajaba como enfermera y la niña se acostumbró a estar con nosotras. Nicky murió hace poco. Ahora vive con su tío, y su padre la ve cuando puede. Hoy se suponía que iba a pasar el día con él, pero tuvo una emergencia laboral y Sylvie pidió que la dejaran aquí. Suele suceder. No nos molesta. Nos da pena la pequeñita.

Parecía una situación espantosa. Y yo sabía de eso.

—No hay ningún problema.

Jan desapareció para buscar a Sylvie. Yo volví rápidamente hacia la sala y sonreí con los puños sobre las caderas y los pies separados. Tenía que darles un poco de magia, un momento de recreación.

—¿Están todos listos?

—¿Qué vamos a leer hoy? —preguntó Aaron desde su sitio en el sofá. Tenía el iPad en la mano, pero me estaba prestando atención.

—Ah, hoy tendremos la mejor aventura. Ya verán.

Después de hablar con los niños por un par de minutos, una de las puertas dobles se abrió y Jan entró de la mano de una niña alta y bonita. Tenía el pelo rubio muy claro y corto. Las puntas le acariciaban la barbilla.

Me quedé sin aliento.

Jesús.

Era igual a Mel.

—Nora, quiero decir Peter, esta es Syl…

—Sylvie Lennox —la niña se soltó de la mano de Jan—. Tengo diez años y vivo con mi tío Aidan en Fountainbridge. Estamos justo sobre el canal número tres.

No podía hacer más que mirarla, pero no solamente porque me recordaba tanto a Mel, sino porque era mucho más pequeña de lo que me había parecido al principio. Diez años. Y, sin embargo, tenía algo distinto. Experiencia. La pérdida de su mamá.

—Hola, Sylvie. Soy Peter Pan.

—No, no lo eres —afirmó con gravedad mientras se acercaba hacia mí. Se sentó lentamente en el suelo y se cruzó de piernas—. Jan te llamó Nora. Y pareces más una Nora que un Peter Pan. Además… Peter Pan es un personaje de ficción. Y es varón.

Encantada por ella y su acento escocés culto, me agaché y le sonreí.

—¿Y si fingimos? —susurré—. Todos los demás prefieren a Peter Pan en vez de a la normal y corriente Nora.

Sylvie lo consideró seriamente. Y asintió.

—Bueno. Pero también quiero conocer a Nora.

Sentí una ligereza en el pecho que se llevaba poco a poco el peso del dolor.

—Por supuesto.

Me incorporé y me volví al resto del grupo que esperaba con paciencia a que yo empezara.

—Anoche, tuve la aventura más increíble. Viajé desde el País de Nunca Jamás a un lugar mágico llamado Indiana. Allí conocí a una niña llamada Melanie y ella me llevó a hacer un viaje repleto de héroes y villanos —extraje un libro de mi bolso y se lo mostré—. Y ahora los llevaré conmigo a hacer ese mismo viaje.

—Entonces… ¿volaste desde el País de Nunca Jamás hoy a la mañana? ¿Y luego volviste a viajar? —preguntó Poppy entrecerrando los ojos por la confusión.

—Sí.

—Pero… ¿cómo es posible? —preguntó Aaron, un niño de diez años que se estaba recuperando de leucemia.

—Porque el tiempo se detiene en el País de Nunca Jamás —ofreció Sylvie.

—Exactamente, Sylvie. Recuerden, chicos, les conté que en el País de Nunca Jamás nacen los sueños, y el tiempo no está planificado.

—Ojalá viviéramos en el País de Nunca Jamás —suspiró una de las niñas más pequeñas, Kristy.

—¿Cómo se llega a Nunca Jamás? —preguntó Poppy.

—Tienes que volar —dijo Sylvie—. Con polvo de hada.

Le sonreí a Sylvie. Alguien claramente había leído *Peter Pan* o había visto la película.

—Exactamente.

—Pero *¿cómo* se llega hasta allí? ¿Dónde está?

—Arriba. En el cielo —señalé hacia arriba—. Segunda estrella a la derecha y todo recto hasta el amanecer.

—Bueno, ya entendimos. Nora, dinos, ¿en qué aventura te llevó Melanie? —preguntó Aaron, estirándose desde el sofá para echarle un vistazo al libro.

Me reí ante la reticencia de Aaron de participar en el juego, pero le di lo que quería.

Abrí *Matilda*, de Roald Dahl y les sonreí con mi sonrisa más pícara.

—Averigüémoslo, ¿les parece?

Estábamos por la mitad del capítulo tres cuando de pronto Sylvie levantó la mano.

Dejé de leer y le hice una mueca.

—¿No estás disfrutando de la aventura?

—Sí —asintió con vehemencia—. Pero me pregunto... ¿puedo hacer de la señorita Trunchbull?

En los pocos meses que llevaba visitando el hospital, ninguno de los otros niños me había pedido leer conmigo. Me conmovió que tuviese una iniciativa tan tierna. Afecto. Sentí un afecto inmediato que no tenía ningún tipo de lógica cuando, sorprendida, bajé la vista hacia la niña.

—Por supuesto.

Extendí la mano y Sylvie me sonrió tomándomela y permitiendo que la ayudara a pararse.

A partir de ese momento leímos juntas, y tuve que esforzarme para contener la risa ante la interpretación brillante de Sylvie. Hacía reír a todos los niños con su villana horrible, y el tiempo pasó más rápido que nunca.

Jan entró para avisarme que era hora, y los niños se quejaron y me rogaron que me quedara.

—Peter Pan tiene que volver al País de Nunca Jamás. Si se queda demasiado tiempo, Campanita lo extraña —explicó Jan, que entró en la habitación para buscar a Sylvie y tomarla de la mano—. Es hora de ir a esperar a tu papá, cariño.

—Espera —Sylvie le soltó la mano y volvió corriendo hacia mí, que estaba guardando el libro en la mochila—. ¿Te quedas conmigo mientras espero a papá?

—¿Ahora? —miré a Jan, que asintió—. Claro.

—¡Genial!

Después de despedirme de los demás niños, seguí a Jan y a Sylvie al puesto de las enfermeras.

—Voy a cambiarme.

Sylvie alzó la vista hacia mí como una adulta en miniatura.

—Bueno. Te aguardo aquí —señaló dos asientos contra la pared de la sala de espera.

Sintiendo curiosidad por la niña que me recordaba tanto a Mel, me apuré a ponerme la camiseta y los vaqueros, y volví con ella.

Se le iluminó la cara al verme.

—Nora.

Sonreí porque parecía que no me hubiese visto en semanas.

—Ey, tú.

—¿De dónde eres? —preguntó Sylvie abruptamente.

—Soy de Estados Unidos. ¿Sabes dónde queda?

—He ido —Sylvie se incorporó en el asiento y se le iluminó la cara de nuevo—. Tío Aidan nos llevó a mamá y a mí a Disneylandia hace unos años. ¿Eres de ahí?

—No. Soy de Indiana.

—¿Como en tu cuento de la niña? ¿Melanie?

—Sí. ¿Te gustó? Pareces saber mucho sobre Peter Pan.

—Mamá me lo leía. Era su libro preferido. Tío Aidan a veces me lo lee —me miró seria—. Ella se murió. El año pasado.

Era demasiado. Demasiado para cualquier niño. En momentos como este quería patear y gritar y enojarme con la Muerte, ¿desde cuándo estaba bien que una niña perdiera a su madre antes de alcanzar la adolescencia? Contuve mis sentimientos.

—Lo siento tanto, Sylvie.

Tragó, como intentando contener las emociones. Era valiente.

Apenas diez años y tratando de ser fuerte.

—Vivo con el tío Aidan ahora, y tengo una maestra que viene a casa a enseñarme cosas de la escuela. Un montón —puso los ojos en blanco—. Pero no los días que papi me puede ver. Me quedé con papi anoche pero hoy tenía que trabajar y el tío Aidan está en Londres porque hace música con personas famosas.

Parecía que no tenía mucha estabilidad y me pregunté en qué estaban pensando los dos hombres de su vida. Debería ir a la escuela, no estudiar en casa, y ningún trabajo debería venir antes que ella como para que la dejaran con las antiguas colegas de su mamá. Me ardió la sangre de la rabia, pero la oculté por el bien de Sylvie.

—Tío Aidan dice que me llevará de viaje con él cuando sea mayor.

Le brillaban los ojos y claramente lo adoraba como a un héroe. Noté que parecía alegrarse cuando hablaba de su tío y no cuando lo hacía sobre su padre.

—Estuviste muy bien hoy, leyendo la parte de la señorita Trunchbull. Eres una actriz muy talentosa.

—¿En serio? —Sylvie estaba feliz—. ¡Tú también! Los niños piensan que eres Peter Pan de verdad.

Disimulé la sonrisa que me provocó oír cómo se refería a los niños, como si ella no lo fuera.

—Bueno, gracias.

—Me muero por contarle al tío Aidan acerca de ti…

La escuché con completa atención mientras me contaba de la vida con su tío, porque sabía que era eso lo que necesitaba.

Poco tiempo después, un tipo cansado apareció caminando a las apuradas por el pasillo. Los hombros se le relajaron de alivio cuando vio a Sylvie. Ella dejó de hablar y me puso sobre aviso. El tipo era de altura promedio, delgado y era apuesto al estilo oscuro e irlandés de Colin Farrell.

—Sylvie —dirigió la vista hacia mí con desconfianza.

—Papi… —Sylvie lo saludó con la mano, desganada.

—¿Quién es ella? —se puso de cuclillas frente a su hija. Noté sus ojeras y el sudor de su frente. El hombre parecía agotado y preocupado por su hija, y me sentí mal por haberlo juzgado.

—Ella es Nora.

–Cal –saludó Jan mientras caminaba por el pasillo. No parecía contenta–. Te tomaste tu tiempo.

Hizo una mueca y se incorporó.

–Mi reunión se extendió. Lo siento –se disculpó con la mirada y luego bajó los ojos hacia mí.

–Te presento a Nora –dijo Jan–. Entretiene a los niños. Sylvie le pidió que esperara con ella.

–Ah. Entiendo –relajó un poco la expresión–. Un placer conocerte.

–Igualmente.

–Bueno, entonces. Gracias de nuevo.

Jan asintió con los labios tensos.

–Vamos, Sylvie.

La niña se volvió hacia mí.

–¿Vendrás de nuevo la semana que viene?

–Sí –me dolía el corazón por ella.

–Papi, ¿puedo volver la semana que viene?

La tomó de la mano y ella se paró con reticencia.

–Cariño, es un hospital. No podemos venir tanto.

–A Nora no le molesta.

–Sylvie –le advirtió.

La pequeña bajó la vista con melancolía, y me echó una mirada triste.

–Adiós, Nora.

Extrañamente, las palabras se sintieron dolorosas y ásperas cuando me obligué a pronunciarlas.

–Adiós, Sylvie.

La observé mientras intentaba seguir el paso rápido de su padre, y me invadió la tristeza.

–Vive con su tío Aidan –explicó Jan–. Cuando su mamá vivía, tenía la custodia a tiempo completo porque él –hizo una mueca de desprecio en dirección al pasillo– no estaba listo para ser padre. Cuando finalmente decidió que lo estaba, tenía demasiadas obligaciones con su trabajo para serlo. La custodia pasó a su cuñado Aidan. Cuando Nicky se enfermó, él decidió que Sylvie estudiara en casa y no ha querido cambiarle la rutina desde que perdió a su mamá. Creo que ya es hora, igual.

—Sí, debería estar con otros niños de su edad —coincidí.

—Hace lo mejor que puede, supongo.

—Parece que te cae bien.

Para mi sorpresa, Jan se sonrojó.

—Digamos que te costaría encontrar una mujer a la que no le cayera bien Aidan Lennox.

OCHO

En los días siguientes, me encontré pensando constantemente en Sylvie. No sé si era porque me atraía la tragedia, o porque me recordaba a Mel. Quizás era porque algo tenía esa niña con su seriedad que me tocaba una fibra sensible. Fuera por la razón que fuera, pensaba en ella, y, una semana más tarde, esperaba verla de nuevo mientras me preparaba para dejar el apartamento e ir al hospital. Quería asegurarme de que estuviera bien.

Terminé mi café y tomé la mochila para salir. En ese momento oí que llamaban a la puerta. Me acerqué rápidamente y en silencio, y me puse de puntillas para mirar a través de la mirilla. Se me cayó el corazón a los pies al ver a Seonaid y Angie del otro lado. Eché un vistazo a mi pequeño apartamento. La cocina consistía en una encimera a lo largo de la pared trasera con horno, fregadero, alacenas y una heladera pequeña. Del lado opuesto estaba la sala de estar, en la que apenas cabían dos sofás pequeños, una mesa de café minúscula y una televisión. Delante de la puerta de entrada estaba la puerta del dormitorio, donde cabía una cama, y había un ropero empotrado donde guardaba la poca ropa que tenía. Había un baño pequeño junto al dormitorio, que había visto días mejores.

Estaba todo ordenado, limpio y a kilómetros de distancia de lo que Jim habría querido. El lugar era sombrío y deprimente.

—Te escuchamos moverte, Nora. Abre —exigió Seonaid.

Sin otra opción, abrí los múltiples cerrojos y quité la cadena. Angie parecía preocupada y su hija, irritada.

Sacudió la cabeza y me hizo un gesto para que cerrara la puerta.

—Jim odiaría verte viviendo aquí. Ojalá reflexionaras y vinieras a quedarte conmigo hasta que te recuperes.

—Sabes lo mucho que significa para mí tu ofrecimiento, Angie, pero necesito cuidar de mí misma.

Caminé alrededor de ellas y sentí que me quemaban con la mirada cuando tomé mi mochila y les dejé en claro que estaba por salir. La familia y los amigos de Jim habían sido muy buenos conmigo el último año. Me seguían considerando parte de la familia. Pero pasar tiempo con ellos me resultaba difícil.

—¿Vas a salir? —quiso saber Seonaid—. Vinimos a invitarte a almorzar con nosotras. Las dos tenemos el día libre.

—No puedo —me disculpé—. Tengo el voluntariado en el hospital.

—Voluntariado es la palabra clave —replicó—. Ve otro día. No te vemos hace años.

La culpa me invadía. Me daba cuenta de que la pared que había construido para separarme de la familia de Jim y de Roddy los hería. Pero no podía soportar oírlos hablar de la suerte de Jim por haberme tenido en su vida, y que al menos había podido experimentar un amor increíble antes de morir. La culpa me destrozaba por dentro, porque ellos no veían la horrible verdad. Insistían en considerarme como miembro de la familia y yo se los permitía, en parte porque necesitaba el castigo que implicaba su presencia.

—No puedo. Jan me espera.

—Seguro que por hoy puede arreglárselas sin ti —dijo Angie con la cara cambiada—. No te he visto en semanas, Nora.

—Lo sé —le apreté el brazo y me dirigí hacia la puerta—. Te compensaré. Pero le prometí a los niños que volvería esta semana y no puedo hacerles promesas a niños enfermos y no cumplirlas, sabes.

—Creo que es maravilloso que hagas un voluntariado en el hospital, pero no quiero que tu vida sea solamente eso. Prométeme que no es así —me pidió Angie preocupada.

Abrí la puerta deseando poder escaparme sin responder, porque no tenía la respuesta que ella esperaba. Así que mentí.

—No lo es. Te lo prometo. Pero vale la pena. Saca a los niños de su situación por un rato y me hace sentir bien por ahora.

Aceptaron mis palabras con reticencia mientras salían del apartamento decepcionadas porque de nuevo elegía el hospital y no a ellas. También me pareció que se daban cuenta de que necesitaba hacer mi voluntariado por otras razones más allá de la caridad. Me preguntaba cómo era posible que sospecharan de mis motivos ahora pero que jamás hubieran notado que las cosas entre Jim y yo no eran pura dulzura y luz. Recuerdo cómo Angie me tocó la cara con simpatía cuando vio que me había cortado el pelo. Pensó que me entendía porque todos habían escuchado decir a Jim en algún momento que yo no debía cortarme el pelo nunca, porque él lo amaba. Pero Angie no entendía realmente por qué lo había hecho.

El pelo largo no era un doloroso recordatorio de Jim, de su pérdida. Era el tortuoso recordatorio de que había empezado a perderme a mí misma cuando lo había seguido a Edimburgo para escaparme de mi vida. Una vez allí, una vez que me había dado cuenta de que no lo amaba como él me amaba a mí, en vez de ser honesta, me había quedado con él y había interpretado el papel de la esposa que él quería, y al hacerlo me había perdido a mí misma por completo.

Sylvie había vuelto. A su padre le había surgido otro compromiso laboral y la había dejado en el hospital por unas horas, a pesar de haber dicho que no podían ir seguido. Después de leerles a los niños, otra vez con ayuda de Sylvie, mi pequeña amiga nueva me pidió que almorzara con ella en la cafetería. Hasta intentó pagarme el almuerzo, para mi regocijo.

—¿Por qué aquí? —pregunté entrometida mientras comíamos macarrones con queso—. ¿Por qué tu papá no te deja en lo de tu tío?

Suspiró como si tuviera el peso del mundo sobre los hombros.

—Tío Aidan está muy ocupado. Lo sé. Pero pasaría tiempo conmigo en vez de hacer su trabajo. No es justo. Papi le prometió que no volvería a pasar, pero... —se encogió de hombros. Y sonrió—. Pero *nosotras* podemos pasar tiempo juntas, entonces no hay problema.

Me seguía preocupando la inestabilidad de la vida de Sylvie, pero sonreí.

—Es cierto.

—Le conté al tío todo acerca de ti y que me dejaste leer contigo —sonrió de oreja a oreja—. ¿Te conté que conoce a gente famosa?

Hice un esfuerzo para no reírme y asentí.

—Creo que lo mencionaste.

—Es productor de música y compositor —explicó—. Eso quiere decir que trabaja con gente famosa para hacer música con ellos y también escribe música para películas y eso. Sabes, música sin palabras.

Sonaba impresionante y sofisticado.

—Música instrumental.

—Tiene un montón de instrumentos y computadoras —asintió vigorosamente—. Es muy inteligente.

—Ya lo creo.

—Sí —continuó entusiasmada, como siempre acerca del tema—, y tiene una habitación pintada azul y violeta en el apartamento y un montón de cosas lindas y una cama enorme solo para mí. Mi maestra, la señorita Robertson, dice que soy una chica muy afortunada.

—Sí —sonreí cada vez más curiosa acerca de su vida—. ¿Y la señorita Robertson te enseña mucho?

—Claro. Viene a casa los lunes, martes y viernes. Y trabajamos todo el día —se quejó—. No es para nada como ir a la escuela. Es más difícil porque soy la única alumna de la clase. Nunca puedo salirme con la mía.

Lo dijo de una manera tan atormentada que me hizo reír. Era bueno saber que estaba recibiendo una educación satisfactoria, pero pensaba que era hora de que esta niña volviera a la escuela y tuviera un poco de normalidad en su vida.

De pronto, se echó a reír y me hizo sonreír.

—¿Qué pasa?

—Creo que a la señorita Robertson le gusta el tío Aidan —susurró inclinándose sobre la mesa.

—¿Sí? ¿Y estás haciendo de celestina? —me reí ante su picardía.

—Nah —frunció la nariz—. Él ha viajado por todo el mundo y ha tenido citas con algunas de las mujeres más bonitas que he visto.

—La belleza verdadera está en el interior —le recordé amablemente sintiéndome mal por la señorita Robertson.

—Mamá también decía eso —asintió—. Pero me parece que nunca se lo contó al tío.

Me eché a reír sin poder evitarlo. Su tío parecía ser un personaje.

—¿Tienes un tío? —me preguntó de pronto.

—No —negué, y me puse seria ante la mención de mi familia—. Ninguno de mis padres tuvo hermanos.

—¿Tu mamá y tu papá están en Estados Unidos?

—Sí.

—Te deben extrañar.

El pensamiento me hizo doler el pecho. Demasiado profundo. Demasiado doloroso.

—¿Y tú? ¿Tu tío es tu único familiar?

—Mi abuela y mi abuelo viven en Inglaterra así que los veo de vez en cuando. Papá no tiene padres. Creció en casas de acogida.

—¿Qué hace tu papá? —me parecía extraño que Sylvie se entusiasmara tanto acerca de su tío y su carrera, pero que no hablara mucho de su padre.

—Es ingeniero. No sé qué quiere decir.

—Significa que es muy inteligente.

—Supongo –asintió.

—A veces los adultos están muy ocupados, ¿no? –fruncí el ceño.

—Tío Aidan siempre tiene tiempo –dijo con una sorprende expresión obstinada.

La adoración que sentía por su héroe no tenía límites. Casi me dio pena por su padre. Y básicamente por cualquiera que compitiera por su cariño. Su tío parecía un ser mítico experimentado, culto, intimidante.

Claramente era un superhéroe y no de este planeta.

La semana siguiente, Sylvie volvió de nuevo. Esta vez porque le había rogado a su tío que la dejara en el hospital para participar de la lectura y pasar un rato conmigo. No podía quedarme mucho con ella porque le había prometido a Seonaid que nos encontraríamos para almorzar. Dejé a Sylvie en las capaces manos de Jan y partí de mala gana. A pesar de lo disgustada que Seonaid me hacía sentir a veces, también la necesitaba. Por eso no quería poner demasiado espacio entre nosotras y perjudicar nuestra amistad.

Nos encontramos en nuestro café preferido, The Caffeine Drip, en la Ciudad nueva, a unos treinta minutos de caminata en un día cualquiera. Durante el Fringe, se transformaban en cuarenta y cinco minutos de maniobras por las calles atestadas. La temperatura era agradable, pero las nubes oscuras y la humedad indicaban que se acercaba una tormenta. Cuando llegué al café, tenía la ropa pegada al cuerpo. Estaba contenta de tener el pelo corto.

—Has engordado –dijo Seonaid abrazándome.

—¿Es bueno eso? –pregunté con una ceja levantada al apartarme.

—Lucías un poquito delgada –me aseguró con una sonrisa.

Lo cierto era que tenía más apetito últimamente. No sé si eran los niños, o si haber conocido a Sylvie había puesto las cosas en perspectiva, pero me sentía un poco más viva. Como si hubiera estado inconsciente durante un tiempo y algo me estuviera despertando.

—Me siento bien.

—Bien —me examinó.

Agradecí cuando la simpática camarera se acercó a tomarnos el pedido e interrumpió el análisis de mi amiga. Cuando la camarera se fue, intenté guiar la conversación lejos de mí.

—¿Qué tal el trabajo?

—Como siempre —se encogió de hombros—. Ocupada.

Seonaid amaba hablar de su trabajo, lo que significaba que estaba esforzándose por volver la conversación a mí.

Maldición.

—¿Y cómo está…? —intenté recordar el nombre del tipo que había estado viendo últimamente. Cuando Jim murió, Fergus no la había apoyado. Fue demasiado para él y rompió con ella justamente cuando lo necesitaba más que nunca. Aunque fue horrible, creo que fue lo mejor para ella. Le hizo ver qué tipo de hombres estaba viendo. Desde entonces, decidió salir únicamente con tipos buenos, sin importar si le resultaban sexis o no. Intentó las citas por internet, y desafortunadamente había pasado por una serie de tipos muy buenos que no la atraían para nada.

—Frank —me recordó suspirando—. Frank desapareció. Frank no sabía darme placer, así que adiós, Frank.

—Pobre Frank —me reí a carcajadas.

—Ey, era diez años mayor que yo. Si no aprendió en los veinte años en los que ha estado teniendo sexo, Frank es perezoso o no tiene idea. Ninguna de las opciones me atraía.

—Entiendo —asentí con una sonrisa.

—De todos modos, me gustaron las citas de internet. He conocido algunas personas interesantes, y me hice amiga de los tipos con los que no hubo conexión sexual.

—Me alegro —no me agradaba ver su mirada especuladora.

—Entonces, estaba pensando que quizás podrías hacerte un perfil en el sitio de citas que uso.

Y allí estaba.

—No me parece.

—Saldrías de la casa.

—No tengo una casa.

—Apartamento. Te haría salir de ese pequeño apartamento deprimente en el que te la pasas hibernando.

—No hiberno.

—Ir a trabajar y hacer trabajo voluntario en un hospital no cuentan como hacer sociales.

—No estoy de acuerdo.

—Nora, por favor, piénsalo. No quiero presionarte, pero me preocupas. Parece como si no quisieras seguir adelante.

La camarera reapareció con la comida. Una vez que se fue, miré el plato. La irritación y la culpa luchaban entre ellas. Aferré el tenedor y el cuchillo con fuerza, molesta, antes de cortar mi emparedado.

—No voy a tener citas por internet. No quieres presionarme, entonces no me presiones —le dije con severidad, pero tranquila, sin poder mirarla a la cara por temor a que descubriera la emoción en mis ojos.

Un silencio incómodo invadió la mesa mientras comíamos.

—¿Cómo está Roddy? —inquirí por fin, incapaz de soportar más su silencio ofendido.

Aparentemente, era la pregunta correcta porque Seonaid suspiró, molesta.

—Ha estado tonteando con la nueva mesera de Leith's Landing. No sé qué le ve. No tiene gracia. Y no hace más que hacer muecas y reírse.

—Y tener sexo sin compromiso con él —metí la mano en el avispero.

—Eso es lo que él cree —entrecerró los ojos—. Pero yo veo que ella está tratando de obligarlo a tener una relación. Juro que, si piensa siquiera en sentar cabeza con esa idiota, lo mato.

—¿Por qué te importa con quién siente cabeza?

—Es Roddy —me miró como si fuera obvio.

—Deberíamos ponernos contentas por él, sin importar con quién termine.

—Me encantaría que le dijeras eso la próxima vez que se queje de uno de mis novios.

Dios, quería darle a cada uno un buen golpe en la cabeza. ¿Era posible que dos personas no tuvieran idea del amor que se tenían?

—Está bien.

—Entonces… —me estudió a su manera pensativa—. Cuéntame acerca del voluntariado.

—¿Qué quieres saber?

—Quiero saber que no te estás rodeando de niños que no estarán aquí en un año.

Entendí su preocupación, y la reconforté con una sonrisa.

—Algunos están muy enfermos, pero la mayoría no son terminales. Algunos de esos pobres niños están demasiado enfermos como para sentarse en una sala y jugar o escuchar mis historias. Estoy bien. De hecho, hay una niña que ni está enferma —sonreí al pensar en Sylvie—. Su mamá era enfermera allí…

Le conté sobre mi pequeña amiga y su heroico tío Aidan.

—Suena apuesto —decidió Seonaid.

—¿Cómo puede alguien sonar apuesto? —resoplé.

—Bueno, por un lado, claramente tiene dinero. El apartamento que ella describe en Fountainbridge… no es barato. Además, dijo que trabaja con famosos y ha salido con mujeres hermosas. La gente bonita en general está junta.

—No es cierto. Hay muchos famosos que no son atractivos y han salido con jóvenes bellísimas.

—No estoy diciendo que sea el típico seductor. A veces los hombres feos pueden ser tan carismáticos que resultan apuestos.

—¿Qué importa si es apuesto o no? —me reí negando—. Lo importante es que a esta niña maravillosa le pasó lo peor que podría haberle pasado y es muy fuerte. Pero él claramente no lo ve. La tiene encerrada en ese apartamento con una maestra particular en vez de mandarla a la escuela como corresponde. Y ella lo adora tanto que no se va a quejar por no estar en la escuela con sus amigos. Perdió a su mamá, no va a hacer nada que lo aleje.

—Entiendo tu punto —asintió—. Lo entiendo. Pero no conoces toda la situación. Solo sabes lo que te contó la niña. Imagina que de pronto te conviertes en tutora legal de una niña que ha perdido a su mamá después de una enfermedad larga y que tiene un padre desastroso. ¿No la tendrías también entre algodones? Ser sobreprotector en esta situación no me parece mal. Dale un respiro al pobre tipo.

Su consejo caló hondo y fruncí el ceño.

—No pretendía juzgarlo. Yo *solo*… Realmente me cae bien la niña. Me preocupa.

—Me doy cuenta —Seonaid ladeó la cabeza, pensativa—. Quizás deberías conocer al tío, hacerte una idea de cómo es. Sabes, así te quedas tranquila de que está en buenas manos.

Sabía exactamente por qué quería que conociera al tío, y no era solamente por el bienestar de Sylvie.

—Qué insistente eres —sacudí la cabeza e hice un esfuerzo para no reírme.

—No sé de qué estás hablando —exclamó, inocente.

—Estoy hablando de que quieres emparejarme con todos los hombres con los que me cruzo.

—Eso no es cierto —agitó el tenedor—. Jamás intenté emparejarte con Roddy. No soy tan mala.

—Ey —agité el tenedor a mi vez—. Me consideraría afortunada de ser la chica de Roddy Livingston.

—¿Sí? —sonrió burlona—. Si te sientes así, quizás podrías levantar el teléfono y, no sé… llamarlo cada tanto.

Bueno, me había metido solita en esa.

—Lo llamo —me defendí.

—Y cortas, y cuando te llama, no contestas.

—¿Te dijo eso? —me sonrojé ante mi estupidez.

—Sí. Me contó. Y estamos hablando de Roddy, Nora. No piensa "Ay, qué pena. A Nora le cuesta comunicarse con el mejor amigo de su esposo muerto, que también es su mejor amigo". Él piensa "Si no se deja de hacer estupideces, maldición, que se olvide de mí".

Palidecí ante la idea.

—Lo llamaré.

Se estiró y me tomó de la mano.

—No lo dice porque es Roddy. Y admitir que tiene sentimientos de verdad lo haría entrar en un choque séptico, pero te quiere. Cuando Jim se fue, perdió un hermano. Y tú también eres como una hermana para él, más que yo. No… no lo lastimes, Nora.

Se me llenaron los ojos de lágrimas.

—Es la última persona a la que quiero lastimar —bajé la vista.

No podía explicarle lo difícil que me resultaba estar con Roddy. Él me recordaba la época en la que debería haber dejado que Jim McAlister se fuera de mi vida y buscara a alguien que lo amara como se merecía.

—¿Qué te parece esto? Los tres en el Leith's Landing para tomar algo.

—¿No estará la camarera que odias?

—Sí —murmuró con desprecio—. Pero estoy dispuesta a soportarlo si hace que te sea más fácil pasar tiempo con Roddy.

—Es porque me recuerda tanto a Jim —me apuré a explicar, porque no quería que supiera el motivo real.

—Entiendo. ¿Entonces? ¿El próximo domingo?

—Sí, bueno —asentí, y odié el caleidoscopio de mariposas que me invadió el vientre.

NUEVE

Las horas con Roddy en la cervecería resultaron mucho más fáciles de lo que esperaba. Seonaid facilitó las cosas distrayéndolo constantemente con sus quejas acerca de la camarera con la que estaba saliendo, a pesar de que la chica no estaba trabajando y, en consecuencia, no podía defenderse.

Sin embargo, me di cuenta de que no estaba tan interesado como Seonaid temía porque le faltaba emoción verdadera cuando hablaba de ella. Estaba muy ocupado intercambiando quejas con la mujer que en realidad le importaba como para pensar mucho en la camarera.

La divertida dinámica entre mis amigos me tranquilizó y me ayudó a pasar el rato con Roddy, y me hizo sentir que podía hacerlo de nuevo. Y si él se había enojado conmigo, no lo dejó ver.

Esa semana también tuve la suerte de pasar más tiempo con Sylvie porque había convencido a su tío de que la dejara unirse al grupo otra vez para participar de mis lecturas. Una mañana propuse algunos juegos y Sylvie me hizo de asistente. Esta vez no nos pudimos quedar hablando porque le había prometido a Seonaid que almorzaría con ella de nuevo. Ante la expresión desanimada de Sylvie cuando le dije que tenía que irme, decidí que no volvería a programar un almuerzo después de la visita al hospital.

Durante nuestro tiempo con los niños, Sylvie describió para todos la genialidad de su tío Aidan. Creo que algunos de los niños ya estaban un poco cansados de oír "Bueno, tío Aidan dice" pero otros habían quedado hechizados. Había transformado a su tío en una criatura divina, al punto que le había hecho creer a alguno de los niños más pequeños que era un superhéroe de verdad. Se lo permití. ¿Qué mal podía hacer? Más que nunca, estos niños necesitaban creer en milagros y en superhéroes y superheroínas. ¿No estaba aquí para eso? ¿Para narrarles historias de magia y viajes?

El miércoles, después de mi salida de domingo con Roddy y Seonaid, me encontré en la posición insostenible de querer decirle que no a Sylvie y ser incapaz de hacerlo. De algún modo, había conseguido un tapete de Twister y había convencido a los niños de jugar.

No me había parecido una gran idea, y Jan no estaba muy segura tampoco, pero Sylvie nos ganó al anunciar que jugaríamos solo ella y yo, y que los niños se turnarían para girar la rueda. Al final resultó ser una buena idea porque terminamos en posturas incomodísimas con ataques de risa, que hacían que los niños se rieran e hicieran trampa para ponernos en posturas aún más difíciles.

Estaba pidiéndole a Poppy que no hiciera trampa con la rueda del Twister cuando escuché una voz grave y masculina detrás de mí, del otro lado de la puerta.

—¿Qué está sucediendo aquí?

Sin poder moverme para ver quién era, oí la voz de Jan.

—Un juego de…

—¡Tío Aidan! —me chilló Sylvie en la oreja y me sobresalté—. ¡Me voy a mover, pero tú no te muevas!

Desenrolló la pierna de la mía y desapareció.

—¿Te parece justo? —pregunté. Me quería mover. Tenía el trasero en el aire y el misterioso tío Aidan estaba justo detrás de él.

Incliné la cabeza para tratar de ver algo entre las piernas, pero todo lo que pude ver fueron sus pies y los de Jan, y luego los de Sylvie cuando se acercó a él.

—Ven a jugar, tío Aidan —suplicó Sylvie entusiasmada.

—Creo que me quedaré mirando —su voz resonó y pareció entretenido.

Tenía una muy buena voz. Un hermoso acento escocés culto. Y mi trasero estaba en su cara con mis calzas verdes de Peter Pan, y debo decir que no ocultaban en lo más mínimo las curvas de mi cuerpo.

Genial.

Ahora mismo luzco superprofesional.

—Ay, por favor —rogó Sylvie—. Por favor.

—No, cariño. Vuelve tú a jugar. Estaré aquí cuando termines.

—Pero quiero que juegues con Nora. Quiero decir... Peter Pan.

Casi me ahogo. Era hora de levantarse antes de que Peter Pan se viera obligado a jugar al Twister con un hombre desconocido. Sonaba tan extraño que tuve que contener la carcajada.

—¡Por favor, por favor! —los otros niños se unieron al ruego.

Sylvie empezó a indicarle a su tío cómo debía colocarse en la posición en la que ella había estado.

—Chicos, dejemos que el tío de Sylvie...

El chirrido del tapete plástico me hizo cerrar la boca a mitad de la frase.

Y luego sentí su calor, seguido por el aroma a colonia cara. A tierra y a frescura. Una combinación de madera, ámbar, hojas de menta y manzana.

Ay, Dios mío.

Lentamente, alcé la cabeza y me encontré con unos ojos verdes que me miraban divertidos. Unos ojos verdes con motas doradas que *ya conocía*.

—Tú debes ser Peter Pan —dijo con una sonrisa en los labios.

Labios que recordaba muy bien.

De hecho, también recordaba esos hombros anchos, la mandíbula cuadrada, fuerte y sin afeitar, y la boca expresiva. No olvidaba las arrugas sensuales que tenía alrededor de los ojos. Todos esos rasgos eran de un hombre muy alto y atlético que una vez me había levantado del suelo en una cervecería y había coqueteado conmigo en un supermercado el peor día de mi vida.

El tío Aidan era el desconocido del bar.

Qué mundo pequeño, maldita sea.

—Ey —dije cuando me di cuenta de que no había hablado.

Nuestras caras estaban demasiado cerca, y su larga pierna estaba enredada con mi corta pierna.

—¡Mano derecha al verde, Peter Pan! —anunció Sylvie.

Con gran esfuerzo bajé la vista. El punto verde más cercano implicaría treparme a su tío como una mona. Me pregunté si habría hecho trampa. Le eché una mirada de sospecha y se estaba riendo.

—Ay, maldición —murmuré por lo bajo.

Oí su risa y mis ojos volvieron a él. En su mirada encontré desafío, pero no reconocimiento. No me recordaba. ¿Por qué lo haría? Yo no era más que una chica con la que se había encontrado brevemente una vez.

—No lo haré.

—Pero eso sería hacer trampa —abrió los ojos con inocencia fingida.

—¿Trampa? —Sylvie lo escuchó—. Nada de trampas.

Todos los niños se reían y hablaban mientras yo miraba al hombre que tenía demasiado cerca.

No iba a hacerlo. No sería correcto. Avancé hacia él como si fuera a hacerlo y dejé que la mano y el pie izquierdos se deslizaran. En el último momento me di vuelta, y me caí de espaldas.

—¡Ay, no, me caí! ¡Perdí! —alcé las manos en el aire.

Lo oí reírse y luego su cara apareció dada vuelta por encima de la mía. Me quedé sin aliento cuando me sonrió.

—Mentirosa.

—Se llama actuar —le sonreí—. Hay una diferencia.

En vez de devolverme la sonrisa, frunció el ceño.

—¿Nos conocemos?

Aunque no quería admitirlo, me alegró que él hubiera tenido un destello de reconocimiento. Era demasiado humillante que no tuviera idea de quién era yo cuando yo sabía perfectamente quién era él.

—No —mentí. ¿Qué sentido tenía recordárselo? Si lo hacía, seguramente preguntaría por el anillo de bodas que ya no usaba.

—Lo hiciste a propósito —exclamó Sylvie, que de pronto estaba arrodillada junto a mí.

—Pruébalo —dije sentándome.

—Ahora tienes que leernos —me arrojó un libro—. Quiero que tío Aidan escuche todas las voces que haces.

La vergüenza amenazaba con dejarme paralizada. Una cosa era actuar una historia frente a un montón de niños, incluso un padre o dos, pero ¿frente a Aidan Lennox? ¿El sexi señor desconocido del bar, productor experimentado, compositor, que solo sale con mujeres hermosas, que abandonó la vida de soltero para cuidar a su hermana y que luego adoptó a su sobrina?

Este tipo no era de verdad, ¿no?

Me puse de pie con agilidad y me volví para verlo alzar su cuerpo atlético de más de un metro ochenta con mucha más gracia de la que debería tener un tipo de semejante tamaño. Era mucho más alto que yo, y me hacía sentir como una niña más. Me pregunté cuán raros nos veíamos uno al lado del otro.

Aidan y Sylvie se sentaron juntos en el suelo. Los niños me miraron, expectantes, así que me tuve que obligar a ignorarlo.

Lo hice por los niños.

El desconocido del bar no iba a arruinar lo que yo tenía con ellos porque era un hombre sexi que me intimidaba.

Al principio, no podía evitar estar atenta a la mirada masculina fija sobre mí. A pesar de haberse mostrado entretenido antes, sabía que me estaba estudiando, intentando entenderme. Lo comprendía, por supuesto. Su niña pasaba tiempo conmigo, y él quería saber quién era yo.

Finalmente, sin embargo, la alegría de interpretar la historia fue más fuerte. Cada vez que alzaba la vista de la página y descubría los ojos abiertos y la expresión extasiada de Poppy, o la inusual quietud de Aaron que revelaba su interés, o la cara sonriente de Aly o la admiración de Sylvie, me sentía envalentonada y todas las inhibiciones quedaban olvidadas.

De pronto, Jan reapareció para avisarnos que se había acabado el tiempo. Como siempre, y para mi alegría, los niños gruñeron disgustados.

—Volveré la semana próxima.

Aaron se me acercó lentamente y luego se detuvo. Pasaba el peso de un pie al otro y miraba a todos lados menos a mí.

—No estaré aquí la semana próxima.

Por favor, que sean buenas noticias. Por favor.

—¿Eh?

—Estoy mejor —se encogió de hombros y me miró, por fin—. Me voy a casa.

—Aaron —exclamé contenta—, te voy a extrañar. Pero son las mejores noticias del mundo.

—Sí —asintió—. Gracias. Sabes, por...

Me recordó tanto a Roddy en ese momento. Tuve que contenerme para no darle un abrazo. Le rocé el hombro con el puño.

—Nos vemos por ahí.

Aaron sonrió, y pareció aliviado de que yo no me pusiera sentimental.

—Adiós.

En cuanto se fue, Sylvie arrastró a su tío hacia mí. Le sonreí, aunque Aidan me ponía nerviosa.

—¿Se van? —les pregunté mientras recogía mis cosas.

—Tío Aidan dice que podemos almorzar contigo en la cafetería. Por favor, Nora, por favor.

Me desarmó cuando me suplicó con su expresión tan adorable que hasta me hizo doler el corazón. Tenía la habilidad mágica de derretirme por completo. Como los cachorritos.

Miré a Aidan, pero tenía una expresión neutra. No pude descubrir qué pensaba.

Cuando volví a mirar a Sylvie, me di cuenta de que no podía decirle que no.

—Por supuesto. Busco mis cosas y voy.

Me esperaron afuera, y yo me tomé el tiempo de recoger mis cosas y despedirme de los niños. Apreté la mano de Poppy al pasar y ella me recompensó con la sonrisa más dulce del mundo.

Aidan y Sylvie estaban en el puesto de las enfermeras hablando con Jan, pero en cuanto Sylvie me vio arrastró a Aidan con impaciencia. Me despedí de Jan con la mano y me quedé junto a tío y sobrina en un silencio tenso. El silencio, en realidad, era solamente de parte mía y de Aidan. Sylvie llenó los pasillos con su parloteo enérgico. Sabía por qué me atraía tanto Sylvie, me recordaba muchísimo a Mel. Tenía sus opiniones, pero era amable, fuerte y valiente, y había pasado por tanto, que no podía evitar querer protegerla. Más que nada, era una niña sincera y sin complicaciones. No quería entrometerse y averiguar por qué me disfrazaba de Peter Pan y contaba cuentos. No sabía acerca de mi esposo muerto, ni me insistía con que siguiera adelante con mi vida. Con Sylvie podía descansar del mundo exterior.

No sabía por qué se interesaba tanto en mí. Habría dicho que eran mis cuentos, pero parecía más interesada en Nora que en Peter Pan.

—¿Quieres cambiarte la ropa, Nora? —me preguntó, como si me leyera la mente, y me indicó un baño un poco más adelante.

—¿Te avergüenzas de mi ropa con onda? —hice una mueca y me acomodé el dobladillo del disfraz.

—Un poco —admitió Sylvie frunciendo la nariz.

—Sylvie —la regañó Aidan. Pero me di cuenta por la sonrisa que puso que le había parecido gracioso. Afortunadamente para él, yo pensaba lo mismo.

—Me cambiaré, Su Alteza —le hice una reverencia burlona que la hizo reír.

En el baño, descubrí que me temblaban los dedos al quitarme la ropa y ponerme los vaqueros ajustados y la camiseta. Estaba muy consciente de Aidan. Más que eso, me preocupaba que no le gustara que Sylvie pasara tiempo conmigo. Su mirada era firme y desconcertante, como si analizara cada una de mis palabras y cada movimiento intentando descubrir si yo era lo suficientemente buena como para estar con su sobrina.

Odiaba esa sensación.

Me encontré con ellos afuera. Me retorcí internamente cuando Aidan me recorrió el cuerpo de arriba abajo con la mirada. Sin pensarlo, me llevé la mano al pelo y me pasé los dedos por los mechones cortos de la nuca, cohibida. Por primera vez desde que me lo había cortado, me atravesó una punzada de arrepentimiento.

Jim no era la única persona a la que le gustaba mi pelo.

A *mí* también me gustaba.

Al ser baja y sin muchas curvas, y con propensión a usar vaqueros y pantalones cortos, mi pelo me hacía sentir femenina. Me encantaba poder usarlo suelto, rizarlo, hacerme trenzas o una coleta despeinada. Sea lo que fuera, siempre me hacía sentir linda.

Eh.

Supongo que hasta ahora no me había dado cuenta de eso. Pensé que me lo dejaba largo por Jim, pero no. No era realmente por eso.

Me debería haber dado cuenta yo sola de que no me gustaba tener el pelo corto, maldición. ¡No gracias a un tipo! Y menos este tipo.

Decidí ahí mismo que no me importaba nada lo que Aidan Lennox pensara de mi aspecto. Levanté los hombros y caminé, y ellos me siguieron.

—Tío Aidan dice que puedo comer de nuevo macarrones con queso si hay.

Esa *siempre* es una buena opción. Sentía mariposas en el estómago, pero podría comerlos. Quizás los carbohidratos aplastaran a las malditas.

—Suena genial.

¿Eso era todo? ¿No iba a decir nada más? ¿Por qué me quedaba sin palabras?

Por suerte, Sylvie siguió hablando mientras entrábamos en la cafetería y esperábamos en la fila para comprar la comida. Aidan me pagó el almuerzo y cuando se lo agradecí, hizo un gesto con la mano para restarle importancia.

Me irrité, pero no le hice caso. Había pasado de reírse de mí en la sala común con los niños, a un silencio estoico y una expresión neutra que francamente me daba ganas de borrarle de un puñetazo.

Me gustaba poder leer a las personas.

—Entonces, Nora. ¿Qué apellido tienes? —preguntó Aidan en cuanto tomó asiento.

—Seguro que tu investigador privado puede averiguarlo —bromeé.

—Preferiría no tener que pagarle para averiguar algo que me puedes decir tú —sonrió.

Tuve la sensación de que *él* no bromeaba con lo del investigador.

—Es O'Brien —respondí, aunque técnicamente seguía siendo McAlister.

—A tío Aidan le pareció que estuviste genial, ¿verdad? —comentó Sylvie antes del primer bocado.

—Muy entretenido —de nuevo aparecía esa sonrisita molesta.

—¿Gracias? —entrecerré los ojos, sin saber muy bien si estaba siendo condescendiente.

—¿Dónde trabajas? —preguntó abruptamente.

—En una tienda.

—¿La conozco? —no pareció divertirle mi falta de precisión.

—Probablemente no —me volví hacia Sylvie—. Los macarrones están buenos, ¿verdad?

—No tan buenos como los de mamá, pero están bien. ¿Me puedes preparar macarrones con queso? —se le iluminó la cara ante la idea.

—Me temo que no son mi especialidad.

Había aprendido a cocinar desde niña porque me había visto obligada a hacerlo, pero no era algo que disfrutara demasiado.

—¿Cuál es tu especialidad? —quiso saber Aidan.

Me intimidaba con su tono inquisitivo, pero me negué a dejárselo ver.

—Hago maravillas con los menús de comida para llevar. Puedo pedir en cinco segundos.

Aunque se resistió, una expresión risueña le apareció en el rostro.

—No cocinas. Trabajas en una tienda. Y eres voluntaria en un hospital para niños. No revelas mucho con eso.

—¿Tú cocinas? —pregunté tratando de desviar la conversación.

—Me las arreglo.

—Tío Aidan cocina muy bien —declaró Sylvie.

Vaya sorpresa.

—Aprendió mucho viajando, ¿verdad?

La miró con cariño y me di cuenta de que no había tomado una gota de sopa ni probado la ensalada frente a él. Para ser justos, la ensalada parecía haber sido preparada un mes atrás.

—Sí.

—¿A dónde has viajado? —en realidad, no quería saber, pero necesitaba mantener la conversación alejada de mí.

—A tu país, mucho. China, Japón, Australia, Nueva Zelanda, Rusia, la mayor parte de Europa continental, Escandinavia, Israel, Polonia, Bulgaria, Sudáfrica…

Sabía que la lista continuaba.

De pronto, me sentí muy joven, inculta e inexperta.

—¿Qué edad tienes? —quise saber.

Aidan alzó una ceja ante la pregunta un poco brusca. Me miró la cara y me examinó la boca antes de volver a mirarme a los ojos. Se me calentó la sangre con su examen.

—¿Cuántos años tienes tú?

Me di cuenta de que tendría que contarle algo si quería que él me contara. Así que fui sincera.

—Veintidós.

—¿Estás segura de que no nos hemos conocido antes? —frunció el ceño, pensativo—. Me recuerdas a alguien.

—No creo.

—No le dijiste cuántos años tienes —Sylvie miró inocentemente a su tío—. Nora te contó.

—¿Así es cómo funciona? —le sonrió.

—Es lo que corresponde.

—Tiene razón —coincidí.

—Tengo treinta y cuatro —Aidan se reclinó en la silla y apartó la bandeja con la comida que no había probado.

—Es viejo —se burló Sylvie.

Doce años más que yo. Doce años más de experiencia. De viajar por el mundo.

Dios, le debía parecer una chica tonta y rara, que pasa el tiempo en hospitales fingiendo que es Peter Pan.

—¿Viejo? —se puso la mano en el pecho como si ella lo hubiera herido, y pensé en el día del supermercado. ¿Cómo era posible que no lo recordara? El aire entre nosotros había estado cargadísimo.

Existía tensión entre nosotros también ahora. Pero era diferente. Aquella vez, me había mirado con curiosidad, hasta con un poco de fascinación. Ahora era cuidadoso conmigo. Reservado.

Era comprensible. Porque ahora estaba involucrada en la vida de su sobrina. No era una persona cualquiera que se había encontrado en un supermercado y le había parecido un poco atractiva.

—No tan viejo —se corrigió Sylvie sonriendo. Tenía salsa de queso en la boca, y vi cómo Aidan doblaba una servilleta y se inclinaba para limpiarla con gentileza. Sylvie la tomó para terminar ella el trabajo. Sentí una punzada en el pecho al contemplar ese gesto común y corriente pero lleno de dulzura. Conmigo su expresión era reservada, pero cada vez que miraba a su sobrina, no ocultaba el hecho de que la adoraba.

Quería saber más acerca de él.

—Sylvie me contó que eres productor musical.

Asintió, y le cambió la expresión al mirarme. Era como si tuviera una barrera emocional que se alzaba cuando interactuaba con Sylvie y se bajaba completamente cuando se dirigía a mí.

–Correcto. Por eso viajé tanto. Ahora no viajo con la misma frecuencia –miró a Sylvie que estaba mojando el pan en lo que quedaba de macarrones–. Por obvias razones.

–¿Qué instrumentos tocas?

Frunció el ceño.

–¿Qué? –pregunté incómoda.

–Nada –negó–. No es lo que la gente suele preguntar.

–¿En serio? –hice una mueca–. Cuando le cuentas a la gente que eres productor, ¿no quieren saber si tocas instrumentos?

–Lo primero que pregunta la mayoría es con quién he trabajado.

–Quieren saber de los famosos –ahora lo entendía.

Asintió.

¿Eso significaba que quería presumir por eso? Porque no me resultaba una cualidad atractiva para nada.

–No me importa –aseguré–. Son personas con más seguidores en Instagram que la mayoría.

–¿Eso crees?

–No quiero decir que no se merezcan la fama –me pregunté si lo había insultado e intenté explicarme–, o que tú no trabajes duro. Es que… me importa más la música que la fama… O… No me estoy explicando bien.

–Te estás explicando bien. A mí tampoco me interesa la fama. Me gusta trabajar con personas talentosas.

–Como David Bowie –dijo Sylvie.

¿Qué? Creo que mi mandíbula se chocó contra la mesa.

–¿Tú sabes quién es David Bowie?

–Al tío Aidan le encanta su música.

Volví la cabeza para mirar a Aidan como si lo viera por primera vez.

–¿Trabajaste con David Bowie?

–No –respondió con una sonrisa ante mi asombro–. Tuve el placer de su compañía un par de veces. Lo conocí por su productor. Era un poco más joven que tú, recién empezaba.

De pronto comprendí que Aidan había pasado tiempo no con famosos cualesquiera, sino con FAMOSOS en serio. Pasé de sentirme superada por el tipo a estar completamente intimidada. En mi mente, había sabido desde que Sylvie había empezado a hablar de él que era mayor, experimentado, mundano. E incluso entonces, más de un año atrás cuando nos conocimos, sabía que olía a clase y dinero.

Pero era más que eso.

Era el individuo más inteligente, enérgico y exitoso que había conocido en toda la vida. Había pasado de tener una vida increíble con mujeres hermosas y una carrera impresionante, a cambiarlo todo para poder cuidar de su hermana y a su sobrina. No se había escapado. Este hombre había tomado una decisión y la mantenía.

Y *yo* me disfrazaba de Peter Pan para entretener a niños y vivir en un mundo de fantasía para no tener que enfrentar la realidad.

Empujé la silla hacia atrás y las patas chillaron contra el linóleo.

—Me acabo de acordar que tengo que estar en otro lado. Lo siento mucho.

—No terminaste tu almuerzo —señaló Sylvie decepcionada.

Aunque su cara triste me ponía mal, le sonreí mientras me volvía a incorporar.

—Lo siento, cariño, me tengo que ir. Gracias por pasar tiempo conmigo otra vez.

Se paró inmediatamente y me rodeó la cintura con los brazos. Se me hizo un nudo en la garganta cuando le devolví el abrazo. Por alguna razón, me invadió la culpa y sin quererlo mi vista se dirigió a Aidan.

Tenía una expresión sombría.

—Gracias por el almuerzo —dije educadamente.

Apenas asintió cuando por fin Sylvie me soltó.

Le rocé la mejilla con la parte posterior de la mano. La quería más con cada minuto que pasaba.

—Espero verte de nuevo, Sylvie.

—Seguro —asintió con vigor.

Le sonreí cariñosamente y evité por completo la mirada de su tío, y me fui.

Tenía que hacerlo.

Me había hecho sentir pequeña, y no físicamente. Antes de conocerlo, estaba satisfecha con mis elecciones de vida. ¿Y saben qué? ¡Yo tenía apenas veintidós años! Quizás cuando tuviera su edad, yo también sería mundana y sofisticada.

Por ahora, sin embargo, no lo era. No podíamos ser más diferentes y por más que quisiera bajar la guardia con él, jamás me entendería. Así que dependía de él. Podía permitir que Sylvie regresara, o no. Pero yo no quería saber nada más con su interrogatorio y con sentirme insignificante ante su intenso examen.

DIEZ

e gustaría poder decir que no pensé en Sylvie y Aidan por el resto de la semana, pero no sería cierto. Hace mucho que nadie me juzgaba así. Que yo supiera. No desde Indiana.

La familia y los amigos de Jim me habían aceptado. Incluso cuando mis elecciones los habían disgustado, nunca me juzgaron. Simplemente se preocupaban por mí.

En cambio Aidan me examinaba bajo un microscopio.

¡Y me molestó!

Encendió en mí un fuego que no esperaba. No podía quitarme de la cabeza esa sonrisita suya engreída, astuta y prejuiciosa.

De nuevo, la culpa me invadió, porque por más enojada que estuviera, por más pequeña que su imponente presencia me hiciera sentir, también existía atracción. La había habido desde el momento en que lo conocí. Desde antes de que Jim se fuera. El tipo de atracción que jamás había sentido por mi propio esposo.

Me odié a mí misma por eso.

Sin embargo, Sylvie no era parte de ellos. Era otra cosa. Me seguía preocupando por ella. No quería despedirme de la niña aunque significara que Aidan volviera a aparecer en mi vida. Quería verla segura, feliz y de vuelta en la escuela con amigos. Quería saber que iba a estar bien.

Cuando entré al hospital la semana siguiente, me alivió ver a Sylvie, pero también me sentí ansiosa porque la acompañaba Aidan. Estaban junto al puesto de las enfermeras. Sylvie tenía un libro en una mano mientras tomaba con la otra la de su tío. A Jan no se la veía por ningún lado, lo que explicaba a la joven enfermera que se inclinaba sobre el escritorio y le sonreía fascinada a Aidan mientras conversaban.

Supongo que era difícil no hacerlo.

Tenía puestos vaqueros negros, botas negras y una camiseta negra de cuello redondo que le caía suelta en la cintura, pero le ajustaba los bíceps. Porque eran unos bíceps impresionantes. Tragué y caminé más lento. ¿Cómo hacía para que algo tan sencillo como un par de vaqueros y una camiseta parecieran tan caros?

Parecía un guardaespaldas un viernes informal.

Un guardaespaldas que sostenía, protector, la mano de su niña.

Las mujeres heterosexuales que lo conocían estaban jodidas.

O deseaban estarlo pronto.

Puse los ojos en blanco ante la idea, y me sacudí el estupor que me generaba Aidan.

Me había costado veintidós años, pero finalmente experimentaba mi primer enamoramiento verdadero. Ay, Dios mío. ¡Con la *peor* persona!

Sylvie alzó la vista de su libro y tuvo que mirar de nuevo.

—¡Nora! —gritó feliz y se soltó de la mano de Aidan para encontrarse conmigo. Sonrió de oreja a oreja y me mostró el libro. Era *Coraline*, de Neil Gaiman. Le había dicho hacía unas semanas que lo había leído cuando tenía su edad y que me había encantado.

—¿Te gusta?

—*Sí* —afirmó como si fuera obvio—. ¿Se lo leerás a los chicos?

Me encantaba que siguiera sin incluirse en la categoría "los chicos".

—Pensé que hoy podríamos empezar a leer *Harry Potter*, ¿te parece bien?

—Ahhh, me encanta.

—¿Hay algún *muggle* viviente al que no?

Mi atención se fue hacia arriba cuando escuché que Aidan se acercaba.

—Nora —me saludó con una inclinación de cabeza.

Me produjo escalofríos en la nuca oír mi nombre en sus labios. Me sentí una ridícula por reaccionar así, y quise probarme a mí misma que podía manejar a este tipo.

—¿No eres un poquito grande para cuentos?

Sylvie se rio y Aidan me miró divertido.

—Atacar mi edad. Qué poco original, Peter Pan.

—Ah, no estaba atacando tu edad —dije caminando a su alrededor—. Atacaba tu madurez. Pero ey, ¿quién soy yo para juzgar? Si quieres escuchar un poco de *Harry Potter*, no tengo problemas con eso.

—Imagino que sabes que *Harry Potter* atrae a un público muy amplio.

Dudaba que él fuera parte de él.

—Es cierto —puse una mano sobre la puerta de la sala común, y me detuve antes de entrar para mirar a Aidan por encima del hombro—. Pero me sorprendería saber que le gusta a un hombre como tú.

Me desarmó cuando se inclinó hacia mí y puso su mano sobre la mía en la puerta. Me quedé sin aliento ante la cercanía. Su pecho muy cerca de mi cara. Si me movía un centímetro mis labios podían tocar su camiseta. Su calor y aroma me abrumaban. Poco a poco subí la vista hacia su cara.

Me sonrió engreído como si supiera el efecto que tenía sobre mí.

—No sabes lo que le resulta atractivo a un hombre como yo, Pixie —murmuró a un volumen que solamente yo podía oír.

Empujó la puerta antes de que yo pudiera responder y entré en la sala común dando traspiés.

Sabía que mis mejillas tenían un humillante tono rosado.

Afortunadamente, la calurosa recepción de los niños implicaba que no tenía que volver a mirar a Aidan. Mientras nos acomodábamos y yo abría *Harry Potter y la piedra filosofal*, era más que consciente de que estaba de pie junto a la puerta. Tenía los brazos cruzados sobre el ancho pecho y resaltaba lo musculosos que eran. Apostaba a que lo hacía a propósito.

Hombre exasperante y molesto.

Sin embargo, entendía que él estaba allí por una razón. Sylvie quería verme y oírme contar historias, y él quería hacerla feliz. Pero no confiaba en mí. Supongo que no tenía por qué hacerlo. No me conocía. ¿Podía echarle en cara eso? Para nada. Y si él seguía estando presente, yo pensaba continuar aplastando las inseguridades que me generaba y fingir que no me sentía como una pueblerina poco sofisticada.

La lectura había terminado por ese día. Después de estar un poco con los niños, Aidan se me acercó mientras Sylvie hablaba con Poppy. Me preparé para lo que fuera que tenía pensado decirme.

Y odiaba tener que estirar el cuello para mirarlo. Jim era alto, pero este tipo era un maldito jugador de rugby.

—¿Eres actriz o estudiante de cine? —me preguntó mientras yo me ponía la mochila.

Halagada porque pensara que yo podía ser cualquiera de las dos, negué.

—Ninguna de las dos. Solo soy una vendedora.

—No —dijo con la expresión pensativa e intensa—, definitivamente eres más que una vendedora. Tienes talento.

Perpleja, no supe cómo responderle.

—Atraes al público —continuó Aidan—, haces que la historia cobre vida. Es algo difícil de hacer considerando que estás sola de pie, leyendo un libro en voz alta. Estoy impresionado, a regañadientes.

¿A regañadientes?

Le hice una mueca, pero antes de que pudiera responderle, Sylvie nos interrumpió.

—¿Almorcemos de nuevo, por favor?

Y, como siempre, era difícil decirle que no.

Sinceramente, no quería hacerlo. Por supuesto, quería pasar tiempo con Sylvie. Pero por más que Aidan me desconcertara, también me sentía atraída por él, sin quererlo. Y me daba ganas de salir corriendo en la dirección contraria. Confuso, ¡lo sé!

—Seguro, cariño. Nora y yo vamos a salir un momento a hablar en privado. Quédate aquí.

Mientras se me desbocaba el corazón al pensar en lo que podía suceder "en privado", Sylvie frunció el ceño.

—¿Por qué?

—Bueno, no sería privado si te lo contara, ¿verdad?

—Me gusta ella.

Sus palabras tenían un tono intenso. Parecía notar la corriente subterránea entre su tío y yo de un modo que los adultos prefieren fingir que los niños no perciben.

—Lo sé —le rodeó la cara con las manos y le sonrió para tranquilizarla—. Tardaremos un segundo.

Yo también sonreí y seguí a su tío al pasillo, pero me costó hacerlo porque sospechaba que se venía una confrontación. Me invadió la adrenalina y me empezaron a temblar las manos.

En el pasillo, Aidan me condujo a un rincón aislado.

—Sylvie se está encariñando demasiado contigo —anunció con la expresión seria y los brazos cruzados.

—¿Encariñándose demasiado? —confundida, intenté imitar su lenguaje corporal.

—No es prudente.

—Me parece que no entiendo.

Si esto tenía que ver con confianza, eso llevaría tiempo. No se podía confiar automáticamente en nadie. Yo sabía que necesitaba tiempo para ganarme su confianza respecto a Sylvie. ¿Cómo era posible que no lo viera?

Aidan se irritó rápidamente.

—Porque ya ha perdido demasiado. No quiero que se encariñe con algo temporario.

—Pero no me voy a ninguna parte —sostuve.

—Ahora mismo, no. Pero tienes veintidós años nada más. ¿Cuánto te durará esta etapa del voluntariado? —sus ojos verdes eran duros—.

No quiero que Sylvie esté en este hospital. Jamás la deberían haber dejado aquí, en primer lugar.

Me di cuenta de que esa parte del enojo tenía que ver con el papá de Sylvie, pero eso no quiso decir que no me hirieran sus palabras.

–Algunos de estos chicos están muy enfermos y ella se ha hecho amiga de ellos –continuó exasperado–. No quiero que pierda más de lo que ya ha perdido. Y, por más noble que seas al darle tu tiempo a estos niños, me gustaría saber qué es lo que obtienes realmente de estas visitas.

Quería decirle que no necesitaba saber por qué. Pero era el tío de una niña con la que yo había pasado tiempo, así que por supuesto él necesitaba saber por qué.

–No tiene que ver conmigo –respondí tensa–. Si estar conmigo y escucharme contar un cuento le da algo de felicidad a un niño en un momento en el que le hace mucha falta esa sensación, entonces vale la pena cualquier tristeza que yo sienta cuando me toca despedirme de ellos.

Señalé mi ridículo disfraz.

–No lo hago por mí. Lo hago por ellos.

Le di abruptamente la espalda y volví a la sala común antes de que mi explicación se transformara en furia.

Si no le permitía a Seonaid, mi maldita mejor amiga, que cuestionara mis razones, menos iba a soportar que el señor Importante lo hiciera.

Busqué a Sylvie, no quería que ella sufriera por mi discusión con su tío, por más ganas que yo tuviera de alejarme de él lo más que pudiera. En vez de hacer eso, me senté en la cafetería con ellos y me rehusé a mirarlo. Solo le presté atención a Sylvie.

Durante todo el rato su mirada estuvo sobre mí. La odié.

Porque de nuevo me hacía sentir pequeña.

Y esta vez *sí que era* su culpa.

ONCE

Los chicos me miraban expectantes y yo les devolví la mirada con una sensación de vacío en el pecho. Había temido este momento. Durante la semana anterior, me había convencido de que no sucedería. Sin embargo, aquí estaba, de vuelta en el hospital disfrazada de Peter Pan, y faltaba una cara en el pequeño grupo.

Sylvie.

Sentí una decepción intensa mientras pensaba qué podría haber hecho o dicho para tranquilizar a Aidan en vez de molestarlo. Mi única esperanza era que Sylvie hubiera vuelto a la escuela.

—¿Peter? —preguntó Aly con expectación.

Su voz me hizo volver a la realidad y, por primera vez, noté que estaba sentada en una silla y envuelta en una manta. La semana pasada había estado con los demás, sintiéndose bien y moviéndose por sus propios medios.

La leucemia de Aly había empeorado.

Me estremecí irritada. Sylvie había sufrido muchísimo, pero estaba sana y segura, que era más de lo que se podía decir de los niños a los que había venido a entretener. Por la razón que fuera, me había encariñado demasiado con Sylvie Lennox. Era hora de dejarla ir.

Le sonreí a Aly, como si no notara cuán enferma estaba en realidad porque ella no necesitaba que se lo recordaran.

–¿Estamos listos para más *Harry Potter*?

Antes de que pudieran responder, las puertas de la sala común se abrieron. Me quedé sin aliento cuando mis ojos se cruzaron con los de Aidan.

–¡No empiecen sin mí! –Sylvie se apuró a entrar a la sala pasando por debajo del brazo con el que él sostenía la puerta.

Respiré profundo cuando la vi sonreír y arrojarse al suelo a mis pies.

–Pueden continuar –dijo divertida girando la muñeca para imitar el saludo real.

Contuve la risa y puse el pie izquierdo detrás del derecho y doblé la rodilla haciendo una reverencia grácil.

–Su Alteza.

–Estás haciéndola como una chica –me susurró Sylvie con una risita y poniéndose las manos alrededor de la boca.

–Creo que saben que soy una chica –le respondí imitándola.

–Bueno, ahora sí que lo saben.

Apreté los labios para no reírme y dirigí la mirada a la puerta, donde descubrí a Aidan observándonos con atención. Dejé que la gratitud me brillara en los ojos y suavizó la expresión. Aceptó mi agradecimiento silencioso con una inclinación de la cabeza. Luego cerró la puerta y me dejó sola con los niños.

Me ofrecía su confianza.

No sé qué hizo Aidan con su tiempo mientras yo entretenía a los niños. Solo sé que, cuando Sylvie me tomó de la mano y me condujo fuera de la sala común, Aidan estaba caminando por el pasillo en nuestra dirección, con el teléfono en la oreja.

–Te repito, si quiere hacer esto, necesita consultármelo… Díselo. Mira, tengo que irme. Después hablamos.

Se lo veía tenso cuando se acercó a nosotras y guardó el teléfono en el bolsillo.

—¿Todo bien? —le pregunté preocupada.

Me estudió con tanta intensidad que me quedé sin aliento.

—Sí, gracias —bajó la vista a Sylvie—. ¿Te divertiste?

—¡Sip! Casi terminamos el primer libro. ¿Puedo comer macarrones con queso ahora?

—Te vas a convertir en un plato gigante de macarrones —suspiró Aidan divertido, y me miró—. Es lo único que quiere que le cocine.

—Entiendo la atracción —dije, y le sonreí. Luego descubrí una expresión especulativa en su mirada y me di cuenta de lo que había dicho. Me sonrojé—. Quise decir el atractivo. Entiendo el atractivo. De los macarrones con queso.

Los rasgos duros de Aidan Lennox se relajaron para sonreír de la manera más sensual que he visto en mi vida. Y sin más, creo que se me derritió la ropa interior por el calor que me despertó.

Nadie estaba a salvo con semejante sonrisa.

—¿Te gustaría?

Se me aceleró el pulso al oír el rumor sordo de sus palabras.

Eh.

Sí, por favor.

Un momento. ¿Qué? ¿Estaba coqueteando conmigo?

—¿Qué?

—Macarrones con queso —sonrió aún más—. ¿Te gustaría? ¿Para el almuerzo?

Ay, Dios. ¡Que se abra la tierra y me trague entera! Me sonrojé.

—Eh, claro.

—¿Por qué se te ruborizó la cara? —me preguntó Sylvie mientras caminábamos a la cafetería.

Me sonrojé aún más. Aidan se rio.

—No tengo la cara ruborizada.

—Rosa, entonces —se corrigió Sylvie.

—Hace calor aquí.

—No hace tanto calor.

—Niña —dije riéndome a pesar de la humillación—. No estoy rosa ni de ningún tono parecido. Estoy perfectamente normal.

Sylvie frunció el ceño.

—Te disfrazas de un personaje de cuentos todas las semanas. No sé si eso es normal.

Aidan se echó a reír a carcajadas y yo le hice una mueca. Eso lo hizo reírse aún más fuerte.

—En eso tiene razón —aseguró con la voz ronca por la risa.

Bajé la vista hacia Sylvie, que estaba encantada por haber hecho reír a su tío. La miré haciéndome la ofendida.

—Tú, Sylvie Lennox, eres demasiado inteligente para tus años.

—Bien —respondió Aidan por ella—. Eso compensa todas las personas que son demasiado tontas para sus años.

—¿Soy yo una de esas? —alcé una ceja, sin saber si era una crítica para mí.

—No —Aidan abrió la puerta de la cafetería y nos indicó que pasáramos antes que él. Sylvie se apuró a entrar, y cuando yo la seguí, mi mirada se vio atraída hacia él como si fuera un campo magnético—. Eres completamente diferente, Pixie.

Nuestras miradas se trabaron.

—¿Pixie? —me hice la tonta.

—Sí. Hay algo… —movió la cabeza y luego con la mano libre me tocó la cintura para hacerme avanzar.

No pude caminar. Me tensé ante su toque. Temí derretirme en su brazo o sobre su pecho. Me sorprendía que alguien que prácticamente era un desconocido me afectara tanto.

—¿Hay algo?

—Nada —replicó con brusquedad, y me obligó a moverme en dirección a la cafetería detrás de Sylvie—. Pareces un hada con ese disfraz.

Bajé la mirada y recordé que no me había cambiado la ropa. Cuando volví la vista para seguir a Aidan y Sylvie al mostrador, me di cuenta de que la gente me miraba con curiosidad.

—Sabes, no tenemos por qué comer comida de hospital —le dijo Aidan a Sylvie–. Podríamos invitar a Nora a comer con nosotros en cualquier otro lado.

—Me gustan los macarrones con queso de aquí —replicó Sylvie hambrienta. Me pregunté dónde metía todo eso en ese cuerpecito que tenía–. A Nora también.

La dejé hablar porque no estaba segura de querer aventurarme al mundo real con Aidan. Aquí estábamos en nuestra burbuja extraña. Me sentía protegida. Si salíamos, las diferencias entre nosotros se amplificarían. Aquí, no éramos más que dos personas que se preocupaban por Sylvie, y yo podía manejar las inseguridades que él me generaba.

Antes de que él pudiera hacerlo, pagué el almuerzo.

—No tenías por qué hacerlo —me dijo mientras caminábamos detrás de Sylvie en dirección a una mesa vacía.

—Tú invitaste la vez anterior.

—Me lo puedo permitir.

—Yo también puedo permitirme pagarte el almuerzo, Aidan —respondí irritada ante su franqueza.

Me estudió de esa manera intensa de nuevo y me avergoncé.

—¿Tienes tu propia fortuna?

Lo miré con rabia ante el sarcasmo.

—Sí. Soy una princesa de una tierra muy lejana, que se disfraza de persona común para vivir sin las ataduras de la vida real.

Sylvie me miró con los ojos abiertos como platos.

—¿Te la pasas contando cuentos? —se burló Aidan.

—Sería genial eso —opinó Sylvie pensativa–. Me gustaría ser princesa.

—Eres una princesa —observó Aidan, sin más, como si fuera una estupidez que alguien pudiera pensar lo contrario. Sylvie sonrió de oreja a oreja y se dedicó a sus macarrones.

La hacía tan feliz.

Iluminaba su vida.

Su mirada pasó de ella a mí y se puso tenso. Lo que sea que haya visto en mi expresión pareció tomarlo de la nuca y congelarlo incapaz de apartar la mirada de mí.

Una corriente onduló en el aire entre nosotros y un escalofrío me acarició la nuca, me bajó por la columna, me rodeó la espalda y me recorrió los pechos. Me quedé sin aliento cuando se me irguieron los pezones.

¡Tan inapropiado!

Me sonrojé y bajé la vista a mi plato, avergonzada.

Me di cuenta de que no solo Aidan estaba en silencio, también Sylvie, por lo que me atreví a mirarla y la descubrí analizándonos a su tío y a mí, con el ceño fruncido por la confusión.

Aidan carraspeó.

—Entonces, Nora —me preguntó—, ¿tendremos la suerte de que nos cuentes algo verdadero acerca de ti algún día de estos?

—Eh… Me gustan los macarrones con queso —respondí contenta de poder pensar en otra cosa que no fuera la atracción que sentía por él.

—Ya sabemos eso —resopló Sylvie.

—Soy de Estados Unidos.

—¡Y eso también!

—Bueno, bueno —tamborileé los dedos contra la barbilla y fingí reflexionar—. Ya sé. Tengo veintidós años.

Sacudió la cabeza.

—Y eso también, tontita.

—Yo sé algo acerca de ti —dijo súbitamente Aidan.

—¿Qué?

—No sabes cómo dejar de fingir.

Sus palabras fueron una patada en la boca.

—Eso no es cierto —susurré.

—No quería decir nada con eso, Pixie. Estaba bromeando —explicó inclinándose sobre la mesa, aparentemente confundido por mi reacción.

Avergonzada, asentí, y estudié mi plato. El silencio me daba culpa.

—Me encanta Shakespeare.

—¿Shakespeare? —repitió Aidan.

—Sí —confirmé mirándolo.

—¿Qué es un Shakespeare? —preguntó Sylvie.

—No es una cosa, es una *persona*. Escribía obras de teatro —explicó Aidan, sin dejar de mirarme a los ojos—. Eres un poco joven para ellas, cariño. Aprenderás sobre Shakespeare cuando seas adolescente.

—¿Por qué tengo que esperar?

—Porque trata temas que no son para tu edad.

Pareció aceptar la explicación y regresó a sus macarrones con queso.

—Entonces —Aidan volvió su atención a mí—, ¿las comedias o las tragedias?

—Ambas.

—¿Tu preferida?

No podía entender por qué parecía estar genuinamente interesado en la respuesta, pero sí sabía que me hacía querer contarle.

—Comedia: *Noche de reyes*. Tragedia: empate entre *Hamlet*, *El rey Lear* y *Otelo*. No puedo elegir.

—Entonces tus preferidas en realidad son las tragedias.

Pensándolo ahora, supongo que lo eran. Me encogí de hombros.

—¿Has protagonizado alguna producción?

La pregunta atravesó un deseo, un sueño, y me estremecí internamente. Negué y bajé la vista a mi comida sin probar.

—¿Nora?

—Entonces, ¿con quién más has trabajado? —pregunté intentando sonar casual.

Aidan no ocultó su irritación ni decepción.

—Nora…

—A él no le gusta hablar de eso —explicó Sylvie.

Fruncí el ceño.

—Me contaste lo de Bowie.

—Pero en realidad no trabajó con él.

Esta niña. Le sonreí.

—Es cierto.

Mis ojos pasaron a Aidan, que me estudiaba de nuevo como si me tuviera debajo de un microscopio. Dejé de sonreír.

Y así también volvió el silencio incómodo.

Claramente, Aidan estaba irritado conmigo por haber evitado sus preguntas. Le había mostrado algo de mí y de inmediato me había cerrado de nuevo. No era estúpida, me daba cuenta de lo molesto que era. Pero casi que tenía miedo de lo que diría si seguía hablando. Me había costado mucho confiar en Jim para brindarle lo que le había dado de mí. Supongo que era lógico concluir que mi falta de confianza en los hombres tenía que ver con la situación con mi papá. Temía que me rompieran el corazón de nuevo. Y, de alguna manera, instintivamente, sabía que si le daba a Aidan aunque fuera un poquito de mí y él me rechazaba, me lastimaría mucho más que cualquier otro rechazo.

Por fortuna, Sylvie estaba allí para hacer las cosas más fáciles y nos entretuvo durante el almuerzo. Esta vez no me escapé, aunque tenía ganas. Terminamos de comer y los acompañé hasta la salida. Aidan ofreció llevarme a casa en su auto, pero insistí en que prefería caminar, porque no quería que viera donde vivía.

Nos separamos, y cuando los vi alejarse en su Range Rover negra, me atravesó una punzada de arrepentimiento. Había sido maleducada con Aidan. Si él no me hubiera acribillado con preguntas personales, no habría sido maleducada. Pero el maldito estaba decidido a obtener respuestas.

Unos días después, estaba trabajando en Apple Butter mirando un cárdigan color marfil con una bicicleta dorada bordada sobre el lado izquierdo y preguntándome si Leah me dejaría pagárselo en plazos, cuando la puerta se abrió y me encontré con Roddy. Tenía puesta una camiseta gris cubierta de polvo y suciedad, vaqueros que estaban prácticamente en el mismo estado y botas de albañil. Claramente, venía del trabajo.

Devolví el cárdigan a su lugar y me acerqué a él, con el pulso acelerado. Roddy solo estaría allí si hubiera sucedido algo malo.

—¿Qué es? ¿Pasó algo malo?

—Nada —frunció el ceño—. Es mediodía. Pensé que podrías tomarte un descanso ahora para que almorzáramos juntos. Tú sabes, ahora que ya no me evitas más.

Aunque me sonrojé porque sabía que me había resultado difícil estar con él, me alivió demasiado saber que estaba todo bien entre nosotros. No le dije nada y puse los ojos en blanco.

—Espérame aquí.

—Sí, como si fuera a animarme a avanzar más —murmuró Roddy mirando las prendas femeninas y bonitas que había en la tienda.

Me reí y crucé el arco que conducía a la sección de accesorios, donde encontré a Leah arrodillada acomodando un exhibidor de joyas.

—Leah, ¿puedo salir a almorzar temprano?

—¿Con ese hombre de voz tan grave? —alzó la vista y me sonrió con curiosidad.

—Es un amigo.

Se inclinó hacia atrás para mirar, pero se la vio decepcionada cuando no pudo verlo.

—¿Es tan guapo como su voz?

—Mucho más atractivo —exclamó Roddy, y resoplé.

—Ay, me gusta —se rio Leah.

—Estás prácticamente comprometida —le recordé.

Fingió que lloraba a modo de respuesta y me despidió con la mano.

—Shuuu, entonces. Vete a almorzar con el hombre de la voz deliciosa.

Le agradecí, tomé mi bolso, y me llevé a Roddy afuera antes de que mi jefa decidiera salir a examinarlo.

—Entonces, qué sorpresa —le dije mientras caminábamos por la calle Cockburn.

—Estamos renovando un apartamento cerca de la Royal Mile —explicó.

Después de decidirnos a comer lo más cerca posible, encontramos una mesa libre en la Royal Mile Tavern para comer comida típica de cervecería. Hablamos poco hasta ordenar la comida y nos quedamos en silencio hasta que nuestro pescado con papas fritas llegó, porque Roddy jamás hablaba hasta no haber comido algunos bocados.

—¿Así que sigues saliendo con la camarera? —pregunté una vez que le apareció la expresión "Ya no soy un cavernícola hambriento" en la cara.

—Se llama Petra —sonrió Roddy.

—¿Petra? ¿De dónde es?

—Es croata.

—Ah. Seonaid nunca mencionó eso.

—No lo habría hecho.

A veces me preguntaba si salía con un tipo específico de mujer solo para molestar a Seonaid.

—¿Va en serio?

—¿Cuándo fui en serio yo?

—¿No te gustaría? ¿Alguna vez?

Roddy suspiró profundo. Sabía que la conversación lo ponía incómodo porque no le gustaba hablar de sus sentimientos.

—Algún día, quizás.

—¿Petra sabe que no es seria la cosa? Porque Seonaid piensa que ella cree que sí.

—Sí, lo sabe —gruñó y me echó una mirada que quería decir que dejara de hablar del tema.

Pensando en mi dilema con Aidan, me pregunté si quizás Roddy podría ayudarme.

—Entonces, ¿cómo evitas contarle cosas personales sin resultar maleducado y sin alejarla del todo?

Me miró impávido.

—Necesito consejos, de hecho.

—¿Acerca de tus amigos con derechos? —alzó las cejas casi hasta la línea del pelo.

Me sonrojé avergonzada de que el mejor amigo de Jim pensara que le pedía consejos sobre cómo tener sexo con un tipo nuevo.

—¡No, por Dios, no!

—¿Por qué el "por Dios, no"? Está bien que quieras seguir con tu vida, Nora.

Aunque parecía que lo decía sinceramente, ignoré el comentario.

—No, no es eso. Es que conocí a esta niña en el hospital y me he encariñado con ella, pero su tutor, su tío, me está persiguiendo con preguntas acerca de mí. Lo entiendo, porque paso tiempo con ella una vez a la semana, pero no me siento cómoda divulgándole detalles personales. Almorzamos después de mi lectura con los niños, y me interroga. Estoy tratando de evitarlo y no quiero ser completamente maleducada. Pensé que quizás podrías aconsejarme cómo evadirlo sin que él quiera impedir que Sylvie, su sobrina, pase tiempo conmigo.

—¿Cuántos años tiene el tío? —me estudió pensativo.

—Treinta y cuatro. ¿Por qué? —le brillaron los ojos y negué—. No es eso.

Hasta a mí me sonaba a mentira. Pero no lo era. Aidan Lennox no sentía por mí la misma atracción que yo por él.

Roddy me examinó la cara.

—¿Está tratando de pasar tiempo contigo?

—La niña, entonces por eso él también.

—No tiene por qué hacerlo.

—Ella perdió a la mamá. Era su hermana. La protege.

—Sí. Pero cualquiera puede investigar un poco y obtener información pertinente a la persona que está pasando tiempo con sus hijos. No tiene por qué almorzar contigo y preguntarte.

—No es eso —Roddy no entendía.

—Nora —sonó molesto—, eres tú, así que me sorprendería que no fuera algo así. ¿Quieres saber por qué Petra sabe que lo nuestro no es serio? Primero, le dije que si quería meterse en mi cama, era temporario. Y a partir de ese momento, jamás le pregunté nada acerca de su vida fuera de "¿Tuviste un buen día en el trabajo?", "¿Quieres beber algo?" y "¿Quieres que lo hagamos más duro?".

—Eres todo un príncipe, Roddy —me burlé.

—Lo que quiero decir es que un tipo no le hace preguntas a una mujer, salvo que esté realmente interesado. Y habitualmente lo hace porque también quiere saber qué sonido emite cuando alcanza el orgasmo.

Este era Roddy, sin filtros, sin Jim para darle una palmada en la cabeza por hablar así conmigo. Era extraño, pero me gustaba que Roddy pudiera ser así conmigo, maravillosamente grosero, y que estuviera bien. Que pudiéramos estar cómodos de verdad.

De pronto me sentí culpable.

—Está bien que quieras eso, Nora —Roddy malinterpretó mi expresión—. Tienes que seguir con tu vida. No tiene nada de malo que dejes que este tipo te conozca. Responde las jodidas preguntas si se te da la gana.

—No es eso —insistí—. Aidan es mayor, culto, experimentado. Creo que me ve como una niña rara y le preocupa que su sobrina pase tiempo conmigo.

Bajó su mirada a mi pecho de un modo decididamente no amistoso antes de volver a enfocarse en mi cara.

—No te ve como una niña.

—¿Cómo lo sabes? —pregunté molesta ante su arrogancia.

—Porque soy hombre. Sé de estas cosas.

Irritada, negué con la cabeza. Pedirle consejos a Roddy era una mala idea. Su honestidad brutal y su perspectiva masculina no hacían más que confundirme.

Cambié de tema.

—Seonaid está saliendo con un tipo nuevo. Zach. Tiene tu edad.

Roddy clavó la vista en la comida, aunque no pudo ocultar la tensión de su mandíbula.

—¿Otro tipo *agradable*? —dijo después de unos segundos.

—No, creo que se está tomando un descanso de los tipos agradables. Zach es solo para sexo. Tiene mucha energía —sonreí para mí cuando vi que aferraba con fuerza los cubiertos. Quizás era una maldad de mi parte, pero Roddy Livingston era el tipo más directo que conocí. No tenía ninguna excusa para no decirle a Seonaid lo que sentía por ella. Si no quería que otros tipos se le metieran en la cama, entonces tenía que hacerse cargo y hacer algo al respecto.

De pronto, me encontré mirando directamente a los ojos furiosos de Roddy.

—Roddy... —la culpa me borró al instante la soberbia.

—Sé lo que estás haciendo —dijo enojado—. Así que hagamos un trato aquí y ahora. Yo no te obligaré a olvidarte de Jim, y tú no me obligarás a hacer nada con Seonaid, y eso implica no restregarme por la cara a quién se está follando. Ya tengo bastante de eso con ella.

No iba a aceptarlo. Quería saber por qué creía que no podía expresar sus sentimientos. ¿No se daba cuenta de que había una posibilidad allí? ¿No se daba cuenta de lo celosa que se ponía de Petra y de todas las mujeres anteriores?

Sin embargo, no podía insistir con el tema porque eso le daba permiso para interrogarme respecto a Jim y todos mis conflictos.

Asentí pidiéndole disculpas con la mirada, y se relajó.

—Entonces —continuó después de un minuto de silencio—, Angie quiere que almorcemos un domingo de estos. ¿Te parece bien?

No podía evitar a Angie para siempre. No era justo. Si aceptaba, tendría a Seonaid y a Roddy conmigo como intermediarios entre yo y su visión color de rosa de mi relación con su hijo.

—Seguro. Me parece bien.

DOCE

Estaba haciendo reír a los niños con los primeros capítulos del segundo libro de *Harry Potter* cuando la puerta de la sala común crujió al abrirse. Era Aidan, y me echó una mirada de disculpas. Se me aceleró el pulso al verlo, pero seguí leyendo, incluso cuando se puso delante de Sylvie y le hizo un gesto para que se le acercara. Ella lo hizo de mala gana, y luego la escuché decir "Pero me quiero quedar".

Eso me hizo parar. Bajé el libro.

—¿Todo bien? —les pregunté.

Aidan se incorporó de las cuclillas en las que estaba y posó una mano sobre el hombro de Sylvie.

—Está viniendo su papá. Tiene libre el resto del día y quiere pasar tiempo con ella.

—Ah —asentí decepcionada por no poder almorzar con ella—. Bueno, no hay ningún problema.

—Pero me quiero quedar —insistió Sylvie, que parecía tan decepcionada como yo.

Caminé hacia ella y le sonreí para tranquilizarla.

—Seguro que tu papá tiene planeado un día genial. Y nosotras nos veremos pronto.

—¿No me puedo quedar hasta el final?

Alcé la vista hacia Aidan y, si no me equivocaba, parecía disgustado. No conmigo sino con el papá de Sylvie. Negó.

—Creo que tu papá está viniendo ahora mismo, cariño.

Le temblaron los labios y pensé que mi estoica Sylvie se echaría a llorar. Sin embargo, se compuso con un gesto que era tan maduro que resultaba perturbador. Como si estuviera acostumbrada a componerse rápidamente cuando pasaba algo triste.

—Bueno. ¿La semana que viene?

Miré a Aidan en búsqueda de confirmación. Él asintió y le sonrió.

—La semana que viene.

Sylvie me abrazó y tomó la mano de su tío.

—Adiós —les dije. Él se despidió con una frustrante inclinación de cabeza, y nada más.

Me mordí el labio ante el desánimo que me invadió cuando se fueron. Aunque yo sabía cómo era la cosa, había permitido que la opinión de Roddy me afectara. Había empezado a pensar que quizás tenía razón y que Aidan tenía otras razones para querer conocerme. Quizás la tensión sexual no era solo de mi parte.

A pesar de eso, el hecho de que pudiera alejarse de las pocas horas que pasábamos juntos cada semana sin parecer para nada decepcionado me puso los pies sobre la tierra.

Anhelaba a Sylvie y a Aidan como si fueran algo a lo que era adicta. Sylvie parecía sentirse igual.

Aidan, sin embargo, probablemente me veía como una joven un poco extraña con la que, para su sorpresa, su sobrina se había encariñado.

Ahora que no estaban, traté de volver a concentrarme. Entregué toda mi energía a actuar el libro. Fingir me salía bien, nadie notó mi tristeza. Todos se reían, se sorprendían y se acercaban para escuchar más acerca de Harry y sus amigos.

El tiempo se había acabado, así que me despedí de todos y Jan me dio permiso para cambiarme en el baño de Aly. Ella tenía una habitación privada en la que pasaba más tiempo a medida que empeoraba.

No sé cuánto más podría asistir a mis lecturas. Esa pobre niña iba a estar mucho peor antes de mejorarse.

Me cambié antes que Jan la trajera de vuelta y luego me despedí de las enfermeras. La ciudad se había vaciado de los asistentes al festival. Estaba pensando en comprarme un licuado en Meadowlark, el café más cercano, cuando de pronto descubrí a Aidan y me quedé paralizada.

Estaba hablando por teléfono y no me había visto aún. ¿Qué estaba haciendo aquí? ¿Dónde estaba Sylvie?

No voy a mentir, pensé en seguir de largo antes de que notara mi presencia. Me desconcertaba cómo se me aceleraba el corazón cada vez que él estaba cerca.

Pero cuando alzó la vista, nuestras miradas se encontraron y el mundo entero dejó de girar. Solo podía oír el acelerado latido de mi corazón.

Y luego escuché que le decía a la persona con la que estaba hablando que tenía que cortar. Guardó el teléfono en el bolsillo trasero y se me acercó. Se detuvo dentro de mi espacio personal y me vi obligada a alzar la cabeza e inclinarla hacia atrás para poder mantener contacto visual.

—¿Qué estás haciendo aquí todavía? ¿El papá de Sylvie la vino a buscar?

—Sí —asintió Aidan—. Pensé en esperarte. Ver si querías almorzar algo.

Atónita, me lo quedé mirando en silencio. Y luego oí la voz de Roddy en mi cabeza diciéndome que Aidan claramente estaba interesado en mí. No podía entender por qué alguien mayor, sofisticado, atractivo y exitoso estaría interesado en mí. Y sí, sabía que eso no hablaba muy bien de mi autoestima, pero era lo que pensaba.

Antes de conocerlo, creía que había vivido más años de los que tenía. Estaba cansada y mi vida se había parecido a una batalla continua.

Luego apareció Aidan y entendí que no conocía nada del mundo.

Éramos dos personas muy diferentes, y no tenía dudas que desearlo era una mala idea... pero me latía rápido el corazón, un hormigueo me recorría la piel, y una sensación frenética de excitación, el vientre. Me sentía viva. Despierta. Por primera vez en muchísimo tiempo. La ilusión burbujeaba en mi interior y me hacía bien.

—Buena idea.

Me pareció notarle una expresión de alivio. Pero, así como vino, desapareció, y solo quedó tensión.

—¿Seguro que estás bien? ¿Es el papá de Sylvie?

—Por aquí —me indicó, y lo seguí a su auto.

Me abrió la puerta del acompañante, algo que nadie había hecho por mí. Me quedé de pie un poco aturdida por el gesto caballeroso, y lo mucho que me gustó.

—¿Nora?

Alcé la vista y me encontré con su mirada inquisitiva, por lo que oculté mi reacción con una sonrisa.

—Me estaba preguntando si era prudente ir sola en el auto de un hombre extraño y mayor.

—Tenías que decir lo de "mayor" de nuevo, ¿verdad? —Aidan contuvo una sonrisa.

Me reí y me senté en el auto y cerró con suavidad la puerta. El interior era amplio y lujoso. Jamás había estado en un Range Rover. Me maravillé ante la comodidad y el estilo. Olía a cuero nuevo.

Así que así vivía la otra mitad.

La puerta del conductor se abrió y, al contrario que mi minúscula persona, Aidan se deslizó en su asiento. El asiento estaba echado hacia atrás para dejarle espacio a las largas piernas. Se puso el cinturón, encendió el motor y no pude dejar de mirarle las manos que se relajaban al volante. Como el resto de su cuerpo, eran grandes, pero sin lugar a dudas eran las manos de un músico. Dedos largos, nudillos grandes pero elegantes. Un estremecimiento en lo profundo de mi vientre me hizo revolverme en mi asiento, avergonzada.

¿Cómo era posible que las manos de un tipo me excitaran tanto?

—Cal está tratando de pasar más tiempo con Sylvie.

Sacudida de mis meditaciones sexuales, me concentré en sus palabras porque eran importantes.

—¿Crees que es algo malo?

—No —aferró con fuerza por un instante el volante—. No.

—Algo te molesta.

Nos detuvimos en el semáforo y Aidan me miró.

—Quiero que tenga estabilidad. Me preocupa que cualquier cambio la afecte demasiado en este momento.

—¿Cambio en qué sentido?

—Ver a su papá más seguido. Solía estar con él un día a la semana. Pero últimamente ha estado llamando cuando tiene tiempo para verla.

No me parecía malo que su padre estuviera sacando la cabeza de su propio trasero para hacer un esfuerzo y ver a su hija, pero entendí la preocupación de Aidan. Hacía un año nada más que había perdido a su mamá.

—Quizás deberían hablar al respecto.

—Sí, quizás.

Nos quedamos en silencio y me di cuenta de que estaba perdido en sus pensamientos. Quise darle su espacio y me dediqué a observar el tránsito. Y me di cuenta de que nos estábamos alejando del centro de la ciudad.

—Entonces… ¿dónde comeremos?

—Hay un bar sobre la rambla en Portobello Beach. Es lindo. Me pareció que deberíamos aprovecharlo mientras podamos.

La gente decía mucho eso. Los veranos escoceses eran bestias veleidosas, con mucha lluvia. Así que cuando salía el sol, lo apreciábamos y lo disfrutábamos todo lo posible.

—Me parece bien.

Con Jim, me había sentido cómoda desde el principio. Cuando nos quedábamos en silencio nunca tenía la necesidad de llenarlo. Con Aidan me pasaba algo similar, el silencio no me molestaba. Pero la atmósfera no era tan cómoda. Estaba demasiado consciente de cada uno de sus movimientos y lo observaba por el rabillo del ojo mientras conducía hacia el este en dirección a Portobello.

—Eres importante para Sylvie —dijo de pronto Aidan.

Me invadió la calidez.

—Para mí también. No la lastimaré, Aidan.

Me miró con una expresión sincera.

—Ahora lo sé, Nora.

—Gracias —respondí aliviada.

—Solo quiero que esté bien.

—Pero a veces puede no estarlo, y eso no tiene nada de malo. Perdió a su mamá. Puedes protegerla de cualquier cosa, menos de esa pérdida, y pensar que puedes no hará más que hacerte sentir que has fracasado. Y eso no es cierto.

Se quedó en silencio un rato largo. Pensé que quizás mi atrevimiento lo había disgustado.

—¿Por qué eres tan sabia? —preguntó.

Cuando se trata de pérdidas, sé de lo que estoy hablando. Pero no lo dije en voz alta.

—Nací así, supongo.

Poco después, Aidan estacionó en la calle frente al mar. El sol centelleaba en las olas a la distancia y la rambla estaba llena de gente almorzando, paseando sus perros y pasando un buen rato. El aire salado del mar inmediatamente me ponía a mí, y a todos los demás, de buen humor. Era un poco después de la una así que la gente estaba aprovechando la hora del almuerzo, pero a juzgar por lo repleta que estaba la playa, parecía que era fin de semana.

—¿Te parece que conseguiremos mesa? —pregunté. Él insistió en abrirme la puerta y en tomarme de la mano para ayudarme a bajar.

Su mano cálida y callosa se deslizó sobre la mía y chispas de electricidad bailaron por mi brazo. Me quedé sin aliento. Lo miré a los ojos. Cruzamos las miradas.

¿Él también las habrá sentido?

Como si hubiera hecho la pregunta en voz alta, él me apretó la mano y cerró la puerta. Para mi sorpresa, siguió tomándome de la mano y me condujo por la calle en dirección a la rambla.

—Llamé antes —explicó—. Conozco a alguien que trabaja aquí.

Me apuré para seguirle el paso. El corazón me estallaba en el pecho y alcé la vista para mirarlo. Sintió mi mirada, bajó la vista y me sonrió.

—¿Qué pasa, Pixie?

Decidí ser sincera.

—Me estás tomando de la mano.

Su expresión se transformó en esa sonrisa sensual que me hacía temblar las rodillas cada vez que la veía.

—Eso parece.

Me mordí los labios para evitar que se me escapara una risita.

—¿Por alguna razón?

—Para que no te vayas volando al País de Nunca Jamás, por supuesto —me guiñó un ojo.

Me reí.

—Encantador. Muy encantador.

Aidan, con sus hermosos ojos risueños, se detuvo para abrir la puerta del bar,.

Dejé que me condujera al interior. Había un espacio arriba, a la derecha de la barra, con mesas frente a unos ventanales con vista al mar que sobresalían. El lugar estaba repleto, no había ninguna mesa libre.

—Eh… —una joven con ojos azul brillante, pantalones cortos y pelo rubio muy claro miró las reservas y nos miró—. Tenemos una demora de media hora en este momento.

—¿Dónde está Giggsy? —preguntó Aidan.

—Aquí estoy, amigo —miramos hacia atrás para descubrir a un hombre que emergía de un pasillo junto a la barra. Cuando estuvo junto a nosotros, se quedó mirando la mano de Aidan que sostenía la mía y negó con la cabeza riéndose—. Cada vez se vuelven más jóvenes.

—Vete a la mierda, Giggsy.

—Bien. Y yo que he tenido que soportar que estos imbéciles me digan de todo —señaló en dirección al personal de la barra—, para reservarte una mesa a último momento en la rambla.

Sin decir nada más, salió y Aidan lo siguió. Nos llevó arriba hacia unas puertas francesas que se abrían hacia la rambla y, para mi alegría, a una de solo cuatro mesas preparadas allí, con vista al mar.

Una brisa suave llegaba del Mar del Norte para brindar un poco de alivio al inusualmente cálido sol de septiembre. Las gaviotas chillaban mientras volaban por encima de nosotros.

—Aquí tienen —Giggsy nos hizo un gesto en dirección a nuestra mesa y Aidan apartó una silla para mí—. Qué caballero.

Palmeó a Aidan en el hombro y éste puso los ojos en blanco. Giggsy me miró con el ceño fruncido, en broma.

—Por favor dime que eres legal.

Me sentí avergonzada ante la idea de parecer tan joven junto a él, y Aidan suspiró profundamente.

—¿Tienes ganas de morir?

—No puedo evitarlo. Se ponen cada vez más hermosas y jóvenes, y la mía cada vez más vieja y molesta. ¿Cómo lo haces?

La irritación que este hombre me provocaba crecía a cada segundo, y no solo porque hablaba de los intereses románticos de Aidan como si fueran productos en una cinta transportadora, sino porque hablaba de mí sin siquiera mirarme. Como si yo no importara. *Machista*… ¡Grrr!

—¿Puedo traerte algo de beber, cariño? —Giggsy me sonrió.

—Agua, por favor. Aunque si quisiera, podría beber una cerveza. Hace casi ya cinco años que puedo.

—¿Estadounidense? —se volvió a Aidan—. Muy bien. De un estado distinto a la anterior, me imagino. ¿Estás coleccionando estados? Eres mi héroe, amigo.

—¡Ey! —chasqueé los dedos para llamarle la atención—. No soy la última conquista de Aidan, así que deja de hablar de mí como si lo fuera, y deja de hablar de mí como si no importara si te oigo o no. Es una falta de respeto. ¿Nadie te enseñó buenos modales?

No tengo idea de dónde salió ese estallido de ira. Quizás quería que Aidan supiera que yo no era una mujer bonita sin cerebro para llevar del brazo, en el caso de que estuviera pensando eso.

Giggsy pareció aturdido. Le murmuró a Aidan que le traería lo de siempre y que volvería a tomarnos el pedido. Yo me quedé mirando el agua a propósito para evitar la mirada de Aidan.

—Siento mucho de lo Giggsy.

Observé a una pareja que caminaba por la playa tomada de la mano, cada cual llevando sus zapatos en la mano libre.

—No tiene importancia.

—Nora, mírame.

Le hice caso a regañadientes.

Parecía preocupado.

—No te invité a almorzar para después acostarme contigo. No eres mi *última conquista*, definitivamente. Solo quería pasar tiempo contigo.

Confundida, me quedé mirándolo, y traté de entenderlo mágicamente. Si no quería ser amigo con derechos, pero quería tomarme de la mano y pasar tiempo conmigo... bueno... mierda. ¿Qué quería decir eso?

Y de pronto se me ocurrió algo.

Y no sé cómo pude haber estado tan ciega.

Quizás... quizás Aidan se sentía solo.

—¿Cómo estás? —solté—. Hemos hablado un poco de Sylvie y de cómo está ella después de la muerte de su mamá, pero no hemos hablado de ti. ¿Estás bien, Aidan?

Me di cuenta de que lo había sorprendido con la pregunta. Me miró fijo, como si no pudiera creer que yo fuera real. No entendí su reacción, pero no pude preguntarle nada porque Giggsy volvió con las bebidas y para tomarnos el pedido.

Hacía demasiado calor para comer algo muy pesado, así que pedí algo liviano, y Aidan hizo lo mismo. Esperé a que Giggsy se fuera para ver si me contestaba.

Finalmente, lo hizo.

—¿Quieres que te cuente la verdad, Nora? ¿Algo que jamás le he contado a nadie? Me molestó. Que Nicky, mi hermana, se enfermara. Que esperara que cuidara de Sylvie. Soy un bastardo egoísta que se molestó con ella por eso. No tenía idea de lo que se nos venía encima o de lo que ella tendría que soportar. No podía ver nada de eso por mi propia incapacidad de ver más allá mi jodida profesión.

Lo que él no sabía era que yo entendía bien ese resentimiento.

—Pero finalmente pudiste ver más allá.

Como sorprendido porque no lo había juzgado, Aidan me estudió cuidadosamente. Cuando habló, su voz estaba ronca por la emoción.

—Nuestros padres no son personas fuertes. Nunca supieron manejar las cosas malas. Odiaban que Nicky fuera madre soltera, y después de que se mudaron al sur, no se esforzaron mucho en viajar a ver a Sylvie. No tenían la fuerza para acompañar a mi hermana. Vinieron al final. Después de que yo tuve que ver cómo el cáncer se la comía viva. La vi mantenerse fuerte, valiente y generosa hasta el final, preocupándose solo por mí y por Sylvie y lo que sucedería con nosotros. Esos meses cambiaron todo.

—¿Cuánto tiempo estuvo enferma?

—Unos cuatro meses —se puso de perfil y miró el mar, y pude ver el dolor que ocultaba la mayor parte del tiempo—. Fue a finales de enero del año pasado. Me llamó cuando estaba en Nueva York y me pidió que volviera a casa. No me dijo por qué, pero supe que debía ser algo malo para que ella me pidiera eso. Cuando llegué, me lo contó cuando estuvimos solos. Que tenía cáncer de cuello uterino.

Me miró brevemente con rabia y pena en los ojos.

—Nicky era enfermera. *Sabía*, Nora. Lo sabía y el miedo la había paralizado tanto que no lo pudo enfrentar hasta que fue demasiado tarde. Podría haber sobrevivido. Pero no hizo nada hasta que fue demasiado tarde.

Me estiré por encima de la mesa y le tomé la mano.

—Lo siento mucho.

Me dio un apretón.

—Le contamos los dos a Sylvie —continuó—. Ya sabes lo inteligente que es. Lo entendió. Yo… No pude soportarlo. Me tuve que ir de la habitación. Oír sus gemidos…

Se interrumpió y me soltó la mano para beber un buen trago de agua.

Sentí pena por él.

—Todo se detuvo. La vida que tenía dejó de existir. Me mudé con ellas, contraté una enfermera a tiempo completo y a Olive Robertson para que educara en casa a Sylvie. Así podía pasar la mayor cantidad de tiempo posible con su mamá sin atrasarse con la escuela. Dejé de estar resentido con Nicky porque tuve que verla agonizar, ¿pero sabes qué fue lo peor, Pixie?

Parpadeé para contener las lágrimas ante el vacío total que transmitía su voz, y me pregunté por qué no había visto antes el dolor que este hombre ocultaba.

—¿Qué fue lo peor?

—Quería que se muriera. Porque la espera era una jodida agonía. Quería que se muriera de una vez —sacudió la cabeza, como si se avergonzara de sí mismo—. Ahora que ya no está, no puedo creer que jamás pensé que cada uno de esos malditos días que pasó con nosotros, con Sylvie, era un milagro. Y me odio a mí mismo por haber deseado que esos días dejaran de existir.

Estaba abrumada.

La angustia me aplastaba el pecho y me dificultaba la respiración.

Porque sentí que yo podía entender a este hombre más que nadie. Solo quería abrazarlo fuerte y susurrarle que no estaba solo. Ya se me había roto el corazón antes, y allí, en la rambla, se me volvió a romper. Porque supe que este hombre y la pequeña a la que amaba tanto me iban a usar y a dejarme destrozada.

Y no sabía si se lo podía permitir. Podían ser mi penitencia. Podía permitirles tomar lo que necesitaran y que me dejaran en pedazos y, de alguna manera retorcida, podría así alcanzar la paz. Sin embargo, mi sentido de autopreservación me daba ganas de salir corriendo. Porque la gente a veces te decepcionaba, y eso pasaba. Pero en otros casos, como en el de papá, te dejaba tan devastada que te cambiaba para siempre. Había cometido muchos errores por ese motivo, y tenía miedo de que cuando Aidan me decepcionara, algo inevitable, perdería lo poco que aún respetaba de mí.

–Nunca le conté eso a nadie –dijo y entrecerró los ojos.

–¿Por qué me lo cuentas a *mí*?

–Porque estoy angustiado, Nora, y me parece que tú sabes lo que es eso.

Espantada porque pudiera percibir eso en mí, negué con la cabeza.

–No sabes nada acerca de mí.

–Te llamas Nora Rose O'Brien McAlister. Naciste el doce de noviembre de 1992, en Donovan, Indiana. Viviste allí hasta los dieciocho años cuando te escapaste con Jim McAlister para casarte en Las Vegas, y de allí venir con él a Edimburgo. Estuviste casada tres años hasta que él murió de un aneurisma cerebral. Trabajas en la tienda Apple Butter en la calle Cockburn y vives sola en Sighthill –hizo una pausa y yo intenté recobrarme de la conmoción que me causó que supiera todo eso de mí–. Te recuerdo, Pixie. Recuerdo haber intercambiado miradas con una chica bonita en un bar y después levantarla del suelo cuando su esposo se peleó con un borracho por ella. Y recuerdo haberte encontrado en el supermercado al día siguiente, sabiendo que eras demasiado joven y demasiado casada, y deseándote de todas maneras. Y quizás si hubiera sucedido seis meses antes, me habría comportado como un egoísta y habría intentado seducirte sin importarme las consecuencias. Pero mi hermana estaba en un apartamento encima del supermercado, muriéndose, y yo le había prometido a ella y a mi sobrina que les prepararía crêpes con sirope.

Una lágrima me cayó sobre la mejilla sin que pudiera detenerla.

—No soy el tipo de hombre que permitiría que su sobrina de diez años pase tiempo con una mujer sin investigarla, Pixie. No es personal.

No podía hablar. Tenía miedo de echarme a llorar. Entonces Aidan siguió hablando. Sus palabras ya no eran uñas que arañaban mis recuerdos dolorosos, sino un cuchillo que los atravesaba limpiamente.

—Sé tu secreto, Nora. Sé que en realidad te transformas en Peter Pan por ti, no por los niños. Lo que no puedo entender es por qué una joven de veintidós años, que claramente es talentosa e inteligente y que tiene su vida entera por delante, decide pasar su día libre como voluntaria en un hospital de niños enfermos… porque lo necesita. Porque lo necesitas, Nora. Lo veo. ¿Esto tiene que ver con tu esposo y su muerte prematura o hay algo más? ¿O es que lo amabas tanto que no puedes seguir adelante con tu vida? Sea lo que sea, estás angustiada. Y no puedo evitarlo, pero necesito saber… ¿qué demonios te sucedió?

De pronto, oí la voz de Roddy en mi mente. *No tiene nada de malo que dejes que este tipo te conozca. Responde las jodidas preguntas si se te da la gana.*

Pero no sabía si quería. No estaba lista. Confesárselo significaría enfrentarme por fin a toda la culpa que mantenía oculta tras el disfraz.

—Lo siento —me alejé de la mesa y casi tiro la silla—. Me tengo que ir.

Lo dejé allí.

Solo.

Después de que se hubiera abierto conmigo.

Y nunca me odié tanto como en ese momento.

TRECE

No debería haberme sorprendido cuando Aidan no se quedó la semana siguiente. Apenas me miró cuando recogió a Sylvie del hospital. Ella ya me había dicho que su tío tenía una reunión y por eso no podían quedarse a almorzar.

Sin embargo, la actitud distante que mantuvo conmigo me hizo sospechar que Aidan no tenía ninguna reunión. Simplemente, no quería estar con alguien que lo había escuchado revelar su alma y luego lo había abandonado inmediatamente. Había sido una cobarde.

Durante todo este tiempo, me había dicho a mí misma que necesitaba llenar mi vida de bondad, hacer cosas buenas, como pasar tiempo con los niños en el hospital, para conseguir un descanso de mi culpa. Cuando por fin encontré dos personas a las que quizás podía ayudar de verdad, me había asustado tanto quedar destrozada en el proceso, que me había escapado.

No tuve tiempo para pedirle disculpas a Aidan y no tenía su número de teléfono para llamarlo y arreglar las cosas. Y odiaba más la idea de que él me odiara que salir lastimada.

El miércoles siguiente, cuando entré a las apuradas al hospital, Sylvie y Aidan me estaban esperando.

—Están aquí —sonreí aliviada, porque me había empezado a preocupar que Aidan dejara de traer a Sylvie.

–¡Sip! –sonrió Sylvie–. Y nos podemos quedar a almorzar.

Mis ojos volaron hacia Aidan, y se encontraron con una mirada glacial.

–Fantástico.

Su expresión no cambió y tuve que apartar la mirada porque no soportaba que me mirara como si yo no estuviera allí.

–Bueno, entremos.

–Estaré aquí cuando terminen.

Aidan se sentó en una silla, extrajo el celular y clavó decididamente los ojos en él.

Quise pedirle perdón ahí mismo, pero los niños me estaban esperando y no quería disculparme frente a Sylvie. Aparté mi preocupación por él de la mente y me concentré en los niños y en su entusiasmo porque estábamos llegando a la épica conclusión del tercer libro de *Harry Potter*.

Muy consciente de que se acercaba el final de mi sesión con los niños, empecé a sentirme cada vez más nerviosa. Antes de que Jan viniera a anunciarnos que era la hora, las mariposas en mi vientre revoloteaban desbocadas. Como siempre, Sylvie esperó a que me despidiera de los niños antes de tomarme de la mano y llevarme afuera para encontrarnos con Aidan. Nos miró cuando nos acercamos a él, terminó de escribir algo rápidamente en el teléfono y se incorporó mientras lo guardaba en el bolsillo. Le sonrió a Sylvie y le preguntó si se había divertido, y las mariposas de mi vientre se confundieron con un estremecimiento de placer.

Me obsesionaba esa sonrisa. Las arrugas sensuales alrededor de los ojos, la inclinación que sugería picardía arrogante, sin importar qué fuera lo que había provocado la sonrisa.

–¡Almuerzo! –anunció Sylvie tomando la iniciativa.

–Déjame adivinar –dijo Aidan–. Macarrones con queso.

–No es difícil de adivinar.

Sylvie puso los ojos en blanco y luego me miró como diciendo "Se cree tan inteligente". No pude evitar reírme.

Pero Aidan no se rio. Retraído, caminó en silencio detrás de nosotras en dirección a la cafetería. Sylvie le echaba un vistazo cada tanto frunciendo el ceño, para luego mirarme, como si supiera que yo era la razón por la cual él no estuviera relajado como siempre.

Aunque estuviera enojado conmigo, no me dejó pagar el almuerzo.

—Pagaste la última vez —dijo secamente.

La horrible tensión creció y para cuando nos sentamos a la mesa de la tranquila cafetería, mi pánico se incrementaba poco a poco. Si era miedo a que Sylvie empezara a interrogarnos y se pusiera mal, o miedo a perder la conexión que tenía con Aidan, no lo sabía. Quizás eran las dos cosas. Probablemente lo fuera.

—Entonces, ¿la señorita Robertson te está enseñando algo interesante? —me desesperé por hablar de algo con la Lennox a la que todavía le caía bien.

Sylvie arrugó la cara, pensativa.

—Me está enseñando acerca de las guerras de independencia de Escocia. Está bastante bueno.

Parecía un tema bastante violento. Empiezan con eso bastante jóvenes, al parecer.

—Bueno, algún día me lo puedes contar a mí. No sé mucho sobre historia escocesa.

—Deberías venir a la clase conmigo y la señorita Robertson —exclamó Sylvie entusiasmada—. Tío Aidan, ¿puedo compartir las clases con Nora?

—No, cariño, me temo que no.

Su tono enfático le transmitió que no había otra opción. Sylvie juntó sus cejitas, confundida, y nos miró.

La frialdad de Aidan me lastimó, pero sabía que no tenía ningún derecho, así que me costó encontrar algo para decir que aliviara la tensión.

Mi lucha interior fue interrumpida bruscamente por Sylvie, que empujó su silla hacia atrás.

—Ahí está Jan. Le tengo que preguntar algo.

Y rápida como un rayo, atravesó la cafetería antes de que pudiéramos detenerla.

Miramos hacia atrás para asegurarnos de que Jan estuviera efectivamente allí. Estaba. Y lo que sea que Sylvie le haya dicho, la llevó a echarnos un vistazo. Jan inclinó la cabeza en nuestra dirección y se fueron juntas.

¿Qué demonios?

Lentamente, volví a mirar hacia adelante y descubrí a Aidan con la vista clavada en el plato. No parecía estar enojado porque Sylvie nos hubiera dejado solos deliberadamente. Y ambos sabíamos que había sido una decisión consciente porque había dejado sin comer un plato de macarrones con queso sobre la mesa.

Sin embargo, Aidan no demostró nada. Seguía tranquilo y retraído.

Y cansado.

Cansado y solitario.

Sentí una angustia y un anhelo por él que no podía negar, y me di cuenta que desde que había confiado en mí aquel día en la playa, ya no me intimidaba. Me parecía más humano, más real, como pocas personas en mi vida. Porque por primera vez en mucho tiempo sabía que había conectado con alguien. *Había* conectado con él y eso era innegable.

Y creo que Aidan también había conectado conmigo, de lo contrario no me hubiera contado acerca de su dolor, y no estaría tan enojado conmigo ahora.

Era hora de ser valiente.

Valiente para él.

—Donovan era un pueblo pequeño. Demasiado pequeño para mí.

Aidan alzó la cabeza.

—Al principio, no lo pensaba porque mi papá era una persona exuberante que me había prometido que yo iba a salir y convertirme en alguien. Me llenó la cabeza de sueños mientras mamá trabajaba tanto que no podía ocuparse. Papá era dueño de una empresa de construcción y vivíamos en una casa muy linda en comparación con la mayoría de la gente de Donovan, así que no parecía inverosímil que yo me fuera a convertir en alguien importante algún día. Pero todo cambió. A la empresa le iba tan bien que papá estaba muy ocupado y dejó de cuidarse. Tenía diabetes. Terminó con gangrena en una pierna y se la tuvieron que amputar. Tuvo que vender la empresa por menos de lo que valía, perdimos la casa y nos mudamos a una casa pequeña en la que su silla de ruedas apenas pasaba por las puertas.

Me parecía que era otra vida, y la distancia emocional me hizo sentir aún más culpable por haber abandonado a mis padres.

—Yo tenía once años. Mamá tuvo que trabajar aún más para compensar la pérdida de ingresos. De pronto, me convertí en la cuidadora de papá. Y ya no era el papá con el que yo había crecido. Estaba enojado con el mundo y podía ser muy malo —miré a Aidan directamente a los ojos—. Lo amaba, pero también estaba resentida con él.

Vi comprensión en su expresión, y eso me dio fuerzas para continuar.

—No era fácil, pero yo tenía a Mel. Era mi mejor amiga de la infancia. Sylvie me recuerda muchísimo a ella, es extraordinario. Era la única que sabía acerca de las obras de teatro que yo tenía escondidas en una caja de zapatos debajo de la cama. Era la única que sabía que yo quería ser actriz. Actué en algunas obras cuando era niña, y me encantaba construir los personajes, y hacer feliz al público —aparté los recuerdos con un parpadeo—. Mel creía que yo podía hacerlo y me entendía porque ella también tenía grandes sueños, quería salir de Donovan y convertirse en cantante de rock.

Me reí con tristeza, e inmediatamente se me humedecieron los ojos.

—Murió cuando teníamos trece. Cáncer. Solía visitarla y entretenerla a ella y a los amigos que se había hecho allí, les leía y actuaba los libros.

Aidan suspiró con pena.

—Nora.

—Lo sé —parpadeé para contener las lágrimas—. Todo comienza a cobrar sentido. Pero no lo tiene. Nada lo tiene *en realidad*. Perder a Mel. Perder a papá. Y perder mi sueño porque de pronto mis padres me dijeron: "No tenemos dinero para la universidad y, de todos modos, ¿quién cuidaría a papá?". Trabajaba en un restaurante de comida rápida cuando me gradué. Debería haber estado en la universidad que yo quisiera. Había trabajado para ello. Me lo había ganado, pero nunca lo tuve. Y me estaba ahogando, Aidan. No podía respirar.

»Luego apareció Jim. Un muchacho escocés y atrevido que le alcanzó con verme una vez para, por alguna razón que jamás entenderé, enamorarse de mí. Cuando me pidió que me escapara para casarme con él, sabía que era una locura. Pero estaba convencida de que yo también lo amaba, y que con él podría tener la vida que quería. La idea de vivir en Escocia era tan fascinante. Me cegó. Y abandoné a mis padres sin enfrentarme a ellos. Les escribí una carta y me escapé en la noche. Los dejé y ahora no me hablan. Las cartas regresan sin abrir. No volví más. Y Jim... —hice una pausa porque se me atragantaron las palabras.

—¿Qué pasó, Nora?

La culpa emergió de donde yo había intentado enterrarla, y la pena me superó. Lo único que veía era la cara de Jim mirándome, él de rodillas, suplicándome en silencio que lo amara, pidiéndome que lo eligiera. Sentí que alguien me aplastaba las costillas y las lágrimas empezaron a salir, a desparramarse por mis mejillas una detrás de la otra.

—Me amaba demasiado. No quería que tuviera nada que lo alejara de él. Y me encontré atrapada de nuevo, trabajando en un lugar de porquería que no me importaba, mintiéndome a mí misma para mantener la paz entre nosotros. No estaba enamorada de él —confesé sollozando—. No me di cuenta hasta que fue demasiado tarde. Y él lo sabía y me seguía queriendo. Le robé, Aidan. Esos años fueron un robo. Podría haberlos pasado con una chica que lo amara como se merecía. He decepcionado a todo el mundo. A mis padres. A Jim. Mel. Dios, Jim... Me odio a mí misma, Aidan. Me odio por permitir que sus últimos años sobre la tierra hayan sido junto a una persona que él sabía que no lo amaba como él lo hacía. Jamás podré compensarlo por eso. Jamás.

Estaba llorando tan fuerte que no me di cuenta de que Aidan se había levantado de su asiento para luego envolverme en sus brazos. Automáticamente, le rodeé la cintura con los míos y enterré la cabeza en su pecho, y dejé que su amabilidad se llevara mis lágrimas.

Incluso cuando mis sollozos se calmaron, nos quedamos ahí.

Abrazándonos bien fuerte.

CATORCE

—N ora. Hola, Nora. La Tierra llamando a Nora. ¿Te cambiaste de nombre o algo y yo no me enteré? ¡Nora!

Parpadeé, sacudida y confundida por encontrarme en Apple Butter ante una exasperada Leah.

Ah.

Estaba en el trabajo.

Ups.

—Perdón —me disculpé—. No dormí bien anoche.

—Sí, evidentemente —me señaló la cara—. Podrías ponerte un poco de iluminador para disimular esas ojeras. Te presto el mío si quieres…

—Estoy bien, gracias —negué tratando de disimular.

Leah inclinó la cabeza a un lado y me examinó.

—Me pareció que tenías algo diferente… ¿te estás dejando crecer el pelo?

Me toqué los mechones que ahora se enrulaban en el cuello.

—Sí.

—Bueno, deberías volver a tu peluquería y decirles eso. Te lo cortarán para que crezca bien.

En otras palabras, pensaba que ahora era una porquería.

—Gracias, Leah.

—No hay problema —respondió alegre, sin notar mi sarcasmo—.

Bueno, tengo que ir al banco de una corrida así que estás a cargo de la tienda —chasqueó los dedos—. Nada de soñar despierta.

—Entendido —prometí. Respiré profundo cuando finalmente se fue.

Suspiré, me relajé contra el mostrador azul pálido donde estaba la caja e hice un esfuerzo para no pensar en el día anterior. Me resultó demasiado difícil. Mi mente volvía al momento en que me había mostrado completamente vulnerable ante Aidan. Después de tanto tiempo, por fin había elegido a alguien con quien abrirme, y tenía que ser el hombre que yo sabía podía destrozar lo que quedaba de mí.

Aunque él había sido amable.

Eventualmente, nos habíamos apartado del abrazo mutuo, aunque Aidan había dejado las manos en mi cintura, y me había mirado con tanta ternura que me habían dado ganas de volver a llorar.

Me toqué la mejilla y pensé en cómo me había pasado el pulgar por ella.

Luego su mirada había recaído en mi boca y la tensión entre nosotros regresó, aunque esta vez era otra clase de tensión.

—¿Estás bien, Nora? —la voz de Sylvie había interrumpido el momento.

Me aparté de Aidan para encontrarme con Jan y Sylvie de pie frente a nosotros. Jan parecía entender lo que había pasado, pero también se la veía preocupada por mí. Me las arreglé para decirle a Sylvie que estaba bien. Me di cuenta de que quería insistir porque, claramente, yo no estaba bien, pero la mano de Jan sobre su hombro pareció llamarla al silencio.

—Me tengo que ir, eso sí —necesitaba tiempo para reacomodarme. No quería que Aidan pensara que me estaba escapando de nuevo, así que alcé la vista hacia él—. Te veo pronto, ¿entonces?

Pareció entender que yo necesitaba un respiro.

—Sin lugar a dudas —respondió.

Después de despedirme de Sylvie, salí de la cafetería con Jan.

—Volvimos antes —dijo Jan—, pero estabas llorando en sus brazos. No estás bien, ¿verdad?

—Lo estaré —le sonreí débilmente.

—Él se preocupa por ti.

Quería que lo hiciera. Con desesperación.

—Apenas nos conocemos.

—Eso no cambia nada —me apretó el hombro—. *Estarás* bien, Nora.

Sin embargo, esa noche, mientras trataba de dormirme, no podía dejar de preocuparme por cuán vulnerable me había mostrado ante un hombre que en realidad no conocía. Cuando estaba con él, esos miedos desaparecían, pero al estar sola y tener tiempo para pensar al respecto, volvían a instalarse en mi mente.

Y a pesar de eso… no había solo miedo. También había alivio.

Un alivio que jamás había esperado sentir.

Había escupido toda la fealdad que había hecho y él no había salido corriendo. Me había abrazado y consolado y me había mirado como si yo no fuera una mala persona.

Mi conexión con él se estaba profundizando, como había sucedido con Sylvie. Y eso, lo sabía, era increíblemente peligroso. Como mis vínculos con los niños del hospital, algunos de los cuales eran pacientes terminales. Pasar tiempo con ellos era, en el mejor de los casos, un acto de bondad, y en el peor, un acto de autoflagelación.

Pero permitirme enamorarme de Aidan Lennox cuando él también estaba en su momento más vulnerable era masoquista. Era un hombre con una vida inmensa más allá de mí, y en cuanto dejara de sentirse tan angustiado, tan solitario, seguramente Nora O'Brien de Ningún Lado, Indiana, quedaría prontamente atrás.

Como si mis pensamientos lo hubieran conjurado, la puerta de la tienda se abrió y me incorporé. Mi corazón empezó a latir más rápido cuando Aidan entró. Cerró la puerta detrás de él y me miró fijamente.

Y supe entonces que mi autoflagelación no se había terminado.

No podía huir de él.

No quería.

Atraída hacia él de una manera inexplicable, caminé lentamente en su dirección, y él en la mía. Nos encontramos en el medio de la tienda. En cuanto estuvimos cerca, me puso la mano en la cintura y me acercó aún más hacia él. Me quedé sin aliento cuando nuestras miradas se encontraron, y me llevó unos segundos poder hablar.

—¿Qué estás haciendo aquí?

—Quería verte. Asegurarme de que estuvieras bien.

Apoyé la mano en su brazo, el brazo que me sostenía y asentí.

—Creo que sí.

Frunció el ceño y con la mano libre me pasó el pulgar por la mejilla de esa manera que me hacía temblar las rodillas.

—No pude dormir anoche de la preocupación por ti.

Y entonces lo vi. Lo que había estado luchando por no ver.

Vi que me deseaba… como yo lo deseaba.

Luchaba conmigo misma porque por un lado pensaba que debía irse y por el otro quería que se quedara. Más que nada no quería lastimarlo. De nuevo.

Sin embargo, quizás ser amigos era la clave. Podríamos estar el uno para el otro sin transformar la relación en algo que sería muy doloroso cuando inevitablemente se acabara. Una amistad, podría sobrevivirla. Ambos podríamos.

—Aidan, yo…

—Ah, menos mal que la tienda no se prendió fuego —la voz de mi jefa interrumpió el momento mientras ella entraba.

Aidan frunció el ceño, como si supiera que yo estaba en guerra conmigo misma y que el lado que él quería que perdiera estuviera ganando.

—Ah, hola —Leah se detuvo junto a nosotros y yo me salí delicadamente del abrazo de Aidan. Hice una mueca cuando vi que mi jefa le pasaba la vista de arriba abajo con ansia. Me dio pena su prometido—. Soy la jefa de Nora, Leah —extendió la mano sonriendo coqueta—. ¿Eres el hombre de la voz deliciosa de la otra semana?

Aidan me miró con el ceño fruncido.

—No, no lo soy.

Gracias, Leah.

—Ese era Roddy —alcé la vista hacia Aidan—. El mejor amigo de Jim.

Antes de que pudiera reaccionar, Leah se rio.

—Quién hubiera dicho que tenías guardados todos estos hombres apuestos, Nora —movió el dedo frente a mí como si me hubiera portado mal y se volvió a Aidan—. No escuché su nombre.

—Aidan —respondió él, con una inclinación seca de la cabeza y dando un paso atrás, me miró—. Esto no se ha terminado, Pixie.

Su expresión decidida me paralizó en el lugar mientras yo seguía luchando conmigo misma y mi deseo. Porque juro por Dios, cada vez que ese hombre me llamaba Pixie, quería mostrarle exactamente lo mal que podía portarme.

La casa en Sighthill me traía recuerdos de mis primeros meses en Escocia. Esos días parecían muy lejanos, aunque en realidad no lo eran. Pero ahora parecían pertenecerle a otra persona.

Angie abrió la puerta. Tenía su cabello oscuro teñido y perfectamente peinado, el maquillaje impecable, la ropa también. Era una versión mayor de Seonaid, y seguía siendo muy atractiva. Sin embargo, había una tristeza en sus ojos que no estaba cuando nos habíamos conocido. Había perdido a su esposo y luego a su hijo.

Partes de ella… habían desaparecido.

—Es tan bueno verte —me envolvió en un abrazo muy apretado, como si temiera que me fuese volando si me soltaba.

—Igualmente.

Entré en la casa y de pronto me inundaron recuerdos de Jim. Estaba en todos lados. Y no era porque Angie tenía fotos de la familia en casi todas las paredes. Lo veía en el descanso de la escalera, persiguiéndome mientras subíamos y haciéndome reír cuando me atrapaba arriba y fingía morderme el cuello como un vampiro después de haber visto una película de terror tonta.

Podía verlo al final del pasillo, abrazando fuerte a su mamá que estaba triste porque nos mudábamos. Recuerdo que él le había dicho que la visitaríamos todo el tiempo y que podía ir a vernos cuando quisiera.

—Ya no puedo escuchar su voz —susurré.

Angie me rodeó los hombros con el brazo y me acercó para depositarme un beso en la sien.

—Está bien, cariño.

Pero no estaba bien. Haberme confesado con Aidan había desenterrado mis emociones, y no estaba bien.

—Aquí estás —Seonaid marchó desde la cocina—. Roddy está a punto de comerse el pollo entero si no vienes ahora.

Angie me dio otro apretón y me clavé una sonrisa en la cara.

—Que lo intente —dije.

Seonaid me abrazó.

—Está portándose como un imbécil. Necesito apoyo.

—¿Un imbécil acerca de qué?

—Su más reciente juguete —explicó Roddy cuando entramos en la cocina.

—No es un juguete, Orejas de Radar —Seonaid le indicó a su madre que tomara asiento mientras ella nos buscaba algo de beber. La mesa ya estaba puesta, con un pollo asado típico de domingo con todos los acompañamientos del caso—. Y no digas ni una palabra más frente a mamá.

—Creo que a Angie le gustaría saber que estás saliendo irresponsablemente con un hombre al que le doblas la edad.

Sonreí ante sus pullas, y me relajé un poco ahora que él y Seonaid me distraían de las cosas difíciles.

—Si le doblara la edad sería ilegal —afirmó Seonaid, apoyando con brusquedad una cerveza en la mesa junto a él.

—Ey, no te estoy juzgando.

Seonaid le dio una palmada en la cabeza y él me miró sonriente.

—Le estás dando lo que quiere —me reí.

Ella frunció el ceño, me puso un vaso de agua enfrente y se sentó junto a su mamá.

—Sabe cómo provocarme.

La sonrisa de Roddy se volvió traviesa y abrió la boca.

—¡No se te ocurra decir nada sucio, Roddy Livingston! —gritó Seonaid amenazándolo con el tenedor.

Disimulé la risa con un trago de agua y Roddy sacudió la cabeza con silenciosa alegría.

—¿Alguna vez piensan madurar ustedes dos? —suspiró Angie.

—Ah, yo estoy bien maduro, Angie —dijo Roddy y miró a Seonaid.

Para su alegría, ella se sonrojó.

Interesante.

Por más interesante que fuera la situación, ella parecía necesitar rescate.

—Esa foto que me mandaste de Zach. Guau.

Ella me sonrió en agradecimiento, miró a Roddy con soberbia, y abrió la boca para hablar.

—Sí, es atractivo, pero es un reverendo idiota —la interrumpió Angie.

Roddy se ahogó con su cerveza.

—Al menos los no tan atractivos con los que salían tenían un cerebro dentro de la cabeza.

—Zach tiene cerebro.

—Dije dentro de la cabeza, no dentro de la ropa interior.

Roddy se reía a carcajadas de placer y yo intenté, por mi amiga, contener la risa. Indignada, Seonaid se volvió hacia Roddy.

—Como si tu camarera fuera una jodida científica nuclear. La escuché preguntarte si granadina era un nombre de mujer.

—Eso es la barrera del idioma.

—Sí, parece entender los elementos básicos del idioma sin problemas, a pesar de eso.

—¿Y qué quiere decir eso?

—¡Quiere decir que cuando ella cree que te está susurrando al oído, no está susurrando!

Resoplé y Seonaid me miró con una expresión dolida. Le ofrecí mis disculpas silenciosas y me volví hacia Angie para cambiar de tema.

—Todo se ve delicioso.

—Sí, eso parece, así que ¿podemos empezar a comer? —preguntó Roddy.

—Comiencen —respondió Angie.

Conociendo a Roddy, esperamos que llenara su plato antes de servirnos nosotras. Aunque Seonaid habló entre dientes acerca del feminismo todo el rato.

—Es tan lindo tenerte de vuelta en la casa —dijo Angie pensativa—. Lo extrañaba.

Seonaid se estiró para apretar la mano de su mamá.

—Lo extraño a él —continuó Angie, y me preparé. Sabía que necesitaba hablar de él, pero me costaba muchísimo escucharla. Me miró y repitió las palabras que había dicho antes, palabras que eran un puñal en mi estómago—. Pero me da paz saber que mi muchacho encontró el amor que algunos de nosotros jamás encontraremos.

No tienes que amarme, Nora. Solamente te pido seguir siendo importante para ti y que me prometas que te quedarás. Para siempre. Quédate conmigo. Elígeme.

Contuve un grito ahogado al oír la voz de Jim después de tantos meses de buscarla. Aquí estaba. Esas palabras y el anhelo que contenían, la pena que no podía ocultar en sus ojos al decirlas.

Angie no tenía idea del dolor que le había causado a su hijo.

Y de pronto, me di cuenta… que quizás yo no era la única que necesitaba protegerse de Aidan. Quizás él también debía protegerse de mí. Como alguien debería haber resguardado el corazón de Jim de mí.

Sentía que la batalla que había estado librando conmigo misma desde el miércoles se había terminado. Por una vez, debía hacer lo correcto.

QUINCE

—Nora, ¿puedes ayudar a una clienta? —la cabeza de Leah apareció en el marco de la puerta, y miró dentro del armario al que llamábamos "sala de empleados"—. ¿A dónde vas?

—Recuerda que hoy termino a las doce. Son y cinco —expliqué, colgándome la mochila y pasando a su lado a las apuradas.

—Pero Amy no llegó todavía.

—Lo siento. Tengo que ir al hospital.

—¿Eh? ¿Qué pasó? —preguntó, con los ojos como platos.

La vida pasó.

—Eh, disculpen… —dijo una chica que estaba frente al mostrador, molesta—. ¿Me pueden ayudar, por favor?

Leah se volvió hacia la clienta y aproveché para escaparme de la tienda sin tener que dar explicaciones. Me arrepentía de haber aceptado hacer horas extras en mi día libre porque sabía que Leah intentaría hacer que me quedara más tiempo, a pesar de que le había dicho que solo podría trabajar hasta el mediodía. Iba a tener que apresurarme para llegar al hospital a mi sesión con los niños en el horario habitual de las doce y media.

A medida que subía la colina y me apuraba a caminar por el viejo empedrado de la Royal Mile, mi ansiedad aumentaba. Era una estupidez porque los niños estarían allí cuando yo llegara, pero odiaba llegar tarde.

Desde que había empezado a visitarlos hacía unas semanas, jamás había llegado tarde. Y además, tenía que cambiarme de ropa en cuanto llegara, antes de que me vieran.

A Edimburgo la llaman la ciudad ventosa y hoy, que se comportaba como si sus fuerzas estuvieran en mi contra, estaba a la altura de su apodo. Caminé contra la helada resistencia del viento. Fantaseé con la idea de que la ciudad estaba tratando de decirme algo. ¿Pensaría en este día en el futuro y desearía haber prestado atención y haber dado media vuelta?

Caminé muy rápido y la caminata de veinte minutos duró quince. Habría tardado aún menos si no hubiera sido por el maldito viento. Casi me patino cuando frené para entrar a la sala. Las enfermeras alzaron la vista sorprendidas cuando aparecí ante su puesto sudando y sin aliento. Aidan no estaba esperándome afuera con Sylvie. No sabía qué quería decir eso.

—Ey —resoplé.

Jan y Trish sonrieron.

—No sabíamos si ibas a venir hoy —dijo Jan.

—Solo enferma o muerta —y les devolví la sonrisa.

Se rio y salió del puesto de enfermeras.

—Están todos en la sala común.

—¿Dónde puedo cambiarme antes de que me vean?

—No les importará —sacudió la cabeza, divertida.

—Ya lo sé —me encogí de hombros.

—Alison está con los demás, así que su baño privado está libre —con un gesto me indicó el pasillo opuesto a la sala común.

—Gracias. Dos minutos —prometí. Había estado sintiéndome nerviosa ante la idea de ver a Aidan y explicarle lo de ser solamente amigos. Ahora me preocupaba porque no hubiera venido.

—Ya están ahí. Los dos —me informó Jan, siempre tan perceptiva.

Aliviada, asentí y me apuré a meterme en el baño de la habitación privada de Aly, y di un portazo.

Me quité el suéter y los vaqueros. Empecé a sentir mariposas en el estómago, como siempre antes de pasar tiempo con ellos. Y *era* por ellos.

En serio.

—De verdad —me dije enojada.

Me puse las calzas verdes, y estaba a punto de abotonarme la camisa cuando la puerta del baño se abrió de golpe.

Me quedé sin aliento y paralizada cuando alcé la vista y me encontré con sus ojos.

Era tan alto y tan anchos sus hombros que bloqueaba la puerta casi por completo.

Traté de abrir la boca para preguntarle qué pensaba que estaba haciendo, pero las palabras se me atragantaron cuando su mirada recorrió desde mis ojos hasta los labios, y más abajo. Me examinó larga y detenidamente de la cabeza a los pies, y de vuelta hacia arriba. Se detuvo un momento ante el sujetador que asomaba por la camisa abierta. Sus ojos ardían de deseo cuando se reencontraron con los míos.

Tenía una expresión decidida.

Una combinación de miedo, excitación y nerviosismo me atravesó y me desperté por fin de mi parálisis cuando él entró en el baño y trabó la puerta.

—¿Qué estás haciendo? —balbuceé mientras retrocedía hacia la pared.

Con la mirada risueña, se movió lentamente hacia mí, como un depredador.

—Pienso que Peter Pan nunca lució tan sexy.

Desafortunadamente, tengo debilidad por el acento escocés.

Claramente, o no hubiera terminado aquí, tan lejos de casa.

Sin embargo, estaba empezando a reconocer que en realidad tenía debilidad por él.

—No —alcé la mano para detenerlo, pero sujetó mi mano y la apretó contra su pecho. Mi mano era muy pequeña en comparación con la suya. Un estremecimiento me recorrió la espalda y los pechos. Se me detuvo la respiración cuando se acercó más hasta que casi no quedó espacio entre nosotros. Era tan alto que yo tenía que dejar caer la cabeza hacia atrás para poder mirarlo a los ojos.

Ardían. Ardían de deseo por mí como jamás lo habían hecho los ojos de ningún otro hombre.

¿Cómo resistirme a eso?

Y, sin embargo, sabía que tenía que hacerlo.

—Deberías irte —dije frunciendo el ceño.

A modo de respuesta, apretó todo su cuerpo contra el mío, y me recorrió una oleada de calor. La excitación me estremeció la parte baja del abdomen. Sentí un hormigueo entre las piernas. Se me endurecieron los pezones.

Molesta con mi cuerpo y con él, lo empujé, pero fue como tratar de empujar una pared de cemento.

—Esto es totalmente inadecuado —protesté.

Me tomó las manos para detener mi poco eficiente empujón y, con amabilidad y firmeza, me las sujetó por encima de la cabeza. Mi torso se alzó hacia él, y jadeé cuando mis pechos se levantaron.

Con los ojos oscurecidos con picardía y determinación, inclinó su cabeza hacia mí.

—No —dije odiando el tono de mi voz—. No jugaré contigo a los cavernícolas.

—Qué pena —se lamentó crispando los labios—. ¿Sueles privarte seguido de lo que deseas?

—No, pero pienso con la cabeza, no con la vagina.

Se rio y su aliento cálido acarició mis labios.

Amaba su risa. Amaba hacerlo reír. Necesitaba reírse más que cualquier otra cosa. Me encantaba el sonido, y me estremecía de placer al oírlo. Y me di cuenta de que no solo me traicionaba el cuerpo, sino también el corazón.

Como si hubiera visto ese pensamiento en mi mirada, me soltó una de las manos para colocarme los dedos fríos contra el pecho, sobre el corazón. Jadeé ante la embriagadora sensación de ser tocada de forma tan íntima.

—¿Has considerado pensar alguna vez con esto? —me preguntó.

—Por lo que sé, mi pecho izquierdo no es un gran pensador.

—Sabes lo que quiero decir, Pixie —sonrió.

—No me llames así.

—Pensé que éramos amigos —dijo con una expresión pensativa.

—Éramos. Hasta que me empujaste contra la pared de un baño.

—Gracias por recordármelo —volvió a tomarme la mano y a empujarla contra la pared junto a la otra. Notó el destello de ira en mis ojos—. Si estuvieras enojada de verdad, te resistirías.

—Sería inútil. Eres gigante —me sonrojé.

—Te dejaría ir. Sabes que sí. Lo odiaría. Pero te dejaría ir… si no quisieras esto.

Nos miramos en silencio. Su rostro estaba casi pegado al mío. Podía ver cómo brillaban las motas doradas en sus ojos verdes.

En ese momento, me olvidé de dónde estaba. De quién era. Y de qué era lo mejor para él.

Y no me di cuenta de que estaba resistiéndome hasta que él me lo hizo notar.

—¿Por qué te resistes si lo deseas?

¿Por qué me *estaba* resistiendo a esto?

—¿Nora?

Cerré los ojos para apartarme de él y poder recordar por qué lo hacía.

—Porque…

Posó su boca sobre la mía, callándome. La sorpresa se transformó en instinto. Le devolví el beso buscando su lengua con la mía, luchando para liberar las muñecas de su agarre pero no para escaparme, sino para envolverlo en un abrazo. Para pasarle los dedos por el pelo.

El calor me inundó como si estuviera cubierta en gasolina y él hubiera encendido un fuego a mis pies. Como un relámpago que cayó y me hizo estallar en llamas.

Demasiado caliente. Demasiada necesidad. Demasiado todo.

Quería arrancarme la ropa.

Quería arrancarle la ropa.

Y entonces él se apartó para contemplarme, triunfante.

Si hubiera sido otro, si hubiera sucedido en otro momento, le habría dicho que era un engreído.

Pero de pronto recordé por qué no debíamos estar haciendo esto.

Mi expresión le hizo aflojar el agarre, y bajé las muñecas. Pero no se apartó.

Esperó con las manos descansando con delicadeza sobre mis hombros estrechos.

Algo en su mirada derrumbó mis defensas. Me invadió la ternura y me encontré acariciándole la mejilla. Sentía cómo su barba incipiente me pinchaba la piel. La tristeza apagó el incendio.

—Ella se ha ido —le susurré con dulzura—. Ni yo puedo distraerte de eso.

Una angustia insoportable y sombría peleaba con el deseo en sus ojos y, lentamente, llevó las manos hacia mi cintura. Con un tirón suave me atrajo hacia sí y me dejé caer contra su pecho.

Me destrozó el alma cuando susurró atormentado:

—Pero puedes intentarlo.

Alcé la vista a su rostro, un rostro que anhelaba ver todos los días y que me despertaba excitación cada vez que sabía que lo iba a ver. Entendí que jamás lo lastimaría como a Jim. Mis sentimientos por él estaban a otro nivel. A pesar de la culpa, también me tranquilizaba. La única persona que estaba en peligro, era yo.

Y por él, estaba dispuesta a arriesgarme a que se me rompiera el corazón.

Aidan me atraía, quería a Sylvie, y creo que supe todo el tiempo que esas dos personas representaban mi penitencia por los errores que había cometido con Jim y mi familia. No importaba lo que le pasara a mi corazón al final. Solo me importaba acompañarlos en este momento de sus vidas. Y quizás, después de eso podría encontrar la paz.

Entonces, ¿por qué no permitir que los dos obtuviéramos lo que deseábamos?

Le rodeé la nuca con las manos y me puse de puntillas mientras acercaba su rostro al mío. Solo hizo falta un primer empujón y él se inclinó para encontrarse conmigo. Nuestros labios se unieron apasionadamente, y de pronto sus manos me tomaron de la parte trasera de los muslos y me levantaron del suelo. Le rodeé la cintura con las piernas y él me apretó contra la pared del baño. Nuestras bocas no despegaron ni por un segundo. Su barba incipiente me raspaba la piel mientras el beso pasaba de ser apasionado a voraz, sucio, desesperado y caliente como el pecado.

Jamás había sentido algo igual, este calor entre nosotros, este deseo. Era como si supiéramos que la única manera de experimentar algo bueno era desaparecer con la mayor intensidad y la mayor profundidad posibles uno dentro del otro.

Una de sus manos ásperas y cálidas se deslizó por mi cintura desnuda para rodearme el pecho. Corrió la tela del sujetador y mi pezón asomó al aire frío. Jadeé cuando lo rozó con el pulgar. El sonido se derritió bajo los besos de Aidan. Gimió mientras presionaba sus caderas contra las mías con más firmeza para que sintiera su ardiente erección donde más quería.

Mis dedos estaban aferrados a su cabello y mis muslos le rodeaban con fuerza las caderas. En silencio pedía más.

—Bueno, ustedes dos, ¡salgan de ahí!

El sonido de la voz enojada de Jan fue el equivalente a encontrarnos de repente en medio de la nieve. Nos separamos, mis ojos abiertos como platos del temor y los de él entrecerrados por la frustración.

—Mierda —murmuró y me dejó suavemente en el suelo.

—¿Me escucharon? —golpeó la puerta.

—Ya salimos, Jan —respondió educadamente Aidan.

La oímos carraspear en desaprobación y luego sus pisadas que se alejaban de la puerta.

Me pasé una mano temblorosa por el pelo. Estaba desconcertada. Me había perdido tanto en él que me había olvidado que estaba en un maldito hospital de niños.

—No puedo creer que hice eso aquí.

—Ey —me apartó las manos mientras yo intentaba abotonarme la camisa. La abotonó con calma por mí—. Perdimos la cabeza por un momento. No te sientas mal.

—¿Fue solamente eso? ¿Perder la cabeza *por un momento*? —me obligué a mirarlo a los ojos.

Aidan me acomodó la camisa y me besó con ternura los labios.

—No —susurró cerca de mis labios hinchados—. Esto no se terminó, Pixie. Sylvie está esta noche con su padre, así que tengo la casa para mí. Te quiero ahí.

Se me aceleró el pulso ante la idea, la excitación me estremecía en lo más profundo de mi vientre.

—Está bien.

—Nada de malentendidos —sus ojos ardían con determinación—. Esta noche vendrás a mi casa. Te haré el amor y acabaré contigo hasta que te duela cada músculo del cuerpo.

Un gemido de placer intentó escaparse de mi garganta, pero me mordí el labio para detener el sonido. No pude evitar la humedad entre las piernas.

Satisfecho ante mi respuesta no verbal, dio un paso atrás a regañadientes y me observó mientras yo guardaba mis cosas en la mochila. Me pasé las manos por el disfraz deseando tener un espejo a mano.

—No tengo raspones en las mejillas por tu barba, ¿verdad?

—No —Aidan negó y sonrió—. Pero sin lugar a dudas los tendrás entre tus piernas mañana a la mañana.

Sentí escalofríos en los pechos y en mi vientre, y los pezones se me irguieron aún más. Me sonrojé.

—Jesús —me quejé—. Tengo que salir a ver a los niños... ¿no podías esperar para decirme algo así?

Mi reacción lo hizo reír mientras abría la puerta del baño.

—Nadie sabrá que estás mojada, salvo yo. Y eso me encanta, además.

—¿Cómo sabes que lo estoy? —pregunté para refrenar su orgullo.

—¿No es así?

—Supongo que hoy lo sabrás a ciencia cierta.

—Pixie sabe cómo jugar —murmuró.

Le eché una mirada por encima del hombro mientras salíamos de la habitación de Aly. Todo el dolor y la pena que había visto minutos antes en su mirada habían desaparecido. Los reemplazaban ahora deseo y, si no me equivocaba, felicidad.

Yo lo había hecho feliz.

Sonreí al pensarlo.

—No tienes la más mínima idea.

Aidan se rio, el sonido de su risa murió en cuanto salimos al pasillo y nos encontramos a Jan esperándonos allí. Ante su mirada de disgusto, ambos nos quedamos callados, como dos estudiantes traviesos atrapados haciendo algo muy malo.

—Nunca más —dijo agitando el dedo ante nosotros.

—Nunca —le prometimos al unísono, y lo decíamos en serio. Lo que habíamos hecho era completamente inapropiado y la única excusa que tenía era que este hombre tenía la habilidad de borrarme cualquier otro pensamiento que no fuera acerca de él.

Basta con decir que me costó muchísimo concentrarme con los niños. Era como tratar de correr con el agua hasta las rodillas. Pero lo intenté de todos modos porque mi tiempo con ellos era tan importante como el tiempo que le había prometido a Aidan.

DIECISÉIS

Era hoy.

Hoy todo iba a cambiar entre nosotros. Para siempre. Me quedé parada junto al canal donde había una barcaza y una lancha ancladas. Era una noche fresca que anunciaba el fin del verano, y me había puesto un cárdigan sobre el vestido. No tenía nada sofisticado para usar. Pero dado que Aidan se sentía atraído por mí incluso cuando tenía puesto un disfraz de Peter Pan, me imaginé que no le importaría demasiado lo que tuviera puesto.

El vestido era rojo con sutiles lunares blancos. Tenía un cuello en V ondulado que insinuaba el escote, mangas cortas, botones al frente y una silueta *impactante*. Me había puesto botines de cuero color café al tobillo con tacón bajo que habían visto días mejores, pero eran mis zapatos preferidos. Era informal. Lindo. No seductor. Hoy iba a ser una velada agotadora. Quería estar cómoda.

Además, había calculado cómo llegar lo más rápidamente posible al momento sensual con Aidan y este vestido se quitaba con facilidad por encima de la cabeza.

Eran alrededor de las siete y media. El sol seguía visible en el cielo e iluminaba los apartamentos del canal con tonos cálidos anaranjados y rosados. El edificio de Aidan estaba cerca de la plaza de Fountainbridge, donde los dos botes estaban anclados. Había un bar, un restaurante, algunas tiendas, y personas dando vueltas por allí. Sin embargo, el atardecer tenía cierta quietud, como si todo y todos supieran que estaba por pasarme algo especial. No solía prestarme a tales fantasías últimamente, pero con el corazón latiéndome fuerte en el pecho a medida que me acercaba al edificio de Aidan, no pude evitar sentir que esta noche era solo para nosotros.

Algo bueno y excitante en el futuro de un pasado sombrío que los dos esperábamos dejar atrás.

Decir que Sylvie había estado encantada cuando acepté que su tío me llevara a casa es quedarse corto. Para ella era como si sus dos mejores amigos hubieran decidido ser mejores amigos entre ellos, y todo estaba bien. Habló entusiasmada en el asiento trasero del Range Rover mientras Aidan me llevaba a casa en Sighthill. Como había decidido seguir adelante con esto, sea lo que sea, no veía motivos para ocultarle donde vivía. Además, ya sabía dónde vivía.

—¿Tu papá tiene planes divertidos para esta noche? —le pregunté a Sylvie, y reconocí que estábamos llegando.

—Supongo que sí —se encogió de hombros.

—La llevará a cenar afuera. Al Scran y Scallie. Te gusta, cariño —le recordó amablemente Aidan.

Me pregunté por qué estaba tan repentinamente desinteresada en pasar la velada con su padre.

—Es el lugar preferido de papi para comer. No el mío.

Ante el tono petulante nada propio de ella, miré a Aidan, que captó mi mirada por el rabillo del ojo.

—¿No estás contenta porque Sally estará allí? Porque te dije que, si te molesta que ella se haya mudado con tu papá, puedo hablar con él al respecto.

Ah.

Cal tenía novia. No sabía eso.

—¿Hace mucho que la conoces?

Sylvie se encogió de hombros así que volví a mirar a Aidan.

—Sí. Salen desde hace un año, pero hace poco ella se mudó con él.

—Sally está bien —declaró Sylvie.

—¿Aquí es? —preguntó Aidan deteniendo el coche antes de que yo pudiera agregar nada más.

Miré por la ventanilla mi lúgubre hogar. Mi edificio estaba sucio y gris por el paso del tiempo. Algunos de los pequeños sectores de césped estaban demasiado crecidos y otros, secos. Varios de mis vecinos tenían ventanas que parecían no haber limpiado en años.

Aquí vivía. No pensaba avergonzarme. La mayoría de las personas de aquí trabajaban duro para poder pagar la renta. Yo era una de ellas. Y mi apartamento no era gran cosa, pero estaba limpio y ordenado y podía hacerme cargo sola.

—Aquí es. Gracias por traerme.

—Cuando quieras —me sonrió con su sensual media sonrisa y extrajo su celular del soporte en la consola central—. Número, por favor.

Había tenido suerte al haber agregado ese *por favor*, y mi expresión se lo dejó bien en claro. Se rio mientras yo guardaba mi número en su teléfono. Cuando se lo devolví, me llamó.

—Ahora también tienes el mío. Te enviaré un texto —su expresión cargada de intenciones.

Asentí. Un frío bajó por mi espalda ante la idea de verlo más tarde.

Miré a Sylvie y descubrí que nos observaba con curiosidad, como si se diera cuenta de que algo sucedía, pero era demasiado joven para entender qué.

—Nos vemos pronto —me despedí, y busqué su mano.

Cuando la tomé, se la apreté fuerte y luego solté a regañadientes. Sus gritos de despedida y sus saludos exuberantes mientras me alejaba camino a mi edificio me hicieron sonreír. La mirada ardiente que me echó Aidan antes de arrancar y alejarse me borró la sonrisa y me invadió la ilusión.

Poco después, me llegó un texto con su dirección y un horario. Le respondí con un simple "Allí estaré".

Y aquí estaba.

Con las palmas de las manos sudando.

Toqué el timbre de su apartamento y oí su deliciosa voz unos segundos después.

—¿Hola?

—Soy yo.

La puerta zumbó y sonreí al entrar pensando que a veces era un hombre de pocas palabras.

Aidan vivía en el anteúltimo piso y cuando se abrieron las puertas del elevador, me encontré frente a la entrada de su apartamento. Él estaba allí, con los brazos cruzados y apoyado contra marco de la puerta.

Me quedé sin aliento. Era pura perfección áspera y masculina. Sus ojos expresivos se cruzaron con los míos. Cada vez que lo veía, me resultaba más atractivo. Tenía puesta una camiseta distinta a la de antes y vaqueros deshilachados. Su pelo estaba húmedo, así que supe que, como yo, acababa de darse una ducha.

Me estremecí porque sabía el motivo. Salí del ascensor antes de que se cerraran las puertas y me acerqué lentamente, apreciándolo, sin poder creer que este hombre amable, divertido, inteligente e increíblemente seductor, me estuviera mirando como si pensara que yo también era todas esas cosas. Se tomó su tiempo para recorrerme el cuerpo con la mirada. Se detuvo en cada detalle, hasta que llegó a mi cara.

—Me gusta ese vestido —dijo.

—Eres fácil de complacer —sonreí.

Aidan me tomó de la mano y me llevó a su apartamento, pero no pude mirar mucho porque él me estaba hablando y me distraía.

—Antes era más difícil —cerró la puerta y puso la traba. Me miró con una expresión casi maravillada—. Solía ser un idiota quisquilloso y mujeriego.

Me puse tensa, no me gustaba la idea de imaginármelo con otras mujeres. ¿Quisquilloso? Recordé a Sylvie contándome que su tío salía con las mujeres más hermosas que ella había visto.

Dios mío.

Me acomodé el cárdigan preguntándome por qué había pensado que era una buena idea usarlo.

—No —como si hubiera percibido mi inseguridad repentina, me pasó un brazo por la cintura y me acercó hacia él. Apoyé las manos en su pecho cálido y fuerte, e incliné la cabeza hacia atrás para mantener el contacto visual—. Eres perfecta.

—Tengo el pelo demasiado corto —me toqué los mechones de la nuca—. Solía llevarlo largo.

—Me acuerdo.

—Me lo corté por Jim —le conté triste—. En ese momento, estaba muy enojada con todo y a él le encantaba mi pelo. Me había dicho que jamás me lo cortara, y cuando se murió… me lo corté. Todo. Lo estaba castigando por haberse muerto. Es una estupidez tremenda, ya sé.

Aidan me apretó la cintura para tranquilizarme.

—Pero a mí también me encantaba cuando estaba largo —dije sintiéndome muy tonta—. Sé que vuelve a crecer, pero me arrepiento de haberlo hecho.

Me estudió durante tanto tiempo que casi me dio miedo preguntarle qué estaba pensando, pero no debería haberme sentido así. Aidan llevó una de sus manos a los mechones que habían crecido por debajo de mis orejas. Sus dedos se posaron alrededor de mi oreja, su pulgar me acarició el pómulo y sus ojos se encontraron conmigo con una intensidad que me hizo temblar el vientre.

—Podrías afeitártelo completamente, Pixie, y seguirías siendo muy hermosa. No puedo concentrarme en nada más cuando estoy contigo.

Guau.

Lentamente exhalé su nombre.

—Aidan.

Cerró los ojos como si le doliera algo y apoyó su frente sobre la mía. Me invadió el aroma de su colonia. El calor de su cuerpo me encendió la piel como si me encontrara bajo el sol ardiente.

—Quiero escucharte decir mi nombre así cuando esté dentro de ti —murmuró en mis labios.

Deseaba hacerlo, y mis dedos se curvaron contra su camiseta para transmitírselo.

—Pero —se incorporó de pronto—, me prometí que no caería sobre ti como un adolescente falto de sexo en cuanto pasaras por la puerta. Necesito que sepas que esto es más que sexo para mí, Nora.

Era algo que Jim me había dicho cuando nos hicimos amigos por primera vez. En ese momento, me había parecido dulce, especial, porque los chicos de la escuela habían dejado en claro que si les prestaba atención, no habría más que eso. Me sorprendía cómo dos hombres podían decirme lo mismo y provocarme una reacción tan distinta.

Con Aidan, no me parecía que sus palabras fueran solamente dulces.

Sentía que el corazón me iba a estallar de felicidad. No tenía idea que la alegría, la necesidad y la excitación podían ser dolorosas cuando eran tan extremas.

—Para mí también —le confesé.

—Déjame que te muestre el apartamento. Tenemos una buena vista —dijo y me tomó de la mano.

El pasillo se abría a la izquierda hacia una sala de estar y cocina abiertas. Había otro pasillo al costado de la cocina que conducía a la parte posterior del apartamento. Lo que debía haber sido el comedor ahora era un pequeño estudio que estaba al frente de la habitación que daba a un par de puertas y balcones idénticos que miraban al canal y a la ciudad.

—Es hermoso —dije con sinceridad. Había una mesa y algunas sillas en uno de los balcones—. Debe ser lindo sentarse allí afuera y desayunar en las mañanas de sol.

—Es la cosa preferida de Sylvie, de hecho —sonrió con ternura.

—Me encanta ver cuánto la amas —dije sin pensar.

—Más que a nada.

No se lo dije, pero su amor por su niña era una de las cosas más atractivas de él. Sonreí y observé el piano de cola, las guitarras acústicas y eléctricas, el teclado y un escritorio amplio con tres monitores de computadora contra la pared que seguía hasta la entrada. Era la única pared de ladrillo a la vista, y eso más los pisos de madera le daba un aire de loft moderno al apartamento.

—Mi estudio. Solía ser el comedor, y mi estudio estaba en el segundo dormitorio que yo había aislado acústicamente. Pero tuve que quitar todo de las paredes y convertirlo en una habitación para Sylvie. No ha habido quejas de los vecinos aún, y trabajo en un estudio de verdad en la Ciudad nueva. Creo que en algún momento nos tendremos que mudar a un lugar que nos quede mejor —explicó consternado.

Deambulé entre la computadora y los instrumentos maravillada de que Aidan pudiera tener este espacio para crear, escribir y producir música.

—Eres tan inteligente.

—Por lo que sabes, podría ser malísimo.

Resoplé y me volví para encontrarlo sonriéndome con picardía de oreja a oreja. Dios, esa sonrisa era la más sensual de todas.

—No sé por qué, pero dudo mucho que sea así.

Se encogió de hombros y yo me reí, e interpreté que con eso quería decir que era todo lo contrario. Pasé a su lado en dirección a la cocina.

Elegante, blanca y brillante. No era mi tipo de cocina. Prefería el estilo casa de campo, pero iba bien con el espacio. Y me gustaba la isla con banquetas.

—La cocina, obviamente.

Me condujo al corredor, donde pasando la cocina había una puerta a la derecha. Aidan la abrió y reveló un dormitorio grande con las paredes pintadas de azul. En el medio, había una pequeña cama con dosel apta para una princesa. Cortinas de gasa violeta caían de los postes. La ropa de cama era violeta y encima había cojines de terciopelo y seda hindú en tonos de piedras preciosas. Era el tipo de cama en la que una niña podía meterse y perderse en su mundo. En las paredes había estanterías repletas de libros, peluches, muñecas, fotos enmarcadas y otros adornos. Frente a la cama había un armario con una televisión, un reproductor de DVD y una consola de videojuegos. Junto a él se ubicaba un escritorio pequeño con una computadora. También un clóset grande que sugería que ella tenía montones de ropa y zapatos, y en un rincón había un sillón de terciopelo violeta y un libro abierto sobre el apoyabrazos.

Sylvie Lennox había perdido a la persona más importante del mundo para ella, y aunque él jamás podría reemplazarla, se había asegurado que tuviera todo lo que pudiera desear o necesitar.

Las lágrimas se me agolparon en los ojos al imaginármelo desarmando su estudio, algo que era muy importante para él, para crear este dormitorio para Sylvie.

—Es perfecto —susurré.

—Sí, bueno, se lo merece.

Asentí y salí de la habitación. Estar allí dentro me había emocionado más de lo que me hubiera gustado.

Como si lo supiera, Aidan cerró la puerta y señaló hacia el final del pasillo. Rápidamente, cambió de tema.

—La habitación principal está allí.

—Ah.

Miré fijamente el pasillo, y me imaginé caminando hacia allí con él. Se me aceleró el pulso. Hasta ese momento no había estado nerviosa por tener sexo con Aidan. En nuestro pequeño preludio, ni se me había pasado por la cabeza preocuparme. Habíamos estado completamente inmersos el uno en el otro.

Pero ahora sentía mariposas de nervios que se unían a las que ya estaban revoloteando por la anticipación. Por lo que había deducido, Aidan Lennox tenía experiencia. Aunque no tuviera doce años de experiencia sexual más que yo, igualmente sería más experimentado que yo. Yo me había acostado solo con Jim, y jamás pensé que podía haber estado poco satisfecho. Sin embargo, eso era distinto porque Jim estaba enamorado de mí. ¿Y si yo no estaba a la altura? ¿Y si no *sabía* lo suficiente?

—¿Vino? —me preguntó de pronto Aidan.

Lo miré y noté que tenía el ceño un poco fruncido, como si se estuviera preguntando en qué estaba pensando yo.

—¿Vino?

—¿Te gustaría beber una copa de vino?

¿Cómo le explicaba que no era muy amante del vino?

—¿No al vino?

—¿Tienes cerveza, mejor?

Aidan sonrió y se dirigió hacia la cocina. Me apuré a seguirlo y él me miraba por encima del hombro mientras extraía dos botellas de la heladera, las abría y me entregaba una. Estaba tan fría que me hizo estremecer. O quizás fue el ardor en la mirada de Aidan, que jamás se había apagado desde que me había visto en la entrada.

—No soy sofisticada —solté sin pensar en lo que estaba por decir—. Soy de un pueblo pequeño, no fui a la universidad. Me casé a los dieciocho años y vivimos una vida sencilla. Sigo viviendo una vida sencilla, y jamás he estado en otro lugar fuera de Indiana y de Escocia —se me escapó un suspiro tembloroso—. Y bebo cerveza.

Notaba que Aidan estaba haciendo un esfuerzo para no reírse y no entendí cuál era la gracia, hasta que habló.

—Eres totalmente perfecta.

—Nadie es perfecto —Jim también pensaba eso.

—Lo eres para mí.

—Seguro siempre dices lo mismo.

—No, solo contigo.

Y me parece que le creí.

—¿Por qué? —no buscaba halagos, quería entender, nada más—. No es falsa modestia, Aidan. Realmente no tengo idea qué vio Jim en mí. Sé que no soy fea, pero fue como si lo hubiera partido un rayo cuando nos conocimos. Y jamás dejó de quererme. ¿Pero por qué? No me conocía de verdad. A veces pienso que amaba una versión mía que se había inventado. Y ahora tú. Dices que también me deseas —hice un gesto en su dirección—. Te has visto, ¿no es cierto?

—¿Siempre has sido tan graciosa? —esta vez sí que sonrió.

—Estoy hablando en serio.

Ante mi tono de voz, dejó de bromear.

—No soy Jim. ¿Tenías una conexión como esta con él?

Negué con tristeza.

—Entonces esa es la diferencia. Lo que *yo* siento se retroalimenta de lo que *tú* sientes, y viceversa. Nadie puede explicar la atracción, Nora. Existe o no. En cuanto a Jim… No puedo saber qué fue lo que hizo que se enamorara de ti, pero puedo adivinarlo. Tienes algo que transmite sabiduría y sentimiento, como si hubieras experimentado más que la gente de tu edad. Te da una madurez que pocas veces he visto en alguien tan joven como tú. Y sea lo que sea, está mezclado con una inocencia y vulnerabilidad que creo que tú no sabes que tienes. Y eres pequeña, Pixie —me pasó la vista por el cuerpo con ansias—, bien femenina. Esa fragilidad, sumada a tu aspecto… bueno, hace que cierto tipo de hombre quiera protegerte, le hace salir el cavernícola del interior.

Alcé una ceja. Jamás me había visto de esa manera. No me sentía frágil. Vulnerable, sí, pero no frágil. No me gustada la idea de que los hombres me percibieran como débil. Pero me molestaba aún más que Aidan se sintiera atraído por mí porque pensaba que necesitaba su protección.

—¿Eres ese tipo de hombre?

—No voy a mentirte. Me llamó mucho la atención cuando te vi por primera vez. Pero a medida que te fui conociendo… No, no es eso lo que me atrae. Jamás me interesó salir con alguien de tu edad. Me gustan las mujeres elegantes, maduras e inteligentes además de sexi. Tú eres todo eso. Y cualquier persona que te conozca de verdad se da cuenta rápidamente de que no necesitas protección. Necesitas a alguien que te escuche, nada más. Que te vea como realmente eres.

Y tenía tanta razón. Pensé en mis padres, en cómo les hablaba y ellos jamás me escuchaban. Jim hacía lo mismo. Seonaid lo había intentado, pero él siempre se había interpuesto. Aidan había sido la primera persona desde Mel que de verdad me había escuchado y con la que quería compartir todos mis pensamientos, de la misma manera que él había compartido sus secretos conmigo.

—Creo que tú también necesitas lo mismo.

—Exactamente.

Tomé un sorbo de mi cerveza porque la cosa se había vuelto un poco intensa y me daba miedo vomitarlo todo. Recorrí la habitación con la mirada en búsqueda de una distracción, y me encontré con el piano. Rodeé la encimera de la cocina y rocé la superficie negra laqueada con la mano.

—¿Sabes tocar? —me preguntó Aidan caminando hacia mí.

Negué con la cabeza y lo miré.

—¿Tocarías algo para mí?

Tomó la cerveza de mi mano y se la entregué, divertida. Aidan fue hasta la cocina, puso las cervezas sobre la encimera, y volvió hacia mí. Su cuerpo emanaba tensión.

De pronto, me encontré en sus brazos. Sus manos me recorrían la espalda y me aferraban el trasero, aplastándome contra él.

—Después —prometió—. Ahora me gustaría tocarte a ti.

Se me aceleró el pulso por el deseo, y me aferré a él.

—¿Qué pasó con las bebidas y lo de no saltarme encima como un adolescente falto de sexo?

—Hay algo que deberías saber de mí, Pixie —inclinó la cabeza para rozarme los labios con la boca, susurrando, provocándome—. Puedo ser un jodido egoísta cuando quiero algo.

Me rodeó el cuello con las manos.

—Mientras no seas un egoísta *jodiendo*, no me importa.

Se estremeció de la risa y me abrazó más fuerte.

—¿Te he dicho últimamente lo mucho que me gustas?

–Tú también me gustas –sonreí.

–Y no soy un egoísta en la cama, sin lugar a dudas –gruñó. Me besó con fuerza y luego se separó de mí–. Te prometí mi cabeza entre las piernas y lo decía en serio.

Una oleada de placer me recorrió el cuerpo y me humedecí.

–Aidan –susurré aferrándome más fuerte a él porque temía que las piernas no me sostuvieran mucho más tiempo.

Gimió y me besó. Me levantó para que yo le rodeara la cintura con las piernas. Me besó con voracidad, y empezó a caminar a ciegas por el apartamento. Como había pasado antes, el deseo destruyó todos los nervios que había sentido.

–Ay, Dios mío.

La extraña y conmocionada voz femenina hizo que nos separáramos cerca de la cocina. Inmediatamente miramos hacia la puerta del apartamento, que estaba abierta. Una bellísima, alta y curvilínea rubia nos observaba en silencio con la boca abierta. Tenía una llave en una mano y una bolsa de compras en la otra.

–Laine.

Aidan me dejó en el suelo lentamente, pero yo me quedé abrazada a él, confundida ante la aparición súbita de esa hermosa criatura. ¿Quién demonios era?

Tenía puesto un vestido largo informal en tonos azul marino y blanco que le marcaba las generosas curvas, y sandalias bajas con las tiras adornadas por pequeños cristales. El largo pelo rubio le caía en ondas sedosas y casuales, y su maquillaje era impecable. Era realmente una visión impactante.

Y claramente tenía llave del apartamento de Aidan.

Cuando me di cuenta de eso, traté de apartarme de él, pero no me dejó.

–¿Qué estás haciendo aquí? –preguntó.

Laine cerró la puerta, y pareció recobrarse un poco después de habernos sorprendido.

—Quería verte y traje algo para cenar. Lo siento —se detuvo frente a nosotros, y me sonrió a modo de disculpas con una sonrisa que no vi en sus ojos—. No se me ocurrió que fueras a tener compañía. Me dijiste en el texto que Sylvie estaba con su papá esta noche.

Después de dejar la bolsa de compras en el suelo, extendió una mano y Aidan me soltó, finalmente, para que se la estrechara.

—Soy Laine, su mejor amiga.

¿La mejor amiga? ¿Por qué nunca la había mencionado, entonces?

Podía ver, a pesar de lo impecable que lucía, que las líneas tenues alrededor de sus ojos sugerían que ella y Aidan tenían la misma edad. Olía a perfume caro, dinero y clase. Como él. Menos el perfume, claro.

—Nora. Yo… también soy amiga.

—Nora es más que una amiga —Aidan me arrojó una mirada disgustada que desapareció cuando se volvió hacia Laine. Apareció afecto en su expresión. No sabía qué pensar al respecto—. Es bueno tenerte de vuelta en casa.

Mis celos solo empeoraron cuando la abrazó y ella le apoyó los dedos en la espalda.

Mmm.

Claro, mejor amiga.

—Puedo irme —dijo Laine apartándose.

—No, no. Has estado lejos un buen tiempo —la respuesta de Aidan me sorprendió. ¿No estábamos a punto de arrancarnos la ropa a pedazos? Y sí, no sería muy educado pedirle que se fuera, en particular si no se veían mucho por la razón que fuera. Pero no podía evitar sentirme herida en mi orgullo. Él se volvió hacia mí—. Laine produce películas para una pequeña productora. Ha estado en Nueva Zelanda filmando por semanas.

Guau.

Bueno.

No solo era hermosa, también era exitosa.

No había ningún motivo por el cual sentirme amenazada por eso porque, aparentemente, no pasaba nada entre ellos. Sin embargo, Laine no miraba a Aidan como si fueran solo amigos. Y aunque me había estrechado la mano, no se me pasó la frialdad de sus bonitos ojos azules cuando lo hizo.

—Traje postre —dijo Laine alzando la bolsa—. Me gusta comer postre. Como si no fuera obvio.

Se pasó las manos por las caderas generosas menospreciándose a sí misma de una manera que me pareció falsa. Debía medir un metro setenta y ocho. Era cintura estrecha, piernas largas, busto y caderas amplias.

Básicamente, era un sueño húmedo caminando. Y lo opuesto a mí, claro. Observé a Aidan para ver cómo reaccionaba a ella, pero me miraba a mí. En su expresión vi disculpas y, si no me equivocaba, frustración sexual.

Me relajé un poco, y me di cuenta de que estaba portándose como un buen amigo, pero eso no quería decir que disfrutara la interrupción.

Egoístamente, pensé que, si Laine fuera una amiga de verdad, hubiera interpretado la situación y nos habría dado privacidad. Luego recordé que ella tenía llave del apartamento y los celos regresaron por triplicado.

¿Cómo podía ponerme celosa de una mujer que era amiga de Aidan hace Dios sabe cuánto tiempo? Nosotros nos habíamos conocido hace muy pocos meses. Pero estaba celosa, y no me gustaba. Para nada.

Intenté ocultar mis sentimientos y le sonreí para tranquilizarlo. Observé cómo siguió a Laine a la cocina para distribuir la pirámide de profiteroles y el vino que ella había traído. Se los veía relajados juntos, lo que transmitía sin palabras lo cómodos que estaban.

Tragué y de golpe pensé que era yo la que estaba de más.

—¿El baño? —le pregunté a Aidan.

Me hizo un gesto para que me acercase a él, y contuve las ganas de acomodarme el vestido. No quería hacer tan evidente que me sentía como una joven provinciana ante la sofisticación casual de Laine.

Aidan apoyó la mano en la parte baja de mi espalda, y sus dedos me tocaron el trasero, mientras me guiaba por el pasillo a una puerta opuesta a la de la habitación principal. La abrió y pude ver un baño de buen tamaño con cerámicos de un color gris pizarra. Tenía una bañadera con patas como garras que era increíble, y los esenciales retrete y lava-manos. Aidan bajó la cabeza y depositó un beso ligero en mis labios.

—Lo siento tanto —murmuró.

—No lo sientas —susurré—. Es tu amiga.

—Solo una amiga —insistió. Su mano me acercó más hacia él.

Le creí. Laine era la que me hacía dudar. Digamos que era intuición femenina.

Cuando se fue, cerré la puerta y me perdí en mis pensamientos. Quizás estaba siendo un poco injusta. Que yo no pudiera entender que una mujer no se sintiera atraída por Aidan, no quería decir que todas las mujeres debieran estarlo. No me correspondía dudar de sus motivos. No aún.

Recorrí el baño y me di cuenta de que se había acabado el papel higiénico. Me sentí avergonzada. Tendría que salir y pedirlo. Genial. Haciendo esfuerzos contener el rubor de mis mejillas, abrí la puerta y salí al pasillo cuando oí mi nombre en voz baja.

—Sí, esa es Nora —dijo Aidan.

—Es la chica que se disfraza de Peter Pan, ¿verdad? En el hospital.

Contuve el aliento, y me apoyé en la pared. Aunque sabía que es-cuchar a hurtadillas no estaba bien, era incapaz de dejar de hacerlo. Aidan le había contado a Laine de mí, pero no me había contado a mí de ella. ¿Qué quería decir eso?

—No puedo creer que tengas sexo con Peter Pan.

—Por favor, Laine.

—Bueno, es lo que estás haciendo. No interrumpí nada inocente, Aidan.

—No estoy durmiendo con ella. Aún.

—Es una *niña*.

—Por Dios, no es una niña. Tiene casi veintitrés años.

—Parece más joven. Y sigue siendo una niña. Pensé que te gustaban las mujeres de tu edad, sabes, sofisticadas y educadas. Me contaste que esta chica es una estadounidense que no terminó el secundario. ¿Lo de Nicky y Sylvie te ha hecho caer en una crisis de la mediana edad?

—¿*Lo* de Nicky y Sylvie? —su tono de voz cambió.

—Eso no... Lo siento. Fue una falta de tacto. Pero me preocupas. No te comportas como tú. Estás tomando decisiones de las que te arrepentirás. Esta chica... no es una buena idea, Aidan.

—En eso te equivocas. La viste dos minutos y piensas que la conoces. No sabes absolutamente nada acerca de Nora. Es la mejor idea que he tenido en años. Y si piensas ponerte a juzgar, Laine, puedes llevarte ese trasero a otra parte ahora mismo.

—Jesús. Aidan, lo siento.

Volví al baño para no seguir escuchando. Ya lamentaba haber oído tanto. Temblando, cerré la puerta con cuidado y apoyé la frente sobre ella. Laine no lo había dicho, pero quedaba claro lo que pensaba. Yo no era lo suficientemente sofisticada o educada para Aidan. ¡Aunque sí había terminado el secundario!

Durante un tiempo me había olvidado de mis inseguridades. Ya no me intimidaba. Incluso cuando me mostró su apartamento, que yo jamás podría costear, o cuando vi sus equipos de música, sabiendo que había producido música para personas talentosas en todo el mundo. Lo único que me importaba era cómo me miraba. No me había hecho sentir demasiado joven o inculta para él.

Me había hecho sentir necesaria.

¿Pero cuánto duraría eso si su mejor amiga veía lo poco compatibles que éramos? Desde un principio, sabía que yo era alguien a quien Aidan necesitaba temporalmente y que mi corazón se rompería en mil pedazos al final de todo. Sería mi castigo. ¿Cierto?

Sin embargo, de pronto había tenido un indicio de cuánto podía lastimarme él. Solo escuchar a Laine detallar nuestras diferencias ya me había disgustado. Más aún, ver a Laine abrazando a Aidan con tanta familiaridad, me había generado un ataque de celos que nunca había experimentado.

Aidan Lennox me iba a destrozar en mil pedazos.

Pensaba que tenía el valor para enfrentarlo, pero quizás no lo tenía. Quizás, que Laine nos hubiera interrumpido antes de tener sexo, era algo bueno.

Temblorosa, apreté la descarga del retrete como si lo hubiera usado, abrí el grifo y me apuré a salir del baño. Me pregunté si se me notaría lo mal que me sentía. Esperaba que eso confirmase la mentira que estaba por decir. Me dirigí a la cocina para encontrar a Laine y Aidan junto al postre que habían preparado. Se me revolvió el estómago ante la idea de comerlo, lo que convirtió en verdad mi mentira.

Y de pronto, el dolor se transformó en algo más.

Estaba furiosa.

Furiosa por constantemente sentirme mal por todo. ¿No era hora ya de superar mis inseguridades? Los miré enojada, y no me importó que supieran que los había oído.

—Lo siento —dije tomando mi bolso que estaba sobre la encimera de la cocina—. No me siento bien. Me parece que mi estómago no es lo suficientemente *sofisticado* como para comer postre esta noche.

No me despedí y me dirigí directo a la puerta de entrada. Oí a Aidan maldiciendo. Estaba casi afuera cuando su fuerte mano me tomó del bíceps y me forzó a darme vuelta.

Me miró con irritación y preocupación.

—No te vayas. Le diré que se vaya.

Liberé mi brazo de su agarre.

—Está bien —mentira. No estaba enojada con él, en realidad. Ni siquiera con Laine. Estaba molesta conmigo misma—. Pasa tiempo con tu amiga. Hablamos después.

Avancé hacia el elevador, y Aidan me siguió.

—No quiero que te vayas.

—Nora… —Laine apareció súbitamente. No tenía puestas las sandalias y se la veía demasiado cómoda para mi gusto—. Lo siento tanto. Soy muy sobreprotectora con Aidan. Nos conocemos desde que éramos niños. Pero eso no es excusa.

Su disculpa fue peor. Tenían tanta historia juntos y, aunque su relación fuera platónica, yo era la intrusa, realmente. Ella había estado viajando, quería ver a su mejor amigo y lo había encontrado a los besos con una jovencita que recién había conocido.

Que ella no aprobaba.

Y aunque me hubiera malinterpretado, la entendía.

Sus palabras me lastimaron tanto porque yo pensaba lo mismo que ella. Y la única solución era cambiar de vida. Lo sabía.

Sin embargo, no me había perdonado aún lo de Jim y, hasta que lo hiciera, si alguna vez lo hacía, no me permitiría vivir en paz.

Era un desastre.

Yo era un desastre.

Aidan no se merecía estar con una persona que estaba tan confundida. Ni siquiera para distraerse por un rato de su propio dolor. Yo jamás lo lastimaría alejándome de lo que habíamos comenzado, pero la interrupción de Laine había sido oportuna. Necesitábamos conocernos antes de que el sexo llevara lo que sucedía entre nosotros a un lugar del que no podríamos recuperarnos.

—Está bien —le asegure.

—Claramente, no.

—Laine —Aidan la miró por encima del hombro, irritado—, ¿puedes volver adentro, por favor?

Lo miró herida, pero hizo lo que le pedía.

Me puse de puntas de pie y deposité un beso en la esquina de su boca a modo de despedida, y él automáticamente me abrazó y me mantuvo en el lugar.

—Déjame ir —sonreí.

Negó, el rostro sombrío.

Me hizo reír a pesar del lío de sentimientos con el que estaba lidiando.

—No me estoy escapando, pero tienes que dejar que me vaya, Aidan. Escuché por casualidad unas cosas no demasiado agradables acerca de mí y quiero irme a casa.

—*Prométeme* que no te estás escapando —me abrazó un poco más fuerte y luego me soltó con lentitud.

—Lo prometo —le toqué el pecho, y esperé que pudiera ver en mi mirada cuánto lo deseaba. Di un paso atrás y llamé al ascensor. Las puertas se abrieron inmediatamente—. ¿Me llamarás?

—Sí, por supuesto —se cruzó de brazos, molesto—. Te compensaré.

Asentí y entré en el elevador.

Nuestras miradas se encontraron y algo similar a la desesperación invadió los ojos de Aidan.

—Nora…

Lo que estaba por decir quedó cortado por las puertas que se cerraban.

Suspiré ante el alivio de liberarme de lo denso de la situación. Cuando las puertas se abrieron en la planta baja, mi teléfono vibró en el bolso. Lo busqué torpemente mientras salía del edificio, y no me sorprendió encontrar un texto de Aidan.

No pienso nada de lo que ella dijo.

Otro texto llegó.

Eres un jodido milagro.

Y luego otro.

No pienso dejarte ir, Pixie.

Aunque no estaba segura de cómo quería que avanzaran las cosas, mi mente luchaba con mi cuerpo, estaba segura de una cosa.

No quiero que lo hagas, le respondí.

DIECISIETE

A la mañana siguiente, me había bajado del autobús en la calle Princess y estaba pasando la estación Waverley en dirección a la calle Cockburn cuando me sonó el teléfono en el bolso.

Aidan.

Bueno, había dicho que no me dejaría ir. Supongo que eso significaba que me daba una sola noche para lidiar con lo que Laine pensaba de mí. En realidad, me había hecho pensar en cómo sus amigos y los míos percibirían nuestra relación. Eso me mantuvo despierta, hasta que recordé que no solía preocuparme por lo que otras personas pensaran. Así que, ¿por qué empezar a hacerlo ahora? Después de eso me dormí decidida a no dejar que Laine atacara mis inseguridades. Yo no era sofisticada ni culta, y *era* joven. Pero, a pesar de mis errores, no era una mala persona. Tenía un buen corazón, aunque algunas veces me hubiera llevado por el camino equivocado. Más aún, me importaban las personas, incluso los desconocidos en la calle. Era inteligente y autodidacta, en cierta medida. Trabajaba duro, sabía escuchar, y era madura para mi edad.

Eran cualidades que merecían admiración. Era hora de que empezara a creer en mí misma un poco más.

Esperaba tener esta confianza cuando estuviera en el mundo de Aidan.

—Ey —respondí con un dedo en la otra oreja para bloquear el ruido del tránsito junto a mí.

—Quería nada más saludarte, asegurarme de que estás bien.

—Lo estoy —lo tranquilicé—. Estoy bien. ¿Tú?

Lo que quería saber era cuánto tiempo se había quedado Laine después de que me fui, pero me guardé los celos para mí.

—Frustrado porque nuestra noche no salió según lo planeado. Los dos nos la merecíamos.

Por un lado, quería decirle que habría otras noches, pero no quería darle la idea equivocada.

—Pasaste tiempo con tu amiga, de todos modos.

—Tampoco —suspiró Aidan—. No estaba de muy buen humor cuando te fuiste. Así que Laine se fue a su casa.

—Lo siento.

¿Estaba mal que en realidad no lo sintiera para nada?

—No tienes por qué disculparte. No fuiste la maleducada.

Ay, Dios. Parecía que no había perdonado a Laine aún. Me daba un poco de alegría. No sabía que podía ser mezquina hasta que la vi abrazando posesivamente a Aidan.

—De todos modos, Sylvie volvió de lo de Cal y pensaba que podíamos cenar los tres esta noche, si estás libre…

—Me parece genial —asentí aliviada, aunque él no me podía ver.

—No quiero espantarte, Pixie. Estoy dispuesto a ir lento si es lo que necesitas. O tan rápido como quieras. Tu decisión. No quiero apresurarte.

Quizás había percibido mis temores cuando me subí al ascensor la noche anterior. Tal vez era él siendo bueno y ofreciéndome un ritmo más normal. Fuera cual fuera el razonamiento, estaba agradecida.

—Creo que quizás deberíamos ir un poco más despacio.

Hubo un silencio que no entendí qué quería decir.

—Solo vamos a ir más despacio, ¿verdad? ¿No a detenemos? —dijo, por fin.

–Solo un poco más despacio. Yo… –la tienda estaba cerca y entré para estar más tranquila–. Solo he estado con Jim. No es que no quiera… Yo solo…

–Nora –me interrumpió con voz firme–. Vamos a tu ritmo.

–Entonces conozcámonos un poco más.

–Podemos hacer eso.

Sintiéndome aliviada y maravillada por poder ser tan sincera con Aidan y que me escuchara de verdad, sonreí de oreja a oreja.

–No puedo esperar a verlos esta noche.

–Yo tampoco. Sylvie estará muy entusiasmada.

–Bien. Me tengo que ir o llegaré tarde al trabajo.

–Bueno, Pixie. ¿En mi casa de nuevo a eso de las siete? Cocinaré. ¿Quieres que te pase a buscar?

–No, estarás ocupado cocinando. Me tomo el autobús.

–Déjame que te pida un taxi.

–No es necesario –puse los ojos en blanco.

–El taxi es más seguro.

–Tomo autobuses todo el tiempo. Te veo a las siete.

–Bueno, pero… no te pongas nada demasiado seductor como ayer.

Oí el regocijo en su voz y me reí.

–¿Te parece que el vestido que usé ayer era seductor? ¿De verdad?

–Muy –insistió–. Se veían piernas y pechos por todos lados.

Me reí a carcajadas y asusté a una chica que pasaba por allí y no me había visto. Le sonreí a modo de disculpas.

–No se veía nada.

–Por todos lados –repitió–. Esta noche, vaqueros y un suéter que te cubra de la barbilla para abajo.

–Me pondré lo que se me dé la gana.

–Sí –gruñó–. Me imaginé que dirías eso.

–Entiendo que debe ser muy excitante para un viejo como tú verle las piernas y los pechos a una joven de veintidós años, pero me prometiste que iríamos despacio.

Aidan resopló, divertido, y la línea crepitó.

—Casi veintitrés. No pude ver todo, y, mierda, tenemos que dejar de hablar de esto ahora mismo. ¿No tienes que estar en otro lugar?

Complacida por verlo contrariado, me las arreglé para decirle que sí entre risas.

—Entonces ponte en camino. Ah, y Pixie…

—¿Sí?

—Haz otra broma sobre viejos y apresuraré tantos las cosas que no podrás caminar durante días.

Me quedé sin aliento y hubo un silencio tenso entre nosotros.

—Bien jugado —me las arreglé para jadear y corté.

Esta vez, cuando se abrieron las puertas del ascensor en el piso de Aidan, fue Sylvie quien vino corriendo a recibirme. Me rodeó la cintura con los brazos y me abrazó muy fuerte.

—Ey, tú —le aparté el pelo de la cara mientras ella me sonreía.

—¡Tío Aidan hizo lasaña!

Me reí ante su entusiasmo y la seguí al apartamento.

—Asumo que te gusta la lasaña…

—Es mi comida preferida después de los macarrones con queso. Te gusta la lasaña, ¿verdad? —asentí y sonrió radiante—. ¡Lo sabía!

—¿Sabías que? —Aidan deambulaba por la cocina secándose las manos. El apartamento olía fantástico y mi vientre no sabía si gruñir de hambre o dar saltos de alegría cuando vi la sonrisa seductora con la que me recibía.

—Que a Nora le gusta la lasaña —explicó Sylvie.

—Buenas noticias, entonces —Aidan se me acercó con la mirada risueña—, porque Sylvie me hizo preparar muchísima.

Se inclinó para dejarme un beso en la esquina de la boca. Me quedé sin aliento ante su proximidad.

—Hola, Pixie.

—Ey, tú.

Creo que se dio cuenta de que estaba sin aliento, porque su sonrisa se volvió arrogante.

—Ven a ver mi habitación —dijo Sylvie, que no reaccionó ante nada de eso y me sonrió.

En vez de decirle que ya la había visto, la dejé divertirse y la seguí al espacio azul y violeta que era cien por ciento Sylvie. Exclamé ¡uh! y ¡ah! como habría querido hacer el día anterior.

—Lo mejor de todo —Sylvie buscó un estuche de guitarra que no había visto apoyado contra uno de los postes de la cama—. Tío Aidan me está enseñando. ¿Quieres escucharme?

—Por supuesto —me senté sobre la cama mientras ella tomaba su pequeña guitarra acústica. Era azul con autoadhesivos en forma de estrella de color violeta. Cuando Sylvie empezó a cantar y tocar *Lazy Song* de Bruno Mars, me quedé estupefacta. Su dulce voz infantil era tierna y clara, y tocaba bien la guitarra. Era pura alegría.

Cuando terminó, me miró con expectación.

Me puse a aplaudir y ambas nos dimos vuelta cuando oímos que se sumaba otro aplauso. Aidan estaba en el umbral, aplaudiendo. Pasó la vista de Sylvie a mí.

—Es increíble —afirmé sacudiendo la cabeza maravillada.

—Lo sé.

—¿Eso crees, Nora?

La miré de nuevo.

—Eres muy talentosa, niña.

—Tío Aidan no me deja grabar nada —dijo con una sonrisa tímida.

Por encima del hombro vi a Aidan caminando lentamente por la habitación en dirección a ella.

—Eres demasiado joven. Ahora sé una buena niña y ve a poner la mesa —le dijo amablemente después de tomar con cuidado la guitarra.

Sylvie hizo una mueca.

—No tenemos mesa.

—Sabes que quiero decir la encimera.

Con un suspiro atormentado, Sylvie le hizo caso y nos dejó solos. Lo observé mientras guardaba la guitarra en el estuche.

—Quizás *debería* estar haciendo algo con semejante talento... —sugerí tímidamente.

Colocó la guitarra contra la pared y se sentó junto a mí en la cama. Su pierna tocaba la mía. Posó la mano sobre mi muslo, como si no soportara estar cerca de mí sin tocarme.

—¿Cómo qué?

No había venido a su apartamento esta noche con la idea de tratar el tema de la educación de Sylvie, y sin lugar a dudas no quería pasarme de la raya, pero estaba preocupada por ella. Eso superó mi miedo de disgustar a Aidan.

—Como un coro. En la escuela. ¿En dónde quizás debería estar de vuelta?

Su mano se puso tensa pero no la movió.

—La eduqué en casa para que estuviera cerca de su mamá, y luego me pareció mejor esperar a que se acostumbrara a la vida sin Nicky.

—Ha pasado más de un año —le recordé con gentileza—. Sé que esto es cosa mía, pero ella se ilumina cada vez que pasa tiempo con los niños del hospital. Quizás sea hora de que la mandes de nuevo a la escuela y la dejes experimentar la normalidad otra vez.

—No es que no lo haya pensado. Nada más no quiero hacerla pasar por demasiados cambios en tan poco tiempo.

—Este sería un cambio positivo. Habla con ella. Es una niña inteligente. Ambos reconocemos que sabe lo que quiere.

—Estoy haciendo todo mal, ¿verdad?

—¡No! —le rodeé la cara con las manos y le pasé los pulgares las mejillas cubiertas de una gruesa barba incipiente. Mis ojos se perdieron en los suyos y sentí la necesidad de borrar todos los miedos y preocupaciones que pudiera tener este hombre—. Estás haciéndolo magníficamente.

–¿Magníficamente? –alzó la esquina de los labios.

Sonreí.

–Sin dudas.

De la nada, su boca estaba sobre la mía y una oleada de calor me recorrió el cuerpo mientras lo abrazaba.

–¡Tío Aidan, el horno está sonando!

–¿Qué me estás haciendo, Pixie? –me soltó con un gruñido y se incorporó rápidamente, pasándose la mano por el pelo y antes de salir a las apuradas del dormitorio, murmuró–. No me puedo controlar, maldición.

No sabía si estar feliz porque me deseara tanto o si preocuparme porque tal vez querría acelerar cosas a pesar de mi pedido de ir despacio. Porque parecía que en cuanto me basaba, yo estaba lista para desnudarme.

Poco después estábamos los tres sentados en banquetas en la encimera de la cocina. Me divirtió que Aidan pusiera a Sylvie entre nosotros, deliberadamente. Nos hizo reír cuando nos contaba cómo la había pasado con su papá en el zoológico.

–Trató de fingir que no lo asustaban los pingüinos, pero era obvio –se rio frunciendo el ceño–. ¿Cómo les puede tener miedo a los pingüinos?

–Claramente, vio *Batman regresa* –murmuró Aidan.

–¿Eh? –exclamó Sylvie, expresando en voz alta mis pensamientos.

–Es una película –se encogió de hombros–. Con un hombre pingüino que da mucho miedo.

–Ah. Me parece que no tengo ganas de ver una película con un hombre pingüino que da miedo.

–No te dejaría verla aunque quisieras, cariño.

–Entonces, ¿te divertiste con tu papá? –intervine antes de que ella pudiera discutirle, porque decirle a una niña que no puede hacer algo es la mejor manera de hacer que tenga aún más ganas de hacerlo.

–Sí. Estuvo bien –asintió sonriente, y fue la primera vez que me hacía un comentario positivo acerca de Cal.

—Eso es genial, cariño.

—Oye, Sylvie —dijo Aidan, muy serio—. ¿Cómo te sentirías si volvieras a la escuela?

No sé por qué había decidido hablar con ella de esto conmigo presente, pero supe que significaba que me había ganado su confianza.

Ella lo miró por un momento y no me gustó la nota de ansiedad que descubrí en su mirada.

—¿No… no estarás triste si yo no estoy?

De pronto, caí en la cuenta y vi que Aidan también.

—Soy feliz cuando tú eres feliz, cariño. Y si volver a la escuela te hace feliz, yo estaré encantado.

Ella me miró, un poco insegura, y la animé con una ligera inclinación de la cabeza.

—Quiero volver —asintió mirándolo de nuevo.

Aidan sonrió de oreja a oreja y Sylvie pareció relajarse por completo. No había querido decir que deseaba volver a la escuela porque pensaba que su tío se sentiría mal si ella no estaba con él durante el día. ¡Ay, esta niña! Quería darle un abrazo muy fuerte.

Su tío le pasó el brazo por los hombros y la acercó hacia él.

—Entonces tendremos que mandarte de nuevo a la escuela.

Después de eso, Sylvie se transformó. Apenas podía quedarse quieta mientras comía el postre, y no nos dio ni oportunidad de digerirlo porque al terminar corrió hacia la computadora de Aidan.

—Muéstrale a Nora la música para los bailarines.

—Cariño, acabamos de comer.

—*Yo* se la mostraré, entonces.

—Sabes —dijo él bajándose de la banqueta y caminando rápidamente en su dirección— que no debes tocar la computadora.

—Te hice venir —le sonrió traviesa.

Resoplé e intenté ocultar la risa cuando Aidan me echó una mirada.

—Perdón —vocalicé en silencio, pero él negó con la cabeza y una sonrisita le apareció en sus hermosos labios.

–¿Esta? –le preguntó luego de hacer clic sobre algo.

–Sí.

Bajé de la banqueta de un salto y caminé hacia ellos. Pero antes de alcanzarlos, el sonido inundó la habitación y me quedé paralizada en el lugar.

No sabía mucho del tema, solo lo que me gustaba escuchar. La de Aidan era música instrumental. Empezaba lenta, melancólica, con violines y cellos. Y piano. Y oboe. Se me erizó la piel cuando el ritmo aumentó con tambores y las cuerdas gimieron con violencia. De pronto, cuando se sumó un bajo electrónico bailable, la pieza creció y se aceleró y me dio ganas de salir volando por la habitación.

Finalmente, terminó en un gemido apagado. Miré a Aidan. Algo le oscurecía la cara, algo que parecía anhelo, y supe que era un espejo de mis sentimientos.

–Eso es bellísimo –susurré maravillada.

–Gracias –respondió con la voz un poco ronca. Carraspeó–. Es para un grupo de danza internacional que se llama The Company. Conozco a una de las directoras y ella me pidió que compusiera la música para el próximo espectáculo.

Había oído acerca de ese grupo. Los había visto en la televisión. ¡Eran increíbles!

–Eso es fantástico. Tu música es fantástica.

Me sonrió con una sonrisa infantil que casi me hizo olvidar que Sylvie estaba en la habitación.

–¡Toca el piano para Nora, tío Aidan, por favor! –rogó.

–Quizás más tarde.

–Te olvidarás –le dijo triste.

–De hecho, me parece una buena idea, si te parece… –había querido escucharlo desde que había visto el piano en el apartamento.

–Se han unido en mi contra –negó con la cabeza, pero con una sonrisa.

Me quedé quieta en el lugar, paralizada por la anticipación.

—¿Qué quieres escuchar? —preguntó mientras se sentaba ante el piano.

Estaba por pedirle que tocara una pieza que haya compuesto cuando Sylvie intervino.

—*Goodbye Yellow Brick Road* —exigió.

Para mi confusión, Aidan se puso tenso y la mirada risueña se desvaneció.

—Cariño…

Sylvie se inclinó sobre el piano sosteniéndose la cara con la mano que apoyaba sobre el codo.

—Por favor —suplicó con grandes ojos persuasivos.

No entendía la reticencia de Aidan, o la tristeza que le pasó brevemente por la cara y que pronto desapareció cuando empezó a tocar. Conocía esa canción de Elton John por Angie. Era una de sus preferidas. La elección de Sylvie era sorprendente. No solo porque era una canción vieja, sino también por la letra. Se trataba de un hombre que consigue lo que siempre creyó que quería y se da cuenta de que siente que esa vida no le pertenece, por lo que extraña su vida más sencilla.

Definitivamente no era para la edad de Sylvie.

Aunque me gustaba la canción, nunca me había emocionado tanto como a Angie. Sin embargo, al ver los dedos de Aidan bailando sin esfuerzo por las teclas y darme cuenta de cómo observaba preocupado a Sylvie, mi piel se erizó.

Tío y sobrina se comunicaban algo que yo no entendía, pero estaba tan cargado de emoción que resultaba evidente que la canción tenía algo que ver con Nicky.

Cuando la música terminó, hubo silencio.

Quería estirarme y abrazarlos a los dos.

—Me voy a practicar guitarra así soy tan buena que al tío Aidan *no le quedará* otra opción más que incluirme en una canción —anunció Sylvie alejándose del piano, antes de que yo pudiera ofrecerles algún consuelo.

Se fue corriendo con la expresión agridulce reemplazada por una de determinación. Aidan y yo intercambiamos una mirada de ternura.

—Es increíble, ¿verdad?

Miró hacia donde había desaparecido.

—Es igual a Nicky. Mientras tenga a Sylvie, no habré perdido a mi hermana. *Goodbye Yellow Brick Road* era su canción preferida. Me pidió que se la tocara unas horas antes de morir.

Se me hizo un nudo en la garganta y parpadeé para apartar las lágrimas. Miré hacia el canal para que él no notara que me había convertido en una regadera.

—¿Necesitas algo más? —me preguntó.

Me pareció que era una indirecta, y las lágrimas se secaron rápidamente. Le eché una mirada de desaprobación.

—No, no necesito nada más.

—No quise decir eso. Niña traviesa —se rio.

Me mordí el labio para no sonreír, pero me resultaba imposible no hacerlo con él.

—Agua, por favor.

En menos de un minuto, me encontré con una botella de agua en la mano y sentada con él en sofá del rincón con una necesaria distancia entre nosotros. El sonido de la guitarra y la dulce voz de Sylvie funcionaban como banda sonora.

Pensé en la noche anterior y en cuán cerca habíamos estado de hacer el amor.

—¿Por qué no mencionaste antes a Laine? —se me escapó.

—¿No lo hice? —frunció el ceño.

—Nop.

—Hace mucho se había ido. Supongo que por eso nunca lo hice. Anoche viste un lado malo de ella. Lo siento. En realidad, es muy buena persona. Es muy protectora con sus amigos y familia.

Mmm. Sin lugar a dudas.

—¿Hace cuánto que se conocen?

—Desde que éramos niños. Adolescentes.

—¿Y son solo amigos? —decidí ser directa. Si tenía una amiga con derechos, quería que saberlo.

—Sí —respondió, pero vi algo en su mirada antes de que hablara.

—¿Nunca fueron algo más? —ladeé la cabeza y lo estudié, sospechosa.

—Salimos cuando éramos chicos —suspiró—. Dieciséis. Diecisiete. Rompimos, pero seguimos siendo amigos. No tienes por qué estar celosa. Confía en mí.

Habían sido novios cuando eran adolescentes. ¿La había dejado y ella nunca lo había superado? Podía estar completamente equivocada, pero para alguien que "en realidad es muy buena persona", se había comportado como una tremenda cerda anoche. Y la gente se ponía así únicamente cuando se enojaban, se ponían territoriales, etc.

Había oído a Aidan cuando me hablaba. Lo había escuchado. Me había dejado en claro que quería algo más que sexo conmigo. Quería una relación. Sin embargo, no había mencionado si seríamos exclusivos, y por más que estuviera trabajando en mis inseguridades, aún dudaba si podría mantenerlo interesado.

En vez de guardarme esos pensamientos, decidí ser sincera.

—Sé que estamos yendo despacio y que probablemente no estés acostumbrado a eso... entonces yo... ¿estás viendo a alguien más?

—No —respondió sombrío.

—No te estoy acusando de nada —me quejé ante su respuesta cortante—. Estoy intentando entender lo que pasa entre nosotros porque no soy el tipo de mujer que puede compartir.

Eso se me había hecho muy evidente anoche.

—Laine es una amiga —afirmó—. Solo eso. Y no hay otras mujeres.

—¿Por qué estás molesto?

—Porque pensé que era jodidamente obvio lo que siento por ti y creo que no confías en mí.

Me estremecí al oír esas palabras, similar a lo que se siente cuando la montaña rusa cae en la vuelta más profunda del recorrido.

—Confío en ti. Es que… —aparté la mirada.

—¿Qué?

—No estoy acostumbrada a tener celos —expliqué.

Aidan se quedó en silencio, y seguí mirando por la ventana temiendo haberlo desanimado por completo. ¿Estaba siendo infantil, ingenua, posesiva?

—Por lo menos estás celosa de los vivos, Nora —dijo—. Yo estoy celoso de alguien que murió.

Lo miré súbitamente, perpleja. Estaba tenso, incómodo, pero me sostuvo la mirada.

—Jamás me había importado alguien como para generarme celos. No soy así. Pero he estado celoso de Jim desde el momento en el que se fue contigo de ese bar. Estuve celoso de él ese día en el supermercado cuando te apartaste el pelo de la cara y vi el anillo en tu dedo.

—Ni siquiera me conocías entonces.

—No, pero te deseaba. Y me molestaba que fueras tan joven y ya estuvieras casada. No me parecía bien. O justo. Pero ahora que te conozco lo entiendo. Yo también te habría hecho venir conmigo, te hubiera hecho mía para que nadie más pudiera tenerte.

Por más hermoso que eso sonara, no podía hacer a un lado la culpa y tristeza.

—No tengas celos de Jim. Lo quise por tres años, pero nunca estuve *enamorada*. Tenía amigas que coqueteaban con él, y a mí jamás me importó. Nunca temí que alguna de ellas se lo fuera a llevar. Y al final, quería que eso pasara. Me hubiese gustado que se enamorara de alguien más y que me dejara, para no tener que seguir siendo la mala de la película. Que Laine apretara los dedos contra tu camiseta cuando te abrazó, fue suficiente para que me dieran ganas de arrojarle una cerveza en la cara. Y eso fue antes de que me insultara.

Lo miré insegura, sin mirarlo directamente a los ojos. Las manos me temblaban contra la botella de agua ante mi confesión.

—Nora, mírame.

Su voz estaba cargada de emoción y eso me hizo obedecerlo, más que el pedido en sí .

—Jamás he deseado a alguien tanto como a ti. Te quiero en mi cama. Pero es más que eso. Quiero hablar contigo. Te quiero conmigo, en mi vida. Saber que puedo levantar el teléfono y llamarte o tocarte cuando quiera. Jamás me sentí así. Con nadie. ¿Entiendes?

Estaba tan claro, que mi cuerpo reaccionó. Se me irguieron los pezones como flechas en el sujetador. Un escalofrío me recorrió la espalda y anhelaba una parte suya entre mis piernas más que a cualquier otra cosa en el mundo.

El sonido apagado de la voz de Sylvie impidió que me arrojara encima de él. Y eso que íbamos a ir lento.

—Entiendo.

—Deberíamos hablar de otra cosa —gruñó. Se movió incómodo y supongo que excitado como yo.

—Qué adorable es Sylvie. No quería volver a la escuela porque no quería ponerte triste —sabía que hablar de ella calmaría un poco el fuego.

Aidan me miró agradecido.

—Sí, puede ser dulce cuando no es atrevida.

Me reí.

—Es inteligente.

—Demasiado.

—Te recuerdo que dijiste que eso no es posible —sostuve.

—Es verdad —sonrió.

—¿Están hablando de mí? —Sylvie apareció súbitamente en el pasillo junto a la cocina.

Aidan la miró por encima del hombro.

—¿Por qué estaríamos hablando de ti?

—Oí mi nombre.

—Estábamos hablando de tu vuelta a la escuela.

—¿Sí? —vino rápidamente y se arrojó en el sofá en medio de nosotros—. ¿Cuándo vuelvo?

Y con eso, su presencia calmó la tensión entre Aidan y yo.

Cuando regresé a casa después de haber tomado un taxi por insistencia de Aidan, pensé en lo que pasaba entre él y yo. Era increíble. No sabía que era posible sentir tanto por una sola persona. Me atraía, como si fuera algo imposible de controlar. Quería verlo todos los días, pegar mi piel con la suya y dejar que el fuego nos consumiera.

Y saber que a él le pasaba lo mismo, acrecentaba la atracción.

Sabía que lo más inteligente era tomarse las cosas con calma, conocerse más allá de la química natural entre nosotros. Pero, por Dios, ir más despacio iba a resultar mucho más difícil de lo que había pensado.

DIECIOCHO

—Entonces, ¿qué es lo que en realidad quieres hacer con tu vida?

Me tomó por sorpresa lo brusco de la pregunta. El camarero ya nos había tomado y mientras se alejaba, yo me acomodé en mi asiento para disfrutar de nuestra primera velada en mucho tiempo.

Aidan apoyó los codos sobre la mesa e inclinó la cabeza para mirarme a los ojos con esa concentración intensa que me hacía sentir que era la única persona en el mundo.

—Quiero decir, si eres feliz trabajando en Apple Butter, genial. Pero eres inteligente, Nora, dudo que sea suficiente para ti.

—Haciéndome las preguntas difíciles esta noche, ¿eh? —me ponía un poco incómoda que me inspeccionara acerca de este tema específico.

—No me pareció que fuera una pregunta difícil —alzó las cejas.

En las últimas cuatro semanas, nos habíamos visto todo lo que pudimos. Creo que no nos alcanzaba a ninguno de los dos. Pero yo tenía mi trabajo, los niños, Seonaid, Roddy y Angie. Aidan hacía malabares con varios proyectos, y Sylvie había vuelto a la escuela hacía poco más de una semana. Eso les había costado un poco a ambos.

Cal quería pasar más tiempo con su hija, así que ahora se quedaba con él los viernes a la noche y los sábados durante el día. A Aidan le había encantado la posibilidad de que tuviéramos una cita, pero yo le había dejado en claro, para su evidente frustración, que eso no quería decir necesariamente que fuéramos a acelerar las cosas. Tenía que trabajar por la mañana.

El restaurante que había elegido era The Dome en la calle George. Nunca había comido allí. Por dentro era aún más impresionante de lo que parecía. Tenía un estilo grecorromano y un pórtico corintio a modo de entrada. En el salón principal había una barra central con mesas y sillas distribuidas a su alrededor. Pero lo más llamativo de todo era el techo curvo con paneles de cristales de colores e iluminación cuidada.

Le había pedido prestado a Seonaid un vestido negro ajustado de Ralph Lauren. A ella le quedaba por las rodillas, y a mí, por las pantorrillas. Los zapatos con tacón de aguja que había comprado con descuento me daban altura, pero no eran muy cómodos. Me alegraba poder pasar la mayor parte de la velada sentada.

Además de prestarme el vestido, Seonaid me había cortado el pelo para que fuera creciendo con mejor estilo.

En general, no parecía yo. Mayor, más sensual, y había notado cuán sorprendido estaba Aidan cuando me ayudó a quitarme el abrigo. Me recorrió el cuerpo con la mirada de arriba abajo, y teniendo en cuenta su expresión ardiente, me había preguntado si el vestido había sido un error.

–¿Nora? ¿Es una pregunta difícil?

Sí, muy. Seguía sintiendo culpa por lo que había hecho. No desapareció porque hubiera conocido a Aidan y Sylvie. De hecho, aunque se suponía que ellos iban a ser mi penitencia, a veces pensaba que incluso me sentía peor. Aidan me daba mucho más de lo que Jim había podido, y lo conocía hacía pocos meses.

Seguía confundida, insegura y todavía no me sentía preparada para enfrentarme a mi propio futuro. Y no quería hablar al respecto.

–Estoy feliz en Apple Butter –mentí.

–Con tus resultados SAT, lo dudo mucho.

¿Mis qué? ¿Cómo...?

—¿Qué?

—Estaban en el archivo que me preparó mi investigador; le pedí que averiguara quién eras.

Lo dijo como si nada, como si fuera normal indagar acerca de la vida privada de la gente.

Lo sabía, por supuesto, pero no sabía que había sido tan detallado como para incluir mis resultados SAT.

—Podrías entrar en las mejores universidades, si quisieras.

—Eso cuesta dinero, Aidan.

—Encontraremos una solución.

Se me estremeció el corazón ante el "encontraremos", pero la inquietud no desapareció.

—No hablemos de eso.

—¿Por qué no? —alzó de nuevo la ceja—. Has sido sincera conmigo hasta ahora, ¿por qué detenerte?

Miré alrededor. El salón estaba iluminado tenuemente. Parejas, amigos y familias disfrutaban de comidas con una presentación increíble. Si Aidan no le ponía fin a esto, me iba a arruinar el apetito.

—Salimos a disfrutar de una buena comida. No la conviertas en un interrogatorio.

—Nunca fue necesario. Siempre has sido directa conmigo hasta ahora.

Parecía tan disgustado, que se alejó de la mesa con el ceño fruncido y el labio superior apretando a su grueso labio inferior. Sonreí intentando aliviar la súbita tensión que había surgido entre nosotros.

—Qué malhumorado.

Aidan abrió los labios, molesto.

—Jamás en mi vida me han acusado de ser malhumorado.

—Siempre hay una primera vez —incliné la cabeza a un costado y disfruté de burlarme de él—. Pareces un niño al que le quitaron su juguete preferido.

Llegó la comida y Aidan no pudo responderme. Bajé la vista hacia mi pollo al estilo de las Tierras Altas de Escocia, cubierto con salsa de whisky y un puré cremoso y sin grumos. El plato perfecto para una noche fría de octubre.

—Huele fantástico.

Se quedó en silencio. Empezó a comer y me di cuenta de que mis burlas no lo habían disuadido de mi reticencia a responderle o de su irritación conmigo.

Me dediqué a comer porque no iba a permitir que su humor arruinara el momento. Gemí de placer cuando comí el primer bocado, y golpeé el pie de pura alegría gastronómica. Aidan alzó la mirada y descubrí el asomo de una sonrisa. Me meneé en el asiento mientras comía otro bocado, y se rio.

—¿Está bueno?

Asentí con la boca llena y los ojos bien abiertos.

—Muy bueno —respondí después de tragar.

—Pareces una niña entusiasmada —sacudió la cabeza sonriendo.

—Me gusta la buena comida.

—Entonces nos aseguraremos de que tengas más en el futuro.

Intercambiamos una mirada cálida y la tensión entre nosotros se relajó.

Fue una ingenuidad de mi parte creer que Aidan abandonaría el tema. Era un hombre con una carrera exitosa que se las había arreglado para que las mejoras en su vida trabajaran a su favor.

Era decidido.

Persistente.

Tenaz.

Cualidades que recordé mientras me llevaba a casa. Habíamos hablado relajadamente durante la velada, aprendiendo cosas el uno del otro y hablando de la semana. Me contó lo rápido que Sylvie se había adaptado a la escuela.

—No me gusta que sientas que no puedes contarme cosas —me dijo a los minutos de subirnos al auto.

Sorprendida ante el cambio de tema y la falsedad de su declaración, fruncí el ceño. Me echó una mirada rápida y volvió la vista a la carretera.

—Mírame con odio todo lo que quieras, pero eres tú la que me está ocultando algo.

—No estoy ocultando nada.

—No deseas hablar de tu futuro y eso es jodidamente importante, Nora.

—¿Qué quieres que te diga?

—Que me digas qué quieres para el futuro.

A ti. Pero no le confesé eso.

—No estoy segura.

—¿Y el teatro? Me contaste que cuando eras niña querías ser actriz. Claramente, eso no ha cambiado. Te he visto cuando eres Peter Pan. Te transformas en alguien completamente diferente para esos niños. Es una cosa increíble.

Me sonrojé ante el cumplido.

—Gracias. Eso es lindo. Pero no quiere decir que quiera actuar.

—Tampoco quiere decir que no.

—Ay, a veces eres muy molesto.

—Creo que estamos llegando a algo —sonrió.

—Aidan.

—Pixie.

El estómago se me revolvió ante la idea de decirle la verdad.

—No quieres saber lo que tengo en la cabeza en estos momentos.

—En eso te equivocas.

—*Yo* no quiero que sepas lo que tengo en la cabeza —me corregí.

El ambiente cambió súbitamente y me di cuenta que apretaba la mandíbula.

—¿Aidan?

—Lo dejamos, entonces.

Lo había herido. Mierda.

—Aidan… —suspiré con un sonido denso y entrecortado—. No quiero que pienses que soy más desastrosa de lo que ya soy.

—No lo eres.

Me reí pero era un sonido vacío que hizo que me mirara con preocupación. Me estiré y le apreté el brazo agradecida.

—Eres amable, pero ambos sabemos que estoy muy confundida en este momento. Y quiero poder decirte que estoy lista para avanzar, pero no estoy segura aún. Hace un tiempo, cuando Jim vivía, hablé con Seonaid acerca de ir a la universidad aquí, y descubrimos que podía entrar a la Universidad de Edimburgo para estudiar psicología. Costaría apenas unos miles de libras y yo sabía que Jim y yo podríamos pagarlo si posponíamos nuestros planes de comprar una casa. Empecé a imaginar cómo sería la vida de estudiante. Hasta ya me había puesto a buscar grupos de teatro amateurs. Pero cuando se lo mencioné por primera vez a Jim, se opuso completamente.

—¿Por qué? —Aidan parecía tan confundido como yo había estado entonces.

Hasta que había comprendido la verdad.

—Sabía, Aidan. Él sabía que yo no lo amaba como él a mí. Pensaba que si iba a la universidad, no lo necesitaría más. Tenía miedo de perderme. Pero impedírmelo hizo que me alejara aún más.

—Entonces, ¿por qué no lo has hecho… ahora que él…?

—¿Ahora que ya no está? —terminé la frase por él, las palabras me sonaban amargas hasta a mí—. Culpa.

—¿Culpa? —Aidan detuvo el auto frente a mi edificio, apagó el motor y me miró. Podía ver un asomo de enojo en la mirada. Repitió—. ¿Culpa?

Sabiendo que si no le contaba lo alejaría de mí, le conté la verdad.

—No me lo merezco. Ya te lo dije… Los años que tuve con Jim fueron robados. ¿Por qué debería conseguir las cosas que quiero?

—Por Dios, Nora—se pasó la mano por la cara, estupefacto ante mis palabras.

Esperé, deseando saber qué quería decir eso.

De pronto, algo cambió en él y me miró fijamente.

—Si realmente te sientes así, como si no merecieras seguir con tu vida, ¿qué haces aquí entonces? ¿Quién soy yo para ti?

—No podría mantenerme lejos de ti, aunque lo intentara. Tú... eres todo, Aidan —susurré.

Fue como si las palabras le dieran fuerzas y luego su tenacidad le ardió en la cara mientras se estiraba para desabrocharme el cinturón de seguridad. Lo apartó y me pasó los brazos por la cintura para llevarme sobre su falda.

El pie se me quedó trabado en el volante y me reí mientras me acomodaba.

—Podrías haberme pedido que me acercara.

No se rio. Me besó.

Me hundí contra él abriendo la boca y devolviéndole el beso, cada vez más profundo. Me encantó cómo sus dedos apretaban mis caderas y se aferraban a mi cuerpo con ansias. Le rodeé la cara con las manos y disfruté de la sensación de sus mejillas sin afeitar. Abrí las piernas sobre sus muslos para apretarme a fondo contra él. Cuando sentí la erección de Aidan contra mí, jadeé y me hundí aún más en él. Su gemido retumbó contra mí y moví las caderas sintiendo oleadas de placer mientras me frotaba contra él.

Súbitamente, me apartó y parpadeé, confundida, hasta que vi el deseo impaciente en su cara.

—Por favor, dime que ya se acabó lo de ir despacio. Te necesito, Nora —su voz era grave y ronca —tanto, maldición.

Las llamas del deseo también ardían ansiosamente en mí y no pude rechazarlo. Cuatro semanas era suficiente tiempo.

—No tengo mucho en el apartamento, pero hay una cama.

Inmediatamente abrió la puerta y yo intenté deslizarme y salir de la manera más grácil posible. Aidan me siguió enseguida. Sus brazos me rodeaban la cintura, sin alejarse de mí mientras buscaba mi bolso y cerraba el auto. Con una mano tomé el bolso y con la otra lo sujeté de la mano. Escuché el pitido del coche al cerrarse y me pregunté vagamente si sería una buena idea que lo dejara allí, pero me importó más llevarlo arriba y desnudarlo.

Una vez en el edificio, lo miré, no podía pasar un segundo más sin otro beso. Me concedió el deseo y tropezamos en dirección a la pared de la escalera por culpa de los estúpidos tacones.

Gemí en su boca cuando sentí una mano grande acariciándome el trasero y aferrándose a él, atrayéndome a su cuerpo de modo tal que su rabiosa erección se apoyara contra mi vientre. La otra mano me rodeó y apretó un pecho.

—Ay, Dios —interrumpí el beso sintiéndome más desesperada que nunca—. Siento que estoy prendida fuego.

—Dímelo a mí —se apartó y con amabilidad me hizo subir las escaleras—. Guíanos, Pixie, antes de que esto suceda en las escaleras.

El hormigueo entre las piernas se intensificó ante la perspectiva de hacerlo ahí mismo, y descubrí que me excitaba la idea de tener sexo atrevido con Aidan. Mmm. Me guardé el pensamiento para otro momento y subí las escaleras a las apuradas. No podíamos ni hablar de lo apurados que estábamos por entrar al apartamento y meternos en la cama. Y ni me importaba que fuera a ver dónde vivía. Lo único que quería era meter a ese hombre dentro mí. ¡Por fin!

Prácticamente volé para doblar la esquina y llegar al vestíbulo, pero me quedé paralizada cuando descubrí una persona sentada frente a mi puerta.

¿Qué?

Mierda.

Seonaid me miró, los ojos enrojecidos, las mejillas pálidas. Sentí el calor de Aidan en la espalda, y la presión de una mano posesiva en mi trasero. Los ojos de Seonaid se abrieron como platos al verlo, y se incorporó rápidamente. Me sonrió, temblorosa.

—Puedo irme.

—No –dije inmediatamente. Parecía que mi amiga no había dormido en días–. ¿Qué sucede?

Se pasó la mano por la coleta despeinada. Se la veía incómoda y avergonzada.

—Volveré en otro momento.

Dándome cuenta de lo maleducada que estaba siendo, me volví hacia Aidan, que parecía confundido, frustrado y también un poquito preocupado.

—Aidan, te presento a Seonaid –le había hablado de ella y se le iluminaron los ojos al reconocerla–. Seonaid, él es Aidan.

Nosotras ya habíamos hablado de mi nueva relación la semana anterior, al darme cuenta de que necesitaba que me prestara algo para la cita. Había tratado de restarle importancia y parecía que había tenido éxito, juzgando por su aparición. Jamás habría venido si hubiera pensado que estaba acostándome con Aidan, dado que estaba completamente a favor de que siguiera adelante con mi vida. Pero verme con Aidan jadeando en el vestíbulo había borrado esa pretensión de un plumazo.

En este momento, no me importaba.

Algo le pasaba a mi amiga.

—Un placer conocerte –Aidan extendió la mano.

Ella la tomó y sonrió temblorosa.

—A ti también.

—Mira –Aidan me puso la mano en el hombro para atraer mi atención–. Me voy a casa, te dejo que hables con tu amiga. ¿Me llamas?

Sintiéndome culpable por dejarlo todo excitado y molesto, le sonreí a modo de disculpas.

—¿Estás seguro?

—Por supuesto –se inclinó y me besó tiernamente en la boca, y cuando se apartó, añadió–. Pero continuaremos lo que empezamos, Pixie.

—De acuerdo –sonreí.

Me dio otro beso rápido, como si no pudiera contenerse, le dio una inclinación de cabeza a Seonaid a modo de despedida, y se alejó.

Lo miré lamentando la interrupción, aunque estaba preocupada por Seonaid. Cuando me volví, ella hizo una mueca de disculpas.

—Lo siento mucho.

—No pasa nada —la tomé del brazo y la llevé hacia la puerta mientras buscaba la llave en mi bolso. Entramos y cerré la puerta—. Bueno, ¿qué sucede?

—Ay, mierda, Nora —se lamentó desconsolada con la cabeza en las manos—. Me acosté con Roddy.

DIECINUEVE

—¿**H**iciste qué?

Seonaid sollozó al ver mi expresión y se dejó caer en el sofá.

—Ay, lo arruiné, ¿verdad?

Perpleja y confundida, e intentando calmar mi frustración sexual, fui a la cocina a poner el agua para hacer té.

—¿Por qué no empiezas desde el principio?

¿Cómo demonios había sucedido esto?

—Mierda, mierda, mierda.

—Seonaid.

—No sé… ¡mierda!

Esperé pacientemente. El agua estaba hirviendo, así que ella me esperó, y probablemente aprovechó el tiempo en ordenar sus pensamientos. Nos miramos a través del pequeño espacio. Cuando vi el miedo en sus ojos azules, me surgieron algunas dudas. ¿Qué implicaría esto para nuestra amistad? Si Seonaid y Roddy empezaban a evitarse, ¿eso significaría que nuestro trío se derrumbaría con el tiempo? ¿Roddy y yo dejaríamos de hablar si él dejaba de hablarse con Seonaid? ¿Y cómo reaccionaría Angie a todo eso?

Aunque me había costado mucho al principio, había empezado a recuperar a mis amigos y podía hacerlo sin sentir pena o dolor todo el tiempo. Más que nada, Roddy y Seonaid se necesitaban. Esperaba que no hubieran arruinado las cosas.

Ella me esperó hasta que llevé el té que había preparado. Aferró la taza entre las manos con fuerza, temblando al sentir que le volvía el calor.

El apartamento estaba frío y aún faltaba para que se encendiera la calefacción central. Nos quedamos con los abrigos puestos, mirándonos por encima de las tazas de té caliente.

—¿Bueno?

Seonaid me echó una mirada sombría.

—Ayer un hombre acompañó a su novia a la peluquería y, te lo juro por Dios, Nora, era la viva imagen de Jim. He tratado… —le temblaron los labios y se le llenaron de lágrimas los ojos—, he tratado de mantenerme entera por ti y mamá, pero algo pasó cuando vi a ese tipo… La angustia me acompañó el resto del día. Y tenía muchas ganas de estar con alguien que lo quisiera tanto como yo, alguien que pudiera manejar mi tristeza. Así que me encontré con Roddy.

Me miró como pidiéndome disculpas a través de las lágrimas, y me sentí culpable porque haya pensado que yo no podía soportar su pena.

—Le conté lo que había pasado y él… él me abrazó mientras yo lloraba. Y luego nos tomamos unas cervezas juntos y… —negó perpleja—. Estábamos hablando en el sofá y, de pronto, estábamos uno encima del otro.

—¿Qué pasó después? —la urgí a seguir, absorta en su relato.

—Tuvimos sexo en el sofá y antes de que pudiera siquiera pensar en qué demonios habíamos hecho, me alzó y me llevó a su cama —lo dijo como si estuviera horrorizada pero su cara expresaba todo lo contrario—. Y volvimos a hacerlo. Como animales.

Se estremeció y se mordió el labio, y tuve que contener la risa. Claramente, Seonaid la había pasado bien.

Entonces, ¿cuál era el problema?

—Después, ¡no podía creer lo que habíamos hecho! —alzó las manos y se incorporó. Se le cayó un poco de té de la taza y no se dio cuenta—. ¿Cómo demonios se nos ocurrió hacer eso? ¡Somos Roddy y Seonaid! ¡Amigos! El mejor amigo de mi hermano.

—Te has acostado con hombres más jóvenes que él —le recordé.

—No es el punto —se volvió rápidamente para mirarme con ojos brillantes—. Hemos arruinado una de las relaciones más importantes de nuestras vidas.

—¿Roddy se siente igual? —por alguna razón, lo dudaba.

—Mira. No soy estúpida, ¿está bien? Sé que le gusto desde siempre, así que por supuesto estaba bastante satisfecho consigo mismo —hizo una mueca—. Pero yo veo lo que él no puede.

—¿Y qué es eso?

—El sexo entre nosotros solo complica las cosas. No puedo tener sexo casual con él.

—¿Y si, tal vez, quiere algo más? —no quería, sin lugar a dudas.

—Por supuesto no. Es Roddy.

Ay, Dios mío, ¿cómo podía estar tan ciega?

—Estoy bastante segura de que te ve como más que sexo casual.

—Exactamente. Le importo. Como él me importa a mí. Así que ser amigos con derechos, por más increíble que haya sido el sexo y, Dios mío, fue tan *increíble* que enloquecí, solo arruinará nuestra relación. Es hombre, así que él no puede pensar más allá, pero yo sí.

—Quizás se puede convertir en algo más…

—Nora —pronunció mi nombre con exasperación—, no lo hará. Eso es lo que estoy tratando de decir. Pero Roddy… no lo entiende.

Se dejó caer de nuevo y se le llenaron los ojos de lágrimas.

—Estoy muy enojada conmigo misma ahora. Creo que me comporté como si lo que habíamos hecho fuera asqueroso, y me las arreglé para herir sus sentimientos. Tú sabes… los que finge no tener.

Sentí pena por él porque no solo lo lastimó, sino que le había dado todo lo que siempre había querido y luego se lo quitó, como si le diera vergüenza. Sé que Seonaid no lo había hecho a propósito, y veía lo arrepentida que estaba.

—Le importas. Tienes que decirle todo lo que me has dicho a mí.

—Quiero hacer como si nada hubiera pasado y que las cosas vuelvan a la normalidad. No puedo perder su amistad, Nora.

—Entonces ve con él. Díselo.

No sería lo que querría escuchar, pero por lo menos sabría que era importante para ella.

Seonaid se quedó callada y me miró por debajo de sus pestañas.

—Perdón por interrumpir tu velada.

—Acerca de eso… —me revolví en mi lugar, un poco incómoda.

—Puedes tener sexo con otros hombres, Nora. Me alegra.

—No lo tenía planeado. Quiero decir… —me recosté contra el sofá—. Pierdo la cabeza cada vez que estoy con él.

—¿Eso quiere decir que ustedes dos ya…?

—No. Quiero decir, estamos definitivamente yendo en esa dirección y por un tiempo… —la miré a modo de disculpas—. No quería hablar al respecto todavía.

—Entiendo —se quitó las botas de un puntapié y subió los pies al sofá—. No mencionaste que es mayor que tú. O que es muy, pero muy apuesto.

—Demasiado apuesto —me reí nerviosa.

—Difícil de creer.

—¿Se nota demasiado la diferencia de edad? —pregunté preocupada.

—Solamente que es mayor que tú. ¿Cuánto? ¿Qué edad tiene?

—Doce años más.

—Ay, eso no es nada. Quiere decir que sabe qué hacer en la cama.

—Sí, estoy segura de que sabe —sonreí de oreja a oreja.

Me observó con atención y su sonrisa se desvaneció.

—¿Tienes sentimientos por él?

—Me necesita —evadí la pregunta—. Él y Sylvie me necesitan. ¿Y tú? ¿Estás segura de que no sientes nada por Roddy?

—Perdí a Jim. No puedo perderlo a él también —ella también la evadió.

Los días siguientes traté de llamar a Roddy para saber cómo estaba, pero él evitó mis llamadas, lo que quería decir que no estaba para nada bien. Mi plan era caer en Leith's Landing el domingo para ver si podía encontrarlo allí y evaluar la situación por mí misma.

Sin embargo, antes del domingo, fui a lo de Aidan a comer con él y Sylvie. No sabía si íbamos a poder pasar otra velada sin terminar arrancándonos la ropa, pero sabía que ninguno de los dos quería tener sexo mientras Sylvie estaba en el apartamento.

Necesitaba conseguir un lugar más grande con paredes más gruesas y muchas puertas entre su dormitorio y el de Sylvie.

Nadie respondió cuando llamé al apartamento. Así que toqué el timbre de algunos vecinos hasta que alguien me dejó pasar al edificio. El apartamento de Aidan estaba abierto, y empujé con cuidado la puerta preguntándome dónde estarían. Tenía un mal presentimiento que no podía explicar.

—¿Hola? —llamé mientras entraba.

Aidan estaba de pie en el balcón contemplando la vista con las manos en los bolsillos. Aunque no podía ver su cara, estaba rígido. Eso y que no me hubiera recibido en la puerta, me puso en estado de alerta. Cerré la puerta detrás de mí, pero no vi a Sylvie. Cuando me detuve un momento, sin embargo, oí el sonido apagado de música sonando en su habitación.

Fui hacia las puertas del balcón y las abrí. Aidan movió la cabeza un poco pero no me miró. Estaba completamente en otro lugar.

Salí al balcón y le apoyé la mano en la espalda. Estudié su perfil y deseé que me mirara, y por fin lo hizo. Lo que vi en su expresión me paralizó el cuerpo de miedo.

Vi pura furia y pena.

—¿Aidan?

Negó y volvió a contemplar la vista, y se me retorcieron las entrañas de nervios.

—Aidan, por favor, dime qué sucede.

—Tengo miedo de que si hablo —soltó— haré algo estúpido… Como… matarlo.

Dios mío, ¿qué demonios estaba sucediendo?

—Bueno, ahora sí que me estás asustando.

En vez de responderme, giró sobre sus talones y marchó dentro del apartamento. Me apuré a seguirlo. Cerró las puertas para dejar el frío afuera. Había estado de pie ahí sin nada más que una camiseta térmica y vaqueros.

—¿Dónde está Sylvie?

—En su habitación. Escuchando el nuevo disco de su cantante favorita. No tiene idea. Cómo quiero que se quede.

—Aidan, tienes que hablar conmigo.

Su respuesta fue tomarme de la mano y conducirme por el pasillo hacia una puerta a la que solo me había asomado antes. El dormitorio principal. Una habitación amplia decorada en tonos gris paloma y con toques de azul marino. Masculina, calma. Tenía una cama enorme y mesas de noche, un sillón grande y cómodo, no mucho más. Vi una puerta abierta a un vestidor, y opuesta a la cama había otra puerta que llevaba a un baño privado.

Cerró la puerta y de pronto me encontré en sus brazos. Le rodeé la cintura con los míos y él puso su cabeza en mi cuello. Para mi creciente preocupación, sentí que temblaba y lo abracé más fuerte, como si con eso pudiera de alguna manera calmar lo que fuera que le pasaba.

Después de lo que pareció una eternidad, se apartó y tomó mi cara entre sus manos, y me miró como si él también deseara que pudiera hacer desaparecer su dolor. ¿Pero qué dolor? ¿Qué pasaba?

—¿Aidan?

—Me la está quitando —le brillaron los ojos de rabia—. Cal se lleva a Sylvie.

Perpleja y confundida, no pude hacer otra cosa que quedarme mirándolo para tratar de entender qué demonios quería decir.

—¿Qué? No. Aidan, eso no es posible. Eres su tutor. Tienes la custodia legal.

Negó y se pasó las manos por la barba corta como si quisiera arrancársela de la frustración.

No entendía. ¿No me había contado Jan que Nicky tenía la custodia legal y que había dejado a Sylvie bajo el cuidado de Aidan?

—Nunca hubo nada legal en el arreglo de custodia entre Nicky y Cal —dijo, apretando los dientes—. Decidieron que ella tendría la custodia total y que él vería a Sylvie cuando pudiera. Cuando Nicky murió, él asumió que me había pedido que cuidara a Sylvie.

La furia me crecía en lo más profundo de mí.

—¿Por qué ahora, entonces?

Aidan notó mi furia y se alimentó de ella, su cara se ensombreció aún más.

—Bueno, según él, siempre quiso hacerlo, pero no quería que Sylvie pasara por más cambios. Vivió conmigo y Nicky por meses. Pero ahora… ahora el maldito se va a casar y quiere darle a Sylvie un ambiente más estable donde crecer. Sus jodidas palabras.

—Tiene que haber algo que podamos hacer.

—Ya hablé con mi abogada. Ella… —apartó la mirada, intentaba contener la emoción. Con la voz ronca, continuó—. No me dio muchas esperanzas. Pero dice que podemos intentarlo. Que existen pruebas que demuestran que ha sido un padre inestable.

Aidan me miró con el miedo a flor de piel.

—Tenemos que intentarlo, Nora, porque él… Se muda a California —cerró los puños y los ojos le ardieron por las lágrimas no derramadas—. Se está llevando a mi pequeña muy lejos.

Derramé las lágrimas por él, y negué. No. Cal no podía hacerle esto. No se lo permitiría.

—No. No puede ser posible.

Aidan me atrajo hacia sí y me besó el pelo, abrazándome muy fuerte. Pero en realidad fui yo quien lo consolé a él susurrándole con apasionada seguridad que nada ni nadie haría que esa niñita no pudiera quedarse con él.

Nicky nunca había peticionado a los tribunales para obtener la custodia legal. Tampoco había ningún registro legal de que Cal no hubiera estado presente cuando Sylvie era pequeña. Y como había aportado apoyo financiero, aunque no emocional, la abogada de Aidan le dio las malas noticias menos de una semana después.

Lo llamaba cada día en cuanto salía del trabajo, y quise encontrarme con él después de mi sesión de voluntariado de los miércoles, pero me dijo que estaba complicado con el trabajo y la situación legal, y que hablaríamos más tarde. Traté de no sentirme inútil, y me dije a mí misma que lo entendía, pero lo que quería en realidad era estar allí para apoyarlo.

El jueves, después del trabajo, lo llamé mientras caminaba por la calle Cockburn en dirección a la parada. Justo cuando estaba por cortar, atendió.

Y por el tono supe que había malas noticias.

–¿Dónde estás? –quise saber.

–En el apartamento.

–Voy para allí.

–No, Nora... Tuve que hablar hoy con Sylvie y no está bien, creo –lo interrumpió un grito malhumorado de la pequeña en el fondo "¡Quiero a Nora!".

–Déjame que vaya, por favor. Déjame acompañarlos –repliqué. Deseaba estar allí ese mismo instante.

Se quedó callado y luego aceptó bruscamente. No quise retrasarme más e hice algo que no podía permitirme habitualmente, y tomé un taxi. Durante el corto trayecto, me esforcé para no pensar en que Aidan quería apartarme justo en este momento. ¿Por qué no entendía que la idea de que él perdiera a Sylvie me destrozaba? Me habían robado el corazón. Era de ellos. Y ahora se estaba rompiendo.

Esta vez, cuando salí del ascensor, Sylvie me estaba esperando. Corrió a mi encuentro y casi me hace caer hacia atrás. Dejé que se aferrara a mí y la abracé lo más fuerte que pude mientras ella lloraba en silencio.

Una vez que logré volver al apartamento con ella, Aidan la tomó de la mano y se la llevó para lavarle la cara murmurándole que todo estaría bien. Cuando volvió, estaba solo.

—Necesita un momento.

—No entiendo por qué está pasando esto —exclamé furiosa.

—Está pasando porque Nicky estúpidamente creyó que ese imbécil siempre pondría su carrera antes que su hija. Que no había necesidad de legalidades —siseó—. Y yo dejé que me convenciera.

—¿Es la mujer? —pregunté—. ¿Esa Sally? ¿Piensas que tiene algo que ver con esto?

—Ah, todo tiene que ver con esto —dijo bajando la voz—. Hoy estuvo en la reunión con los abogados, y lucía jodidamente arrogante. Si no fuera porque se casan, no se la llevarían a California.

Eché una mirada en dirección a la parte posterior del apartamento, y recordé las pocas veces que había visto a Cal. Parecía que Sylvie le importaba, pero qué sabía yo.

—Aumentó las visitas el año pasado a propósito —continuó sacudiendo la cabeza exasperado consigo mismo por no haberlo notado antes—. Todo lo que ha estado haciendo desde que Nicky murió, ha sido calculado.

—Tendría que habértelo dicho.

Me miró a los ojos y el dolor que vi en ellos fue demasiado para mí.

—Sí —continuó.

Ambos sabíamos, sin decirlo, que si Cal le hubiera contado acerca de sus planes desde el principio, Aidan habría tenido tiempo para prepararse. No habría pasado el último año planeando el futuro como padre de Sylvie.

Las lágrimas amenazaron con derramarse y traté de tocarlo, pero él me apartó con un gesto.

—No puedo —me dijo con la voz ronca—. Tengo que contenerme por ella.

—Parece que entiende lo que está sucediendo —asentí.

—Creo que ella podría haber manejado la situación siempre y cuando se hubiesen quedado en Edimburgo viéndome a mí, a sus amigos. Pero llevársela a la jodida California... —la voz se le fue apagando, y negó con la cabeza—. Es un bastardo egoísta.

—¿Los abogados no pensaron lo mismo?

—En cuanto a la ley, Cal es su padre. Está en el certificado de nacimiento. Ha colaborado financieramente con su crianza, y se está por casar y sentar cabeza. Yo no soy más que su tío soltero con una carrera bastante inestable. Mi abogada dijo que era claro que jamás llegaría a los tribunales. Tendría que probar que algo terrible sucede con Cal, y no es así. Y, de todos modos, Sylvie tendría que pasar por todas estas entrevistas con los servicios sociales y cosas traumáticas que yo no querría que viviera. Y en relación a que Cal se la lleve al exterior, dijo que era una pena que su trabajo lo llevara a Estados Unidos, pero —y es una jodida cita—: "La niña debería permanecer bajo el cuidado de su padre biológico dado que había perdido a su madre hacía poco, y un juez lo entendería así".

—Aidan.

—Y sé que tienen razón. Racionalmente, lo sé. Podría haber aceptado que ella se fuera con él eventualmente, pero ¿por qué mierda se la tiene que llevar tan lejos de mí? ¿Eh? Si dice que la ama, ¿por qué le haría esto cuando ya ha perdido tanto?

Traté de contener mi enojo, por su bien, para ser la calma en su tormenta, y me costó cada gramo de autocontrol lograrlo.

—Porque es egoísta —susurré de todos modos.

—Ya estoy bien —la voz de Sylvie nos sorprendió. Estaba de pie junto a la mesada de la cocina. Tenía las mejillas pálidas con manchones rojos de tanto llorar y los ojos enrojecidos. Pero su mirada era clara y decidida. Tuve ganas de llorar como un bebé.

—¿Podemos ordenar pizza, tío Aidan?

—Podemos ordenar lo que quieras, cariño.

Quería gritar.

¡Quería gritar, tener un berrinche y maldecir al mundo por su injusticia sin piedad!

Sin embargo, no lo hice.

Me clavé una sonrisa temblorosa en la cara y me uní a ellos en la sala de estar mientras Aidan pedía una pizza por teléfono.

Podíamos hacerlo. Por ella, podíamos fingir por un ratito que todo estaría bien.

VEINTE

Confundida, recorrí con la mirada la sala de estar que conocía bien. La televisión estaba dentro del mismo gabinete de nogal en el que había estado desde que yo tenía memoria, el sofá enorme frente a él, junto a la mesa de café de vidrio que yo odiaba porque hacía falta quitarle el polvo y las marcas de dedos cada cinco minutos.

Sobre la televisión había una foto enmarcada que había sido tomada cuando yo tenía unos nueve años. Estoy en brazos de papá y mamá se inclina hacia nosotros. Parecemos una familia feliz. Quizás hasta lo éramos entonces.

—Aquí estás.

Giré sobre mis talones, perpleja ante el sonido de la voz de papá, y más sorprendida aún de verlo entrar a la habitación en su silla de ruedas. No había cambiado nada desde que me había ido.

—¿Papá?

—Te he estado buscando por todas partes —se quejó—. ¿Dónde has estado?

—No nos quiere decir —mamá entró en la habitación detrás de él cerrándose la chaqueta—. Y no tengo tiempo de quedarme a escuchar sus excusas.

—No son excusas —Jim pasó junto a ella.

Se me detuvo el corazón.

—¿Jim?

—Parece que hubieras visto un fantasma —me dijo él con una sonrisa triste.

—¿Estás aquí? ¿Por qué estás aquí?

Ignorando a mis padres que murmuraban entre ellos, se acercó a mí y me tomó la cara entre sus manos.

—Siempre estoy aquí, Nora.

—¿Pixie?

Giré, para que Jim me soltara y me sobresalté cuando vi a Aidan y Sylvie de pie junto a la chimenea.

—¿Cómo?

¿Cómo habían llegado aquí?

—Pensé que estabas con nosotros, Pixie... —me preguntó él con expresión sombría. Luego, sin más, Sylvie desapareció. Grité su nombre y Aidan miró el lugar donde había estado parada.

—Conmigo —susurró—. Pensé que estabas conmigo.

—¡Estoy! —exclamé. Quería correr hacia él, pero no podía moverme. Estaba paralizada—. ¡Aidan!

—Calma, Nora, te tengo —miré por encima del hombro y vi que Jim tenía la vista fija hacia abajo. Seguí su mirada y me invadió el terror cuando vi manos esqueléticas atravesando el suelo. Se aferraban a mis pies de manera sobrenatural y me impedían moverme.

—¡No! —grité, e intenté liberarme.

—Shhh —me tranquilizó Jim envolviéndome el torso con sus brazos para empujarme hacia él—. No puedes dejarme, Nora. Me lo debes.

—Jim, por favor —sollocé.

—¿Pixie?

Volví la vista hacia Aidan y lo encontré mirándome con furia y decepción. Alzó una mano y mi miedo creció cuando su manó desapareció.

—¡Aidan!

—¡Nora! Nora, ¿qué sucede?

Miré de nuevo por encima del hombro y vi a mi madre y a mi padre que, horrorizados, contemplaban cómo sus propios miembros comenzaban a desvanecerse.

—¡Nora!

—¡Jim, déjame ir! —grité luchando para llegar a ellos.

—No tiene sentido, Nora. No puedes llegar a todos a tiempo. Es mejor que te quedes conmigo antes que elegir.

—¡Eso es elegir! —chillé indignada.

—Entonces elígeme. Por fin, elígeme, maldición. Me lo debes.

—Jim... —me incliné hacia él—. Lo siento tanto. Por favor, lo siento tanto.

—Pixie.

Aidan estaba desapareciendo.

—No —luché contra Jim. Aunque me revolvía y lo golpeaba, él me sostenía con una fuerza sobrenatural—. ¡No!

—Desearía no haberte conocido nunca, Pixie.

—¡Aidan, no!

—Demasiados fantasmas entre nosotros —susurró.

Y en ese momento desapareció.

—Aidan

—Nora, despierta. Nora.

Me desperté de golpe, brusca y terriblemente con los ojos abiertos como platos. Asimilé la cara borrosa que flotaba encima de la mía e hice una mueca ante la luz. Estaba completamente fuera de mí.

¿Dónde demonios estaba?

—Te quedaste dormida en el sofá. Todos lo hicimos.

—¿Aidan? —intenté quitarme de encima la fatiga parpadeando y me incorporé en el sofá. Gemí al sentir dolor en el cuello. Ah, sí, era claro que me había quedado dormida en algo que no era una cama.

Enfoqué la cara de Aidan y me di cuenta de que estaba arrodillado frente a mí. Tenía el pelo húmedo y se había cambiado de ropa.

—Te dejé dormir.

—Lo siento —dije moviendo el cuello de lado a lado y bostezando.

—No es nada —me sonrió con ternura y me apartó el cabello de la cara—. Creo que lo necesitábamos.

Recorrí la sala de estar con la mirada y fruncí el ceño.

—¿Dónde está Sylvie?

La noche anterior, después de comer pizza, habíamos hecho una maratón de películas para distraernos de la realidad. No recordaba haberme dormido.

—Me desperté hace un par de horas, la metí en la cama, me duché.

—¿Qué hora es?

—Recién son las ocho de la mañana. Sé que entras a trabajar a las diez así que planeaba despertarte pronto, pero estabas teniendo una pesadilla…

—¿Sí? —fruncí el ceño, intentando recordar.

—Repetías mi nombre a los gritos. Como… si me hubieras perdido o algo —dijo tocándome la rodilla con una expresión preocupada.

—No recuerdo —susurré y le tomé la mano—. Pero parece que fue una pesadilla.

Me besó los nudillos.

—¿Desayuno?

—Déjame ayudarte —asentí.

Al final, logré convencerlo de que sentara su precioso trasero en una banqueta mientras yo iba y venía por la cocina preparando ome-lettes. Hablamos en susurros mientras yo cocinaba, manteniendo el volumen bajo para no despertar a Sylvie.

—Luces bien en mi cocina —susurró. Sonreía con dulzura, pero no se le borró la tristeza de la mirada. Deseaba tener el poder de hacer que todo estuviera bien. De todos modos, hacerlo sonreír un poco, era una pequeña victoria.

—Tu cocina es más linda que la mía.

—No sabría decirlo.

—Siento mucho eso —sonreí ante el recordatorio.

—Tu amiga te necesitaba.

—Sí. Pero eso no quiere decir que *yo* no te necesitara a *ti*.

—¿Para qué necesitas al tío Aidan?

Di un salto y casi dejé caer la espátula.

Sylvie había salido de la nada. Estaba de pie en sus pijamas, boste-zando y frotándose los ojos medio dormida.

–¿Quieres desayunar, cariño? –Aidan le preguntó poniéndose de pie y acercándose a ella. Aunque ya estaba grande para eso, la llevó en brazos como si tuviera seis años hasta una banqueta.

–Cereales –Sylvie bostezó de nuevo.

–Enseguida.

Mientras yo terminaba de preparar el desayuno, Aidan le sirvió los cereales y deslizó un vaso de jugo de naranja frente a ella.

Comimos en silencio. No sabía si era por el cansancio o por el peso de saber que ese momento no duraría para siempre. Sin embargo, lo disfruté a pleno y me di cuenta por la manera en que Aidan la miraba de que él estaba aprovechando cada momento con su sobrina.

–¿Te quedaste a dormir, Nora? –preguntó de pronto Sylvie mirándonos.

–Nos quedamos dormidos en el sofá –expliqué, porque no quería que se hiciera la idea equivocada.

Frunció el ceño.

–Me desperté antes y te llevé a la cama –le aclaró Aidan antes de que pudiera preguntarlo.

–Ah. Bueno. Anoche fue divertido –sonrió cansada.

–Sí –afirmó pasándole la mano por el pelo revuelto–. Lo fue.

Aparté la vista antes de hacer lo inconcebible, echarme a llorar.

Sylvie pasó y nos miró.

–¿Podemos hacer algo hoy? ¿Todos juntos?

–Nora tiene que trabajar, cariño.

Claramente decepcionada, se dejó caer en el asiento.

–No tengo que –se me escapó.

–¿No? –preguntó Aidan alzando una ceja.

–No. Tal vez… –tosí con exageración–. Sí –tosí más fuerte–, me parece que me estoy por enfermar.

–Ah, ¿sí? –sonrió él.

–Sí, pero no se preocupen, no es contagioso. Puedo pasar tiempo con ustedes.

—¡Yay! —festejó Sylvie—. ¿Qué hacemos?

—Bueno, primero Nora tiene que llamar a su jefa para explicarle esta misteriosa enfermedad que no contagia.

Jugando, le di un empujón y bajé de un salto de la banqueta.

—¿Dónde está mi bolso?

—No son las nueve aún. ¿Ya habrá llegado?

—Sip. Leah suele llegar a la tienda a eso de las ocho y media.

Sonó el timbre del apartamento cuando yo buscaba el bolso y alcé la vista hacia Aidan, sorprendida. Era un poco temprano para visitas. Él frunció el ceño y se levantó para atender.

—Puede ser Laine —dijo—. Ya volvió del trabajo en París.

No tenía idea de qué trabajo en París hablaba. Estaba segura de que probablemente lo había mencionado, pero tendía a no prestar atención cuando Laine era mencionada. Todavía no la perdonaba por haberme dicho esas cosas humillantes.

Pero no era Laine.

—Aidan, soy Cal —la voz masculina se escuchó con interferencias en el portero electrónico.

Aidan se quedó paralizado un segundo y luego apretó a regañadientes el botón de entrada.

—Tío Aidan, ¿qué hace papi aquí? —preguntó Sylvie bajándose del asiento y acercándose rápidamente a él. Aunque era alta para su edad, parecía más pequeña que nunca allí parada con sus pijamas y pantuflas de Hello Kitty y con el pelo hecho una masa enmarañada de seda dorada. Tenía la cara fruncida por la preocupación.

—No lo sé, cariño. Supongo que enseguida nos enteraremos.

Después de que Aidan abriera la puerta, los tres nos quedamos parados juntos. Parecíamos soldados en primera línea esperando el ataque enemigo.

Así era como nos habían hecho sentir. Si hubiera sido sincero con Aidan desde un principio, todo esto no habría sido tan turbulento. Pero lo esperaba un montón de resentimiento en el apartamento.

Golpeó la puerta y luego entró. La expresión relajada de su rostro se tensó cuando nos vio, de pie y con los brazos cruzados.

Lo seguía una morocha alta y atractiva. Tenía puesto un abrigo con diseño de espiga que parecía caro y que se ajustaba a la perfección a su figura delgada, guantes de cuero negro y botas con tacón negras. Le colgaba del brazo una cartera negra de Kate Spade.

Sus llamativos ojos grises nos recorrieron y su bonita boca se frunció con disgusto.

—Buenos días, muñeca —saludó Cal sonriendo débilmente a su hija.

—Hola, papi. ¿Qué haces aquí? —lo miró con demasiada sospecha y preocupación para una niña pequeña.

Después de un momento de silencio incómodo, Cal carraspeó y se dirigió a Aidan, aunque sin mirarlo a los ojos.

—Tenemos que hablar. En privado.

—¿Acerca de qué?

—En privado, por favor —suspiró Cal.

—Pregunté, ¿acerca de qué?

Su tono de voz transmitía el mismo frío del invierno.

Cal bajó la vista hacia Sylvie.

—Muñeca, ¿por qué no vas con Sally y le muestras tu habitación?

—No —negó Aidan.

—Sally, ve con ella y haz que se asee y se vista.

Iba a hacerlo, pero Aidan alzó la mano para impedirlo. Ella tenía la inteligencia suficiente como para detenerse.

—Pixie, lleva *tú* a Sylvie a su habitación —dijo sin quitar sus ojos de encima de Cal y su prometida.

Y entonces alejé a Sylvie de lo que sea que fuera a suceder.

—¿Qué sucede, Nora? —la boca de Sylvie tembló cuando me miró con miedo en los ojos.

—No sé, cariño —me falló la voz, lo que probablemente aumentó su preocupación, pero tenía una sensación horrible en el estómago—. Vamos a vestirte.

Estaba con ella en el baño mientras se lavaba los dientes cuando oí a Aidan gritar: "¡Sobre mi cadáver!".

Sylvie gimió y yo abrí los ojos como platos.

¿Qué demonios estaba sucediendo?

—Apurémonos, cariño.

—¿Nora?

—Está todo bien.

—¡Ni se te ocurra! —rugió Aidan.

—¡No le hables así! —gritó Cal.

—Esta es mi casa. ¡Salgan!

—No sin mi hija.

Su pequeña mano estaba aferrada a la mía, llamándome la atención.

—Ponte la ropa —susurré, y rápidamente se puso ropa interior limpia, vaqueros y un suéter.

Los gritos seguían llegando desde la entrada del apartamento, pero no me podía quedar con ella en el baño para siempre. Odiaba que Aidan estuviera solo sin ningún apoyo en lo que fuera que estuviese sucediendo.

Apreté la mano de Sylvie y nos apuramos a salir para encontrar a Aidan enfrentándose a Cal y Sally.

—¿Qué sucede?

Cal se volvió hacia mí con una expresión de súplica.

—Desafortunadamente, mi nuevo jefe quiere que viaje por trabajo a San Francisco unas semanas antes de lo que habíamos planeado. Debemos irnos en diez días, y eso quiere decir que Sylvie también. Pensamos que sería mejor venir a buscarla ahora, así podemos adaptarnos como familia unos días antes de viajar a los Estados Unidos. Tenemos que hablar con la escuela y transferirla a una escuela local allá. Tiene sentido que esté con nosotros mientras hacemos todo eso. La mayoría de sus cosas se pueden enviar una vez que estemos instalados.

—¡No! —gritó Sylvie de inmediato.

—Muñeca... —rogó Cal.

—¡No! —arrancó su mano de la mía y se escapó. Corrió y se encerró dando un portazo.

Perpleja y furiosa, le clavé a su padre la mirada más asesina de mi repertorio.

—¿No te parece que un aviso previo hubiera estado bien?

—No nos avisaron... —empezó a decir Sally, pero la interrumpí.

—Quiero decir a Aidan y Sylvie. ¿No podían llamar para explicar lo que estaba pasando? Asumo que sabían esto antes de hoy.

Él asintió.

—¿Cuándo? —ladró Aidan. Los músculos de sus brazos latían por la tensión. Los mantenía cruzados sobre el pecho, como tratando de contenerse.

—Ayer a la mañana— respondió Cal sin mirarlo a los ojos.

—Maldito bastardo —Aidan avanzó hacia él, pero yo lo tomé del brazo para detenerlo—. ¿Ya sabías esto cuando nos reunimos con los abogados ayer?

Sally suspiró, como si estuviéramos armando un alboroto sin razón.

—Sabíamos que intentarías parar todo y no teníamos tiempo para eso, Aidan. Era mejor hacerlo así.

—Es una crueldad hacerlo así —repliqué.

—No es tema tuyo, la verdad.

—Este hombre y esa hermosa niñita *son* asunto mío —la miré con odio.

—Aidan, por favor —dijo Cal. Parecía arrepentido de verdad—. Tienes razón. Esta no es la mejor manera, pero nada de esto será fácil para Sylvie. Pensé que era mejor arrancar la venda de un tirón. He sido muy débil, demasiado débil para reclamar lo que me corresponde. Pero ella es mía y quiero que esté en casa, conmigo. Ahora.

Ante el silencio de Aidan, Sally alzó las manos.

—Por Dios santo, ella es de Cal. Legalmente. Llamaremos a la policía si hace falta.

—Sally —le advirtió Cal.

—Es la verdad —se quejó ella.

—Es su tío, no un maldito secuestrador —intentó razonar con ella para que se callara.

—Déjame que pase hoy con ella —suplicó Aidan con la voz ronca. Me acerqué más a él, y oí el dolor en su voz, aunque estos imbéciles egocéntricos no lo oyeran.

—Ojalá pudiera, en serio, pero tenemos muchas cosas que hacer. Y será difícil en cualquier momento que lo hagamos. Terminemos esto de una vez. Y tú viajas todo el tiempo a California. La verás pronto.

Sentí que mi furia amenazaba con explotar.

—¿Ni siquiera puedes darle un día para que se despida de su niña?

—No-es-su-niña —enunció fríamente Sally—. Apártate de mi camino —alzó el teléfono—, o llamo a la policía.

Como Cal no hizo nada para callarla esta vez, me hice a un lado de mala gana y aparté también a un Aidan rígido.

Cal pasó junto a nosotros con las mejillas sonrojadas, por la vergüenza o el enojo, no me di cuenta. La zorra de su prometida marchó detrás de él, y me arrojó una mirada soberbia al pasar que me dieron ganas de quitársela de un golpe. ¿Cómo era posible que esa imbécil fuera a criar a Sylvie?

La impotencia me mantuvo inmóvil, incapaz de decir nada para calmar a Aidan, quien creo que de todos modos se había escapado tan profundo en su interior que no podría haberlo alcanzado, aunque quisiera.

—¡No! —escuché que Sylvie sollozaba—. ¡Papi, no!

—Dime qué quieres llevarte, cariño —dijo Sally en un tono sorprendentemente tranquilizador—. Trata de no olvidarte nada que te guste.

Ah. ¡Y qué hay de su tío, zorra estúpida!

—Papi, no, déjame quedarme —suplicó muy fuerte. Me ardían las lágrimas en los ojos, tenía un nudo en la garganta, era doloroso.

Unos minutos más tarde, Cal salió del dormitorio con una Sylvie llorosa en los brazos. Una Sally más sumisa los seguía con una maleta pequeña en la mano.

–¡Tío Aidan! –gritó y luchó para liberarse de los brazos de su padre. Visiblemente afligido, Cal la bajó al suelo y ella se arrojó sobre su tío.

Aidan la tomó en sus brazos y la abrazó muy fuerte, los ojos apretados, claramente sufriendo muchísimo. La pequeña se aferró a él con ferocidad y le rogó que no la dejara ir.

–Shhh, cariño, shhh –dijo él con la voz temblorosa–. Todo estará bien.

Pero nada apaciguó sus lágrimas, y después de cinco minutos de pedirle pacientemente que volviera con él, Cal perdió la paciencia y la arrancó del abrazo.

–¡No! –gritó ella extendiendo los brazos hacia Aidan mientras Cal se alejaba–. ¡Tío Aidan! ¡Nora! ¡Tío Aidan! ¡Nora! ¡No!

Sollocé y me miré los pies, incapaz de contemplar la escena, y deseé no oírla gritando en el pasillo.

Y luego, para mi espanto absoluto, escuché a Aidan gritar y alcé la vista justo para ver cómo le fallaban las rodillas. Lo alcancé y caí de rodillas también. Lo envolví en mis brazos. Se apoyó en mí con un puño contra mi camiseta, y el otro en mi pelo. Me quedé escuchándolo mientras luchaba por respirar entre los sollozos que tanto había intentado contener.

VEINTIUNO

Llamé al trabajo para decir que estaba enferma, después de todo, pero no fue para pasar un gran día con dos de mis personas preferidas. Fue para cuidar a una de ellas.

Decir que Aidan se sentía destrozado no era suficiente. Yo me sentía destrozada por él. El recuerdo de las súplicas de Sylvie atravesaba el silencio y me hacía estremecer cada vez. Me imaginaba que ese sonido también se repetía en la mente de Aidan. La pena y el agotamiento por la falta de sueño la noche anterior lo superaron y se quedó dormido en el sofá.

Mientras él dormía, llamé al trabajo y luego me puse a revisar la heladera y los armarios para ver qué podía prepararle para comer cuando se despertara. Encontré ingredientes para hacer una ensalada de pasta sencilla. Mientras cocinaba pensé en el dormitorio de Sylvie. Había que empacar sus cosas, y prefería hacerlo yo en vez de él.

Le echaba una ojeada cada diez segundos, como si temiera que él también fuera a desaparecer. Su cuerpo grande y largo estaba extendido sobre el sofá. Un hombre grande y fuerte que entrenaba cinco días a la semana y que era uno de los hombres con más potencia masculina que había conocido.

Me rompía el corazón verlo tan destruido.

Mientras cortaba tomates, empecé a enojarme cada vez más al pensar qué demonios le pasaba a una persona para ser tan egoísta y causar la escena que había presenciado esta mañana. Me preocupé que mi dulce niña creciera con personas tan egocéntricas. No es que estuviera ciega ante la realidad. Sylvie era hija de Cal y criarla era su derecho. Pero odiaba que tuviera que ser siempre en sus términos. Había estado muy ocupado con su carrera para ocuparse cuando ella era pequeña y ahora, que finalmente había decidido madurar, exigía sus derechos parentales sin importarle un demonio lo terrible que sería, no solo para Aidan, sino también para Sylvie.

Mi teléfono vibró sobre la mesada y me apuré a responder para no despertarlo. Era Seonaid.

—Ey —susurré.

—¿Nora? ¿Por qué estás susurrando?

—Aidan está durmiendo.

—Ah —dijo con tono pícaro.

Me estremecí.

—No. Nada de *ah*. Algo pasó.

—Sí. Pasé por Apple Butter para ver si querías almorzar conmigo y la loca de tu jefa me dijo que estás enferma...

Las lágrimas me cerraban la garganta y no pude hablar.

—¿Nora? ¿Qué sucede?

—Te conté que el papá de Sylvie quería la custodia.

—Sí.

—Vino y se la llevó esta mañana. Sin aviso, nada. Él y la bruja de su prometida aparecieron aquí y literalmente la arrancaron de los brazos de Aidan. No pudo impedirlo —sorbí con ruido y me sequé las lágrimas con rabia—. Y yo no pude hacer nada por él.

—Dios santo —exclamó Seonaid—. Eso es espantoso.

—La llevarán con ellos a los Estados Unidos y ni siquiera le dieron un día. Un maldito día para que pase con ella. ¿Qué le pasa a esta gente? Y serán los responsables de criarla. Estoy tan preocupada por ella, Seonaid.

—Ay, cariño, estoy segura de que su papá cuidará bien de ella. Es un imbécil, pero es su papá. Y no la ha tratado mal, ¿verdad?

—¿Salvo hoy? No —admití a regañadientes—. La ama. Pero es tan egoísta.

—Lo siento tanto, Nora. Lo siento tanto por Aidan. ¿Puedo hacer algo?

—Gracias, pero no. Me voy a quedar aquí hoy, para asegurarme de que esté bien.

—Bueno, llámame si necesitas algo.

Le prometí que lo haría y colgamos. Aidan se movió en el sofá y me puse tensa, no quería despertarlo. No se volvió a mover, así que seguí preparando el almuerzo para que estuviera listo cuando se despertara.

Un poco más tarde, estaba tomando una taza de té caliente para quitarme el frío de los huesos, cuando Aidan gruñó y se sentó despacio. Lo observé, segura de que el corazón se me iba por los ojos, mientras él se pasaba las manos por el pelo enmarañado. Luego se las pasó por la cara y dejó caer los hombros, como si recordara recién lo que había pasado.

Sintió mis ojos y me miró. La tristeza vacía de su mirada me estresó.

—Te preparé algo de almuerzo, si tienes hambre —mi voz sonó pequeña en el espacio amplio.

—Estoy bien —negó.

—Aidan —contuve las lágrimas y él apartó la vista tensando la mandíbula—. Quizás deberíamos llamar a alguien o… No sé.

—No se puede hacer nada —dijo con la voz inexpresiva—. Aunque pasara hoy, mañana o la semana que viene, no habría sido más fácil.

—Pero podrías haber sabido que iba a suceder —afirmé enojada—. ¡Lo que hizo es despreciable! Por ti y por Sylvie. Dios…

—Nora, por favor —exclamó. Los ojos le ardían—. Estuve allí, demonios. No necesito revivirlo.

Herida, apreté los labios y me recordé a mí misma que este hombre estaba pasando por un infierno. Podía perdonarle la mala actitud hoy.

—¿Qué puedo hacer?

—La verdad, nada.

Y lo decía en serio.

Durante las horas siguientes, Aidan se quedó sentado mirando hacia el balcón, con la mente a miles de kilómetros de distancia. Su cuerpo emitía claras señales que decían que había que mantenerse lejos. Así que eso hice. Su teléfono sonó un par de veces y él respondió, sin decir una palabra.

Pero no pensaba abandonarlo.

A la hora de la cena, me las arreglé para que aceptara la ensalada de pasta que había preparado. Comía sentado en la encimera, sombrío, mirando fijo el armario de la cocina, cuando se oyó que llamaban a la puerta. Era un aviso, no una solicitud, porque el próximo sonido fue de tacones contra el suelo. Y de pronto, Laine estaba allí frente a Aidan.

¿Qué hacía aquí?

Y luego vi su expresión torturada y lo supe. Con ella se había estado mandando textos más temprano. Se me cayó el alma a los pies al preguntarme si él le habría pedido que viniera. Lo miré y él estaba mirando a Laine con la misma mirada vacía y fría con la que me había mirado a mí, lo cual no debería haberme tranquilizado, pero lo hizo.

—Sé que me pediste que no vinieras —dijo Laine en voz baja—. Pero tenía que asegurarme de que estuvieras bien. ¿Estás… bien?

No me miró.

Ni una vez.

—Una pregunta bastante de mierda, ¿verdad?

—Sabes lo que quiero decir —Laine hizo una mueca. Se quitó el abrigo gris que tenía puesto y caminó hacia el sofá para dejarlo allí junto a su bolso. Volvió a la cocina en sus vaqueros ajustados y un elegante suéter color crema que probablemente costaba más de lo que yo ganaba en un mes. Sentí que las entrañas se me revolvían de celos mezquinos.

Estaba mal, porque lo único que debería haberme importado es que Aidan estaba con dos personas que lo amaban, pero ella no me caía bien. Quizás si no me hubiera insultado tanto, podría haber superado mis celos.

Laine miró la espalda de Aidan con un anhelo que no se molestó en ocultar.

Sí… aunque no se hubiera comportado como una maldita conmigo, de todos modos, no podría haber dejado pasar el hecho de que estaba enamorada de él. Porque, claramente, lo estaba. ¿Verdad?

Finalmente, incapaz de evitar mi mirada por más tiempo, me miró.

–Pareces cansada, Nora. ¿Has estado aquí todo el día?

–Los tres nos quedamos dormidos mirando películas anoche –le conté. Quería que supiera cuán cerca estaba de ellos–. Estaba aquí cuando Cal y Sally vinieron a buscar a Sylvie.

Ante mi angustia visible, Laine abrió los ojos, preocupada.

–¿Cómo está la pequeña?

Aidan se puso tenso junto a mí y le puse la mano sobre el brazo para tranquilizarlo. Él me ignoró. Le di un apretón de todos modos y lo solté.

–No sabemos. No estaba bien cuando se fue.

–No, me imagino que no, maldición. ¡Me dan ganas de matar a Cal! –Laine marchó en dirección a la cocina. La observé con recelo mientras ella se estiraba para abrir uno de los armarios. Tomó una botella de un whisky Macallan recién empezada, cerró la puerta del armario, tomó dos vasos y los puso frente a Aidan. Él apartó el plato y esperó pacientemente mientras Laine servía los dos vasos.

Tomó el vaso que ella le ofreció, y ella se quedó con el otro. Luego me miró.

–Deberías irte a casa, Nora. Descansa. Puedo hacerme cargo de todo.

¡Ah, seguro que sí!

Hice lo posible para ocultar mi reacción porque no era para nada el momento de tener un ataque de celos.

–Puedo quedarme.

—Parece que no has dormido en días —insistió Laine, como si mi bienestar le importara en serio—. Aidan, dile que se vaya a dormir.

Aidan tomó un sorbo de whisky y me miró con los ojos inexpresivos.

—Está bien, Pixie. Ve a casa, descansa.

Confundida, no pude hacer otra cosa que quedarme mirándolo mientras se estiraba para tomar la botella y servirse otro vaso. ¿Él también me estaba pidiendo educadamente que me retirara? ¿Realmente no me quería aquí? ¿Había sido una idiota por pensar que me necesitaría más a mí que a la mujer que era su amiga desde hacía años?

Quería asegurarme de que Aidan estuviera bien, pero tampoco me iba a quedar si él no lo quería.

—Puedo quedarme si me necesitas. Estoy bien, en serio.

—Pienso beber hasta que este día de mierda termine —dijo con la voz ronca—. No necesitas ver eso. Vete a casa.

Con el orgullo lastimado, me incorporé inmediatamente de la banqueta. Bien. Si no me necesitaba, si creía que podía desarmarse con Laine pero no conmigo, que lo hiciera. Cualquier cosa que necesitara. No pensaba quedarme para sentirme como una niñita molesta.

Ella ni siquiera me había ofrecido un vaso de whisky. Como si no tuviera la edad para beberlo.

Así que junté mis cosas, me puse el tapado y las botas, y me fui del apartamento sin mirar atrás para no darle la satisfacción a Laine.

Justo cuando salía del edificio y lágrimas de frustración amenazaban con derramarse, me sonó el teléfono. Era Seonaid de nuevo. Carraspeé porque no quería que se diera cuenta de que estaba disgustada.

—¿Todo bien?

—Por eso llamo. Quería ver qué tal. Ver cómo está Aidan…

Sonreí con gravedad, y pensé que a veces no sabía apreciar cuán excelente persona era la hermana de Jim.

—Eh… bueno… creo que prácticamente me echaron.

—¿Qué? —exclamó.

Su enojo inmediato por mí me puso contenta.

—Su amiga Laine… apareció, sirvió dos vasos de whisky y dejó bien claro que era hora de que los adultos se quedaran solos. Aidan estaba demasiado mal como para preocuparse. Me dijo que me fuera a casa, que descansara. No sé si lo decía en serio o no.

—No, Nora, no lo puedo creer.

—No sé.

—¿Dónde estás ahora?

—Yéndome. Voy a tomar el autobús.

—Bueno. Avísame cuando llegues a casa.

Resultó que no hizo falta que le avisara nada, porque cuando llegué a casa ella ya estaba allí esperándome. Cuando la vi de pie frente a la puerta, todo lo que había estado conteniendo por el bien de Aidan, explotó. Mi amiga me envolvió en sus brazos y se las arregló para extraer la llave de mi bolso y hacernos pasar al apartamento sin soltarme.

—Ay, bebé… —me acomodó en el sofá y fue a la cocina para poner el hervidor—. Lo siento tanto. Sé lo encariñada que estás con Sylvie.

—¡Ni siquiera pude sostenerla, abrazarla o despedirme!

Seonaid volvió rápidamente a mi lado para abrazarme hasta que, después de lo que se sintió como una eternidad, ya no me quedaron más lágrimas. Al final, me quedé en un extremo del sofá con una taza de té en la mano.

—Me siento cansada, Seonaid —susurré—. Tengo apenas veintidós años y me siento tan cansada.

Seonaid me estudió, pensativa. Lo que dijo a continuación me sacudió por completo.

—Quizás si dejaras de castigarte por crímenes que no has cometido, no te sentirías tan malditamente agotada.

—¿Qué? —me la quedé mirando boquiabierta.

—¿Piensas que no sé por qué empezaste a trabajar como voluntaria en el hospital, por qué nos evitaste a mí, a mamá y a Roddy durante tanto tiempo? Quiero decir, si no fuera por mí, es probable que no nos hubieras hablado de nuevo.

Perpleja, abrí la boca, pero no sabía muy bien qué decir. Negarlo hubiera sido mentirle, y no se lo merecía.

Seonaid se inclinó hacia mí, sus ojo brillaban de bondad.

—Sé que no amabas a Jim como él te amaba a ti. Él también lo sabía. Hablamos al respecto. Eras una niña. Te equivocaste al casarte con él, pero no lo hiciste con esa intención. Y no puedes seguir castigándote por eso. Amaba muchísimo a mi hermano, pero él te amaba egoístamente, Nora. Te quería toda para él, y era cuestión de tiempo antes de que eso terminara mal. Pero tú... tú, cariño, tienes que saber que, aunque no lo amabas como él te amaba a ti, le diste a mi hermano algunos de los años más felices de su corta vida.

Las lágrimas le caían por la bonita cara. Me sonrió con tristeza.

—Si estás castigándote por eso, basta. ¿Piensas que si fueras una persona horrible, que le arruinó la vida a mi hermano, yo seguiría aquí contigo? ¿Que te querría tanto como te quiero?

Se me escapó un sollozo, y las lágrimas que pensé que se habían acabado volvieron a derramarse. Me arrojé en sus brazos y la abracé como si en ello se me fuera la vida. El alivio que sentí me sacudió hasta el alma, porque era Seonaid, la persona que Jim amaba más.

—Lo siento —dije entre sollozos aferrándome a ella como si fuera una balsa salvavidas—. Lo siento tanto.

Y por segunda vez en el día, mi amiga supo calmarme la pena.

Un rato después, agotada, estaba muy acurrucada en el sofá con las palmas de las manos debajo de la cabeza. Miré hacia Seonaid en el sofá opuesto, al parecer soñando despierta con los ojos vidriosos fijos en la pared.

—Los amo —confesé.

—¿A quién? —me miró a los ojos sorprendida.

—A Sylvie y Aidan —me obligué a contener las lágrimas, harta de sentir su sal sobre mi piel–. Estoy enamorada de él, Seonaid. Me duele estar tan lejos de él cuando está pasando por esto. Me duele muchísimo. Jamás sentí algo así. Y me metí en esto con ellos sabiendo que me romperían el corazón. Pero pensé que sabía lo que iba a suceder. Que yo los ayudaría a atravesar el haber perdido a Nicky, que sería alguien con quien podían contar, alguien a quien usar y que seguirían adelante sintiéndose mejor gracias a eso. Ahora mi corazón *se está* rompiendo y no puedo soportarlo como pensé que podría. Sylvie se ha ido. No sé si la volveré a ver. Y Aidan… esta era la prueba, ¿verdad? Y no me necesita. No lo culpo porque ¿qué puedo ofrecerle? No tengo nada que ofrecerle a un hombre así. No soy más que una vendedora que no tiene las agallas para superar la muerte de su esposo y recoger los fragmentos de su vida. En vez de hacer eso, me la paso en un hospital de niños como una viuda patética.

—Basta —dijo Seonaid con furia en los ojos.

Me estremecí al oír el enfado en su voz y me incorporé lentamente hasta sentarme.

—No tienes aún veintitrés años, Nora. Eres inteligente, graciosa, eres hermosa, y tienes todo el tiempo del mundo para recoger los trozos de tu vida y hacer algo con eso. Y lo harás. Sé dentro de mí, que lo harás. Eres especial, Nora. Es lo que atrajo a Jim, y estoy segura que es lo que le llamó la atención a Aidan. Él sería afortunado de tenerte. Cualquier hombre lo sería. Y acaba de tener el segundo peor día de su vida meses después del peor día de su vida. Deja de menospreciarte y sé lo que él necesita. Vuelve mañana, y que se joda la maldita de Laine, y recuérdale que *tú* eres su mejor amiga.

Las palabras de Seonaid me dieron ánimos. Con la confianza alta, me dirigí a lo de Aidan la mañana siguiente. Para mi frustración, fue Laine la que respondió el portero electrónico y me dejó pasar al edificio.

Estaba esperándome en el apartamento y el pánico se apoderó de mí cuando me di cuenta de que tenía puesta la misma ropa que la noche anterior. Se había quitado el maquillaje y aunque parecía cansada, era evidente que de todos modos no necesitaba demasiado maquillaje. Su expresión sombría y compasiva aumentó mi miedo.

—Pasa —me hizo un gesto para indicarme que entrara y me apoyó una mano consoladora sobre el hombro cuando entré al apartamento.

Apenas oí que cerrara la puerta porque me quedé paralizada ante la sala de estar. O más bien, ante la falta de.

Todos los equipos de música, los instrumentos y las computadoras de Aidan habían desaparecido.

Desaparecido.

El espacio estaba completamente vacío.

—¿Qué está pasando?

—Nora… No sé cómo decirte esto, y estoy segura de que soy la persona menos indicada después de mi horrible comportamiento en el pasado… —la simpatía de Laine me daba ganas de gritarle para que se apresurara—. Aidan se ha ido.

Me temblaron las rodillas, como si el piso se moviera debajo de mis pies.

—¿Ido? ¿Qué quieres decir? ¿Ido?

—Ayer, después de que te fuiste —vi ira en la mirada de Laine, quizás también frustración—, de pronto empezó a organizar todo para irse del país. Aceptó un trabajo en Los Ángeles para estar cerca de Sylvie, pero significaba irse esta misma mañana.

Hizo un gesto alrededor.

—Se las arregló para encontrar una empresa que podía buscar sus cosas a último momento y consiguió a alguien que le está buscando una casa allá.

No.

¿Qué?

La miré boquiabierta e incrédula. El pánico que había sentido antes me había alcanzado los pulmones por lo que me costaba respirar.

—¿Él no… se fue así, sin más?

¿Sin despedirse, sin explicaciones? *No.*

Aidan.

La compasión genuina en la mirada de Laine me destruyó.

Me destrozó las entrañas. O lo que quedaba de ellas.

—Nora, espero que lo que voy a decirte te ayude a largo plazo, aunque ahora no se sienta así. Pero… esto iba a pasar, aunque Sylvie no sea el motivo. Créeme. He estado en la vida de Aidan más tiempo que cualquier otra mujer y es el soltero máximo. No quiere decir que no le importes, estoy segura de que sí, pero puede comportarse como un imbécil con las mujeres. Lo quiero, pero esa es la verdad. Les hace creer que es su mejor amigo, que nunca ha sentido algo así antes e incluso quizás hasta me parece que se lo cree. Pero solo por un tiempo. Después se aburre y pasa a otra cosa. Me sorprendió que estuviera contigo durante tanto tiempo hasta que… bueno —hizo una mueca de simpatía otra vez—. Me contó que ustedes nunca se acostaron, así que supongo que por eso tú duraste más que las otras. La expectativa. Como te dije. A veces, es tan hombre. Pero me importa. Porque no tiene un mal corazón. De hecho, es muy bueno, y sé que tú viste eso en cómo se comportaba con Sylvie. Así que trata de perdonarlo, Nora. No tuvo la intención de ser tan cruel contigo —señaló el espacio vacío de la sala de estar—. Necesita a Sylvie más que a cualquier otra persona. Estoy segura de que puedes entender eso.

Sintiendo que me descompondría mientras que al mismo tiempo me aferraba a la esperanza de que se tratara de una confusión horrible, pasé a su lado y me dirigí a la puerta.

—¿Cuándo es el vuelo?

—En veinte minutos. ¡Jamás llegarás al aeropuerto, si es lo que estás pensando! —me gritó mientras huía del apartamento.

No, no llegaría al aeropuerto a tiempo. Busqué torpemente el celular en mi bolso. Sin embargo, podía tratar de evitar que se subiera al avión e intentar entender qué demonios le pasaba por la cabeza.

Maldiciendo porque no tenía señal en el ascensor, salí corriendo en cuanto las puertas se abrieron en la planta baja y apreté el botón de llamada.

—*Soy Aidan Lennox. Deja tu mensaje.*

—¡No! —grité frustrada cuando escuché el mensaje de la casilla de correo. Con manos temblorosas tipié un mensaje de texto.

¿Dónde estás? ¿Qué sucede? ¿Es verdad lo que dijo Laine?

Menos de un minuto después, mi teléfono vibró.

Se me aceleró el pulso cuando vi que era una respuesta de Aidan.

Lo siento más de lo que puedo decir. Pero tengo que estar donde Sylvie esté. Te mereces algo mejor. Adiós, Pixie.

De algún modo, y no sé cómo, volví a ciegas a Sighthill. Y aunque dejé fragmentos de mi yo destrozado en la acera, en el autobús, en las calles que crucé, no fue hasta que llegué a mi apartamento que la pena se liberó y me desparramó en pedacitos que temí jamás poder volver a pegar.

TERCERA PARTE

VEINTIDÓS

—Que calles quien yo soy...

—¡Basta!

Alcé la vista de mi tarea de Literatura ante la orden brusca de Quentin. Contempló con odio el pequeño escenario donde Eddie y Gwyn estaban ensayando el final del primer acto, segunda escena de *Noche de Reyes*, de William Shakespeare. Como suplente de Viola, debería haber estado prestando más atención, pero estaba tratando de terminar un ensayo que debía entregar al final de la semana. Y, sinceramente, conocía la obra a la perfección.

Quentin clavó con furia su mirada en Eddie.

—Deja de mirarle las tetas cuando está hablando. ¡Eres el capitán, su guía, su apoyo! No seas un pervertido con una joven dama, ¡perro licencioso!

Me tapé la boca para contener un resoplido. Cuando me uní a la Compañía de Teatro Amateur Tollcross en septiembre pasado, me había sentido intimidada por el típico director melodramático, nacido en Gales, Quentin Alexander. Con el paso del tiempo había empezado a estar más cómoda con él, porque me hacía reír sin esfuerzo.

—Están aquí mismo —se quejó Eddie señalando los impresionantes pechos de Gwyn. Ella tenía puesto un suéter ajustado con un cuello bajo que mostraba su increíble escote—. Dile que se vista más apropiadamente.

—¿Te das cuenta —dijo Gwyn con desprecio— de que todo lo que acaba de salir de tu boca es la razón por la cual nació el feminismo, verdad?

—Hazte hombre —gruñó Quentin con su acento de clase alta que sonaba más inglés que galés—. Tú, granuja quejumbroso. Di la línea sin mirarle los pechos o juro, por los dioses de Shakespeare, que me conseguiré otro capitán.

Perro licencioso, granuja quejumbroso. Los labios me temblaron mientras golpeaba el bolígrafo contra ellos. Quentin estaba que ardía hoy.

—No tengo por qué soportar este abuso —se quejó Eddie.

—Entonces, sal de mi escenario.

No salió del escenario. Empezaron la escena de nuevo y yo volví a mi ensayo.

—Asumo que sabes las líneas… dado que no estás prestando atención —murmuró Quentin. Me sobresalté al encontrármelo de pie junto a mí.

—Cada una de ellas —le sonreí con una expresión tranquilizadora.

—¿Qué estás haciendo? —señaló con una inclinación de la cabeza la notebook restaurada que tenía sobre la falda y los cuadernos desparramados sobre la butaca a mi lado.

—Ensayo para Literatura Inglesa.

—Bueno, al menos es algo más productivo que lo que sea que Amanda esté haciendo —movió la cabeza en dirección a mis espaldas y miré por encima del hombro para descubrir a la otra suplente, Amanda, riéndose de lo que Hamish (nuestro Sebastian) le estaba susurrando al oído.

—Espero que nada le pase a Jane, o esta obra será causal de divorcio.

Jane era nuestra Olivia, y Amanda su suplente. Jane era madura, profesional y estaba locamente enamorada de su esposo. Amanda, en cambio, estaba en el último curso de la Universidad de Edimburgo, era inteligente pero inmadura, soltera, una coqueta autoproclamada y amaba ser el centro de atención. Olivia y Sebastian eran intereses románticos en *Noche de Reyes*. Ningún problema para Jane y Hamish.

Si Amanda tuviera que asumir el papel, sin embargo, no estaba muy segura de cómo resultaría eso para Hamish. Tenía quince años más que ella, estaba casado y con dos niños, y al parecer aburrido de eso porque el hombre claramente no tenía la voluntad para resistirse a los encantos de Amanda.

Fruncí el ceño y sacudí la cabeza, disgustada. Amanda y yo no nos llevábamos demasiado bien. La había visto pasar por una multitud de hombres desde que la había conocido en septiembre pasado. Muchos de ellos ya estaban con alguien. Parecía que disfrutaba de ser capaz de distraer a los hombres de sus novias y esposas, y en cuanto los conquistaba, los dejaba, aburrida.

Pobre Hamish.

Qué idiota.

Bajé la vista a mi computadora portátil pensando que no debía sorprenderme que al unirme a una compañía de teatro me estaba metiendo en tanto drama sobre el escenario y fuera de él.

Pero no era mi drama fuera del escenario, y eso era lo único que me importaba. Mi vida estaba oficialmente libre de drama y venía de esa forma hacía un tiempo. Era exactamente lo que me gustaba.

Estaba satisfecha. Finalmente.

No había sido un camino fácil, y, por Dios, me aferraría a lo que había conseguido con todas mis fuerzas.

—Bueno, ¿dónde están mi Valentín y el Duque? —llamó Quentin.

El duque Orsino era interpretado por Jack. Era un tipo apuesto unos años mayor que yo, de altura mediana, atlético, pero con hermosos ojos oscuros que brillaban constantemente con picardía. Coqueteaba tanto como Amanda, pero él se mantenía lejos de cualquier mujer que ya tuviera un compromiso y en realidad era un monógamo en serie más que un conquistador. Había tenido dos novias desde que nos habíamos conocido, y había salido con cada una durante unos meses antes de romper con ellas. Cuando *estaba* con una chica, estaba con ella, por lo que yo podía ver, pero eso no le impedía coquetear con cualquier mujer que tuviera pulso en Edimburgo.

Con la excepción de Amanda.

Era evidente que ella lo irritaba muchísimo.

Jack era vendedor de autos, pero lo que quería de verdad era ser actor. Había sido extra en películas, había tenido papeles pequeños y de una sola vez en programas de televisión. Incluso había hecho un par de publicidades. Pero nada que pagara las facturas de manera regular.

A pesar de eso, perseveraba y obtenía su dosis de actuación gracias a la compañía.

Estaba sentado unas butacas más abajo que yo con las piernas sobre el respaldo de la butaca de enfrente y los tobillos cruzados con pereza. Él y Jane, nuestra Olivia, habían estado mirando el ensayo mientras jugaban con sus teléfonos. Otros miembros del elenco con papeles menores estaban repartidos por el pequeño teatro, esperando que Quentin los llamara.

Me moví a un lado y sostuve mi notebook mientras Jack pasaba hacia el pasillo para salir. Me miró con una sonrisa cuando nuestros cuerpos se rozaron y dio un golpecito a la cubierta de mi computadora.

—Por esto estás soltera. Demasiado trabajo y poco juego hacen que Nora sea una chica aburrida.

Le hice un gesto para que siguiera su camino.

—Estoy soltera porque quiero estar soltera, Jack.

—Ah, eso es obvio, belleza —me guiñó el ojo mientras caminaba por el pasillo.

—Apúrate, Orsino —exclamó Quentin—. No tenemos toda la maldita noche.

Will, que interpretaba a Valentín, ya estaba en el escenario junto a Gwyn.

—Bueno —dijo Quentin, una vez que Jack estuvo entre bastidores, listo para entrar a escena—. Acto uno, escena cuatro.

Señaló a Will.

Caminó al centro del escenario con Gwyn.

—Si continúa el duque dispensándoos tales favores, Cesario, no tardaréis en ascender: hace tres días que os conoce, y ya no os trata como a un extraño.

Gwyn lo miró, inexpresiva.

Él le susurró algo y ella enrojeció, y luego se volvió hacia Quentin con una mirada de disculpas.

—¿Línea?

Nuestro director puso los ojos en blanco en dirección al cielo.

—Debéis sospechar que pueda haber veleidad en él, o negligencia en mí, cuando ponéis en duda la duración de su afecto. ¿Es acaso inconstante en sus favores? —exclamé antes de que él pudiera darle la línea del guion que tenía enrollado en una mano.

—¡Gracias! —exclamó Gwyn—. Ahora me acuerdo.

Quentin me lanzó una mirada pensativa y volvió la atención a Gwyn.

—No dudo que puedes entender cómo me siento al ver que tu suplente te está recordando las líneas, Viola.

—Tiene el guion —alegó Gwyn.

—No —negó él con la cabeza—, eso fue de memoria.

Me sonrojé al ver el ceño fruncido con el que me miró ella, y miré a Pete que parecía aburrido, y luego a Jack que estaba sonriendo de oreja a oreja como si yo me hubiera metido en problemas. Lo ignoré y me concentré en mi ensayo.

Jamás te avergüences de ser inteligente, Nora. Debería haberte alentado más. Lo siento.

La voz de mamá retumbó en mi cabeza y alcé la vista al escenario. No era mi culpa que me supiera la letra. No permitiría que Gwyn me hiciera sentir mal al respecto. Ya estaba cansada de autorrecriminarme. Todos los días me tenía que recordar que quería ser una persona diferente de la que había sido dieciocho meses atrás.

El cambio comenzó aquella mañana fatídica en la que me pareció que había perdido todo. Un dolor que jamás había sentido antes me superó, la agonía de perder a alguien que quería perderse. Seonaid vino a mi rescate. Me mantuvo cuerda. Me dijo que ningún hombre valía la pena y que era hora de tomar las riendas de mi vida.

Y su ferocidad combinada con mi enojo con *él* había encendido un fuego en mi interior.

Quería ser la persona fuerte que ella me juraba que yo podía ser, así que empaqué algo de ropa en una mochila, le pedí prestado dinero a Seonaid para pagar un vuelo barato a Indiana, y me fui a buscar a mis padres. Todo había empezado con ellos y sabía que, si quería empezar mi vida de nuevo, necesitaba un cierre. Necesitaba saber que me habían perdonado. O no.

No tenía manera de saber si podría afrontar el gasto de volver a Edimburgo, pero Seonaid me dijo que ella me ayudaría, que tendría que hacerlo porque Angie y Roddy la iban a matar por ponerme en un vuelo a los Estados Unidos sin que me hubiese despedido.

Pero ella veía en mis ojos cómo me sentía.

Necesitaba hacerlo en ese momento, para tener algo en qué concentrarme, algo que me ayudara a superar que el hombre que amaba me hubiera roto el corazón.

Donovan, Indiana
Noviembre de 2015

Confundida, me quedé mirando con el ceño fruncido a la mujer que estaba parada en la puerta de entrada de la casa de mis padres en la calle Washington Oeste. Si hubiera sido otra calle en cualquier otro pueblo, se me podría disculpar por llamar a la puerta equivocada debido a jet lag y la pena.

Pero esto era Donovan y la casa de mis padres se destacaba por su pequeñez. Y estaba el tema del árbol enorme en el jardín.

La dama parecía tener unos cuarenta y me resultaba vagamente familiar. Hizo una mueca ante la presencia de una joven desaliñada en su puerta.

—¿Puedo ayudarte?

—Eh… Estoy buscando a mis padres. ¿O'Brien?

Por la sorpresa, sus cejas se alzaron hasta casi tocar la línea del pelo.

—¿Eres la chica que se escapó?

Las alegrías de vivir en un pueblo pequeño.

—Esa sería yo.

—Bueno, tu mamá no vive más aquí —sonrió con desprecio—. Vive en Willow, al este de la granja Northwood. La construyó ella. La llama la casa Willow.

Sus palabras giraron en mi cabeza, pero no pude preguntarle nada más porque me cerró la puerta en la cara. Me las arreglé para bajar del pequeño porche y casi me tropiezo con mis propios pies mientras caminaba por el sendero del jardín. ¿Cómo había podido mamá permitirse construir una casa bastante cerca de nuestra primera casa? ¿Y por qué la mujer lo había dicho cómo si mamá lo hubiera hecho sola?

¿Dónde estaba papá?

Se me aceleró el pulso aún más, y caminé.

A primera vista, estaba contenta de tener puesto el abrigo, porque hacía unos nueve grados centígrados y soplaba un viento tempestuoso que amenazaba con hacerme volver volando. Sin embargo, después de una caminata de cincuenta minutos en dirección a Willow en las afueras de Donovan, estaba sudando. El hecho que estuviera muy nerviosa debe haber contribuido.

Estaba preocupada por pasarme de la casa si no estaba construida junto a la calle, pero a medida que avanzaba vi la casa Willow. Era más grande que nuestra casa en Washington Oeste, pero seguía siendo modesta. Dos pisos y cortinas metálicas blancas, un porche que envolvía toda la casa y un bonito jardín al frente que parecía que alguien cuidaba.

Sentí sudor frío en las palmas de las manos, y me detuve. Mis pies parecían tener mente propia y no querían que camináramos hacia allí. Se veían cortinas bonitas colgando del ventanal doble al frente, y se veía un florero con lilas y rosas en una de las ventanas.

Estacionado en la entrada de la casa, un Jeep Renegade color cereza relativamente nuevo me llamó la atención. Muy lindo.

Muy no mi madre.

Definitivamente no del estilo de mi padre.

¿Qué demonios?

Me sacudió de la confusión un ladrido grave. La puerta delantera se abrió y un gran perro negro salió de ella abriendo el mosquitero y corriendo en dirección mía. El miedo me despegó los pies y retrocedí mientras el labrador negro avanzaba hacia mí.

—¡Trixie, basta!

El labrador se detuvo a mis pies, moviendo la cola contra el sendero mientras me estudiaba con sus entusiasmados ojos color café.

Alcé la mirada del perro hacia la que claramente era su dueña.

Y no pude creer lo que veía.

Era mamá, pero no era.

Tenía puestos vaqueros ajustados que marcaban su figura aún delgada y un suéter amplio y suelto color verde que era un color perfecto para ella. Su cabello oscuro, en vez de estar atado tirante hacia atrás, le caía en ondas sueltas y atractivas sobre los hombros. Y aunque parecía sobresaltada y recelosa al verme allí afuera de su casa, la expresión tensa y cansada que solía tener, que parecía algo permanente en ella, había desaparecido.

—¿Mamá?

Mi voz la hizo reaccionar y lentamente, como en un sueño, bajó los escalones del porche en mi dirección. No podía interpretar su expresión, así que me puse rígida y me preparé para su furia. Pasó por al lado de la perra y siguió avanzando. Caminó directo hacia mí. Nuestros cuerpos chocaron cuando ella me envolvió con sus brazos y me abrazó fuerte.

Me quedé estupefacta por un segundo.

Mamá me estaba abrazando.

Abrazándome *a mí*.

—Nora —susurró con la voz ahogada por la emoción.

El miedo que había estado conteniendo durante años se desvaneció y medio me reí, medio lloré mientras le devolvía el abrazo.

Nos abrazamos hasta que Trixie se puso impaciente y saltó sobre mamá. Ella se rio y me soltó.

—Abajo, chica tonta.

Empujó la cabeza de la perra juguetonamente y la observé preguntándome: ¿Quién es esta persona?

Viendo las preguntas en mi cara, la risa de mamá se apagó.

—Ven adentro.

—¿Dónde está papá?

Evitando mi mirada, mamá se volvió y caminó hacia la casa.

—Adentro, Nora.

No fue hasta que estuvimos de pie una frente a otra en una sala de estar muy elegante que jamás hubiera dicho que pertenecía a mamá, en tonos de gris claro y amarillo ranúnculo, que recibí las noticias que había estado temiendo durante la última hora.

—Tu papá se ha ido, Nora. Murió hace nueve meses. Ataque al corazón.

Era demasiado.

Simplemente, era demasiado.

—¡Malvolio!

Jadeé al despertarme del recuerdo, y me sonrojé, espantada ante la idea de que alguien me hubiera oído. Pero nadie me prestaba atención, y Terence, nuestro Malvolio, estaba pasando por encima de las butacas para llegar al escenario.

—Hay un pasillo por algo —lo regañó Quentin.

—Dudo mucho que pasar por encima de unas butacas me haga

merecedor de semejante insulto. Yo, señor, no soy un villano. Bueno… lo soy cuando usted quiere que lo sea –Terence le guiñó un ojo.

Contuve una risita y observé cómo Quentin luchaba para no sonreír. Debería mencionar que ellos eran amantes y lo habían sido durante los últimos tres años. Era trece años menor que Quentin y para el mundo exterior, eran tan diferentes como una patata de una manzana. Terence interpretaba al estoico, casi puritano Malvolio, pero en la vida real era todo lo contrario. Era divertido, sarcástico, un poco salvaje y sociable, lo opuesto a Quentin, que podía ser bastante rígido.

Sin embargo, probablemente por eso funcionaban tan bien juntos. Terence era la liviandad que Quentin necesitaba, y Quentin lo obligaba a tomarse la vida un poco más en serio.

–¡Comiencen! –ordenó el director.

Derek, que interpretaba a Bufón, salió al escenario con Olivia y Malvolio.

–Sí, señora…

Dejé que se desvanecieran en el fondo, e intenté leer mis apuntes de nuevo cuando Quentin me desconcentró.

–Es tu primera línea, Malvolio.

–No la recuerdo –Terence sonrió pícaro. Sus ojos pasaron de su novio a mí–. Quizás Nora la sabe.

–¿Cómo es posible que no recuerdes tu primera línea? –preguntó Quentin.

Se la acordaba. Estaba siendo molesto, nada más.

–Vamos, Nora. Lúcete. Apuesto a que te sabes todas las líneas de la obra.

–Por más impresionante que sea eso –dijo Quentin–, no tenemos tiempo para eso. ¡Línea!

Pero Terence me miró, provocándome. Gruñí, segura de poder ver el humo saliendo de las orejas de Quentin.

–Sí señora, e irá siendo cada vez mejor, hasta que le sacudan las ansias de la muerte.

—¡Ah, eso, ven! —Terence aplaudió y me hizo un gesto para que continuara—. Sigue.

—Apréndete tus líneas —le hice una mueca.

—Son todos amateurs —se quejó Quentin.

—Bueno… sí —hizo una mueca Jane.

—Está en el nombre de la compañía, querido —Terence seguía sonriendo sin disculparse.

Nuestro director murmuró algo, pero estaba demasiado lejos para que lo pudiera oír.

—¿Soy yo —me incorporé de un salto hacia adelante cuando escuché el sonido de la voz de Jack justo detrás de mí—, o esta noche están particularmente molestos?

—Te incluiría a ti en eso —me quejé señalándole su butaca y luego el escenario—. ¿Cuándo te bajaste de allí?

—Cuando tú mirabas tu computadora fingiendo trabajar, pero secretamente soñando conmigo.

—No saldré contigo, Jack —suspiré y me volví.

—No iba a preguntártelo de nuevo. Al menos, no esta noche.

—No quieres salir conmigo. Estás… confundido. Ninguna mujer te ha dicho que no antes.

—Cierto, pero no es solo eso. Eres un misterio, Nora O'Brien. No me he encontrado con muchos últimamente.

—Qué pena para ti que no quiero que nadie me resuelva.

Quentin frunció el ceño en nuestra dirección.

Jack se inclinó y acercó su boca a mi oreja.

—¿Qué es, entonces? ¿Un pasado trágico? ¿El corazón roto demasiadas veces?

Fingí buscar algo.

—¿Qué es ese zumbido constante?

Se rio.

—O quizás te rompieron el corazón una sola vez, pero bastó para que las armas te den miedo.

—Definitivamente, no pienso tomar tu arma.

—O quizás tienes problemitas con papá. He salido con mujeres con eso. ¿Es eso? ¿Problemitas con papá?

Me puse rígida y clavé la vista en la pantalla.

—Mi papá está muerto.

Donovan, Indiana
Noviembre de 2015

—Recibí tus cartas —me contó mamá la mañana siguiente. Estábamos sentadas en el desayunador de su impecable y hermosa cocina al estilo de Nueva Inglaterra—. Pero pensé que no me merecía leerlas, o ser parte de tu vida, después de haberte tratado como te traté. En esa época pensaba que te merecías liberarte de mí.

Jamás esperé que mi madre dijera algo así.

Pero nada en este viaje era como yo esperaba.

Después de la noticia de la muerte de mi padre, no hablamos mucho. Al principio, lloré y luego sentí frío y las palabras me fallaron mientras procesaba el hecho de que papá se hubiera ido de este mundo hacía casi un año y yo no tenía ni idea.

En vez de seguir hablando de mis cartas, dejé que me guiara el enojo.

—¿Por eso no me contactaste para contarme que había muerto?

—No. Te envié una carta a la última dirección desde la cual me escribiste, pero volvió sin abrir.

Mierda.

—Me mudé.

Asintió.

—Me imaginé eso. Traté por las redes sociales, pero no te pude encontrar.

Porque había borrado mi perfil de Facebook después de la muerte de Jim.

Mierda.

—Lo siento —susurré. Mi enojo se disipaba.

—Me imaginé que sabría algo de ti en algún momento —observó mi anular sin anillo—. ¿Divorciada?

Me estremecí.

—Murió. A comienzos del año pasado.

—Nora, lo siento tanto —se disculpó mamá horrorizada.

—Han sido unos años de porquería —exhalé, temblorosa. Luego descubrí la foto nuestra que más me gustaba, la foto donde mamá está acurrucada al costado de papá y él me está abrazando fuerte. Yo tenía unos ocho o nueve años en la foto. Mamá la había colgado cerca de la puerta de la cocina—. ¿Me odiaba?

—No —respondió enseguida—. Fanfarroneaba, pero yo conocía a tu padre mejor de lo que él pensaba y estaba enojado consigo mismo. Se culpaba por haberte alejado. No hizo que fuera menos malo. De hecho, se puso peor —suspiró—. Temo que las penurias no sacaban lo mejor de tu padre.

—Siento mucho el modo en el que me fui —dije mirándola a los ojos—. Eso es lo que vine a decirte. Y a averiguar si me perdonas por haberme escapado cuando me necesitabas.

—No hay nada qué perdonar —frunció el ceño—. Nosotros somos los que tenemos que pedir perdón, Nora. Entiendo por qué te fuiste. Eras una gran chica, inteligente, y te hice creer que no te merecías nada fuera de este pueblo. Estaba amargada. Y lo había estado durante un largo tiempo y no fue hasta que te alejaste que me desperté por fin. Un poco demasiado tarde.

—Estás tan distinta —reflexioné observándola, contenta por ver que su mirada ya no estaba vacía y cansada—. ¿Y esta casa…?

—Todo de tu papá —sonrió ante la pregunta inconclusa—. El maldito de tu padre tenía un montón de dinero, Nora. La herencia de su tío había pasado a él porque no tuvo hijos propios. Fue el dinero que tu papá usó para empezar la empresa constructora. Dinero que el bastardo tramposo le escondió a su esposa e invirtió bien. Y ni hablar de que Kyle Taylor me contó en el maldito funeral de tu padre que le había pagado buen dinero por la empresa y la casa, pero que le había pedido que no me dijera nada.

Estupefacta, no terminaba de entender lo que me decía.

—¿Pero por qué mentir al respecto?

Y de pronto entendí.

Podría haber ido a la universidad.

—La universidad —susurré.

La mirada de mamá se llenó de culpa.

—Realmente pensaba que no podíamos permitírnoslo. Si hubiera sabido que podíamos mandarte a la universidad y todavía nos sobraba, te juro… —negó—. Me enojé mucho con tu papá después de que murió y recibí todo este dinero. Él y yo nunca habíamos tenido la mejor relación y sabía que la única manera en la que podría sobrevivir era si trabajaba todo el tiempo. Me gustaba hacerlo. Me gustaba estar con gente. Pero estaba amargada por haber perdido nuestra linda casa. Y tú, que escuchabas a tu papá mientras te ilusionaba con una educación en una universidad de la Ivy League, terminarías trabajando en algo que odiabas. Al darme cuenta de que te había alejado de los estudios, que nos había alejado de comodidades y seguridades… Quería resucitarlo para matarlo.

Sentí mi propia ira quemándome las entrañas, junto a montones de pena.

—Pensé que me amaba. ¿Por qué mintió?

—Sí que te amaba. Creo que tenía miedo de que te fueras a la universidad y lo dejaras solo conmigo. Lo irónico es que te fuiste de todos modos.

Nos quedamos en silencio por un momento y luego recorrí la bonita cocina con la mirada.

—Entonces, ¿gastaste el dinero?

—Construir la casa fue terapéutico. Me ayudó a superar lo que él había hecho.

—Es hermosa.

—Gracias —se acomodó en su banqueta alta y continuó—. Y puedes quedarte todo lo que quieras. Pero debes saber que te dejé dinero en una cuenta, por si volvías.

—Mamá, no tienes que darme dinero. No volví por eso.

—Por supuesto que no. Pero el dinero es tuyo —inclinó la cabeza a un lado—. ¿Pudiste ir a la universidad?

Negué con la cabeza.

Ella sonrió.

—Bueno, si todavía quieres ir, hay suficiente dinero en esa cuenta para que vayas a donde quieras y para mantenerte allí cuatro años.

Estaba totalmente confundida y lo debo haber reflejado en mi cara porque ella se rio y se inclinó para darme una palmadita en la mano.

—Sabía que me sentiría bien diciéndote eso, pero jamás pensé que me sentiría así de bien.

VEINTITRÉS

–¿**N**ora? Nora –susurró Jack en mi oído–. Lo siento. Dejé a un lado los recuerdos y lo miré por encima del hombro.

–Está todo bien.

–Viola suplente y duque Orsino –dijo Quentin, mirándonos y deteniendo el ensayo una vez más. Me hundí en mi asiento con un gruñido–. Por favor, desistan de su conversación sin sentido.

–Disculpas –exclamó Jack–. Abandonaré el sin sentido si la señorita O'Brien promete dejar el parloteo.

–Ustedes acabarán conmigo –Quentin se pasó la mano por su pelo oscuro y grueso–. Mi padre tenía razón. Debería haber invertido mi dinero en acciones de Facebook. Pero no. Tenía que abrir un teatro.

Tosí para disimular la risa y cerré la computadora portátil. No había manera de que terminara de escribir mi trabajo durante el ensayo. Había sido ingenua al pensar lo contrario.

– ¡Ey!

Puse los ojos en blanco y lo miré.

–¿Qué?

La expresión de Jack era sorprendentemente seria.

–Realmente siento lo de tu padre.

Asentí a modo de agradecimiento y volví la atención al escenario, tratando de concentrarme en la obra. Pero mis pensamientos seguían fluyendo hacia Donovan. Me había quedado con mamá por unos meses, recuperando el vínculo con ella, y la conocí de verdad. Trabajaba solo algunas horas al día en el café de May porque tenía que cuidar a Trixie. Me molestó un poco que un perro recibiera más atención que la que había recibido su propia hija, pero no quería guardar rencores. No con ella o papá. Estaba demasiado cansada de eso. Además, era evidente que mamá había cambiado.

Habíamos pasado juntas unos buenos meses durante los que me contó más acerca de papá en los años que no estuve. Estar allí me permitió hacer el duelo mucho más que cualquier otra cosa. Podía hacerlo libremente porque mamá entendía cuán complicado era lo que sentía por mi padre. Era el héroe que me había decepcionado, pero lo había perdonado por eso hacía mucho tiempo. Si era sincera, no me gustaba el hombre en el que se había convertido, pero amaba con alma y vida a la persona que había sido. En cierto modo, ya había hecho el duelo mucho tiempo atrás. Necesitaba la ayuda de mamá para superar el temor de que no me hubiera perdonado por haberlo dejado.

Más aún, le conté a mamá la verdad sobre mi vida en Edimburgo, sobre Jim, Seonaid, Roddy y Angie. Y sobre Sylvie y el hombre que me había hecho huir de vuelta a Indiana.

No me juzgó. Nada más se sentía mal por no haber estado para ayudarme.

Lo que más me sorprendió cuando viajé de nuevo a Edimburgo fue lo difícil que me resultó subirme al avión y dejar a mamá. Milagrosamente, nos habíamos conectado y no estaba segura de querer dejarla ir. Pero Donovan no era mi hogar. Tenía a Edimburgo en la sangre y me llamaba para que volviera.

Al igual que Seonaid, Roddy y Angie, cada domingo por Skype. Seonaid se había sentido inspirada por lo que ella consideraba una decisión valiente de volver a casa y enfrentar mis miedos.

Enfrentó los suyos.

Le confesó a Roddy que estaba enamorada de él.

—Era hora, mujer —fue su respuesta.

Ah, y él también lo admitió.

Ahora se la pasaban discutiendo o besándose. No podían quitarse las manos de encima y aunque estaba feliz por ellos, también los envidiaba en secreto.

Cuando estaba en los Estados Unidos, los extrañaba y moría de ganas de volver a casa y ver cómo era el mundo en el que Roddy y Seonaid eran pareja.

El último empujón para dejar Donovan vino de mamá. Me dijo que no quería retenerme más y que me iría a visitar, y que yo podía volver. Por ahora, era verdad. Mamá se quedó conmigo unas semanas en el verano antes de que empezara mi primer semestre en la Universidad de Edimburgo. Entré en el programa de Literatura y Lengua Inglesa y tenía toda la intención de continuar hasta obtener un título de posgrado en educación para poder enseñar. En una época lejana, me había interesado la psicología de los demás, pero después de mi tiempo con los niños en el hospital, me di cuenta de que me encantaba estar con ellos. La enseñanza era lo más cercano a eso.

En cuanto a los niños del hospital, había coordinado con Jan para hacer una videollamada por Skype ese primer miércoles en que no había estado. Aunque todos nos pusimos tristes por tener que despedirnos, les conté que había tenido que volver a Estados Unidos para estar con mi familia, lo cual no era exactamente una mentira.

Los extrañaba.

Así que sí, la enseñanza era el camino ideal para mí.

Sin embargo, no quería dejar de lado mi sueño de volver a un escenario. Abandoné mis miedos y audicioné para la compañía de Quentin, y para mi sorpresa y alegría, me aceptó, aunque yo fuera, y lo cito, "de las condenadas colonias".

Seonaid, sincera como siempre, me había dicho hacía unas pocas semanas lo orgullosa que estaba de mí por haber rearmado mi vida, y que nunca me había visto tan contenta, tan tranquila. Era como si buscase confirmación de que yo estaba bien. Y le dije que nunca había sido tan feliz como ahora.

No era cierto.

Pero lo que sentía era *real*. Estaba decidida a cambiar mi vida. Me había perdonado a mí misma. Había dejado de menospreciarme. Y no quería volver a sentir nunca más que no estaba a la altura de alguien. Más aún, jamás volvería a ponerme en la misma situación en la que me había puesto con Aidan Lennox.

Ahí lo tienen.

Pronuncié su nombre.

¿Qué era Aidan Lennox sino una *fantasía* que había generado por mi deseo y mis circunstancias? Sin embargo, pensar en él me seguía lastimando, así que raramente lo hacía, lo que significaba que tampoco me permitía pensar en Sylvie.

Y no pensaría ahora en ellos.

Miré por encima del hombro hacia Jack que estaba jugando con su teléfono.

—El ensayo se está haciendo un poco largo esta noche, ¿verdad? —susurré.

—Su Majestad se olvida que algunos de nosotros tenemos vidas fuera del te-a-tro.

Sonreí y estaba a punto de decir que deberíamos activar la alarma de incendios cuando la gran puerta doble en la parte posterior del auditorio se abrió. Un hombre alto entró, pero estaba demasiado oscuro para ver sus facciones.

Jack me siguió la mirada.

—Ey —exclamó—, ensayos cerrados esta noche, amigo.

El hombre no respondió.

—¿Es quien creo que es? —oímos gritar a Quentin.

El hombre avanzó dando zancadas por el pasillo y la luz empezó a subir por su cuerpo a medida que se acercaba.

—Te dije que vendría —su voz era grave y resonante.

Me corrió un escalofrío por la espalda.

Conocía esa voz.

Su rostro se iluminó de pronto y cuando pasó, nos miró a Jack y a mí.

Había tanto fuego en esos ojos verdes, que pensé que ardería.

Sin lugar a dudas, él parecía quererlo.

¿Aidan?

Cambió la expresión de su rostro como si una goma de borrar hubiera aparecido y la hubiera eliminado. Caminó en dirección a Quentin con la mano extendida.

Nuestro director le tomó la mano y se la estrechó, sonriendo de oreja a oreja. Puso la otra mano sobre el hombro amplio de Aidan y sacudió la cabeza, maravillado.

—Aidan Lennox, no lo puedo creer.

—Créelo —Aidan le sonrió.

Me quedé sentada, perpleja, y me pregunté si había entrado en una realidad paralela. O el pasado. O alguna combinación extraña de ambos.

—Todos —Quentin nos hizo una seña—, este es mi buen amigo Aidan Lennox. Es un productor musical y compositor muy exitoso. Y por alguna razón ridícula que no cuestionaré, ¡ha aceptado componer música original para nuestra producción!

Todos aplaudieron, entusiasmados ante la perspectiva.

Podía despedirme de la falta de drama fuera del escenario.

VEINTICUATRO

Era difícil entablar amistades con mis compañeros de clase. No había muchos estudiantes mayores, y los que había tenían pareja y niños a los que volver después de clase. Eso quería decir que, salvo que aceptara la oferta de Jack, no tenía nadie a quien acudir después del ensayo que no notara que estaba distraída. Seonaid, Roddy y Angie sabrían que algo pasaba y no quería hablar de la súbita reaparición de Aidan en mi vida.

Ni una vez en los cinco minutos que le llevó a Quentin presentarnos a Aidan mi antiguo amor notó mi presencia.

Me trató como si fuera una desconocida. Una que atravesaba con la mirada.

¿Después de lo que me había hecho?

Laine tenía razón: podía ser un imbécil con las mujeres.

Me costaba identificar al hombre que acababa de ser presentado a la compañía, ese hombre frío y distante, con el que me había mirado como si yo fuera la respuesta a todo lo bueno de su mundo. ¿Era eso lo que perder a Sylvie le había hecho?

Me maldije por la preocupación que sentí. Y por la manera en que se apoderaba de mis pensamientos. No quería esto. ¡Necesitaba una distracción!

Quentin había dado por terminado el ensayo para pasar tiempo con Aidan y hablar de trabajo, y yo no necesité que me lo dijera dos veces para salir de allí. Sin embargo, cuando me iba, juro que pude sentir esa mirada helada en la espalda. Sin poder contenerme, miré por encima del hombro antes de seguir a los otros hacia la noche.

Aidan no me estaba mirando. Le estaba sonriendo a Amanda que lo saludaba con un dedo coqueto mientras se alejaba caminando.

Para mi espanto, una intensa oleada de celos posesivos volvió a recorrer mi cuerpo, como si los últimos dieciocho meses no hubieran existido.

Me fui a casa. No atendí cuando Seonaid me llamó porque sabía que, en cuanto oyera mi voz, sabría que *no* estaba bien. Y miré con rabia mi ensayo de literatura inglesa, pensando que sería imposible trabajar con Aidan en esta obra. Mi vida estaba bien. Finalmente estaba en un buen lugar donde me gustaba a mí misma y los planes que tenía para el futuro. ¿Por qué hacer algo que cambiara eso?

Era hora de buscar otro grupo de teatro.

El dinero que mamá me había dado alcanzaba para permitirme el lujo de trabajar solo unas noches a la semana en un bar en el Grassmarket. Seguía viviendo en el apartamento de Sighthill para no gastar mucho, y servir bebidas en The Tavern cubría mis gastos de comida y electricidad.

Los ensayos de la obra eran los lunes y los miércoles a la noche, y trabajaba los jueves y los viernes. El bar estaba siempre lleno porque estaba muy cerca de las residencias estudiantiles. Durante mis clases del día, había oscilado entre la necesidad de dormir por la *mala* noche que había tenido, y querer arrancarme el pelo por la frustración que me causaba que mis pensamientos se concentraran en Aidan Lennox. Más aún, estaba tratando de darme ánimos para llamar a Quentin y decirle que lo dejaba. Sabía que iba a ser desagradable, por lo que me estaba costando reunir el coraje.

Estaba en un descanso del trabajo, pensando en usarlo como excusa para dejar la compañía Tollcross, cuando me sonó el teléfono.

Parecía cosa de fantasmas, pero era Quentin.

Quentin jamás llamaba.

Enviaba exigencias por mensaje de texto, pero jamás llamada.

—¿Piensas atender eso? —me regañó mi colega irlandés, Kieran. Era alumno de Derecho en Edimburgo y estudiaba durante sus descansos en la pequeña sala de empleados en la trastienda del bar.

—Perdón —salí al angosto pasillo que llevaba a un patio pequeño—. ¿Hola?

—Bien, estás ahí —Quentin suspiró con dramatismo—. Cambio de planes. Eres Viola.

—¿Eh... qué?

—Gwyn abandonó. Aparentemente, su tesis ha sufrido y necesita eliminar algo de su vida. Dado que no podía aprenderse sus líneas, no lo lamento demasiado. Mi pequeña Rain Man, eres ahora Viola. Felicitaciones. Ven a los ensayos, a la hora de siempre.

Y colgó antes de que pudiera responder.

Mi primera reacción era festejar con el puño en el aire porque no esperaba obtener un papel importante en una obra tan pronto. Éramos una compañía de teatro amateur, pero Quentin había trabajado duro durante más de una década para construir su reputación. Sus producciones siempre se agotaban porque ofrecía entretenimiento de calidad a buen precio. La prensa local las reseñaba. Jack había conseguido trabajo en una serie de TV dramática nacional gracias a su interpretación en *Un tranvía llamado deseo* hacía unos años.

¿Cómo podía rechazar la oportunidad de interpretar a Viola?

Sí, no quería el drama de tener que lidiar con Aidan o el modo en el que él invadía cada minuto del día. Pero escaparme de la situación, ¿no era algo que yo hubiera hecho en el pasado?

Esta era *mi* vida. Era hora de dejar que otra gente dictara cómo debía vivirla.

Eso no quería decir que no me temblaran las manos cuando caminé de vuelta al bar.

—¿Me estás evitando? Siento que me has estado evitando —dijo Seonaid mientras yo caminaba apurada por la calle Home tratando de bloquear el ruido del tránsito para poder oír a mi amiga. Me había llamado cuando estaba de camino a mi primer ensayo como intérprete principal.

—Te conté que tenía que terminar un ensayo el fin de semana. ¿Por qué eso es evitarte?

—Por Dios santo, Si-Si, deja de interrogar a la pobre muchacha. ¿Has pensado que quizás quiere paz y tranquilidad sin ti? —escuché que Roddy exclamaba en el fondo.

Resoplé cuando la oí responderle.

—Ella no es tú, Roddy. De hecho, le gusta tenerme cerca.

—A mí me gusta tenerte cerca. Pero me gusta más cuando no estás preguntando.

—Tienes suerte de que sé que estás provocándome, Roddy Livingston, o te aconsejaría que te volvieras a hacer amigo de tu mano derecha.

—¿Recuerdas que es ambidiestro? —dije al mismo tiempo que él.

Seonaid gruñó, pero sonaba divertida.

—Deja de evitar el tema. ¿Está todo bien de verdad?

Dudé, y me pregunté si debía contarle lo de Aidan. Seonaid era muy buena dándome ánimos, inspirándome a ser una mejor versión de mí misma. Pero no podía decírselo. Decirle que había aparecido en mi vida comportándose como un desconocido lo habría vuelto real, y había una parte de mí que deseaba poder enterrar la cabeza en la arena y fingir que había sido parte de un sueño surreal.

—¿Nora?

Me costó pensar en una mentira.

—Yo… mm… me he estado sintiendo un poco superada por el

estudio últimamente y no quería quejarme porque yo quise esto, y me parece de desagradecida quejarme.

Eso sonaba plausible.

Seonaid al parecer estuvo de acuerdo.

–Puedes estresarte al respecto de todos modos, cariño. Dime si puedo ayudarte con algo.

–Gracias. Estoy bien. Estoy yendo a ensayar, de hecho. Yo… eh… la mujer que interpretaba a Viola abandonó así que me dieron el papel a mí.

–¡Ay, Nora, eso es genial! –gritó–. Me muero de ganas de ir a verte.

–Gracias –sonreí, aún sintiéndome aturdida ante la perspectiva de estar en el escenario interpretando el papel.

–Es una pena que te hayas dejado crecer el pelo. ¿Tu personaje no se viste como muchacho la mayor parte de la obra?

Resoplé.

–Sí.

Una vez que el pelo me llegó a la barbilla, empezó a crecer como un incendio forestal y para mi alegría, ya me llegaba a los omóplatos. Solía llevarlo con ondas suaves que Seonaid me había enseñado a hacer.

–Bueno, estoy por llegar. Hablamos pronto –prometí.

–Bueno. Hablamos pronto, cariño.

Cortamos y yo intenté alejar la culpa que se aproximaba por mentirle. Fallé. Pero ya estaba lidiando con mi propia reacción ante el regreso de Aidan. No podía sumar la de Seonaid.

Cuando entré al edificio en Gilmore Place, sentía que había pequeñas criaturas surfeando dentro de mi vientre.

No te descompongas, Nora. Pase lo que pase, no vomites.

Quería fingir que era todo de los nervios por ser mi primer día como Viola, pero, por supuesto, era más que eso. Y el "más que eso" estaba de pie cerca del escenario hablando con Quentin y Terence.

El director alzó la vista ante el sonido de mi entrada y me hizo un gesto.

—¡Llega Viola!

Me sonrojé, pero me las arreglé para sonreír. Debe haber salido un poco lúgubre, pero pareció no notarlo, sin embargo.

—¿Lista?

—Más lista, imposible —dije, y me detuve junto a ellos.

Para mi perplejidad, mi cuerpo vibraba completamente consciente de Aidan, como solía hacerlo. ¿No desaparecería nunca esa maldita sensación? ¿Cómo era posible seguir sintiéndome así cuando el bastardo me había dejado? *Me había dejado!*

Debido a esa conciencia, el modo en que el vello de mis brazos se erizaba, mis ojos se iban hacia él, a pesar de mi enojo. Él estaba concentrado en su teléfono, enviando un mensaje a alguien. Tenía la boca cerrada y se le marcaba el músculo fuerte de la mandíbula, como si debajo de esa fachada relajada estuviera apretando los dientes. Como siempre, estaba sin afeitar, descuidado de un modo que le quedaba bien. Me sonrojé al recordar cómo el picor de su barba incipiente me generaba un hormigueo en todo el cuerpo cuando nos besábamos. En una época muy lejana, me había prometido que lo sentiría por todas partes, pero nunca habíamos tenido oportunidad.

Y ahora aquí estaba.

Ignorándome.

Bueno, entonces.

—¿No llegó nadie más? —pregunté negando el dolor que me quemaba el pecho.

Terence hizo una inclinación en dirección a una puerta a la izquierda del escenario que conducía a camarines y a una cocina pequeña y una sala de estar.

—Tomando café. Esperando a algunos.

Le lancé una última mirada a Aidan pero él estaba haciendo un esfuerzo para no mirar ni cerca de mí.

Imbécil.

Me invadió la ira, que barrió con los surfistas de mi vientre, y me alejé como si no me importara nada. Encontré a gran parte del elenco en la cocina.

—¡Aquí está! –anunció Jack poniéndose de pie y abriendo los brazos–. ¡Nuestra encantadora Viola!

Puse los ojos en blanco y luego me sonrojé bastante cuando todos me felicitaron.

—Basta –intenté callarlos con un gesto.

—Estamos contentos por ti, Nora –sonrió Jack.

—No, Jack está contento por él –dijo Will con una sonrisa de satisfacción–. Ahora puede besarte y tú le tienes que devolver el beso.

Mientras los demás se reían y bromeaban, me lo tomé con calma y me serví un poco de café.

—Sí, es una pena que Quentin no siga estrictamente la obra original, ¿no? –no había besos en la boca en el original.

—Ah, cómo me hieres –exclamó Jack, llevándose una mano al pecho.

Nos quedamos de pie hablando y bromeando por unos minutos hasta que Terence asomó la cabeza para anunciarnos que estábamos listos para empezar. Mientras nos dirigíamos a la sala, escuché a Jane preguntar cuándo tendríamos las pruebas de vestuario. Ya nos habían tomado las medidas, pero me pregunté si yo necesitaría otra sesión ahora que era Viola.

La visión de Quentin para la obra tenía un giro distópico. Para él, la obra se situaba en el futuro después de un desastre climático catastrófico e Iliria era una isla que había sobrevivido y prosperado. Nuestro vestuario sería una combinación de prendas modernas y *Mad Max*, y aunque el diálogo era el de la obra original, Quentin había introducido un poco de sensualidad. Había momentos en los que yo, vestida como Cesario, estaba a punto de besar de verdad a Orsino luego que él me besa las mejillas, por ejemplo. Esos momentos debían contener mucha tensión sexual de mi parte. Y Quentin también quería que como Viola besara a Orsino cuando finalmente él sabe que es una mujer. Explicó que le daba al público la satisfacción que buscaban, en vez de preguntarse si Orsino amaba de verdad a Viola o simplemente estaba contento de que alguien lo amara después de que Olivia lo hubiera rechazado tantas veces.

Esa parte me irritaba, porque me recordaba a Jim. Aunque estaba aprendiendo a perdonarme, no lo había logrado por completo, y seguía cuestionando cómo me había sentido acerca de él. ¿Me había escapado para casarme con él atraída por lo mucho que me quería?

Me deshice de esos pensamientos. No necesitaba tenerlos por ahí con Aidan Lennox cerca. Tomé asiento junto a los demás. Jack subió al escenario con Terence, que interpretaba a Curio además de Malvolio, porque los personajes nunca comparten escena. Estábamos empezando desde el principio debido a la partida de Gwyn.

Me animé a echarle una mirada a Aidan, que estaba de pie junto a Quentin, y fruncí el ceño, mientras observaba a los actores. ¿Por qué tenía que estar aquí? ¿Era necesario? ¿No podía trabajar con las notas de producción de Quentin y el diseño del escenario y el vestuario? Ni siquiera era un ensayo general.

Desde donde estaba sentada, solo podía ver el perfil de Aidan. Me invadió una oleada de sentimientos al estudiar su rostro familiar. Me invadieron los recuerdos. Sonrisas. Besos. Caricias suaves. Risas. Lágrimas. Él cayendo de rodillas. Sin mirarme a los ojos y pidiéndome que me fuera a descansar. Lo último que me dijo.

Nunca había sentido una combinación tan confusa de furia y deseo en toda la vida. Enseguida quise ir a él, obligarlo a mirarme y que me abrazara, y también quería marchar hacia él, aferrarle el suéter con los puños y sacudirlo, aunque apenas se inmutaría ante mi ataque.

Te recuerdo, Pixie.

Cerré los ojos, el recuerdo era demasiado doloroso. Si volvía a llamarme por mi apodo de nuevo, no sabía si me echaría a llorar o le daría una cachetada.

Probablemente ambas cosas.

—¡Viola! —Quentin giró sobre sus talones para enfrentarme—. Al escenario.

Los nervios me envolvieron como una ola gigante y me tomé un momento para exhalar lentamente antes de pararme y caminar al escenario. Esperaba lucir tranquila y lista para hacer esto, porque por dentro tenía todo revuelto.

Me uní a Eddie en el escenario. Él me sonrió para darme ánimos.

Cuando entrara a escena las noches de función, me acompañaría Eddie como el capitán y tendríamos extras que harían de marineros.

—¿Qué tierra es esta? —comencé en un falso acento de clase alta inglés, caminando lentamente por el escenario, maravillada.

—Iliria, noble dama —respondió Eddie, siguiéndome.

—¿Qué hiciera yo en Iliria? En los Campos Elíseos mi hermano está... —dije volviéndome rápidamente hacia él.

Continuamos con la escena y me estaba sintiendo bastante bien conmigo misma cuando terminó, hasta que miré a Quentin y Aidan. Por fin Aidan ponía su atención en mí. Pero prefería que me ignorara antes de que me mirara con ese gesto.

—Necesitas mejorar ese acento —criticó Aidan, cuando el director estaba por abrir la boca para decir algo.

Me sonrojé, y miré expectante a Quentin. Parecía un poco sorprendido por el comentario de Aidan, pero asintió.

—Si alguien piensa que no es muy bueno, otros quizás piensen lo mismo. Practícalo. No es un problema serio por ahora.

—Está dando vueltas por el escenario como una niña perpleja —siguió criticando Aidan, como si no me hubiera insultado lo suficiente—. Viola tiene el valor de vestirse como hombre para encontrar a su hermano. No andaría con la mirada salvaje y temerosa

¿Mirada salvaje y temerosa?

¡No había estado actuando con una mirada salvaje y temerosa!

Quentin alzó una ceja en dirección a su amigo y luego me sonrió.

—Interprétala un poco menos vulnerable en la próxima escena.

Estaba furiosa, por lo que me limité a asentir. Incapaz de mirar a Aidan, me volví a Eddie. Me sonrió con simpatía y abandonamos juntos el escenario. Los actores que hacían de Maria, Sir Toby y Sir Andrew tomaron sus lugares.

Ignoré a Aidan y caminé por el pasillo para alejarme de él, y Amanda me sonrió con arrogancia desde su asiento junto a Hamish.

–Ya mejorarás con la práctica –dijo.

Tensa, le devolví la sonrisa y me dejé caer en una butaca al fondo.

Poco después, sin embargo, Quentin me llamó de nuevo al escenario con Will y Jack. Después de las críticas de Aidan, que no le había hecho a nadie más, me sentía en estado de alerta, pero luchaba contra mis emociones porque no quería que afectara mi interpretación.

Estábamos a mitad de la escena cuando Quentin nos pidió que parásemos. Me invadió el pavor al bajar la vista hacia él.

Pero fue Aidan el que habló.

–Lo estás haciendo de nuevo. Pones los ojos de cachorrita cuando él está hablando –señaló a Jack.

Me enojé.

–Se supone que estoy enamorada de él –sostuve.

–Y estás disfrazada de hombre. Eres buena engañando –soltó, y no se me pasó el siseo de ira en sus palabras. ¿Seguíamos hablando de la obra? –. A esta altura de la obra, puedes controlar tus sentimientos por este hombre.

Impactada por sus palabras, no discutí nada. De hecho, el ambiente de todo el teatro cambió, como si todos los demás también hubieran oído la furia latente en sus palabras y estuvieran confundidos.

Tan confundidos como yo.

¿Por qué demonios estaba Aidan tan enojado conmigo?

Traté de sacármelo de encima, volví al personaje e intenté contener la vulnerabilidad. Jack estaba muy encantador como Orsino, y lo interpretaba con la dosis justa de sensualidad masculina y la cómica sensación de ser amado sin ser correspondido.

Cuando terminó de decir la última línea de la escena, le hice una reverencia.

—Cuanto pudiere haré por ablandarla —y me alejé, como si fuera a salir de escena, pero me detuve y me volví hacia el público. Los miré con dolor, las manos en un puño a los costados—. Corteje a quien quisiere, ¡oh suerte fiera! ¡Por ser su esposa… yo la vida diera!

—¡Otra vez! —gritó Aidan.

Miré boquiabierta y hasta Quentin se lo quedó mirando sorprendido. Aidan notó la mirada de su amigo.

—No puedo darme idea de la obra hasta que todos los actores hagan lo que se supone que deben hacer.

—¿Qué es lo que piensas que está mal aquí? —Quentin, para mi sorpresa, consideró el exceso de Aidan.

—Ahora no está mostrando suficiente emoción. Necesito emoción para escribir música —me miró con desprecio—. Esta necesita más práctica que los demás.

¿Esta? ¡Esta!

—Es el primer ensayo, Nora —dijo Quentin frunciendo el ceño—. Llegarás bien.

Asentí, agradecida por su amabilidad, pero las mejillas me ardían por la humillación que me había provocado la odiosa crítica de Aidan. Mientras caminaba tras bastidores, oí que Jack se apuraba a seguirme. Me pasó la mano sobre los hombros y me apretó contra sí. Por una vez no sonreía, parecía realmente molesto por lo que había pasado.

—Estuviste genial.

—Gracias. Al parecer no.

—¿Qué mierda sabe él? —susurró—. No es más que un productor musical presumido.

Del que había estado enamorada hasta que me había dejado.

Lo cual al parecer no era suficiente daño.

Furiosa, miré a Aidan mientras Jack caminaba conmigo, con el brazo alrededor de los hombros para consolarme. Me observaba con tanto odio que mis músculos se tensaron como si fuera a entrar en batalla.

Mareada, ni recuerdo haberme sentado al lado de Jack. No podía quitar los ojos de Aidan, ni siquiera cuando él me dejó de clavar su ardiente mirada para volverla al escenario. Pero lo conocía. Tenía el cuerpo rígido de nervios, de ira, y yo era una bola de confusión.

El modo en que Aidan me había tratado en ese escenario, para humillarme deliberadamente, era por completo opuesto a él. Era como si estuviera ante un hombre totalmente diferente. Un desconocido, como él se había presentado. La única vez en la que se había enojado conmigo de verdad había sido cuando lo abandoné en el almuerzo después de que me confiara acerca de la muerte de su hermana.

También me había tratado con distante frialdad entonces.

Con ira fría.

Si lo analizaba racionalmente, el Aidan que yo conocía estaría tan enojado conmigo solamente si él pensara que *yo le* había hecho algo malo.

Sentí sudor frío en las axilas.

Ayer, después de que te fuiste, de pronto empezó a organizar todo para irse del país. Aceptó un trabajo en Los Ángeles para estar cerca de Sylvie, pero significaba irse esta misma mañana.

Había aceptado la palabra de una mujer en la que no confiaba en vez de la de un hombre en el que había aprendido a confiar más que nadie.

¿Y si Aidan no se hubiera ido? ¿Y si Laine hubiera organizado una mentira?

No.

Era una ridiculez, ¿verdad?

¿Pero si no por qué Aidan estaba tan enojado conmigo? Ese tipo de furia solo podía surgir del hecho de que lo había dejado el día después de que le hubieran quitado a su niña. ¿Verdad?

Sin embargo… Aidan me había enviado un texto.

Aidan me había enviado un texto, ¿verdad?

Intenté juntar las piezas, el teatro entero desapareció mientras yo analizaba los últimos dieciocho meses. Me había ido esa noche. Mi teléfono no funcionaba en Estados Unidos así que lo había dejado, y me había conseguido un nuevo número y un teléfono nuevo cuando volví meses después. El contrato anterior se había terminado y tiré el teléfono viejo.

Así que, si Aidan había intentado contactarme, no me habría enterado.

Pero él sabía dónde vivía yo. Sabía dónde trabajaba Seonaid porque yo se lo había dicho. ¿No habría ido a ver a Seonaid si no podía ponerse en contacto conmigo?

Y a pesar de eso, ¿y su teléfono? Si no me había escrito él, si había sido Laine todo el tiempo, ¿por qué Aidan no lo sabía?

Nada tenía sentido.

Pero algo estaba mal.

Lo miré, el miedo se fundía en mi interior, y me di cuenta de que tenía más miedo a descubrir que todo había sido un malentendido, una manipulación deliberada por parte de una amiga celosa, con la idea de enfrentarme a un Aidan indiferente y frío.

El Aidan que amaba me asustaba más.

Porque por fin estaba bien, cuidándome a mí misma, y no estaba preparada para nada para el tipo de emociones volátiles que Aidan Lennox me generaba.

VEINTICINCO

as risas de unas chicas me distrajeron y eché un vistazo al grupo de alumnas de primer año que se reían debajo de un árbol. Como yo, habían decidido aprovechar el hermoso día primaveral y estaban sentadas en The Meadows detrás del campus principal.

Yo estaba sola. Como siempre.

No es que las personas en mis clases no me hubieran ofrecido su amistad. Lo habían hecho. Debido a mi estatura, algunas pensaban que tenía su edad, y se sorprendían cuando les contaba que tenía veinticuatro años. Seis años no parece mucha diferencia, pero la distancia entre los dieciocho y los veinticuatro es inmensa, en particular para alguien como yo que ha estado casada, que ha enviudado y ha perdido una niña y un hombre a los que amaba.

Como si hubiera hecho aparecer su fantasma, una niñita rubia pasó corriendo divertida junto a las estudiantes. Una mujer, supongo que su madre, se apresuró a seguirla. Era mucho más pequeña que Sylvie la última vez que la había visto.

Dios, Sylvie.

No me permitía pensar muy seguido en ella porque traía anhelo y preocupación. Ahora tendría doce años. ¿Sería feliz? ¿Cal la cuidaría bien?

Miré más allá de The Meadows en dirección a la calle, y sentí la urgencia súbita de ir al hospital. No había ido desde mi vuelta a Edimburgo. Estaba demasiado lleno de fantasmas. Pero me encontré guardando mis libros en el morral e incorporándome. Mis pasos me llevaron fuera del parque y camino arriba por la calle.

Quizás fuera el regreso de Aidan en mi vida lo que finalmente me llevó hacia el hospital. No estaba segura de lo que buscaba cuando caminé hacia el edificio de ladrillos rojos. Todo lo que sabía es que antes de que él reapareciera, me estaba sintiendo bastante segura de mí misma y de la vida, y ahora sentía que volvía a flotar totalmente perdida.

Su comportamiento cruel en los ensayos no ayudaba.

Había tenido dos ensayos más con él y, cada vez, había encontrado algo para criticar en mi interpretación. Quería creer que Quentin se estaba impacientando con él tanto como yo. Jack sin lugar a dudas lo estaba.

Mañana tenía ensayo de nuevo y tendría que verlo. Ansiaba el día en que Quentin nos dijera que era el último día de Aidan en el teatro.

Empujé la puerta de entrada del hospital, y el olor familiar trajo consigo una oleada de recuerdos.

Sylvie corriendo a abrazarme. Alzando la vista para sonreír con la boca llena de macarrones con queso. Los niños riéndose mientras yo me movía por la habitación como el conde Olaf en *Una serie de eventos desafortunados*. La cara de Aidan pegada a la mía cuando nos cruzamos jugando al Twister, su sonrisa sensual que me hacía saltar el corazón en el pecho.

Me envolví con los brazos, como si quisiera evitar que se me salieran las entrañas. ¿Por qué había venido aquí? Era una estupidez.

—Estúpida, estúpida, estúpida —murmuré, dando la vuelta.

—¿Eres *tú*, Peter Pan?

Giré y me encontré cara a cara con Jan.

Me sonrió con ternura.

Y me apresuré a ir hacia ella.

Se rio y se inclinó hacia atrás cuando la abracé. Me devolvió el abrazo y luego me alejó con suavidad. La preocupación y el cariño se combinaban en su expresión.

—¿Qué te trae a mi umbral, Nora?

—No lo sé —respondí con sinceridad.

Veinte minutos más tarde, Jan me había hecho sentar en la tranquila cafetería ante una taza de café, y yo le había contado todo.

Absolutamente todo.

Se me escapó, sin control, una palabra tras otra.

—Eso no está bien —meditó Jan—. Eso no suena para nada a Aidan. Él jamás trató tan mal a nadie que le importara.

—Bueno, lo está haciendo ahora.

—Creo que tienes razón. Creo que su amiga te debe haber engañado a propósito. Por lo que yo sé, Aidan no fue a California en esa época. Sigue viviendo aquí, con seguridad.

—No importa. Estamos mejor así.

—¿Entonces por qué pareces tan triste? —se preocupó Jan.

Forcé una sonrisa y aferré la taza de café.

—Extraño a Sylvie.

—Sylvie está bien —me tranquilizó dándome una palmada en la mano.

Sorprendida, se me aceleró el corazón.

—¿Has sabido de ella?

Exhaló suavemente.

—Aidan pasa de vez en cuando para contarme cómo está. Yo… yo sabía que algo había pasado entre ustedes porque cuando te mencionaba, él se cerraba. Ahora todo tiene sentido.

—¿Y Sylvie?

—Le gusta California. Le está yendo bien. Su papá la dejó quedarse un mes con Aidan el verano pasado, y la trajo de vuelta a Escocia para Navidad para que pudiera ver a Aidan también.

Me pregunté si ella querría saber de mí. Si me extrañaba o si se preguntaba a dónde me había metido. Pero, por sobre todo, me aliviaba saber que era feliz

—¿La está cuidando bien, entonces?

—¿Crees que Aidan lo permitiría si no fuera así?

—Claro.

—Tienes que hablar con él —me aconsejó Jan—. Explícale y resuelve este malentendido.

—Odio cuando me mira como si me despreciara —le confesé en un susurro—, pero creo que me asusta más que me mire como solía hacerlo.

Perpleja, Jan sacudió la cabeza.

—No entiendo.

—Por fin estoy bien, Jan —toqué mi bolso—. Estoy yendo a la universidad y estoy en una obra, y mi vida no es complicada. Por primera vez en mucho tiempo, estoy donde yo quiero estar. Aidan y yo... éramos lo que necesitábamos entonces. No ahora. Ahora somos dos personas completamente diferentes en dos caminos de vida totalmente distintos.

Se me quedó mirando fijo un rato tan largo que me empecé a revolver con incomodidad en la silla.

—Si eso es verdad... ¿por qué estás aquí? —preguntó finalmente.

—Extrañaba a Sylvie —era una verdad a medias.

Y ambas lo sabíamos.

No era la primera vez que tenía que ver cómo Amanda coqueteaba con Aidan y él le sonreía como si lo disfrutara. Cuando ella le tocó el pecho y se rio cuando él dijo algo, y aprovechó el movimiento para acercarse más, aparté la vista.

¿Por qué me estaba haciendo esto a mí misma? Mi interior ardía de celos.

Quentin había pedido que nos tomáramos un descanso de cinco

minutos mientras él atendía "un llamado telefónico importante" y yo había usado el tiempo para mirar mis apuntes de la clase de clásicos que estaba tomando.

Sin embargo, la risa de Amanda me seguía distrayendo y me daba cuenta de que me inquietaba cada vez más.

Las puertas principales del auditorio chirriaron al abrirse y me volví en la butaca para ver a una morocha alta que caminaba por el pasillo como si estuviese en una pasarela.

Por Dios, tenía piernas eternas.

Miré al otro lado del pasillo y vi que a Jack casi se le caía la lengua de la boca cuando ella pasó a su lado. Estaba a punto de preguntarle a la criatura que parecía modelo si podía ayudarla, cuando me di cuenta de que sus ojos de forma exótica estaban fijos en Aidan.

Me sentí como si alguien me hubiera pateado el estómago.

Amanda se alejó de Aidan, y frunció el ceño cuando la mujer caminó hasta él y se inclinó para darle un besó en la esquina de la boca. La mano de Aidan descansó en su cadera, y yo me moría por dentro.

Bajé la vista a mis apuntes. No podía respirar.

Estaba a punto de llorar.

Por supuesto que estaba saliendo con alguien. Y por supuesto ella medía casi un metro ochenta y parecía una versión mayor de Gigi Hadid.

Me revolví incómoda en la butaca, fingiendo que mis notas eran la cosa más interesante del mundo cuando en realidad, me preguntaba ¿cómo era posible que Aidan hubiera estado interesado en mí cuando podía estar con mujeres como esa?

¡No!

Me di una bofetada mental. No iba a permitir que eso sucediera. No iba a volver ser esa niña insegura que se preguntaba todo el tiempo por qué Aidan quería estar con ella.

No, no me parecía a Gigi Hadid. No era una belleza, pero era linda. Podía por fin mirarme en el espejo y ver eso. Yo tenía el tipo de chica linda y corriente, y había hecho las paces con eso.

Maldito Aidan Lennox por reaparecer en mi vida y despertarme la inseguridad.

—¿En serio?

Salté en mi butaca y alcé la vista hacia Jack que estaba de pie junto a mí. Miraba a Aidan con hostilidad. La modelo seguía clavada a su lado.

—¿Quién se cree que es ese imbécil?

—¿Lo has buscado en internet? —pregunté.

Negó.

—Hazlo. Es un tipo importante.

Jack bajó la vista.

—Te trata como si fueras mierda, Nora. Es una porquería de persona.

Agradecida, le sonreí y se me ocurrió una maldad.

—Entonces, ¿por qué no le muestras a su chica cuánto más encantador puedes ser tú? Sabes que quieres hacerlo.

—Es bastante linda —una sonrisa le apareció lentamente en la cara.

—Lo es.

Para mi sorpresa, se inclinó y me besó la mejilla.

—Tú eres igual de bonita, bonita.

—Mentiroso —me reí y lo empujé en broma.

Me guiñó un ojo y se alejó, y mi mirada voló hacia Aidan. Me puse rígida cuando descubrí que me estaba mirando con furia.

Pero esta vez no aparté la mirada.

En vez de eso, trabé cuernos mentales con él. Quería que él retrocediera primero.

Me pregunté si alguno de los dos lo habría hecho si no hubiese sido porque Quentin reapareció y le dio una palmada en el hombro a Aidan e interrumpió nuestra competencia de miradas.

—¡Cuántos suspiros en vano exhalará la pobre Olivia! Ay, tiempo, debes resolver esto, no yo —por alguna razón, le presté atención a Aidan cuando dije esa línea. Estaba sentado en la primera fila y cuando mis ojos se encontraron con los suyos, su expresión se ensombreció. La mujer que se había colado en nuestro ensayo seguía allí, a su lado. La ignoré y terminé el monólogo–. Es un nudo demasiado duro para mis fuerzas.

–Malísimo –anunció de inmediato Aidan en voz alta–. El acento, la falta de emoción. Estás sola allí arriba. Necesitas dominar la atención del público. Incluso como Cesario, los hombres del público que saben la verdad, deberían querer ser Orsino. Deberían desearte. Resultas tan atractiva como un pedo en un traje de astronauta.

–Un momento… –Jack empezó a hablar, pero levanté una mano para detenerlo. Se quedó de pie en el pasillo cerca del borde del escenario y apretó la boca, frustrado. Pero debo haber lucido bastante enojada porque permaneció callado.

Y luego dirigí mi furia al hombre que la había provocado.

–¿Quién demonios crees que eres?

Aidan parecía sorprendido.

–Soy…

–Era una pregunta retórica –exclamé, la voz alta y clara en el auditorio. Hubo un silencio tenso, pero no esperé mucho–. No has hecho más que insultarme, no criticarme, que debo añadir que no te corresponde hacerlo, desde el momento en que entraste a este teatro. Si quieres interpretar el papel del imbécil egocéntrico, bienvenido, pero yo interpreto a Viola, y soy miembro de esta compañía, así que o me muestras respeto o te vas.

No me correspondía a mí decidir eso.

Pero lo dije de todos modos.

Los ojos de Aidan ardían cuando me miró, pero esta vez no pude interpretar su expresión.

–Nora.

Se me fue el alma a los pies cuando oí la voz de Quentin desde atrás de Aidan. Cuando miré al director a los ojos, me sorprendió descubrir que me estaba sonriendo. Pensé que estaría furioso.

—Gracias a Dios que finalmente lo reprendiste por su espantoso comportamiento.

Sentí alivio cuando Quentin se paró y dio la vuelta para enfrentar a Aidan.

—Somos amigos, compañero, y estoy de verdad agradecido de que quieras componer la música para esto, pero tienes que apoyar a mi actriz.

Aidan se paró y le dio una palmada en el hombro a su amigo, con una expresión de disculpas.

—Tienes razón. Tienes razón. La chica es nueva y necesita aliento, no palabras bruscas. No me corresponde a mí tampoco. Es el imbécil mandón que tengo dentro, me temo —se volvió en mi dirección, con una sonrisa falsa—. Disculpas, señorita O'Brien. No sucederá de nuevo.

Nos miramos con enojo, como dos oponentes en un ring de boxeo, hasta que Quentin dio por terminado el ensayo. Me apuré a ir tras bambalinas y Jack me alcanzó cuando estaba juntando mis cosas para irme.

—Bien hecho —me felicitó en voz baja—. Tenías que hacer eso.

—Lo sé —coincidí—. Espero que con eso me deje tranquila.

Jack miró por encima del hombro. Aidan y su modelo se acercaban.

—Nicolette, un placer —dijo insinuante Jack a la mujer.

Ella le sonrió con coquetería.

—Buenas noches, Jack —Aidan inclinó la cabeza a modo de saludo.

No me miró.

Yo no existía.

Y se fue, salió del teatro con el brazo alrededor de la bella Nicolette.

Traté de restarle importancia, pero era imposible.

—Imbécil ignorante —se quejó Jack—. ¿Por qué te trata tan mal?

Porque creo que él piensa que le rompí el corazón.

—No lo sé.

—Sabes, él y Nicolette salen con otras personas. Aparentemente, ese cretino suertudo tiene una mujer en cada maldito continente. Y ella no tiene problemas con eso —dijo incrédulo.

La noticia era como un puñal al corazón. Le sonreí lúgubremente a mi amigo.

—Buenas noticias para ti.

—Sí —sonrió—. Me dio su número.

No me sorprendía. Jack no era Aidan Lennox, pero podía seducir a la mayoría de las mujeres.

—En cuanto a ti, no lo escuches. Estuviste brillante ahí arriba.

Le devolví en la mejilla el beso que me había dado antes.

—Gracias, Jack —dije con tristeza, sin poder ocultar mis sentimientos ahora que Aidan se había ido y ya no tenía que hacerlo.

Sin embargo, no quería la lástima de Jack. Tomé mis cosas y me fui del teatro. Temía el próximo ensayo.

Y eso sí que me hacía enojar aún más. ¿Qué demonios hacía Aidan aquí? Para él, esto era solo un favor, pero el teatro a mí me hacía feliz.

¡Me estaba arruinando la maldita felicidad!

VEINTISÉIS

Decir que estaba de pésimo humor después del ensayo no sería suficiente, y el mal humor me duró toda la semana. Mis compañeros del bar me evitaban como a la plaga y no colaboré mucho al recipiente de propinas que estaba al final de la barra, así que le ofrecí a Kieran y a nuestro colega Joe que se lo repartieran entre ellos.

Afortunadamente, eso hizo que me odiaran menos.

Jamás he entendido a las personas que quieren estar cerca de los demás cuando están de mal humor. Si se le puede ahorrar a la gente esa porquería, ¿por qué no hacerlo? Así que el sábado me quedé sola en casa, pero no había manera de evitar a Seonaid el domingo. Me llamó y cuando intenté faltar a nuestro encuentro mensual de domingo con su madre, me amenazó con venir personalmente a buscarme y llevarme.

El placer que Angie sintió al verme calmó un poco mi irritación, y era lindo recibir cariño de una figura maternal mientras me conducía a la cocina donde estaban Seonaid y Roddy. Estaban de pie junto a la máquina de café, ella contra la mesada, él apoyándole el cuerpo y murmurándole algo que la hacía sonreír.

Envidia como jamás había experimentado con ellos se abrió paso por mis venas como una serpiente venenosa. Alimentó mi frustración con su toxicidad y empezó a transformarse en sospecha y enojo.

Angie carraspeó.

—No en mi cocina —advirtió, aunque no parecía muy molesta.

Estaba feliz porque su hija y el chico al que quería como si fuera su hijo eran felices.

Yo también estaba feliz por ellos.

De verdad.

Pero en ese momento, mi teoría acerca de Aidan me revolvía el estómago con indignación.

—Estás aquí —Seonaid pasó junto a Roddy y avanzó hacia mí, con una sonrisa enorme que desapareció de su bello rostro cuando notó mi expresión. Se detuvo—. ¿Qué pasa?

Algo se apoderó de mí. Mi necesidad de respuestas. Y no me importó que no estuviéramos solas.

—¿Aidan vino a buscarme cuando me fui?

Se puso pálida.

Y me quedé sin aliento.

—Ay, Dios mío.

—Nora —dio un paso hacia mí, temerosa—. Apareció en la peluquería unos días después de que te fuiste.

Mi confusión y la ira explotaron.

—¿Por qué no me lo dijiste? —grité.

Seonaid se estremeció y Roddy estaba detrás de ella mirándome con odio.

—¿Qué tal si te calmas un poco?

—Esto no es asunto tuyo —exclamé—. ¿Seonaid?

—Me preguntó dónde estabas y le dije que habías vuelto a casa. Después salió a las apuradas. Eso fue todo. Esa fue toda la conversación.

—Eso no explica por qué no me contaste. ¡Pensé que estaba en California!

—No podía saber que no había vuelto. No sabía por qué estaba allí, Nora.

—¡Pero podrías habérmelo dicho!

Me rogó con la mirada.

—Te destrozó, Nora. Pensé que volvía para molestarte de nuevo y necesitabas estar en paz. Bueno, lo siento si eso fue muy entrometido de mi parte, pero no vi razón para contarte. Y cuando volviste a casa, estabas tan contenta y tan enfocada en *ti*. Por primera vez la vida tenía que ver *contigo*. No parecías preocuparte más por Aidan, y asumí que había sido algo pasajero en tu historia —las lágrimas le brillaban en los ojos—. Lo siento. Lo siento. No sé qué más decir.

Me desplomé. Con sus palabras desaparecieron mis ganas de pelear. ¿Por qué demonios le estaba gritando a mi mejor amiga cuando estaba completamente de acuerdo con cada palabra que había salido de su boca? Excepto una cosa.

—No lo había superado —susurré.

—Ay, Dios, Nora…

—Pero ahora sí —la interrumpí—. Tengo que hacerlo. Tienes razón. Mi vida por fin está donde debe estar y él la había desordenado.

Hubo un momento de silencio y luego Angie habló.

—No tengo idea de quién o de qué están hablando… pero a veces las cosas más hermosas de la vida son las más desordenadas.

Me dolió un poco el pecho al escuchar su sabiduría, pero me mantuve fuerte.

—Y a veces llega algo que es tan hermoso, que es una agonía perderlo. He sufrido suficientes pérdidas en la vida —miré a Seonaid—. Siento haberte gritado. Hiciste lo correcto.

Seonaid no parecía tan segura.

—¿Te parece?

A pesar de que Seonaid me advirtió que no podía guardarme lo que sentía, hice un gran esfuerzo para convencerme de que estaba contenta respecto a cómo habían resultado las cosas con Aidan. Necesitaba estar bien para poder seguir viviendo la vida con satisfacción total. Mientras él andaba por el teatro con sus mujeres hermosas y su soberbia.

Encontrar paz interior me resultó más difícil de lo pensado. Era un manojo de emociones confusas. Estaba en guerra conmigo misma.

Así que no me sorprendió cuando reaccioné exactamente al revés de lo que esperaba cuando Aidan finalmente me encaró en privado.

Como debía encontrarme con otra estudiante para trabajar en una tarea que teníamos que hacer para una tutoría, no vi la necesidad de volver a casa en Sighthill para tener que volver a Tollcross a ensayar. Me compré una ensalada en una tienda en Potterrow, y caminé rumbo al teatro. Llegué noventa minutos antes, así que no había nadie. Afortunadamente, Quentin solía estar en el teatro durante el día así que las puertas estaban abiertas. Cuando entré al auditorio, sin embargo, estaba completamente a oscuras.

—¿Quentin? —llamé—. ¿Estás aquí?

Mi voz resonó.

Nada.

—¿Hay alguien aquí?

Pero el silencio me dijo que estaba sola. Me pregunté si Quentin se habría olvidado de cerrar el teatro. Se lo tendría que decir.

Encendí las luces del escenario para no sentir que estaba a punto de ser parte de una película de terror, y busqué un camerino vacío.

Me comí la ensalada mientras trabajaba en un ensayo y esperaba que pasaran los minutos.

Escuché un ruido distante que me hizo quedar quieta como un conejo sorprendido por los faros de un coche. Incliné la cabeza para escuchar y sí, se oían pisadas que se acercaban. La sangre se me agolpó en los oídos y se me aceleró el pulso. Luego maldije por lo bajo por haberme asustado cuando obviamente se trataba de un miembro del elenco que había llegado —miré el reloj— una hora antes.

Esperé. La puerta del camerino que había dejado entreabierta se abrió con un chirrido.

Me quedé sin aliento cuando vi a Aidan llenando el umbral.

Cruzó los brazos y los tobillos y se apoyó contra la jamba mirándome desapasionadamente.

No pude hacer otra cosa que devolverle la mirada. Mis emociones giraban en un lío de sentimientos, como un tornado que no se fija en qué se lleva consigo.

—¿Qué haces aquí? —pregunté por fin, con la voz ronca.

—Estaba sentado en el café de enfrente y te vi entrar.

—¿Me seguiste?

—Me debatí al respecto un rato. Pero sí.

La adrenalina me atravesó el cuerpo e hizo que me empezaran a temblar las manos. Cerré los puños y lo miré con lo que esperaba fuera tanto aburrimiento como el que me estaba dirigiendo a mí.

—¿Por qué?

—Curiosidad —se encogió de hombros.

—¿Curiosidad?

—¿Has sido siempre un robot sin alma y yo nunca pude verlo?

Me estremecí. Sabía que este era el momento en el que debía decirle que Laine me había mentido. Pero no podía pronunciar las palabras. Quería y no quería.

Así que el miedo de que me odiase y el miedo de que me amase me dejaron en una tierra de nadie de exasperación y frustración. Bajé la vista a los pies.

—Si viniste para usarme de saco de boxeo emocional, puedes irte —dije en vos baja.

Sus ojos centellearon, se separó de la jamba y entró a la habitación. Por primera vez, odié tener que inclinar la cabeza hacia atrás para mirarlo.

—No sin antes decirte lo que pienso realmente de ti, Nora, en vez de esconderlo detrás del pretexto de que me importa lo que pase con esta obra.

—Aidan...

—Eres la persona más cobarde que he conocido en mi vida. Eres débil y estás muerta emocionalmente. Lo peor de todo es lo malditamente manipuladora que eres...

—Aidan...

—¡Nadie nunca me engañó tanto! —el pecho le subía y bajaba mientras perdía la compostura en su enfado—. Me mentiste y me diste falsas esperanzas, te escapaste cuando las cosas se complicaron, no solo una vez, sino dos veces, y yo soy el idiota que permití que me hicieras eso.

—Aidan...

—Pero no te preocupes, Nora, eres la última mujer que me ha hecho quedar como un tonto. Ahora te veo. Quién eres de verdad. Una egoísta, egocéntrica, inmadura...

La cosa horrible que pensaba decirme a continuación, me la tragué en un beso. Incapaz de soportar su desprecio por más tiempo, pero sin saber cómo detenerlo, seguí mis instintos.

Y mis instintos me dijeron que le aferrara la camiseta y que lo atrajera hacia mi boca.

Qué error.

Porque ahora recordaba.

Recordaba lo hermoso que se sentía.

Así que me tomó de los antebrazos para intentar despegarme de su cuerpo, se lo permití, pero en cambio rodeé su cuello con mis manos y me aferré aún más fuerte, y lo besé con desesperación. Él gruñó e intentó apartarme de nuevo y cuando pensaba que me empujaría, cedió. Aidan me atrajo hacia sí, abrió su boca bajo la mía. Su lengua buscaba la mía.

Abruptamente, él dominó la situación.

Me levantó del piso y me depositó contra la mesa del camerino. Me abrió las piernas mientras nos besábamos con ansias. Nuestras manos estaban por todas partes, hambrientas. Las mías se deslizaron debajo de su camiseta y recorrieron los músculos firmes de su abdomen.

Él me acariciaba bruscamente la cintura, me presionaba los pechos y finalmente exploraba debajo de mi vestido.

Jadeé en su boca cuando sus dedos se deslizaron por mi ropa interior y me la bajaron hasta las rodillas. Sus labios me abandonaron súbitamente. Su mirada ardiente estaba clavada en mí y me mantuvo totalmente paralizada mientras se desabrochaba los vaqueros y se los bajaba hasta quedar desnudo.

Bajé la vista a él, pero me sujetó la cintura y tuve apenas un segundo para apreciarlo y preguntarme cómo cabría la enorme y pulsante erección que me apuntaba. Me obligó a mirarlo a los ojos y me acomodó las caderas hacia arriba. Con una expresión feroz, se hundió dentro de mí tan profundamente que me dolió. Gemí, y me aferré a él mientras mis músculos internos pulsaban a su alrededor, intentando acostumbrarse al calor arrollador.

Me sostuvo más fuerte. Sus movimientos eran bruscos, duros y frenéticos, pero no me importó. Quería que se quedara tan adentro que fuera imposible separarnos. La tensión subía en espiral, y mis jadeos entrecortados y pedidos de más se mezclaron con sus gruñidos y quejidos animales.

Tenía la piel encendida. Los músculos de las piernas me quemaban. Cada vez sentía menos dolor y más y más placer. Empecé a clavarle la uñas en la parte baja de la espalda y mis caderas ondulaban bajo sus empujes pidiendo más.

Deseaba arrancarme la ropa para que mi piel estuviera contra la suya, finalmente, ambos desnudos, pero eso implicaba detenerse, separarnos, y no podía hacerlo. No podía detenerme. Quería más. Quería que durara para siempre.

—Aidan —supliqué.

Una mano me abandonó la cadera, me tomó la cabeza. Me besó intensamente. Una masa jadeante de labios y lengua, sin delicadeza… necesitábamos imitar con las bocas lo que pasaba dentro de mí. Ladeó más mis caderas y separó su boca de la mía mientras yo me sostenía.

Sus ojos verdes eran un bosque oscuro de posesividad mientras él se azotaba contra mí.

Cada empujón hacía subir mi termostato interno, cada movimiento avivaba el fuego de la pasión, hasta que ya no supe si podría acabar sin que el edificio entero explotara en llamas.

Llegamos al máximo placer oleada tras oleada. Grité su nombre y una deliciosa sensación recorrió mi interior. Sus caderas avanzaron contra las mías y perdí el agarre. Mis músculos eran líquido. Aidan se dejó caer contra mí, sus manos me acariciaban los muslos como si quisieran calmarlos después de su brusquedad. Sentí su respiración mientras jadeaba contra mi cuello, y su pecho se movía arriba y abajo a centímetros de mi cara.

Pareció durar mucho el explosivo encuentro. Pero cuando pensé al respecto, me di cuenta de que duró unos minutos.

Sin embargo, no sé quedó dentro de mí ni un minuto y cuando salió, me quedé fría ante la dura realidad de que habíamos tenido sexo sin protección. Afortunadamente, yo tomaba la píldora, y lo había hecho desde que estaba con Jim. No había tenido motivo para dejarlas porque me regulaban el período.

Pero si Aidan andaba acostándose con muchas mujeres, no deberíamos haberlo hecho sin preservativo.

Era la mujer más tonta del planeta.

Totalmente superada por mis malditas hormonas.

Aidan maldijo y extrajo unos pañuelos de papel de un aparador. Se puso de espaldas y supongo que se limpió antes de subirse los vaqueros. Sintiéndome más vulnerable que nunca, aproveché ese momento para bajar de la mesa, limpiarme con los pañuelos, subirme la ropa interior y bajarme el vestido.

Cuando alcé la vista, Aidan me estaba mirando como si me *odiara*.

Me debilité ante esa expresión, y luché contra el impulso de echarme a llorar. En vez de eso, alcé la barbilla altaneramente, como si no me importara que me odiara.

—¿Tomas la pastilla?

Asentí.

—¿Estás limpio?

Asintió.

Resoplé.

—¿Y debo confiar en ti?

Me miró con desprecio.

—De los dos, no soy yo quien no es de confianza —sacudió la cabeza y pasó la mirada de arriba abajo por mi cuerpo como si fuera una babosa que había encontrado en su ensalada—. No puedo creer que me importaras. ¿Qué mierda vi en ti?

Jamás me habían disparado o acuchillado, pero me pregunté si había algo en la vida que doliera tanto como Aidan Lennox diciéndome esas palabras después de que hubiéramos tenido sexo.

Después de la experiencia sexual más brusca y placentera de mi vida.

Después de haber tenido sexo por primera vez desde la muerte de mi esposo.

Me volví para que no pudiera ver mis lágrimas y fingí estar ocupada guardando mis papeles de la universidad.

¡Díselo!

Pero no pude. Sangraba internamente por sus palabras, y esa era toda la prueba que necesitaba para saber que esto debía terminar. Aidan Lennox tenía el poder de herirme como nadie más podía, y estaba cansada de esa mierda. Por qué lo había buscado, no lo sabía. Pero era hora de hacer un esfuerzo mayor para superar la confusión que me generaba. Sus palabras me ayudaron.

Mucho.

—Nora…

—Obtuve lo que quería, Aidan —tomé mi bolso. Sin mirarlo, pasé a su lado y dije las palabras que sabía que acabarían con esto para siempre—. Me quité las ganas que tenía hace dos años. Dejémoslo ahí.

VEINTISIETE

Para mi total alivio, Aidan no se quedó al ensayo. Ya era bastante malo tener su olor en mí como para que además tuviera que soportar que me observara asqueado cuando yo estuviese en el escenario. No podría superar la noche sintiéndolo entre mis piernas.

Así que fingí estar enferma y debo haber sido bastante convincente porque Quentin me dijo que me fuera del ensayo, no fuera que tuviera algo que el resto del elenco se pudiera contagiar.

Sin mirar a nadie, me fui. Tomé un taxi desesperada por llegar a casa y darme una ducha.

Estaba temblando.

Hasta lo más íntimo.

En el fondo, estaba llena de pavor, de ese sentimiento horrible que sientes en la boca del estómago cuando sabes que algo se ha ido, se ha perdido o se ha terminado para siempre.

Me rehusé a permitir que el sentimiento saliera a la superficie, sin embargo, y creé una capa metafórica de concreto en mi mente para cubrir esas emociones y poder funcionar.

Una vez que llegué al apartamento, me quité el vestido y la ropa interior. Bajo el agua caliente, froté mi cuerpo con la esperanza de quitarme no solo su olor, sino también la sensación. Quería olvidar sus manos sobre mi cuerpo y lo que despertaba justo cuando estaba dentro de mí. ¿A quién le gustaría recordar algo que jamás lo volvería a pasar?

Era tortura emocional.

Me sentí orgullosa por no llorar. Finalmente, podía controlar mis emociones.

Después, me puse una bata, me envolví el pelo húmedo con la toalla y caminé a la cocina para prepararme un té cuando alguien llamó a la puerta.

¿Aidan? pensé inmediatamente, sintiendo mariposas en la garganta.

—¿Nora, estás en casa?

Era Seonaid.

Resoplé ante mi ridiculez y fui a abrir la puerta.

—Ey.

Entrecerró los ojos cuando me vio en desabillé.

—Pensé que recién habrías llegado a casa ahora.

—Me fui más temprano. ¿Quieres un té? —le di la espalda mientras regresaba a la cocina.

—Sí, claro. ¿Por qué te fuiste antes?

¿Por qué mentirle?

—Llegué temprano. La primera, de hecho. Luego, Aidan apareció. Es amigo del director y ha estado yendo a alguno de los ensayos últimamente. Está enojado conmigo porque cree que lo dejé después de que le quitaron a Sylvie. Así que me insultó. Lo besé para callarlo y terminamos teniendo sexo —lo describí así porque no había otra palabra mejor—. Después, me dijo que no sabía qué había visto en mí y yo le dije que no había sido más que quitarme las ganas.

Al principio, no dijo nada.

Luego, súbitamente, me apoyó la mano y me obligó a enfrentarla. Me examinó la cara con una mirada de preocupación y lo que vio en ella le hizo apretar la mandíbula. Me confundió, porque yo estaba interpretando a la perfección el papel de una hoja en blanco.

—Parece que estuvieras recitando algo que le pasó a otra persona.

—Es como si hubiera sido así, por lo poco que me afectó.

—Estás mintiendo.

—No.

—Nora, es el primer hombre con el que te acuestas desde lo de Jim y parece que fue sexo de venganza horrible. ¿Cómo es posible que esté bien?

—Está bien.

—No digas más eso —se quejó—. Deja de comportarte así.

—¿Cómo prefieres que me comporte? —dije con calma cruzándome de brazos—. ¿Que llore y gima como una tonta débil? Ya no soy *ella*, Seonaid. Estoy a cargo de mi vida.

Frunció el ceño.

—Al menos esa Nora sentía algo. Esta Nora me da miedo.

—Estoy bien.

—¿Qué pasó entre ustedes? Me quedé pensando al respecto desde que me dijiste el domingo pasado que nunca se fue a California. ¿Su amiga mintió? ¿Por qué lo hizo? ¿Sabe él que ella te mintió?

—Sí, mintió. No sé por qué, pero creo que estaba celosa. Y no, él no sabe.

—¿Así que le permitiste que te tratara así cuando podrías haberle dicho que todo esto había sido un gran malentendido? ¿Por qué?

—Porque mi vida es más tranquila sin él —expliqué pacientemente—. La vida ha sido buena conmigo en el último tiempo, Seonaid. No necesito complicaciones.

El enfado le nubló el rostro.

—Y yo estaría completamente de acuerdo si no fuera que me estás mirando con la mirada muerta en este momento.

Aparté la vista porque no sabía qué más decirle para convencerla de que estaba bien.

Con una exclamación exasperada, mi amiga giró y marchó en dirección a la puerta.

—¿Y tu té? —pregunté

—Tómatelo tú. Quizás te quite el frío del corazón —dio un portazo.

—Mierda —murmuré, y me dejé caer contra la mesada de la cocina. Estaba apartando a todo el mundo—. Buen trabajo.

Con el pasar de los años, había descubierto que abril era un mes húmedo en Edimburgo. Muy, muy húmedo. Finalmente entendía la expresión: "lluvia de abril". Era la primera semana del mes, pero ya había llovido todos los días. No era constante, lo cual lo hacía peor. Salía con unos zapatos abiertos porque estaba seco y a los diez minutos, me encontraba atrapada en un diluvio. La lluvia no solía durar más de media hora, pero para esa altura yo ya estaba empapada.

No me importaba demasiado. Si los días hubieran estado repletos de un delicioso sol primaveral, tampoco podría haberlo disfrutado. Estaba fingiendo no sentir nada, después de todo.

Fingir y realmente estar así eran dos cosas distintas, por supuesto. Me dirigí al ensayo el miércoles llena de temores, preguntándome si Aidan estaría allí. Esperaba que, después de nuestro encuentro del lunes, hubiera entrado en razón y se mantuviera alejado. Juntos éramos un desastre.

Llegué al ensayo más tarde de lo habitual, y descubrí a Jack fuera del edificio, hablando por teléfono.

—Espera un momento, cariño —dijo cuando alzó la vista y me vio. Apartó el teléfono de su oreja y me advirtió—. El imbécil está aquí.

—¿Aidan? —el estómago me dio un salto de los nervios.

—Sí.

—Gracias por la advertencia —murmuré, y tuve ganas de dar la vuelta y volver a casa. Pero no lo hice. Levanté los hombros y me obligué a entrar.

Sintiéndome ansiosa, inspiré profundo y empujé las puertas dobles del auditorio. Escuché las voces en el escenario y contemplé al elenco desperdigado en las butacas. Quentin estaba de pie en el escenario con

Aidan a su lado. Estaban hablando de algo, pero ambos alzaron la vista cuando entré.

Me quedé mirando.

Se me aceleró el pulso.

A medida que me acercaba, mi vista se fue hacia Aidan sin que lo pudiera evitar, y me quedé sin aliento al ver la angustia que tenía en la mirada. No desprecio. No odio.

Dolor.

Y si no me equivocaba, culpa.

¿Qué demonios?

—Aquí estás. Por un segundo pensé que no vendrías —me dijo Quentin, y lo miré—. Estás mejor, ¿verdad?

—¿Perdón?

—El lunes te fuiste del ensayo porque no te encontrabas bien —me recordó.

Trastornada por la expresión de Aidan, solo pude asentir, sin saber a qué asentía.

—Bueno, empecemos. ¿Dónde está nuestro Orsino? —Quentin miró por encima de mi hombro—. Sin lugar a dudas hablando por ese maldito teléfono con una mujer ingenua que pronto se verá infectada de una enfermedad de transmisión sexual.

Por fin, subimos al escenario, y sentí todo el tiempo la mirada de Aidan fija en mí. Se me olvidaban las líneas, y estaba incómoda en mi propia piel, como si fuera a estallar en cualquier momento. No podía haber estado más lejos de Iliria, aunque lo hubiera intentado. Egoístamente, me alegré cuando me di cuenta de que otros miembros del elenco, incluyendo a Jack, estaban también distraídos.

Quentin anunció el fin del ensayo antes de hora.

—Y cuando regresen la semana que viene, ¡espero que no me reciba este elenco belitre sin talento! ¿Entendido?

—Si supiera qué demonios quiere decir *belitre*, encantado —murmuró entre dientes Jack mientras salíamos del escenario.

Le sonreí con cansancio y le deseé buenas noches. Se fue mientras yo me dirigía a la butaca que había estado usando y empezaba a guardar mis apuntes en el bolso.

—Nora.

Me quedé sin aliento cuando oí la voz de Aidan a mis espaldas. Lentamente, me volví, poniéndome el bolso al hombro y alzando a regañadientes la vista hacia él. ¿Era yo o parecía nervioso?

¿Qué demonios estaba pasando?

—¿Podemos hablar? —preguntó.

De pronto, lo vi mirándome con rabia y ansia feroz mientras se introducía en mí y me empujaba profunda y bruscamente.

Me sonrojé y aparté la mirada.

No. No podía estar a solas con este hombre. Éramos imanes, él y yo, y no podía negarlo. Mantenerme lejos de él era la única acción posible.

—Me tengo que ir —dije, y me volví para marcharme.

Pero me siguió.

—Tenemos que hablar.

—No hay nada más qué decir.

—Al parecer, hay un montón para decir.

¿Qué demonios quería decir eso?

No le pregunté, aunque la curiosidad me cosquilleaba en la lengua.

—No sé qué quieres ahora, pero me gustaría que me dejaras en paz.

Caminé hacia la noche húmeda y oscura de primavera, y me dirigí rápidamente a la calle Leven, una de las principales de Tollcross, y en cuanto descubrí un taxi, levanté el brazo en el aire. El conductor me vio y se acercó para detenerse junto a mí.

—Nora, no me voy a ninguna parte.

Se me cortó la respiración cuando descubrí a Aidan al lado mío.

A mi alrededor, todo estaba apagado por la lluvia. Los edificios, el camino y la gente apresurándose con sus impermeables y paraguas oscuros. Las únicas manchas de color eran las puertas pintadas de colores brillantes en las tiendas y en los apartamentos, y el cartel que colgaba sobre la entrada del King's Theatre en la acera de enfrente, y que publicitaba un musical.

Y Aidan.

Para mí, era un faro brillante y vívido en el mundo borroso que me rodeaba, y sabía que por sobre todas las cosas, debía cortar con lo que fuera que sea esto.

Alcé la vista hacia él y lo miré con rabia.

—Bueno, yo sí. Me voy a casa. Tú deberías hacer lo mismo —el taxi se detuvo y me estiré para abrir la puerta, pero Aidan lo hizo antes. Me hizo pasar al auto. ¡Y luego se metió él!

—A la plaza de Fountainbridge —le dijo al conductor.

—¿Qué estás haciendo? —miré al conductor que nos miraba frunciendo el ceño—. No, a…

—A la plaza de Fountainbridge —insistió Aidan.

—¿Es una broma, colega? —dijo el conductor boquiabierto—. Es a la vuelta de la maldita esquina.

—*Yo* voy a Sighthill.

Aidan me miró con el ceño fruncido.

—Sé todo, Nora. Seonaid me buscó y me encontró en el estudio de música ayer.

Me quedé sin palabras.

En mi cabeza, le estaba gritando a mi mejor amiga, pero a Aidan, no podía decirle nada.

Él miró al conductor.

—A Fountainbridge y luego, quizás, a Sighthill —me miró con una mezcla de culpa y frustración—. ¿Por qué demonios no me lo dijiste?

—¿Decirte qué? —murmuré empezando a sentir que todas las emociones que había mantenido debajo de esa capa de concreto empezaban a asomarse por las pequeñas rajaduras.

—¿Decirme qué? —repitió perplejo—. Que Laine te mintió.

—No estaba segura de que fuera así —mentí.

La expresión de Aidan se ensombreció.

—Ella y yo hablamos anoche. Maldición, te mintió, Nora.

—Me enviaste un mensaje —dije aturdida insistiendo estúpidamente en el malentendido—. Me dijiste que te ibas. Que se había terminado.

Eso hizo que se le tensaran los músculos de la mandíbula al apretar los dientes.

—Te vi por última vez y al día siguiente perdí el teléfono. Cuando te fuiste, Laine me convenció cambiar mi número para que no pudieras contactarme. Estaba tan enojado contigo por haberte ido, que me pareció una buena idea. No me di cuenta de que estaba tratando de asegurarse de que nunca viera el último mensaje que te había enviado.

Dios, era despreciable. Realmente despreciable.

—Ah, y se pone peor. Cal había dicho que necesitaba espacio para que él y Sylvie pudieran establecer un vínculo así que, aunque yo quisiera irme, no podía ir a California. Y sin lugar a dudas, no me hubiera ido sin ti —su expresión se volvió tan dolorosa que tuve que bajar la vista, porque era incapaz de soportar que me volviera a mirar así. Como si le importara.

Como si le importara *muchísimo*.

Ay, Dios, Seonaid, ¿por qué hiciste esto?

—Como no atendías el teléfono y no obtuve respuesta cuando vine al apartamento, me acordé de la peluquería donde trabajaba Seonaid. La encontré y le pregunté dónde estabas. Me dijo que te habías ido. Que habías vuelto a Estados Unidos. Sin contarme, sin despedidas, te fuiste. En el peor momento de mi vida, pensé que me habías dejado.

—Lo sé —susurré, y carraspeé por la emoción—. No lo hice. Fui a verte la mañana después de que Cal se llevara a Sylvie. Laine me dejó pasar. Tus instrumentos no estaban y ella me dijo que tú tampoco. Que habías empacado y que habías conseguido un trabajo en California pero que implicaba que tenías que irte enseguida. No quise creerlo, pero no estaban tus cosas… y cuando intenté llamarte, no obtuve respuesta. Te mandé un texto y me confirmaste lo que Laine me había dicho. No podía… Yo… Me tuve que ir, alejarme, así que eso hice.

Deslizó su mano grande y cálida con sus dedos ásperos sobre la mía, y quise apartarla, pero al mismo tiempo quería aferrarme a ella. Me ardían los ojos cuando le dejé que me tomara de la mano.

—Estaba en lo de Cal, con Sylvie. Conozco a una mujer que dirige una empresa de mudanzas y la llamé y le pagué una cantidad obscena de dinero para que fuera a mi casa y empacara las cosas de Sylvie. Estaba borracho. Me sentía fatal. Y no quería ocuparme de ello. Así que ellos llevaron todo a lo de Cal esa noche, y yo puse mis instrumentos en la antigua habitación vacía. A la mañana siguiente, me arrepentí. No quería que mi sobrina pensara que la estaba echando, así que fui a verla. Estaba Cal solo, sin Sally, y se sentía mal por lo que había hecho, así que dejó que pasara el día con mi sobrina. Estuve fuera todo el día y no tenía el teléfono encima porque me había ido muy rápido de casa.

—Ay, Dios mío —me enfermaba que alguien pudiera mentir así–. Laine debería dedicarse a la actuación.

—Admitió haberte confundido a propósito —me apretó la mano–. Me robó el teléfono. Ella te envió el texto.

—No está bien, Aidan —afirmé lo obvio.

—Siente cosas por mí que yo no. Lo sabía. Pensé que lo habíamos superado con los años. Evidentemente, fui un tonto. Ella decidió que tú eras demasiado joven para mí, demasiado inmadura para manejar todo lo que me estaba pasando. Le dije —alzó la voz por el enfado e inmediatamente se contuvo–. Le dije que era vengativa y celosa y que había tratado de arruinar lo mejor que me había pasado en la vida.

Me lo quedé mirando con la boca abierta, incrédula, sus palabras eran hermosas, pero estaban llenas de dolor.

—Lo logró, Aidan.

Su mirada se ensombreció.

—Mi relación con ella está completamente arruinada. Pero *nuestra* relación no tiene por qué estarlo, Pixie.

Cerré los ojos cuando oí el apodo. No soportaba que me mirara con cariño y que dijera mi apodo al mismo tiempo. Era demasiado. ¡Demasiado!

Como si percibiera mis pensamientos, me deslizó la mano por la nuca y me obligó a mirarlo. Me envolvían su olor, su calidez, y me descubrí mirando sus labios, deseándolos, aunque por otra parte tenía ganas de saltar del vehículo en movimiento.

—Te extrañé tanto, Pixie —me dijo, con la voz ronca.

—Somos un desastre —susurré pensando en las últimas semanas.

—Te pido perdón por haberte tratado mal. Soy un imbécil amargado. Pero me has perseguido durante dieciocho meses, y te odiaba. Pensé que me habías traicionado cuando más te necesitaba. Es la única, y muy mala, excusa que tengo para lo que he hecho en las últimas semanas.

—¿Sabías que era parte del elenco de Quentin?

—Sí —admitió—. Me pidió que lo ayudara y vi tu nombre en la lista de intérpretes. Necesitaba saber si eras tú.

—Para torturarme —me aparté de él al recordar lo mal que nos habíamos tratado.

—Necesitaba un cierre. No lo había conseguido antes —me apartó el pelo de la cara. Se rehusaba a crear distancia física entre nosotros—. Aún te deseaba, incluso cuando creía que me habías traicionado.

—Sí, me quedó claro.

Permaneció en silencio y luego se inclinó y su aliento cálido acarició mi oreja.

—Si acabar dentro de ti es lo último que hice en la vida, moriré feliz, Pixie —susurró.

A pesar de mi lucha interna contra el hormigueo que sentí entre las piernas, mi cuerpo entero reaccionó, excitado.

—Aidan —respiré.

Sus dedos me presionaron levemente la barbilla obligándome a mirarlo. Sus labios susurraron por encima de mi boca y dijo:

—Empecemos de nuevo.

Recordé imágenes de nosotros dos, riéndonos, haciendo el amor, hablando y pasando el tiempo juntos en calma. Sin embargo, esos recuerdos fueron aplastados rápidamente por la agonía que había experimentado cuando lo había perdido. El dolor era demasiado reciente, demasiado intenso como para olvidarlo. Más que eso, tenía miedo de perderme a mí misma. Había sido un camino difícil, complicado y desagradable hasta encontrarme a mí misma, hasta perdonarme. Temía volver a ser la persona con inseguridades y poca autoestima.

Negué con la cabeza y me aparté.

—No puedo.

Su incredulidad se transformó rápido en frustración.

—Si es por Nicolette, te prometo que no estamos juntos. Y no volveré a verla. Sé que te maltraté. Me destroza pensar al respecto. Te prometo que nunca volverá a suceder. Nunca. Por favor, dime que entiendes.

—Entiendo. No tiene que ver con eso o con Nicolette —le rocé la mejilla con los dedos. Sentí la barba incipiente que conocía bien—. Esto no es un castigo, Aidan. Jamás lo haría. Solo que no puedo estar contigo. Ya no soy ella. No soy la chica que te importaba. Tengo una buena vida ahora y las cosas son como tienen que ser.

—Miren, no puedo quedarme aquí toda la maldita noche —anunció impaciente el conductor antes de que Aidan pudiera responder.

En ese momento, me di cuenta de que estábamos en Fountainbridge y que probablemente estábamos allí hacía un rato.

Aidan lo miró con odio y luego se volvió hacia mí.

—Necesitas tiempo para pensar.

—Créeme que no.

—Entonces, yo necesito que te tomes tiempo para pensar.

—Te dije que no—insistí y le dije al conductor—. Sighthill.

El conductor asintió y miró a Aidan expectante.

Mi escocés, malhumorado, extrajo suficiente dinero para cubrir todo el viaje.

—Aidan…

—Esto no ha terminado, Pixie —dijo exasperado. Abrió la puerta del taxi y bajó.

Intenté sin éxito no mirarlo cuando el taxi se adentraba en el tránsito. El cuerpo me vibraba con una energía nerviosa y supe que no podría dormir esa noche.

Porque Aidan Lennox me había dicho esas palabras antes, y el bello y decidido hombre las había dicho en serio *entonces*, y las decía en serio *ahora*.

VEINTIOCHO

–Bueno, no estoy seguro de dejarte pasar con esa cara de tormenta –Roddy cruzó el brazo sobre la puerta de entrada al apartamento de Seonaid.

–¿Cara de tormenta? –me la señalé–. Te equivocas. Esto es… confusión irritada.

–Sea lo que sea, tienes las garras afuera y me gusta la cara de mi mujer tal y como está, muchas gracias.

–Apártate, ¿quieres?

–¿Quién es? –la voz de Seonaid sonaba lejana, lo que indicaba que estaba en la sala de estar.

Roddy frunció el ceño.

–¿Qué ha hecho ahora?

–Se ha entrometido.

Suspiró profundamente, se hizo a un lado y puso los ojos en blanco.

–No podía sentar cabeza con una chica tranquila sin amigos.

Lo ignoré, pasé a su lado y caminé por el pasillo en dirección a la sala de estar. Encontré a Seonaid sentada ante la mesa del comedor trabajando con su computadora portátil. Giró en la silla y me sonrió.

–Ey, cariño, qué linda sorpresa.

Uf, hacía que fuera muy difícil enojarse con ella.

Apoyé el bolso en el suelo y me dejé caer en un sillón.

—Te entrometiste.

—¿Te fue a ver? —preguntó con los ojos como platos.

—¿Quién fue a ver quién? —quiso saber Roddy.

Seonaid lo ignoró con un movimiento de la mano.

—Demasiado largo de explicar. ¿Por qué no nos preparas una taza de té?

—Estoy mirando el partido —señaló la televisión donde había un partido de fútbol en pausa.

—Seguirá allí cuando termines.

Nos miró y en vez de irse, se sentó en el sofá y esperó expectante a que yo hablara.

Sin importarle que Roddy se entrometiese, Seonaid se acercó y se sentó en el extremo del sofá más cercano a mí.

—¿Entonces?

—¿No crees que debería estar un poco enojada porque le dijiste la verdad a Aidan sin consultarme? —le pregunté alzando una ceja.

—Absolutamente no —sostuvo negando con la cabeza—. Ya no tienes la mirada muerta así que podré vivir con lo que hice.

—Entrometida.

—¿Entonces?

—¿Entonces qué? Gracias a ti, ahora tengo a un escocés supersensual decidido a retomar lo que empezamos.

—¡Yay! —aplaudió encantada, y luego se puso seria tan rápido que resultó cómico—. Quedó estupefacto cuando se lo conté. Y no quería creerme. Pero supongo que habló con la agitadora y ella confesó…

—Sí. Y como dije, ahora quiere que "empecemos de nuevo". Gracias, Seonaid. Es exactamente lo que necesito.

—Estoy de acuerdo —afirmó—. Pasé media hora con ese hombre y, Dios santo, Nora, ¡es letal! ¿Por qué querrías resistirte a eso?

—¡Ya te dije por qué! —la miré con rabia.

—Estás feliz con tu vida tal como es y bla, bla, bla.

—Exacto.

—Mira, tu vida está bien. Estoy muy contenta de que finalmente hayas podido empezar a darte la vida que te mereces.

—Acertaste de nuevo.

Puso los ojos en blanco.

—De todos modos, en mi opinión, creo que no intentarlo de nuevo con el Señor Soy Tan Sensual Que Las Miradas Arden Con Solo Verme es lo opuesto a darte la vida que mereces.

—No lo es. Estoy protegiendo la vida que construí. Aidan me complica, me confunde, me emociona y me hace daño. Muchísimo daño. No quiero volver a eso.

—¿Así que le dijiste que no y desapareció?

Pensé en la expresión decidida de su cara antes de bajarse del taxi.

—No. Dijo "Esto no se ha terminado".

Una sonrisa enorme le apareció en su rostro bonito, pero la miré enfadada. No lo notó.

— ¿El Señor Soy Tan Sensual Que Las Miradas Arden Con Solo Verme? —inquirió Roddy.

Su novia contempló su expresión irritada.

—Ah, no te preocupes, cariño, es su hombre.

—No es mi hombre. No es nada mío.

—Totalmente hombre suyo.

—Seonaid…

—¿Pero te pareció apuesto? —insistió Roddy.

—Tengo ojos en la cara.

Acostumbrada a sus mutuas burlas, pero demasiado cansada para hacer de árbitro, me paré y tomé mi bolso.

—Bueno, me voy. Chau, chicos.

Roddy me despidió con una inclinación de barbilla, pero Seonaid me siguió al vestíbulo. Se paró frente a la puerta para detenerme.

—No estás enojada conmigo en serio, ¿verdad?

—Haces que sea muy difícil enojarse contigo.

Me abrazó fuerte.

—Quiero que tengas lo mejor del mundo.

—Por eso no estoy enojada contigo.

—Sigo pensando que permitir que Aidan vuelva a tu vida no será la catástrofe que tú piensas que puede ser. Las cosas han cambiado —me dijo cuando me soltó.

—Te escucho y tomo nota. Pero estoy decidida y realmente necesito tu apoyo.

—Siempre lo tendrás. Solo… no seas una agitadora necia, Nora. Cuando ese hombre se enteró de que todo era un malentendido, que tú también eras una víctima de todo esto, vi el dolor que le provocaba. Hagas lo que hagas… trata de no provocarle más dolor.

—Bueno, gente, ¡desde el principio! —exclamó Quentin.

Estaba en el público, sin mis apuntes, observando a Jack y Terence subir al escenario para ensayar el acto uno, primera escena.

—Si la música es el alimento del amor, tocad —la voz grave y deliciosa de Aidan me retumbó en la oreja y me hizo dar un salto. Me estremecí cuando su aliento cálido rozó mi piel—. ¿Lo es, Pixie?

—¿Qué cosa? —susurré.

Se inclinó hacia adelante y posó sus dedos en mi pelo.

—¿Es la música el alimento del amor?

—No —decidí.

—Maldición. Eso me hubiera facilitado las cosas.

—Pensaba que me ibas a dejar en paz… —me volví y susurré.

Durante la última semana, había parecido así. Después de que se bajó del taxi, no supe nada más. Seonaid me preguntó por él cuando salimos a almorzar, pero no tenía nada para contarle. Era un alivio no tener que lidiar con él, no tener que explicarle que me importaba que tuviera planeado ser egoísta. Que cuando había dicho que no quería nada nuevo con él, era porque estaba protegiendo mi felicidad futura.

Sin embargo, me irritaba un poco el hecho de que hubiera dado marcha atrás y no hubiera hecho nada por buscarme. Ponía de manifiesto que era lo correcto mantener a este hombre a raya.

—Te dije que te daría tiempo —susurró—. Hice eso.

—¿Menos de una semana?

—Los dos sabemos que no soy un hombre paciente cuando quiero algo, Pixie.

—No me llames así.

—Se te suaviza la expresión cada vez que lo digo —se estiró para pasarme la parte posterior del dedo por la mejilla. Me aparté bruscamente, y él se entristeció—. Pixie...

Me dolía el pecho por la culpa.

—Aidan, por favor, no.

—No hasta que me digas que no me amas.

De pronto, ya no me resultaba tan fácil respirar. Nunca habíamos usado la palabra con A antes.

—¿Qué?

—Dije, no hasta que me digas...

—Jesús, Aidan, ¿por qué interrumpes mis ensayos? —nos gritó Quentin.

El teatro entero se quedó en silencio y le lancé una mirada tímida a Quentin y luego al escenario donde Jack y Terence parecían molestos. Con razón. Era muy mala educación de nuestra parte susurrar mientras ellos actuaban.

Abrí la boca para pedir disculpas, pero Aidan me ganó de mano.

—Perdón, Quentin, pero la señorita O'Brien y yo tenemos asuntos pendientes.

—¿Cómo cuáles? —el director se cruzó de brazos y esperó, expectante.

—Aidan...

—Nada que tenga ganas de compartir con todos —Aidan me interrumpió

—Bueno, si es así, entonces, ¿quizás podrían hacerme el favor de cerrar el maldito pico?

Oí la risita de Aidan.

—Por supuesto.

Se calló, pero lo sentía a mis espaldas con sus ojos clavados en mí. Nunca me sentí tan aliviada como cuando me subí al escenario y me alejé de él. Me latía todo el cuerpo ante su presencia, y mariposas excitadas revoloteaban en mi estómago que ojalá pudiera decir que eran por mi actuación inminente. Pero no lo eran.

Esas mariposas no tenían que ver con el teatro.

Eran solo por él.

Me obligué a apartarlo de mi mente y a dejar entrar a Viola/Cesario.

—¿Cómo me ama? —preguntó Jane, juguetona y con suspicacia como Olivia.

—Os idolatra; os quiere con lágrimas fecundas, con gemidos que amor retruenan, con suspiros que arden —respondí.

—Eso estuvo perfecto, Pixie —gritó Aidan.

—¿Pixie? —gruñó Quentin—. ¿Quién demonios es Pixie?

Miré a Aidan con rabia.

—Yo. Y ya hablamos suficiente de la galería.

Se rio.

—No hago más que elogiarte. Sabes cuánto me gusta elogiarte.

—Ah, ¿sí? ¿Adulación? Porque últimamente ha habido únicamente insultos.

—Sabes por qué, Pixie. Te pedí perdón. Y no es adulación. Son elogios. Hay una diferencia.

Intenté no dejarme engañar por su encanto.

—Bueno, todavía me duelen los insultos.

—Puedo borrarlos con besos —me sonrió impenitente.

Se me contrajeron los labios, pero me rehusé a darme por vencida.

—Tus labios no valen nada aquí.

—Ay, Pixie… —sonrió pícaro—. Ambos sabemos que eso es mentira.

Me sentí acalorada y se me entrecortó la respiración.

—Imbécil.

—Ángel —replicó él. Lucía demasiado feliz y engreído para alguien que acababa de ser llamado imbécil.

—Idiota.

—Hermosa.

—Loco.

—Adictiva.

—Aidan —me cansé.

—Bueno, por más entretenido que sea, la verdad es que estoy completamente desconcertado —dijo Quentin—. ¿Alguien más?

Escuché murmullos y me sonrojé, porque me di cuenta que había llevado a cabo un encuentro personal enfrente de absolutamente todo el mundo. ¡Maldición! ¿Cómo había logrado que me olvidara de mí misma?

—Sabes que esto es importante para mí. No interrumpas más.

Me observó, pensativo.

—Si me voy, Pixie, no es para siempre. Me verás de nuevo.

—Asegúrate de traer tu estéreo y que suene bien fuerte *Every Breath You Take*, así sabré que estás llegando.

—Mierda, te extrañé —Aidan se rio.

Se me derritieron las entrañas, pero me rehusé a dejar que viera esos sentimientos en mi cara.

Asintió.

—Me voy. Pero te veré pronto.

Lo observé alejarse por el pasillo y salir del auditorio. Odié las ganas que me dieron de bajar de un salto del escenario y seguirlo.

Una vez que logré despegar la mirada de las puertas, me enfrenté a mis curiosos y muy confundidos compañeros de elenco. Entonces, me lanzaron sus preguntas. ¿Cómo es que Aidan y yo habíamos pasado de que él me insultara y criticara todo el tiempo, a actuar como amigos que coqueteaban y que se conocían bien?

—Somos viejos amigos, ¿entendido? —me encogí de hombros.

—¿Viejos amigos? —preguntó Quentin.

—Sí.

–¿Y por qué no dijiste nada antes?

–Porque estábamos enfadados por algo y no quería que afectara a la obra, pero ahora ya no estamos enfadados. Pero creo que él está un poco loco.

–Loco de amor por ti –dijo Jane en voz baja.

–¿Qué? –la miré sorprendida.

–Nora… –se rio, y me miró perpleja, como si pensara que yo también lo estaba–. Jamás he visto a un hombre mirar a una mujer como él te miraba a ti. Ahora tiene sentido toda esa rabia intensa de antes. Solamente el amor hace que alguien actúe así. Confía en mí, lo sé. Un momento, mi esposa me adora, y al siguiente, me quiere matar y al mismo tiempo me quiere hacer el amor.

–Aidan no me ama –negué, con el corazón acelerado.

–Si eso es cierto, sabe muy bien como fingir estar perdidamente enamorado.

Lo descubrí al otro lado de la barra.

–¿Qué estás haciendo aquí?

Se inclinó y me oyó a pesar del ruido del bar.

No habían pasado ni veinticuatro horas y aquí estaba de nuevo. Atormentándome. Su mirada me lo decía todo.

–Aidan, este es mi trabajo –hice un gesto alrededor mío–. Estoy ocupada.

–Entonces, sírveme –hizo una sonrisa traviesa e infantil que me derritió las entrañas.

–Aidan…

–Estoy con unos amigos –echó un vistazo a una mesa cerca de uno de los ventanales de vidrio de color. Había tres hombres sentados que me sonreían. Era raro, pero desde que había conocido a Aidan, nunca había conocido a sus amigos, con excepción de Laine.

Habíamos existido en una burbuja.

Sus amigos me daban más curiosidad de la que quería admitir.

—¿Qué toman?

Aidan pidió cuatro pintas de Guinness y sentí su mirada todo el rato mientras las servía.

—¿Te gusta estar aquí? —me preguntó mientras me pagaba.

—Sí, ¿por qué?

El semblante de Aidan se puso tan serio que detrás de la sonrisa engreída y las bromas vi una tristeza que odiaba ver en él.

—Quiero asegurarme de que estés bien.

Aferré el billete de veinte que me había dado, y sus dedos.

—¿Estás bien, Aidan?

—¿Te sigue importando, Pixie?

—Quiero que estés bien —evadí.

—Ey, ¿por qué la demora?

Uno de los tipos de su mesa apareció y le palmeó el hombro. Le solté la mano y fui a la caja para finalizar el pago.

—Nora, él es Colin. Somos viejos amigos de la escuela. Colin, ella es Nora.

Después de entregarle el cambio a Aidan (que él puso de inmediato en el recipiente de la propina), le sonreí educadamente a Colin.

—Un placer conocerte.

—*Todos* somos antiguos compañeros de la escuela —Colin hizo un gesto en dirección a la mesa. Era casi tan alto como Aidan con hombros anchos y brazos poderosos. Tenía un poco de barriga, pero no quedaba duda de que era un tipo muy fuerte. Miré a los otros dos y noté que también eran tipos grandes.

—Ah. Por casualidad no estaban todos en el equipo de rugby, ¿verdad?

—Menos de diecinueve años —dijo Colin sonriendo a través de su barba descuidada. Era morocho pero tenía manchones de gris en el pelo—. ¿Cómo adivinaste?

Le sonreí a Aidan que me miraba con los sentimientos a flor de piel.

Dejé de sonreír cuando recordé lo que Jane había dicho ayer. ¿Estaba enamorado de mí?

Me miraba como si lo estuviera.

Para mi fastidio, descubrí que me excitaba la idea, y sentí hormigueos en lugares donde no eran bienvenidos, y el sujetador empezó a ajustarme más.

Miré a su amigo para quebrar el intenso contacto visual.

—Son todos bastante musculosos.

—¿Te gusta el rugby?

—La verdad, me da lo mismo.

—Podemos trabajar en eso. Te digo, querida, que para cuando hayamos terminado contigo, serás fanática del rugby —sonrió.

—¿Para cuándo hayan terminado conmigo?

—Bueno, una vez que Aidan te convenza de que lo perdones por ser un bastardo total, esperamos verte más seguido.

Le palmeó el hombro a en señal de apoyo. Levantó hábilmente las tres pintas y se las alcanzó a sus amigos.

Miré a Aidan furiosa.

—¿Les contaste?

—Querían saber por qué dejé de ser amigo de Laine.

Entendí que su traición era mucho peor para él que para mí.

—Lo siento. Sé que fueron amigos durante mucho tiempo.

—Sí, bueno, nadie lo puede creer —negó—. No quiero darle vueltas al asunto. Quiero dejarlo atrás.

—Yo también.

—¡Nora!

Entrecerré los ojos y giré en dirección al grito. Kieran me miraba con furia desde el otro extremo de la barra.

—¿Qué tal si dejas de coquetear y nos ayudas?

Me sonrojé y me alejé del mostrador.

—Debo volver a trabajar.

—Estaré por aquí —Aidan tomó su pinta y señaló la mesa.

Sabiendo que no podía decir mucho para hacerlo cambiar de opinión, asentí y me puse a atender a otro cliente.

Por el resto de la noche, sin embargo, lo sentí, incluso cuando estaba ocupado con sus amigos y no me estaba mirando. Lo sentía. Y no podía borrarme esa mirada de tristeza de la cabeza.

Aidan había perdido mucho en muy poco tiempo, y en su momento habíamos conectado porque yo entendía eso mejor que nadie.

Tenía miedo de perder la persona en la que me había convertido, alguien que me caía bien, alguien a quien respetaba, si empezaba una relación con un hombre que, sin querer, me había hecho cuestionarme si yo merecía su cariño. Pero también tenía miedo por él. Y me preguntaba si necesitaba alguien con quien hablar.

Me seguía importando demasiado.

VEINTINUEVE

La semana siguiente, me olvidé de que era abril y tomé la poco feliz decisión de confiar que el sol seguiría brillando en una inesperadamente cálida noche de primavera. Me había quedado en la biblioteca de la universidad para estudiar, y emprendí el camino al teatro vestida con unos zapatos abiertos, un vestido ligero y un cárdigan. En cuanto dejé la biblioteca y me dirigí a The Meadows, descubrí las nubes oscuras en el cielo.

—Por favor, que no llueva —murmuré.

Pero mi ruego no sirvió de nada.

La lluvia cayó en cortinas diagonales que me empaparon y me pegaron el pelo y la ropa a la piel. Las personas que estaban en el parque gritaban mientras yo me protegí la cabeza con el bolso y me eché a correr en dirección a Gilmore Place.

Me patiné en la acera mojada, y casi termino de cara en el medio de la calle. El semáforo me detuvo en la esquina de Leven y la calle Home. Ignoré la sonrisa de simpatía de una conductora que pasó a mi lado y los chiflidos de los tipos que iban en el auto que seguía al de ella.

Bajé la mirada y me sonrojé cuando me di cuenta cómo se me había pegado la ropa al cuerpo.

Genial.

No tenía sentido esperar que Aidan no estuviera en el ensayo. Aunque no había aparecido en el bar al día siguiente, me había prometido que iría al ensayo y allí estuvo el lunes. Para coquetear conmigo. Encantarme. Y en general molestar a Quentin y a Amanda, que no estaba muy contenta de que tuviera la atención concentrada en otra parte. Aunque me molestaba, como era sabido, era una debilucha que amaba recibir su atención.

Finalmente, pude cruzar la calle y correr por Gilmore manchándome las piernas con el agua sucia de los charcos.

Empujé las puertas del edificio, esperando que se abrieran, y gruñí cuando se resistieron. Tomé las manillas gigantes e intenté de nuevo.

Nada.

Las agité.

Qué demonios…

Me metí temblando debajo del pequeño alero del edificio y miré de un lado a otro para ver si descubría a mis compañeros.

No vi a nadie.

Suspiré exasperada, y me puse a revolver el bolso, apartando papeles y libros, para buscar mi teléfono. Revisé los mensajes para ver si había algo que explicase por qué las puertas del teatro estaban cerradas cuando ya era hora de empezar a ensayar. Nada.

Maldije y llamé a Quentin.

—¿Qué? —respondió al tercer timbrazo.

—¿Dónde están todos? —pregunté sin más preámbulo—. Las puertas del teatro están cerradas.

—¿Estás en el ensayo? —inquirió irritado—. Terence, ¡se suponía que les ibas avisar a todos!

—¡Les mandé mensajes de texto a todos! —escuché que Terence gritaba a lo lejos.

—¡Bueno, no le mandaste a Nora, desgraciado!

—¡Sí que le mandé a Nora!

—No me mandó nada —me empezaron a castañetear los dientes—. ¿Qué pasó?

—Me quebré el maldito pie anoche.

–¿Cómo? –la preocupación me distrajo del frío.

–Terence se olvidó un zapato en la escalera. Alcanza con decir que se ha convertido en mi chico de los mandados personal. De todos modos, tengo un poco de dolor, así que pasé el ensayo al sábado al mediodía, para descontento de todos. Muy amables. Nuestro elenco y equipo. Muy preocupados. Eso fue sarcasmo. Son villanos llorosos, todos.

–Espero que estés bien.

–Por supuesto que tú sí, Nora, eres un corazón. Lo siento, a veces Terence es un idiota total. Espero que no te haya sorprendido la lluvia.

–No, estoy bien –mentí–. Que te mejores. Nos vemos el sábado.

Colgamos, y me envolví con los brazos, rogando que apareciera un taxi para no tener que volverme a meter en el diluvio. Temblé y me sacudí como un perro mojado. Sentía pena por mí misma, cuando un Range Rover verde oscuro dobló la esquina y se detuvo frente al teatro.

La ventanilla del lado del acompañante bajó y apareció la cara de Aidan.

–¡Súbete! –gritó en la tormenta.

El corazón me latía tan fuerte que no podía moverme y menos reaccionar a su aparición súbita.

–¡Nora, súbete! –esta vez sonó irritado y eso me hizo reaccionar. No supe si había decidido que era preferible aceptar para no enfermarme, o si solo era una excusa para estar cerca de él sin sentir que me estaba traicionando a mí misma.

Tomé mi bolso y bajé los escalones en dirección hacia su auto.

El calor me abrazó en cuanto me senté en el asiento del acompañante y cerré la puerta. Tenía la calefacción subida al máximo.

–Los asientos –dije evitando su mirada.

–Como si me fueran a importar en este momento. Estás empapada.

–Solo un poco –me castañeaban los dientes–. O mucho.

Maldijo por lo bajo y arrancó el auto.

–¿No te llegó el mensaje avisando que se cambiaba el ensayo?

—Aparentemente, soy la única.

—Bueno, menos mal que salí del estudio e iba camino a casa y decidí pasar por si alguien no se había enterado.

—Sí, bien pensado —no podía mirarlo a los ojos—. ¿Auto nuevo?

—Sí.

Me quedé sentada en silencio, temblando mientras él conducía en dirección a Fountainbridge.

—¿Podrías dejarme en casa?

—Para cuando lleguemos hasta allí, ya te habrás enfermado —dijo impaciente.

Me sentí inquieta cuando aparcó en el estacionamiento subterráneo debajo de su edificio y bajó de un salto hacia mi lado.

—Aidan, estoy bien —dije cuando abrió la puerta y me extendió la mano.

No se movió, y no me quedó otra opción que bajarme.

El sonido de su inhalación me hizo alzar la vista.

Tenía los ojos clavados en mí y en cómo el vestido se me pegaba al cuerpo dejando poco lugar a la imaginación.

Me sonrojé y traté de cerrar el cárdigan.

Tomó mi mano y apartó la mirada, pero vi que tenía las mejillas ruborizadas.

Mis pezones ya estaban duros por el frío y la humedad, y ahora sentía que los pechos se me hinchaban, se alzaban y se tensaban.

¡Corre, Nora, corre!

No corrí. Dejé que Aidan me condujera en silencio al ascensor. Una vez dentro, lo solté con la mayor delicadeza posible, porque no quería herir sus sentimientos.

—Puedes darte una ducha caliente. Buscaré ropa seca mía que te puedas poner mientras meto tu vestido en la secadora —dijo mirando fríamente hacia adelante.

—Muy amable de tu parte.

Parecíamos desconocidos.

Pero había demasiada electricidad entre nosotros. Tanta que me sorprendió que el pelo no se me rizara.

Cuando la puerta del ascensor se abrió, los dos nos movimos para bajar primero, y terminé apoyándole los pechos en el torso. Hizo una mueca como si le doliera algo y me tomó un poco fuerte de los brazos para apartarme de su cuerpo.

—Iba a abrir la puerta —explicó.

Por un momento, alcé la vista hacia él, la sangre me corría ardiente por el cuerpo, y pude sentir cómo me abandonaban la razón y el sentido común. Sea lo que sea que él notó en mi expresión, destrabó el deseo que tenía bloqueado, y lo vi arder en su mirada.

—Puerta —le susurré para recordarle.

Asintió, las facciones tensas, y salió del ascensor.

En cuanto entré al apartamento se me cortó la respiración, como si alguien me hubiera pateado en el estómago. Era como si por cruzar el umbral, hubiera retrocedido dieciocho meses en el tiempo. Ahora había una mesa y sillas en donde solía estar el pequeño estudio de música, pero, fuera de eso, estaba todo igual.

Mis ojos se dirigieron a Aidan que se había detenido y vuelto sobre sus talones cuando yo me quedé quieta para apreciar el entorno. Su anhelo estaba a la altura del mío cuando cruzamos las miradas. Él también se acordaba.

Yo recordaba lo mucho que lo amaba.

Que lo necesitaba.

Quería meterme bien dentro suyo, tan dentro que fuéramos casi indistinguibles.

Y, en ese instante, con la lujuria corriéndome por las venas y lágrimas de antaño en los ojos, esos sentimientos no pensaban desaparecer.

Me consumían.

Aidan carraspeó.

—La regadera de la habitación principal es más fuerte. Puedes usar esa. Hay toallas limpias en el baño. Deja tu… —apartó la mirada— ropa del otro lado de la puerta del baño y yo las meteré en la secadora mientras te duchas. Te dejaré una camiseta seca o algo por el estilo para que te cambies.

Asentí. Intenté quitarme los zapatos sin dejar marcas de lodo en el piso. Me las arreglé, de algún modo, para caminar a su lado y dirigirme al pasillo. Pero cuanto más lejos me llevaban mis pies descalzos y fríos, peor me sentía por estar lejos de él.

Tenía el cuerpo en tensión, desenfrenado y poco satisfecho con la separación.

Muy poco satisfecho.

Sin ganas de colaborar con la distancia.

Reflexionando al respecto, no sé qué me sucedió.

Creo que estaba cansada de resistirme a lo que deseaba.

Entré a su dormitorio, y la sensación potente y arrolladora de necesidad que tenía en la boca del estómago se intensificó. La habitación olía a él, y la cama estaba sin hacer. Imaginármelo desnudo en la cama me despertó unas mariposas de ansias en lo profundo de mi vientre.

Caminé al baño y abrí la puerta. Era mucho más grande que el baño del pasillo que ya conocía. Me estremecí, con ganas ya sentir el agua caliente sobre mí. Pero quería más que eso. No tenía las palabras ni el poder para usarlas. Todavía tenía miedo de decirlas en voz alta.

Me quité la ropa en el umbral del baño y las dejé caer al suelo.

Dejé la puerta abierta.

De par en par.

Dejé correr el agua y esperé que se calentara. Entré y cerré el cubículo de vidrio. Giré: tenía vista directa al dormitorio.

Me latía el corazón con fuerza. Pum. Pum. Pum. Pum pum. Pum pum pum. Pum pum pum pum pum. Más rápido y más duro.

Me quedé sin aliento cuando lo vi. Primero de perfil. Tenía ligeramente fruncido el ceño. Luego se puso tenso, y supe que me había visto con su visión periférica. Cuando giró, sus ojos cayeron primero en la pila de ropa en el suelo y luego, lentamente, subieron. Se arrastraron por mi cuerpo.

Me lavé los pechos, y me estremecí al notar que me observaba mientras lo hacía.

Finalmente, nuestras miradas se cruzaron.

La de él tan llena de ansia, que me temblaron las piernas.

A pesar de eso, continué. Usé su champú y acondicionador para lavarme el pelo, y disfruté el modo en que contemplaba hipnotizado cómo rebotaban mis pechos con el movimiento.

La erección le presionaba la cremallera de los vaqueros y me humedecí entre las piernas.

Cuando terminé, con la piel caliente por la ducha y la excitación, apagué la ducha, me escurrí el agua del pelo y salí. El aire frío me hizo temblar y transformó mis pezones en capullos.

Y Aidan bebió cada gota de mí.

Sentí hormigueos por toda la piel ante su inspección.

No me sentí insegura ni demasiado joven.

Me sentí atrevida. Necesitada y deseada.

—Aidan —susurré.

Todo lo que él esperaba oír estaba en esa palabra y, de pronto, se empezó a desabotonar la camisa. Me relajé. No tendría que decir las palabras que no podía pronunciar, porque iba a obtener lo que quería de todos modos.

Lo contemplé mientras se quitaba la ropa. Sus ojos estaban fijos en mí. Se me escapó un gemido cuando toda su virilidad quedó de manifiesto.

Yo hice eso.

Yo.

—Ve a la cama, Pixie. Y abre las piernas.

Su exigencia se sintió como si me hubiera explorado con su boca por el modo en que reaccionó mi cuerpo. Me latían los muslos de deseo. Caminé hacia él, tortuosamente cerca, me subí a la cama, le dejé que apreciara mi trasero con tranquilidad antes de darme vuelta y quedar boca arriba.

Un momento de vulnerabilidad, de nervios, me impidió abrirme de piernas.

—Piernas. Ahora.

Me mordí los labios al sonreír.

—¿Ningún por favor?

—Me está costando tomármelo con calma, Pixie —admitió.

Me abrí de piernas.

Apareció y se acercó a la cama. Sentí que me mojaba cuando me miró allí abajo con deseo en la cara. Inesperadamente, no tomó lo que yo ofrecía. Se trepó a la cama, se sostuvo con los brazos a cada lado de mi cabeza y me miró.

—¿Aidan?

—¿Estás realmente aquí, Pixie?

No sabía si la pregunta estaba cargada de algo más que esas simples palabras, por lo que me estiré, le puse una mano sobre la mejilla y le pasé el pulgar por la barba incipiente, como me gustaba hacerlo.

—Olvidémonos de todo lo demás y hagamos esto. Siento que me romperé en pedazos si no acabas dentro de mí.

—Mierda —gruñó y bajó la cabeza para besarme. Su beso fue impetuoso e impaciente. Moví los labios debajo de los suyos, nuestras lenguas entrelazándose, imitando lo que nuestros cuerpos querían hacer. Alcé las caderas hacia él, excitada.

Aferré su cintura a medida que el beso se hacía más intenso y brusco. Gemí de nuevo cuando sus caderas se movieron contra las mías y sentí su erección ansiosa deslizándose contra mi vientre. Me soltó la boca para rozarme la barbilla con los labios, siguiendo la línea de la mandíbula, como si no pudiera quedarse tranquilo hasta haber tocado todo. Siguió besando mi cuerpo hacia abajo. Su boca estaba ardiente y hambrienta, y yo me sostuve y le acaricié la espalda musculosa, desde los omóplatos hasta meterlas en su pelo, cuando él se movió más abajo.

El calor desértico de su boca me envolvió el pezón derecho. Mis caderas se aplastaron contra las suyas. Mis muslos se aferraron a él con urgencia. Arqueé la espalda pidiendo más cuando primero me lamió y luego me chupó con fuerza, mientras con el índice y el pulgar me pellizcaba el otro pezón.

Una ola de humedad recorrió mis piernas. Alzó la cabeza y me miró con sus ojos verde bosque mientras ondulaba contra mí. Estaba entre mis piernas besando mi ardor latente.

—¿Más, pequeña Pixie, o vamos directo a la final?

Por más que lo deseara, quería que él obtuviera lo que quería.

—Sabes que quieres torturarme, bastardo —gemí de placer—. ¿Para qué me preguntas?

Se rio y cerré los ojos porque el sonido me despertaba algo más que deseo sexual.

—Abre los ojos.

Lo hice.

Satisfecho, bajó la cabeza de nuevo, y jugó con mi otro pezón. La tensión creciendo en mi bajo vientre.

—Aidan —jadeé le tomé la cabeza entre las manos mientras me rodeaba con la lengua—. Te necesito.

Se movió y se deslizó más abajo, sus labios abiertos besándome el vientre mientras con las manos me rodeaba los pechos al descender. Me estremecí cuando su lengua viajó por mi ombligo y suspiré feliz cuando me abrió los muslos.

Aidan se ubicó entre mis piernas, y su mano se deslizó por el interior del muslo hasta que sentí sus dedos dentro de mí.

—Ay, Dios —eché la cabeza hacia atrás al sentir la sensación. Nunca había reaccionado tan expresivamente antes. Sentí que estaba a segundos de llegar al clímax.

¿Cómo era posible?

Mi reacción hizo que me mirara. Sus ojos eran intensos, la picardía había desaparecido y había sido reemplazada por un propósito sexual feroz. Sus dedos salieron y entraron en mí. Empujé las caderas contra ellos tratando de seguirle el ritmo.

—Estás mojada, Pixie —dijo con la voz ronca—. Empapada. ¿Siempre eres así? ¿O es solo por mí?

—Solo por ti —exclamé sincera—. Solo tú me haces esto.

Me mostró los dientes y la satisfacción le invadió la cara. Juro que hizo que mi vientre se estremeciera profundamente, y le di aún más humedad.

Aidan bajó de nuevo la cabeza. Sus dedos me abandonaron, pero antes de que pudiera lamentar su partida, sentí su lengua sobre mí y casi me caigo de la cama.

Por fin.

Exploró los pliegues de mi deseo jugando, presionando…

Grité, incapaz de controlar el deseo. La cabeza me dio vueltas cuando empecé a sentir el máximo placer. Automáticamente cerré los muslos para atraerlo más a mí. Sentí su barba y la lujuria se apoderó completamente de mí. Mis caderas se alzaron mientras él seguía explorándome.

La tensión explotó. Eché la cabeza hacia atrás contra el colchón y puse los ojos en blanco. Volví a gritar.

Nunca había experimentado algo así.

No podía detener a mis músculos internos que pulsaban en oleadas. Mis dedos se aferraban a la ropa de cama y no podía resistirme a tanto placer.

Se desvaneció en réplicas y me empezaron a pesar los muslos tanto que mis piernas cayeron a un lado cuando él me miró.

No sé por qué estaba tan maravillado.

Yo era la que estaba asombrada.

Cuando bajó de la cama, gemí, ¡gemí en serio!

—¿A dónde vas?

No me respondió. Escuché unos ruidos y luego volvió, y se subió encima de mí.

Estaba listo para hundirse en mí. Esta vez usamos protección.

Su mano me recorrió el torso y aunque hacía apenas unos segundos no tenía energía, arqueé la espalda al sentirlo. Un calor me recorrió desde el interior cuando él me tocó el pecho derecho con una mano y deslizó la otra entre mis piernas. Me estremecí. Estaba extremadamente sensible.

—Te necesito —gruñó Aidan.

—Entonces tómame.

Apenas podía controlarse. Me abrió más las piernas y se colocó sobre mí. Y luego nos conectamos desde lo más profundo. Con los ojos cerrados como si le doliera, presionó mi cuerpo. Mis músculos lo envolvían. Contuve un gemido. Ardía de pasión. Sentí un dolor placentero como la vez anterior. Él era tan grande y yo era tan pequeña. Jadeó, y sus brazos temblaron.

—¿Aidan? —alcé las caderas para que llegara a lo más profundo de mi ser.

—Estás más sensible. Voy a hacerlo más despacio —abrió los ojos como platos, y el fuego que ardía en ellos me hizo tensar mi interior aún más. Cuando me sintió, exclamó—. Ay, mierda.

Le acaricié la espalda y lo arañé muy suavemente.

—Deja de ser tan cuidadoso.

Me miró con rabia.

—No fui cuidadoso la vez anterior.

—Y fue fantástico —alcé las caderas pidiéndole que lo hiciera con más fuerza. Casi rugió saliéndose de mí. Y luego volvió a estar dentro de mí. Eché la cabeza atrás y sonreí.

—Animal —se dijo entre risas.

—Mira quién habla.

Me sonrió, engreído. Sus ojos me recorrían la cara, los labios, los pechos. Luego se detuvieron entre mis piernas. Aidan se miraba mientras se movía. Su pecho se alzaba y bajaba con aliento entrecortado a medida que el placer aumentaba.

Me miró a los ojos y asentí ante la pregunta tácita.

Y así, empezó a moverse más profundamente. Las puertas del placer se volvían a abrir para mí.

—Déjate llevar, Pixie —exigió, hundiéndose en mí con más intensidad, con los dientes apretados mientras contenía el orgasmo—. Quiero sentirte.

Alcanzó el máximo placer, y al verlo no necesité nada más.

Exploté, y me aferré a él con movimientos ondulantes que le hicieron abrir los ojos.

—Mierda —exclamó y se quedó quieto por un segundo mientras sus caderas se estremecían contra mí. Sentí que latía en mi interior mientras se retorcía de placer.

Se dejó caer con un gruñido, estupefacto, y recostó sobre mí mientras me besaba el cuello.

Me reí, sin aliento, y le di un codazo. Él se levantó y murmuró una disculpa soñolienta. Sonreí cuando vi la expresión totalmente relajada que tenía en la cara cuando se tumbó de espaldas. Enrolló su pierna con la mía. No podía recordar cuándo había sido la última vez que me había sentido así.

Tan feliz que podía irme volando de la cama para bailar flotando por el techo.

Aidan abrió sus hermosos ojos.

—No pienso dejarte ir ahora, Pixie —dijo.

Y caí de vuelta sobre la cama cuando me choqué con el obstáculo al que llamamos realidad.

TREINTA

enía que entender por qué Aidan estaba tan decidido a tenerme.
Pensé al respecto e hice una lista mental mientras estábamos
de pie en su apartamento mirándonos. Después de su declaración, había saltado de la cama, me había puesto la camiseta que él
había estado usando y me había ido al frente del apartamento, imaginándome que allí estaría a salvo de su lujuria.

Aidan, por supuesto, me siguió.

Disgustado.

Y ahora aquí estaba. Pensando en las razones por las que quería
que estuviera con él. La relación que habíamos tenido durante la época
de Sylvie había sido circunstancial. Nos habíamos acercado porque
ambos nos sentíamos perseguidos por los fantasmas del pasado. Nos
entendíamos. Nos sentíamos menos solos. Y los tres habíamos armado una pequeña unidad familiar por un tiempo. Eso nos había unido
mucho.

Luego estaba el hecho de que no habíamos tenido una relación física durante ese tiempo. Mucho calor, química y deseo contenido nos
habían mantenido cerca.

Lo que me llevó a pensar en nuestra primera vez en el camerino, y
luego en lo que acababa de pasar.

Nuestra primera vez… Me daba calor de solo recordarlo. Había sido una fantasía en la vida real. Había sido pasional, intenso y épico. Todo el enojo, la amargura y el deseo colapsaron en una explosión que jamás olvidaría.

Esa misma frustración y ese mismo anhelo nos habían vuelto a conectar.

Sin embargo, ¡eso no quería decir que el sexo entre nosotros sería así todo el tiempo! Esos momentos habían sido el resultado de una acumulación de casi dos años. Por supuesto que él iba a ser increíble al principio.

Lo que quería decir que era una fantasía.

No era real.

Como había dejado de ser real lo que habíamos sido con Sylvie. Esas personas ya no existían. Sabía que había cambiado.

Sin embargo, esas eran las razones por las que Aidan quería que lo volviéramos a intentar. Se estaba aferrando a algo que ya no estaba

Entonces, demuéstraselo. Demuéstrale cómo sería la realidad.

Me reí ante el pensamiento.

Era mi deseo hablando. No iba a seguir con esto para que al final todo se volviera mediocre.

No. Pero podríamos tener sexo. Ser amigos con derechos. Hasta que se aburriera y se diera cuenta de que no debíamos estar juntos.

Era la cosa más retorcida que se me había ocurrido en la vida.

Nuestras miradas se cruzaron. Él esperaba que le respondiera la pregunta que me había hecho cuando me había seguido.

—¿En qué estás pensando?

Quizás era una opción lo de ser amigos con beneficios.

Quizás de todas formas nos terminaríamos cansando.

—No puedo estar en una relación contigo, Aidan. Pero si quieres, podemos tener esto, por el tiempo que queramos. Pero solo sexo.

Era cómico, no sabía a qué le tenía más miedo, a que aceptara o a que no.

Me miró con incredulidad.

–¿Estás sugiriendo que sea tu amigo con derechos?

Me sonrojé.

–Bueno, no lo diría así, pero sí.

–¿Estás loca?

–No. Es mi propuesta. Tómala o déjala. Pero es todo lo que estoy dispuesta a darte.

–¿Sexo? –se cruzó de brazos–. ¿Solo eso?

–Pensé que eso sería fácil para ti dado que tienes una Nicolette en cada continente.

Los ojos le centellearon con engreimiento.

–¿Celosa? Por lo que sé, los celos significan que quieres algo más.

–No me provoques.

–Sí, tenía a Nicolette y algunas otras que no significaron nada para mí. No puedo deshacer eso. Pero sí puedo decir que esperaba que casi todas las mujeres con las que he estado me dijeran que no querían más que sexo. Pero siempre era yo el que lo decía y ellas estaban de acuerdo, con la esperanza de que cambiara de idea y les diera más. Qué irónico que la primera mujer en proponérmelo sea la única mujer con la que he querido tener una relación permanente.

Me sentí culpable y no le pude sostener la mirada.

–No sé qué decir –suspiré.

–Sí, veo que no –su amargura me lastimó. Suspiró profundo–. Bueno. Si esa es la única manera en la que puedo estar contigo, entonces, está bien. No lo entiendo. Pero lo acepto.

Lo miré directamente a los ojos esperanzada.

–¿De verdad?

Asintió.

Y me permití sonreír.

–Esto es mejor de lo que tú querías –afirmé.

No respondió. En vez de eso, atravesó la habitación, se inclinó y me alzó sobre su hombro dejándome sin respiración.

–¡Aidan! –dije casi sin voz sorprendida.

—Si esto es lo que obtendré, entonces escúchame —dijo, tirándome sobre la cama y tomándome de los tobillos para acercarme a él. Sus ojos verdes flameaban decididos—. Esta noche, eres mía y pretendo aprovecharlo al máximo.

—Eres un bastardo —murmuré e intenté darle un golpe mientras él me besaba el hombro desnudo.

El sol se filtraba por la ventana, un despertador natural que había abierto mis ojos.

Lo sentí riéndose contra mí y oí el delicioso estruendo en mi oído.

—Me dices cosas tan dulces.

Sonreí tímidamente. Tenía la vista nublada y miré el reloj en la mesa de noche de Aidan. Las diez y media. Mis ojos parpadearon. Diez y media. ¡Diez y media! Me incorporé y lo oí quejarse.

—¿Esa hora está bien?

—Sí, ¿qué pasa?

Lo miré con rabia, y deseé poder protegerme la vista de su cuerpo extendido en la cama. Tenía una mano por encima de la cabeza sobre la almohada, y la otra sobre el vientre. Las sábanas se detenían debajo de su ombligo. Estaba listo para repetir lo de anoche. Por más trascendental que haya sido, temía no poder caminar si me tocaba de nuevo. Además, estaba llegando tarde.

—Tengo clases. Sabes, compromisos. ¿Tú no? Compromisos, quiero decir…

—Puedo trabajar más tarde.

—No puedo ir a clase más tarde.

Se incorporó y me pasó un brazo por la cintura, atrayéndome hacia él, piel desnuda contra piel desnuda. Sus ojos me recorrieron la cara con tanta intensidad que me dieron ganas de volverme a estar a su lado.

—Seguro que puedes faltar a una clase o dos.

Podía hacerlo sin que ocurriera un desastre, pero ese no era el tema.

—No quiero.

—¿Así que lo que me quieres decir es que prefieres levantarte temprano para ir a clase, en vez pasarla tan bien como anoche?

—No —gruñí.

—Ah, ah —aparté su mano, que exploraba debajo de las sábanas. Cuando noté su ceja alzada, me sonrojé un poco—. Me duele.

La sonrisa que le apareció en la cara era casi irresistible.

—Qué engreído eres.

—Es la segunda vez que me llamas así —me hizo cosquillas en las costillas, y grité, e intenté alejarme. No se rindió. Riéndome y rogándole que me soltara, me encontré tumbada de espaldas en la cama con un musculoso y divertido escocés arriba.

No era la peor manera de empezar el día.

—¡Bueno, bueno! —me reí—. ¡Lo siento! ¡Basta!

Dejó de hacerme cosquillas. Me empezó a besar. No me sorprendió cuando mi piel entró en calor y mis muslos se aferraron a sus caderas. A pesar de sentirme dolorida, era adicta a su cuerpo. Anoche nos habíamos tocado y besado por todas partes. Deseo intenso combinado con amor tierno. Me había quedado dormida, y luego desperté con la boca y las manos de Aidan sobre el cuerpo. Para mi sorpresa absoluta, en vez de cansarnos como había esperado, cada toque nos volvía más adictos.

Y no podía dejar de saborearlo una vez más.

Se tomó un momento para ponerse el condón y me quedé ahí jadeando, sin pensar en detenerlo. Luego la aventura comenzó.

—Pixie —murmuró besándome para calmarme, como si quisiera darme tiempo para adaptarme a él de nuevo—. Puedo parar.

—No —susurré.

Y no lo hizo. Se movió y yo me aferré a su cuerpo mientras él se deslizaba en mi interior.

—¡Aidan!

Al principio pensé que *yo* había gritado su nombre.

Pero entonces…

—¡Aidan!

Se dejó de mover, y me miró perplejo.

—¿Eso fue…?

—¿Aidan, estás en casa? —la voz se acercaba cada vez más.

Se apartó y nos cubrió con las sábanas justo cuando la puerta se abrió de par en par.

Para mi horror y confusión, Laine estaba de pie en el umbral.

—Ay, Dios mío —dijo luciendo tan horrorizada como yo—. Ay, Dios mío.

—Laine, ¡sal ahora mismo de aquí! —gritó Aidan cubriéndome.

—Ay, Dios mío —giró sobre sus talones y casi se golpea con la puerta al salir.

Esperamos un momento.

Pero nunca oímos el sonido de la puerta abriéndose y cerrándose.

Lo miré de inmediato, enojada.

—Se siente aún cómoda como para entrar en tu dormitorio. Parece que se pelearon mucho, entonces.

—No volví a hablar con ella desde entonces —dijo con rabia en los ojos.

—Bueno, entonces, mejor ve allí afuera —dije con mal tono. Lo sabía. Sin embargo, los celos habían vuelto como si los últimos veinte meses no hubieran sucedido.

—Lo haré. Y tú vienes conmigo —se puso de pie y caminó por la habitación con toda su gloriosa desnudez hacia el vestidor. Cuando volvió, solo tenía puestos pantalones de gimnasia.

Me senté en la cama.

—Eh… ¿dónde está tu camiseta?

—¿En serio?

—Sí, en serio.

—Te estás sintiendo un poquito posesiva de nuevo, Pixie.

Alcé la barbilla.

—Me parece inapropiado, nada más.

—Sí, claro —desapareció en el vestidor y reapareció con una camiseta puesta, y con otra en la mano que me arrojó—. Ponte esto.

—No quieres que vaya contigo de verdad, ¿no?

—Sí que quiero. Ahora.

—¿Por qué?

—Porque tengo que salir y dejarle perfectamente en claro lo que pensé que ya le había dejado perfectamente en claro, y que es que no le perdono lo que hizo. No la quiero en mi vida.

Lo observé con cuidado. Yo tampoco podría hacerlo. Sin embargo, no la conocía muy bien. Aidan y ella habían sido amigos desde la escuela. Me preocupaba que su decisión de no perdonarla se basara en hacer lo que él pensaba que yo quería.

—No la quites de tu vida por mí, Aidan. En particular cuando no puedo ofrecerte nada... —dije. Él sabía lo que yo estaba tratando de decirle.

Avanzó un paso en mi dirección, y vi el dolor en sus facciones. Lo oí en su voz.

—Laine me quitó lo único que me mantenía en pie cuando Cal se llevó a Sylvie. Lo hizo por razones egoístas y sin pensarlo, y quiso excusarse diciendo que se preocupaba mucho por mí —negó con la cabeza y vi el enojo que sentía—. La única persona por la que se preocupó cuando mintió, fue ella misma. Y ahora que finalmente te tengo, y en realidad no te tengo, ¿no es cierto, Nora? Ya no puedo borrarte de mi mente. Me tienes tan loco, que estoy dispuesto a arriesgarme.

Hizo un gesto en dirección a la puerta.

—No podemos estar en paz sin que ella nos interrumpa. Tiene la maldita llave de mi apartamento. Quiero que me la devuelva.

—Tienes que cambiar la cerradura —hice una mueca en cuanto dije eso. Aidan acababa de desnudar su alma, ¿y yo ni podía tomarme un momento para explicarme mejor?

Apretó los labios durante un instante.

—¿Vienes conmigo o no?

—¿Para qué? ¿Para humillarla? Porque pienso que haber descubierto al hombre que ama teniendo sexo con otra mujer ya debe haber sido suficiente.

Aidan pensó en mis palabras y su expresión se suavizó.

—¿Te importa eso? Mierda, me vuelves loco, y no te entiendo la mitad del tiempo, pero jamás he conocido alguien que se preocupara tanto. ¿De dónde vienes, Pixie?

—De arriba. Del cielo —susurré con tristeza señalando hacia arriba—. Segunda estrella a la derecha y todo recto hasta el amanecer.

Reconoció la cita y estiró una mano para acariciarme la cara. Me pasó el pulgar por los labios.

—Sigues siendo la muchacha que se disfrazaba de un personaje de cuentos para alegrarle el día a unos niños enfermos. Más fuerte, más segura de ti misma, pero sigues siendo ella.

—No, no lo soy —le tenía miedo a esa muchacha.

—Nadie cambia tanto —me besó suavemente los labios—. ¿Y por qué querrías hacerlo? Esa mujer era tan magnífica como ahora

—¿Magnífica? —le sonreí con los ojos llenos de lágrimas al recordarlo.

Él también se acordaba.

—Magnífica.

Pero yo no era ella, tenía que recordarlo. Me alejé de él y negué.

—Te equivocas, Aidan. Pronto lo descubrirás.

Exhaló frustrado, pero se levantó de la cama.

—Yo hablaré con Laine. Puedes esperarme aquí si quieres.

Quería.

Más o menos.

Me puse la camiseta de Aidan, y traté de no temblar de placer ante lo bien que se sentía, como si realmente fuera suya por usarla. De pie en el umbral del dormitorio, escuché a escondidas.

No estaba bien.

Lo sabía.

Pero quería saber si Aidan me llegaba a necesitar.

—No pretendía interrumpir así —escuché que Laine decía—. Pasé por el estudio y Gary me dijo que no estarías allí esta mañana así que pensé…

—Usar una llave que ya no tienes permitido usar.

—No me devuelves los llamados. Necesitaba verte.

—¿Qué parte de no quiero no entiendes?

—Necesito que me perdones. Que volvamos a ser amigos de nuevo. Por favor, te extraño.

Se quedó callado un momento. Y luego le respondió, con la voz amable, aunque sus palabras no lo fueron.

—Todo lo que oigo que dices es "yo", como cuando me explicaste por qué le mentiste a Nora y permitiste que pensara que me había abandonado. No entiendo. Alejaste de mí a la persona que más necesitaba cuando se llevaron a mi sobrina. ¿No entiendes lo espantosamente egoísta y malvada que tienes que ser para hacer eso? E incluso ahora, todo lo que te importa es lo que *tú* quieres y lo que *tú* necesitas. No te preocupas por mí.

—Sí que lo hago, Aidan, te amo —sollozó.

Cerré los ojos al oír el dolor contenido en su confesión. No era fácil escucharla, por más maldades que hubiera cometido.

—Entonces amas egoístamente.

Lloró más fuerte.

—Quizás con el tiempo pueda perdonarte, pero ahora no es el momento. Y aunque lo haga, jamás me olvidaré. Y jamás volveré a confiar en ti. *Yo* quiero que te vayas, *yo* necesito que te alejes de mi vida.

—Aidan…

—Y cambiaré la cerradura del apartamento y la del edificio.

Otro sollozo.

—Lo siento tanto.

—Sí, lo sé. Lo veo. Pero sigo pensando que solo lamentas que te haya descubierto. No sientes lo que has hecho, Laine, y hasta que eso suceda, nuestra amistad deja de existir.

Hubo un silencio seguido por el sonido suave de pisadas, y luego la puerta del apartamento se abrió y se cerró.

Sintiéndome descompuesta porque Aidan hubiera tenido que pasar por semejante confrontación, me dirigí rápidamente a la sala de estar, y lo encontré sentado en el sofá, mirando por la ventana. Me senté frente a él.

—¿Estás bien? ¿Necesitas algo?

Me miró. Su cara apuesta estaba iluminada por la luz de la mañana, sus ojos verdes brillaban con la luz del sol. Me quedé sin aliento. No porque me sintiera atraída hacia él, sino porque sabía que jamás me acostumbraría a eso.

Me quedé boquiabierta por su expresión. Era expresiva, vulnerable, como si me estuviera mostrando su alma. Y todo lo que vi fue amor y angustia.

—Dímelo. Explícame en detalle por qué no podemos tener una relación de verdad. Explícamelo de nuevo. Hazme entender.

Sentí un peso en el pecho, como si alguien me estuviera aplastando, y tenía la respiración entrecortada. Sabía que algo estaba sucediendo. Algo que iba a decidir nuestro destino en ese mismo instante. Por sobre todas las cosas, después de escuchar el breve encuentro con Laine, sentí que Aidan se merecía mi honestidad.

—No sé cómo explicarlo sin parecer tan egoísta como Laine.

—Quiero la verdad, no me importa cómo parezca.

—Es como te dije antes. Me gusta la vida que tengo ahora. Estoy estudiando, tengo la obra de teatro, y eso es todo lo que siempre soñé. Tú y yo somos complicados, confusos. Sentimos dolor. Es demasiado, y no quiero volver a ser la chica que tenía miedo de perderte.

»Ella no era fuerte. Y eso era porque no me quería a mí misma, no me daba el valor que tengo. Pero ahora sí. Ya no pienso que no estoy a tu altura. No necesito que me subas la autoestima. Me gusto a mí misma —repetí.

Frunció el ceño.

—Me alegra mucho, Pixie. De verdad. ¿Pero alguna vez se te ocurrió pensar que yo tampoco me quiero a mi mismo?

No, nunca.

—¿Por qué pensarías eso?

—Porque odié tanto a mi hermana por morirse. Y justo cuando creía que no era tan mal tipo, me arrancaron de los brazos a la niña que amaba y no pude hacer una maldita cosa al respecto —se le quebró la voz—. Ya no me mira como antes, Pixie. Desde ese momento… Ya no soy su héroe.

Se me llenaron los ojos de lágrimas, y recordé cuánto lo amaba Sylvie. No le había preguntado lo suficiente acerca de ella. No había querido causarle más dolor, pero quizás él necesitaba hablar al respecto.

—No creo que eso sea cierto.

Apartó la mirada, pero pude ver lágrimas en sus ojos.

—Sí, bueno, no estabas allí cuando Sylvie me vio por primera vez después de la mudanza a Estados Unidos.

Sabía que, si se sentía así, no había nada que pudiera decir o hacer para que se sintiera mejor. Solo el tiempo curaría esas heridas. Sin embargo, necesitaba que entendiera algo.

—Que nosotros estemos en una relación de verdad no hará que ella vuelva, si es lo que piensas decir a continuación.

Se estremeció como si le hubiera dado golpe.

—No pienso eso, mierda.

—Bueno, ¿crees que por estar conmigo te sentirás mágicamente mejor? Porque por experiencia puedo decirte que no. Solamente el paso del tiempo te ayudará.

—Sí, sé que tienes razón —admitió con los ojos ardientes—. Pero mientras tanto, no quiero perder lo único en mi vida que vale la pena. Eres todo para mí, Nora. Todo. No sabía lo que era la felicidad hasta que te conocí. Y quizás eso te dé pánico, pero te tengo noticias: a mí también me asusta muchísimo. No sé si es eso lo que te detiene o si realmente necesitas estar sola. Todo lo que sé es que no te amo egoístamente. Iba a aceptar seguir con este arreglo retorcido que sugeriste, pensando que, si te amaba, aunque fuera solamente con sexo, te haría volver a mí.

Se detuvo abruptamente. Me miró con ese amor y esa angustia. Temblé en mi asiento.

—Pero no puedo hacerlo, Nora. No puedo tomar lo que en realidad no quieres darme. Si quieres estar conmigo, necesito que te entregues, porque yo estoy solo para ti.

Me caían las lágrimas por las mejillas, y no podía hablar porque tenía un nudo en la garganta.

Una decepción terrible le tensó las facciones y bajó la vista al suelo.

—Me ofrecieron un trabajo para producir un álbum en Nueva York. Voy a aceptarlo. Lo más probable es que vuele el lunes. ¿En cuanto a nosotros dos? Si me voy, es para siempre. No me quedaré contigo en esta montaña rusa.

¿Me dejaba?

¿Se iba?

No podía procesarlo correctamente.

¡No!

Ya lo había perdido una vez, y ahora lo iba a dejar ir.

Esta vez… era mi culpa.

—Me voy a caminar, y cuando regrese, espero que te hayas ido.

Caminó hacia la puerta y se inclinó para ponerse zapatos que no combinaban con sus pantalones de gimnasia. No pareció darse cuenta. Cuando se incorporó, el grito que hervía en mi interior amenazó con explotar, y sentí que estaba a punto de salir cuando él abrió la puerta.

Pero antes de que pudiera hacerlo, antes de irse, se volvió hacia mí.

—Si te das cuenta de que todos cambiamos, poco a poco, día a día, pero en el fondo seguimos siendo los mismos, ven a buscarme. Si te das cuenta de que no tenemos nada que temer de las personas que éramos ayer, y que tú en particular no tienes nada que temer, que sé quién eres y que te amo, entonces ven a buscarme. Encontrarte a ti misma no quiere decir que perderse en otra persona no sea hermoso. Te prometo, Pixie, que perdernos mutuamente por el resto de nuestras vidas será lo mejor que nos haya pasado a los dos. Y si te das cuenta de eso a tiempo, ven a buscarme antes de que me vaya.

TREINTA Y UNO

Decir que estuve inmersa en una neblina de confusión durante los días siguientes es quedarse corto. Sentía una comezón interna, un recordatorio constante de que Aidan estaba yéndose de mi vida. No me parecía posible que ese jueves a la mañana en su apartamento hubiera sido la última vez que lo veía.

No tenía por qué ser así.

Aidan me amaba.

Me amaba.

Me amaba *a mí*.

Solo a mí. Sin fantasmas entre nosotros ni ninguna de las otras razones que nos habían acercado la primera vez.

Solo a mí.

Como yo lo amaba a él.

Entonces, ¿por qué seguía pensando que si estaba con él me convertiría en alguien rota y perdida?

—¿Porque eso eras cuando lo conociste? —dijo Seonaid cuando finalmente me animé a preguntarle.

Era sábado a la noche. Había tenido un ensayo horrible con mis compañeros de elenco y luego Seonaid había venido a casa después de que la llamé para explicarle lo de la cuenta regresiva al lunes.

Trajo cerveza.

—Gracias.

—Bueno, es cierto. No tienes por qué avergonzarte de nada, Nora. Perdiste mucho cuando eras niña, y luego abandonaste a tu familia para estar con un hombre que no te entendía, te amaba, pero, Dios mío, no te entendía y —respiró entrecortadamente— que murió. Demasiado para perder y lo que sucedió fue que te llenó la cabeza de culpa que no te pertenecía. Estabas rota y perdida. Encontrar a Aidan te hizo sentir menos sola cuando más lo necesitabas. Te ayudó a sanar, cariño, quieras admitirlo o no. Encontrarlo te dio esperanzas de que en el mundo hay cosas buenas. Y entonces lo perdiste. Pensaste que se había ido. Y rompió lo que quedaba de ti. Sabías que tendrías que arreglarte sola. Y lo hiciste. Te convertiste en una sobreviviente, en una luchadora, y te decidiste a conseguir todo lo que querías de la vida. Eso es lo que eres ahora. ¿Así que por qué dejarías de lado esto que sientes? Porque ambas sabemos que quieres a Aidan Lennox más que a nada. Te consumió desde el momento en que lo conociste.

Esa palabra: *consumir*. Eso no sonaba muy sano. Para nada.

—¿Roddy te consume, Seonaid?

Sonrió y bajó la vista al vaso de cerveza que tenía en la mano.

—Sé que los demás piensan que el maldito me encanta, me molesta y me confunde. Pero cuando estamos solos, es otra persona. Me muestra un lado que me pertenece solo a mí. Y sí, me consumo con él —me miró—. Si eso es locura, Nora, entonces me entregaré feliz a ella.

La envidiaba por su claridad mental.

—No sé qué hacer.

—Habla con Jim —dijo Seonaid.

—¿Qué?

—Visítalo. Me gusta pensar que no se ha ido del todo —tenía lágrimas en los ojos—. Y le hablo porque me agrada la idea de que ahora nos entiende mucho mejor que cuando estaba vivo. Así que, inténtalo. Quizás todo lo que ha sucedido empieza a tener sentido, y todas las piezas formarán un sendero que te conducirá a tomar la decisión correcta.

Tragué un sorbo de cerveza para no echarme a llorar.

—Eres mi amiga más sabia y querida, Seonaid McAlister —dije, cuando pensé que podía hablar sin llorar.

Su sonrisa hizo que se derramaran mis lágrimas.

Las hojas del árbol que estaba encima de la tumba de Jim generaban manchas de sol danzantes por encima del gris oscuro de la lápida. No había estado allí desde que me fui a Indiana porque temía verla, del mismo modo que temía estar con Aidan.

—Lo siento, Jim —apoyé la mano sobre la lápida—. Es ahora de que deje de escaparme de las cosas que me dan miedo.

Estudié las letras doradas sobre la piedra.

JAMES STUART MCALISTER
12 DE JUNIO DE 1990 AL 15 DE JULIO DE 2014
SU VIDA ES UN RECUERDO HERMOSO, SU AUSENCIA UNA
PENA SILENCIOSA

No recordaba haber hablado acerca del epitafio para Jim. Estoy segura de que Angie no habría hecho nada sin mi aprobación, pero no podía recordarlo. Había elegido muy bien.

No había estado enamorada de él.

Pero había sido mi amigo más cercano durante muchos años. Amaba y extrañaba a mi amigo.

Los momentos que vivimos juntos me inundaron como si me los estuviera transmitiendo a través de la mano que había apoyado en su lápida. Recordé la excitación nerviosa cuando nos habíamos escapado juntos, su gentil paciencia la noche que hicimos el amor por primera vez. El miedo que había sentido. La cantidad de semanas que me llevó sentirme cómoda con él y empezar a disfrutar del sexo. Las veces que estábamos teniendo sexo y yo lo miraba a los ojos deseando que la conexión que buscaba apareciera mágicamente entre nosotros. Me perdía en cómo me hacía el amor porque era bueno y no era un amante egoísta, pero cuando terminábamos, me sentía más sola que nunca.

Tan sola como me había sentido dentro de esa habitación pequeña en esa casa infeliz en Indiana.

Jim no había hecho que me perdiera a mí misma.

Me perdí a mí misma en el momento en que papá dejó de quererme y empezó a odiar al mundo. O quizás eso tampoco era justo. Quizás era demasiado joven como para haberme encontrado. Quizás papá me había hecho perder la dirección. Y las olas de Jim me habían empujado a la costa equivocada.

Y perder a Aidan me había obligado a levantarme y seguir moviéndome hasta encontrar lo que buscaba. A mí.

Sabía que nunca habría llegado a destino con Jim a mi lado. Que lo habría abandonado. ¿No había decidido eso antes de que muriera? Lo podría haber hecho, además, porque él jamás me había hecho sentir como Aidan lo hacía. Mi esposo me importaba, pero no era un cariño desinteresado. Lo habría herido con tal de irme. Y la triste verdad es que por más mal que me hubiera sentido, no me habría roto.

Pero alejarme de Aidan, lastimarlo, me destrozaría.

No podía negar que estaba completamente enamorada de él.

Y que al poner mis miedos en primer lugar, lo estaba amando egoístamente.

¿No era hora de entregarme? ¿De creerle cuando me decía que me amaría por quien era ahora?

—Gracias, Jim, por traerme hasta aquí —me incliné para susurrarle a la lápida—. Te amé. A mi manera.

Me incorporé y me alejé caminando rápidamente, e hice la promesa de visitar a Jim más seguido. Era poco sensato dejar atrás los fragmentos de mi pasado porque algunos de esos eran irregulares y dolorosos. Cada uno completaba el rompecabezas, y yo era el rompecabezas. No estaba entera sin ellos. Jim se merecía que lo recordara, y yo necesitaba aceptar a mi viejo yo.

Porque Aidan tenía razón.

Seguía siendo esa Nora. También era la Nora de ocho años y la Nora de doce, y era la Nora de hoy. No podía ser quien era ahora sin todas esas versiones.

Y si me gustaba tanto como declaraba, entonces ¿por qué tenía tanta desesperación por olvidarlas, como si me avergonzara de haber sido ellas? Habría días, esperaba que pocos y distantes entre ellos, en los que no me querría demasiado por algún motivo, porque era humana y nadie está siempre contento consigo mismo. Tratar de protegerme de eso era inútil, y alejar a Aidan para resguardarme era insensato. Totalmente imprudente. ¡Esa era una manera diplomática de decir que había estado ciega!

Suspiré, y sentí que desaparecía la tensión que había tenido en el pecho desde el jueves a la mañana. Respiré profundo, pero no me relajé. Había un hombre allí afuera, después de todo, a quien necesitaba convencer de quedarse.

De que me perdonara.

De que me amara, incluso los días en los que yo no me quisiera a mí misma.

TREINTA Y DOS

Alguien salía del edificio de Aidan y me apresuré a acercarme.

—Sostenga la puerta.

El hombre, que parecía de unos cincuenta, se sobresaltó y se detuvo, mientras el caniche que llevaba tironeaba de la correa. La puerta empezó a cerrarse. Me lancé hacia ella y le di un empujón accidental al hombre.

—Lo siento tanto —lo dejé rápidamente atrás.

—Espero que conozca a alguien... —sus palabras se vieron interrumpidas bruscamente por la puerta al cerrarse.

Con las palmas de las manos y las axilas húmedas, toqué el botón del ascensor y reboté en el lugar mientras se abrían las puertas.

Llegar al piso de Aidan me pareció cinco veces más largo que lo habitual. Exhalé agitada y rogué que estuviera en casa.

El ascensor sonó, y juro que se me detuvo el corazón cuando se abrieron las puertas. La entrada al apartamento de Aidan estaba más allá, solitaria y sólida.

Existía una grandísima posibilidad de que mi futuro estuviera del otro lado.

—No te descompongas, Nora —me susurré al salir del ascensor—. No es sensual.

Me llevó un momento juntar el valor para alzar el brazo, y me quedé mirando el número de bronce sobre la puerta. Me llevó otro momento hacer un puño.

Y otro llamar a la puerta.

El silencio del otro lado hizo que el corazón me latiera tan fuerte en las orejas, que me pregunté si me estaba imaginando las pisadas que había empezado a escuchar detrás de la puerta.

De pronto, me envolvió la luz.

Aidan me miró.

Esperando.

Expectante.

—Yo también te amo —dije.

TREINTA Y TRES

Jadeé, y caí de espaldas sobre la cama, desnuda y cubierta de sudor.

Aidan se dejó caer a mi lado, con la respiración agitada.

—Supongo que eso quiere decir que me perdonas por ser una melodramática y que tú también me amas… —dije mirando el techo.

El colchón se agitó con su risa.

—Yo también te amo, Pixie.

Me invadió la alegría y me volví para mirarlo a los ojos.

Su reacción a mi confesión había sido gratificantemente rápida y demostrativa. Un segundo estaba del otro lado de la puerta, y al otro, estaba en su cama mientras nos arrancábamos la ropa.

No vi mucho cuando me arrastró con desesperación a su dormitorio, pero no vi prueba alguna de que fuera a partir al día siguiente a los Estados Unidos.

—¿Cuándo sale el vuelo?

—¿Qué vuelo? —frunció el ceño.

—Tu vuelo. A Nueva York.

—¿Ya estás aburrida de mí?

—Por supuesto que no —le di una palmada juguetona.

—No tomé el trabajo, en realidad.

Perpleja y sintiéndome indignada, me senté en la cama.

—¿Qué? –pregunté.

Él también se sentó e intentó tranquilizarme.

—Mira. Perdería mi buena reputación si aceptara tomar un trabajo y luego me bajara a último minuto, que es lo que los dos sabemos que hubiera hecho cuando volvieras. Iba a aceptar el trabajo solo si no venías.

Sí, sentí indignación, sin lugar a dudas.

—¿Me mentiste? ¡Eres manipulador! –intenté escaparme de la cama, pero sus brazos fuertes me rodearon la cintura y me obligaron a regresar a ella. Luego, me sujetó de las muñecas contra la cama.

—¿Qué? No. Sal. Ahora, Aidan.

—Me encanta cuando te pones mandona –murmuró divertido contra mis labios.

—¡Aidan!

Puso los ojos en blanco y se apartó, pero pude ver que seguía entretenido.

—Conté una mentirilla blanca. Una pequeña historia... para mi contadora de cuentos.

—Ah, no te hagas el tierno. Me mentiste.

—Jugué un poco con la verdad. Pero solo un poco –Aidan me soltó los brazos, pero no se apartó. Le cambió la expresión–. No sabía qué más hacer. Cuando te fuiste la primera vez, sabes que tuvo un impacto enorme en mí. Esperaba que la idea de que yo me fuera te diera perspectiva, una oportunidad real de decidir si me amabas sin necesidad de andar arrastrando el asunto durante años. Sabes que no soy una persona paciente, Nora.

—No tenía que ver con que si te amaba o no, Aidan. Esa nunca fue mi duda. Te amo desde aquel día en Portobello. Pero tenía miedo de mí y de mi pasado –me senté, le puse la mano en la nuca y lo acerqué–. Pero te amo más que a nada. Estoy cansada de decirle a la gente que he seguido con mi vida. Quiero vivir como si fuera así. Contigo a mi lado.

Cerró los ojos y apoyó la frente contra la mía.

—Y yo nunca te dejaré, Pixie. Soy tuyo.

—Y yo tuya.

Alzó la cabeza, pero para acercarme a su pecho. Sus manos me acariciaron la espalda desnuda. En su mirada había deseo y ternura.

Rocé sus labios con los míos.

—Ámame con la seguridad de que eres el único hombre al que querré así —lo besé con todo el amor feroz que tenía dentro. Mi lengua bailó con la suya en un beso profundo y largo mientras nuestros cuerpos se enlazaban.

Comenzó a besarme el cuello. Lentamente bajó hacia mis pechos. Cuando acarició mi pezón con sus labios, perdí el control. Jadeé ante su excitación.

Me arrodillé, envolví mi mano alrededor de su miembro y lo guie. Bajé las caderas y ambos jadeamos cuando abrimos las puertas del placer. Sentirlo me dejó sin aliento por un momento, y ambos nos quedamos quietos mientras mi cuerpo se acostumbraba a él.

Suspiré cuando empecé a moverme lentamente, y sentí escalofríos por la espalda.

Aidan me besó con unas ansias que se me contagiaron. No me aburriría jamás de él. Dominé la situación. Disfruté cada oleada de pasión en mi vientre.

Nuestros alientos cálidos se mezclaron, el sudor nos hizo brillar la piel y nuestros gemidos llenaron el dormitorio. Nuestras miradas se cruzaron y jamás se separaron mientras nos amábamos. Nuestros movimientos se aceleraron mientras buscábamos sentirnos completos juntos.

Teníamos una conexión irrompible. Ambos nos dimos cuenta mientras nos clavábamos los dedos en la piel.

—Te amo —gemí contra sus labios.

—Yo también te amo.

Sus palabras funcionaron como disparador y mi grito de pasión fue tragado por su beso. Un gemido resonó, mientras juntos alcanzábamos el máximo placer.

Me dejé caer en sus brazos y enterré el rostro en su cuello. Sentí que me besaba el hombro con suavidad. Acarició mi pelo, me tomó de la nuca e hizo que lo mirara. Lo amaba más que a nada. Me pregunté cuándo dejaría de sentirme mal por haber retrasado este momento.

—Estuve demasiado tiempo sin ti —dijo con dolor.

Le rocé con ternura las mejillas, que seguían picosas por su barba incipiente.

—Nunca más nos separaremos —prometí—. Nunca me he sentido tan feliz.

Me asustaba muchísimo, pero no me escaparía.

Y sabía que él pensaba lo mismo.

En esta obra, Aidan Lennox y yo no parecíamos hechos el uno para el otro. Él era mayor, más sofisticado y más experimentado.

Era bueno que finalmente rompiera ese libreto en mil pedazos y que después lo prendiera fuego.

Hasta que no quede nada más que cenizas flotando en el viento.

EPÍLOGO

Edimburgo, Escocia
Dos meses más tarde

Dado que la última vez que había estado sobre un escenario era una niña, me había olvidado de lo difícil que era distinguir rostros en el público oscurecido a través del brillo de los reflectores. Era imposible hacerlo en un escenario como el que teníamos en el teatro Tollcross. Darme cuenta de eso me asustó un poco cuando salí a escena durante el ensayo general.

Estaba preparada para la noche del estreno.

Sin embargo, no estaba preparada para los nervios que sentía en el vientre o cuánto necesitaba tener a Aidan conmigo, más de lo que había imaginado. Desafortunadamente, estaba trabajando en un disco después de terminar la música para nuestra obra. No teníamos orquesta, solamente un sonidista que reproducía la música en formato digital con una computadora.

Dado que era un trabajo suyo, y que era mi primera representación, Aidan me había prometido que vendría, pero no se había podido escapar del estudio a tiempo para acompañarme al teatro. Me había dicho que estaría en el público.

Estaba decepcionada, pero lo entendía. Durante las primeras semanas de nuestra reconciliación, había puesto mucho de su trabajo en pausa para estar conmigo. No era justo quejarme ahora cuando estaba volviendo al trabajo que tanto amaba.

Al final, me compuse y me obligué a subir al escenario. Jack me contaba chistes en voz baja para calmarme.

Casi sin que me diera cuenta, la obra estaba a punto de terminar, nuestras palabras habían desaparecido en la oscuridad del público, aunque habían pasado dos horas y media con un intermedio de diez minutos. EL vestuario que usaba, una mezcla de *Mad Max* y *steampunk*, me hacía sudar bajo de los reflectores. Y quería que Aidan estuviera allí para mi primera actuación real. Pero eso todo eso desapareció de mi mente para permitir que los pensamientos, sentimientos y acciones de Viola me movieran por el escenario.

Era Viola besando al Duque Orsino, no Nora besando a Jack.

Era Viola tomando a Orsino de la mano cuando me había pedido verme en mi ropa y no en la de Cesario. Era Viola cuando lo abracé y le dije que mi amigo el Capitán tenía mi ropa, pero estaba en prisión por culpa de Malvolio.

Y eso fue todo.

Esa fue mi última línea.

Casi que no lo podía creer.

Sin embargo, seguí actuando, reaccionando ante las palabras de mis compañeros hasta que Orsino dijo su última línea y todos, con la excepción del Bufón, dejamos el escenario. El monólogo del Bufón nos llegaba mientras esperábamos pacientemente que concluyera la obra.

—Pero es todo uno: aquí la pieza acaba; y es que todos los días, no miento, trataremos de daros contento.

Silencio.

Luego, el aplauso entusiasta me hizo sonreír de oreja a oreja. Me volví para encontrar a Quentin de pie junto a nosotros, devolviéndome la sonrisa. Nos miró a todos.

—Bravo, mis bellacos. Bravo.

Me reí, y recordé las risas, los ruiditos de sorpresa, los aplausos y la ovación del público a lo largo de la representación.

Les gustábamos.

Jack me tomó de la mano y me condujo de vuelta al escenario donde el aplauso me golpeó como una ola pasándome por encima de la cabeza. Me quedé perpleja hasta que Jack hizo una reverencia, le tomé la mano y me fui con él.

Habíamos ensayado esta parte también.

Jane y Hamish avanzaron e hicieron una reverencia.

Luego Jack y yo, con un aplauso que era un trueno.

Y así sucesivamente hasta que los demás actores tuvieron su turno.

Llegó el turno de Quentin. Después de hacer una reverencia, dio un paso atrás, y todos juntos agradecimos los aplausos una vez más hasta que cayó el telón.

La excitación y el parloteo me rodearon mientras el elenco se juntaba un momento en el escenario. Quería festejar con ellos. En serio.

Sin embargo, más que nada, quería celebrar este momento con mis amigos y mi familia. Abracé brevemente a mis compañeros de elenco y me las arreglé para bajar del escenario sin quedar como una maleducada, y me abrí camino al vestuario donde les dije a mis amigos que me encontraran.

Apenas había llegado al camerino y me había quitado la mayor cantidad posible de maquillaje para alegría de mi piel, cuando llamaron a la puerta. Se abrió y pareció la cabeza de Seonaid.

–¿Podemos pasar?

–¡Por supuesto!

–Ahhh! –gritó. Entró saltando y se arrojó en mis brazos. Bailó conmigo, y se rio. Luego me dio un empujón juguetón–. ¡No me dijiste que eras increíble!

Pensé que la cara se me iba a romper de tanto sonreír.

–¿Te pareció?

Mi mirada pasó de Roddy a Angie y… a mi madre.

–Mamá –susurré con lágrimas en los ojos.

Me emocionaba que hubiera viajado solamente para verme actuar en una producción amateur.

Avanzó y me abrazó.

—Estoy tan orgullosa de ti. Estuviste fantástica —se apartó y me tomó la cara entre las manos. Parecía preocupada—. ¿Cómo demonios te las arreglaste para hacer todo esto y también los exámenes de la universidad?

Era algo tan maternal que me dieron ganas de llorar. ¿Quién era esta mujer? ¡En serio! Me reí, y la abracé de nuevo.

—Puedo manejarlo —prometí.

Y lo había hecho.

Aidan no era el único que había estado ocupado últimamente. Hacía apenas unas semanas que había rendido mis exámenes de primer año. No fue sencillo coordinar el estudio, la obra y estar más cerca de la persona que amaba, pero me había hecho tan feliz…

Angie me abrazó en cuanto mamá se alejó.

—Estuviste maravillosa. Estoy muy orgullosa de ti.

Cuando ella me soltó, Roddy se acercó con esa sonrisa tan suya.

—Sí, sí, no estuviste mal.

—¿No estuve mal? —alcé una ceja—. Qué elogio, la verdad.

—Bueno —me pasó un brazo por el cuello y me acercó a él con una sonrisa—, no quiero que te hagas muchas ideas y te vayas volando a Hollywood, ¿verdad?

Me reí ante su ridiculez y negué con la cabeza.

—Pensaste que estuve bien.

—Estuviste brillante —Seonaid negó con la cabeza, maravillada, con los ojos súbitamente llenos de lágrimas—. De verdad.

Me sobrepasaban las emociones e hice un gesto con la mano.

—Detente, o me echaré a llorar.

Se rió con Angie, mamá sonrió y Roddy puso los ojos en blanco.

Y me di cuenta de que estábamos solos. Me puse rígida, sintiéndome decepcionada.

—¿Dónde está Aidan?

Se oyó un golpe contra la puerta, y el horrible sentimiento desapareció cuando asomó la cabeza.

—Aquí, Pixie —sonrió con ternura, pero no entró—. Pero, eh… —miró a Seonaid—, ¿nos podrían dar un minuto a solas?

Algo que dijo hizo que Seonaid abriera los ojos como platos, como si le hubiera comunicado algo sin palabras. Entretenida, contemplé a Aidan desaparecer en el pasillo y a mi amiga llevándose a mi mamá, a la suya y a su novio fuera de la habitación.

Mientras se iba, me lanzó una mirada divertida que no entendí para nada.

Luego, la puerta se volvió a abrir y apareció Aidan.

—Estuviste magnífica, Pixie —me dijo.

—¿De verdad lo piensas? —avancé hacia él, necesitaba abrazarlo.

Pero él se quedó quieto, y me di cuenta que tenía algo o a alguien escondido a sus espaldas.

—Y hay otra persona que piensa eso.

Esa otra persona salió detrás de Aidan, y me quedé sin aliento.

Me miró con cautela y con ojos esperanzados, tenía el pelo rubio más largo que antes y peinado en una trenza de sirena que le caía sobre el hombro izquierdo.

—¿Sylvie? —susurré. Me parecía increíble que estuviera allí.

Cuatro semanas después de comenzar nuestra nueva relación, Aidan me había pedido que participara de su llamada semanal con Sylvie. Fue extraño e incómodo al principio por el paso del tiempo, pero después pareció como si nunca nos hubiéramos separado.

Por lo que yo sabía, ella no tenía planeado visitar a Aidan hasta finales de junio.

—Quería verte en la obra —dijo Sylvie.

Y luego, como solía hacer antes, corrió hacia mí y me rodeó con los brazos. La abracé inmediatamente, y sentí que una parte que me faltaba volvía a encastrar en su lugar. Con lágrimas de gratitud, alcé la vista hacia Aidan, y él nos contempló con tanto amor en su expresión, que pensé que explotaría.

Finalmente, al darme cuenta de que el cariño de Sylvie por mí jamás había disminuido, sentí que el resto de culpa que llevaba conmigo desde que era niña se despegaba de mi alma y se alejaba flotando. Sin siquiera quererlo, me culpé por no poder impedir que Cal se la llevara aquel día.

Ahora, entendía todo mucho mejor.

Cuando amas, es fácil culparse a una misma cuando no puedes proteger a esas personas de los males del mundo. Es una tarea imposible, y no hicimos más que lastimarnos al pensar lo contrario.

Lo único que podíamos hacer era amarnos en los tiempos difíciles, aferrarnos a ese sentimiento, y no permitir que la culpa lo lastimara.

Tenía todo el amor que necesitaba en ese teatro, y me prometí a mí misma, mientras Aidan se acercaba a abrazarnos y nos envolvía a Sylvie y a mí, que protegería el nuestro con cuerpo y alma. Por sobre todas las cosas, me perdonaría a mí misma cuando la lluvia apareciera de la nada y nos empapara. Tendríamos días como esos.

Todos tenemos días así.

Pero con Aidan, podría reírme en esos días, y podría desnudarme y seducirlo hasta borrarle la tristeza. Nuestra pasión jamás sería la solución, pero sería un recordatorio constante de que valía la pena atravesar los momentos duros para mantener a salvo lo que compartíamos.

Era sabido que los escoceses usan el sentido del humor y la liviandad para atravesar situaciones difíciles. Para seguir jugando, para seguir riendo y para seguir soñando, incluso en los días en que sentían que los abandonaba la esperanza. Ahora lo entendía. Lo respetaba.

Este lugar… bueno, me calzaba bien.

Indiana y mamá siempre serían parte de mí.

Pero este lugar… estas personas… este hombre…

Calzaban a la perfección.

Fin

Agradecimientos

Agradecimientos

Ha sido un año largo para mí, durante el que he estado muy ocupada escribiendo, y no habría podido pasar tanto tiempo en mi cueva creativa si no fuera por el apoyo de las personas que me rodean. Primero, quiero agradecerles a mis padres por hacer de niñeras de perros en más de una ocasión para que yo pudiera desaparecer por completo en mi cueva para escribir la historia de Aidan y Nora. Y un agradecimiento enorme para papá por hacer unos cuantos trabajitos por casa que yo no tenía tiempo de hacer. Todos deberían tener un padre como el mío.

Por sobre todas las cosas, me gustaría agradecer al resto de mis amigos y familiares por tener tanta paciencia ante mi ausencia de los últimos meses en los cuales me la pasé escribiendo y escribiendo… y escribiendo un poco más.

Un agradecimiento gigante para mi asistente personal Ashleen Walker por ocuparse de muchas otras cosas para que yo pudiera concentrarme en la escritura, y por organizar eventos de promoción y giras, y por ser en general una estrella de rock absoluta. Tengo la suerte de que mi mejor amiga trabaje conmigo, y tengo más suerte aún de que eres muy buena en todo lo que haces.

Debo agradecer también a mi editora increíblemente inteligente y divertida, Jenn Young, por editar *¿Jugamos?* en poco tiempo, y por ser tan perspicaz, ingeniosa y darme siempre ánimos. Este asunto de la escritura a veces es muy estresante, y me ayudaste a calmar los nervios un poco, amiga mía.

Y también un agradecimiento a Amy Donnelly, de Alchemy and

Words, por sumarse a último momento para corregir las pruebas y descubrir todas esas cositas que se nos escaparon en las primeras pasadas de edición. ¡Estoy muy agradecida!

Ah, cualquier error que encuentren en los agradecimientos es culpa mía.

Y un gracias a Jeff, de Indie Formatting Services, por hacer siempre un trabajo espectacular al crear ebooks y copias impresas muy profesionales.

La portada del original fue diseñada por la formidablemente talentosa Hang Le. Hang, me sorprendiste con tus conceptos para la cubierta. Es bellísima y más de lo que me imaginaba que podía ser. Gracias, gracias, ¡un millón de gracias!

La portada, la contraportada y la historia llegaron a las manos de los lectores con la ayuda de blogueros fantásticos. Quiero agradecerles a todos los que apoyaron el lanzamiento de esta novela y brindaron generosamente su tiempo al mundo de los libros. No alcanzan los agradecimientos para lo que ustedes hacen, pero sepan que los aprecio a cada uno.

Estos reconocimientos no estarían completos sin agradecerle a mi extraordinaria agente Lauren Abramo. Gracias, Lauren, por trabajar con tanta pasión para asegurarte de que las historias que escribo viajen por el mundo. Tengo la mejor agente. DE TODAS.

Y, finalmente, el mayor agradecimiento de todos es para ti: mi lector.

Gracias por siempre y para siempre por leer.

Espero que hayas disfrutado de la historia de amor de Aidan y Nora.

Estoy segura de que estás ansiosa por comenzar una nueva historia romántica con la cual te sientas muy identificada. Una historia que te haga volar, imaginar y sentirte tan amada y deseada como la protagonista. Creo que tengo la recomendación ideal para ti: *Volver a mí*.

Gina siente que se ha perdido. Que sus deseos se diluyeron en la vida cotidiana. Que el remanso que hallaba entre sus seres queridos, ahora la ahoga.

Se descubre incompleta. Infeliz.

Entonces, toma una decisión drástica: irse lejos. Sin saberlo, el día que hace las maletas es el primero del resto de su vida. *Volver a mí* retrata la vida de una mujer que cumplió todos los mandatos sociales: ser profesional, esposa y madre, pero que a fuerza de lograr los sueños ajenos olvidó los propios. A veces, perderse es la única forma de encontrarse.

¿Dónde queda la pasión cuando todo en la vida es rutina y deber? ¿Es posible volver a empezar? ¿Se puede volver a vibrar por amor?

Elegí esta historia pensando en **ti**
y en todo lo que las mujeres románticas
guardamos en lo más profundo
de **nuestro corazón** y solo en contadas
ocasiones nos atrevemos a compartir.

Y hablando de compartir, me gustaría
saber qué te pareció el libro...

Escríbeme a
vera@vreditoras.com
con el título de esta novela
en el asunto

VeRa

yo también
creo en el amor